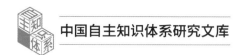
中国自主知识体系研究文库

论二十世纪中国文学

谢冕 著

中国人民大学出版社
·北京·

"中国自主知识体系研究文库"编委会

总　序

张东刚

2022 年 4 月 25 日，习近平总书记在中国人民大学考察调研时指出，"加快构建中国特色哲学社会科学，归根结底是建构中国自主的知识体系"。2024 年全国教育大会对以党的创新理论引领哲学社会科学知识创新、理论创新、方法创新提出明确要求。《教育强国建设规划纲要（2024—2035 年）》将"构建中国哲学社会科学自主知识体系"作为增强高等教育综合实力的战略引领力量，要求"聚焦中国式现代化建设重大理论和实践问题，以党的创新理论引领哲学社会科学知识创新、理论创新、方法创新，构建以各学科标识性概念、原创性理论为主干的自主知识体系"。这是以习近平同志为核心的党中央站在统筹中华民族伟大复兴战略全局和世界百年未有之大变局的高度，对推动我国哲学社会科学高质量发展、使中国特色哲学社会科学真正屹立于世界学术之林作出的科学判断和战略部署，为建构中国自主的知识体系指明了前进方向、明确了科学路径。

建构中国自主的知识体系，是习近平总书记关于加快构建中国特色哲学社会科学重要论述的核心内容；是中国特色社会主义进入新时代，更好回答中国之问、世界之问、人民之问、时代之问，服务以中国式现代化全面推进中华民族伟大复兴的应有之义；是深入贯彻落实习近平文化思想，推动中华文明创造性转化、创新性发展，坚定不移走中国特色社会主义道路，续写马克思主义中国化时代化新篇章的必由之路；是为解决人类面临的共同问题提供更多更好的中国智慧、中国方案、中国力量，为人类和平与发展崇高事业作出新的更大贡献的应尽之责。

一、文库的缘起

作为中国共产党创办的第一所新型正规大学，中国人民大学始终秉持着强烈的使命感和历史主动精神，深入践行习近平总书记来校考察调研时重要讲话精神和关于哲学社会科学的重要论述精神，深刻把握中国自主知识体系的科学内涵与民族性、原创性、学理性，持续强化思想引领、文化滋养、现实支撑和传播推广，努力当好构建中国特色哲学社会科学的引领者、排头兵、先锋队。

我们充分发挥在人文社会科学领域"独树一帜"的特色优势，围绕建构中国自主的知识体系进行系统性谋划、首创性改革、引领性探索，将"习近平新时代中国特色社会主义思想研究工程"作为"一号工程"，整体实施"哲学社会科学自主知识体系创新工程"；启动"文明史研究工程"，率先建设文明学一级学科，发起成立哲学、法学、经济学、新闻传播学等11个自主知识体系学科联盟，编写"中国系列"教材、学科手册、学科史丛书；建设中国特色哲学社会科学自主知识体系数字创新平台"学术世界"；联合60家成员单位组建"建构中国自主的知识体系大学联盟"，确立成果发布机制，定期组织成果发布会，发布了一大批重大成果和精品力作，展现了中国哲学社会科学自主知识体系的前沿探索，彰显着广大哲学社会科学工作者的信念追求和主动作为。

为进一步引领学界对建构中国自主的知识体系展开更深入的原创性研究，中国人民大学策划出版"中国自主知识体系研究文库"，矢志打造一套能够全方位展现中国自主知识体系建设成就的扛鼎之作，为我国哲学社会科学发展贡献标志性成果，助力中国特色哲学社会科学在世界学术之林傲然屹立。我们广泛动员校内各学科研究力量，同时积极与校外科研机构、高校及行业专家紧密协作，开展大规模的选题征集与研究激励活动，力求全面涵盖经济、政治、文化、社会、生态文明等各个关键领域，深度挖掘中国特色社会主义建设生动实践中的宝贵经验与理论创新成果。为了保证文库的质量，我们邀请来自全国哲学社会科学"五路大军"的知名专家学者组成编委会，负责选题征集、推荐和评审等工作。我们组织了专项工作团队，精心策划、深入研讨，从宏观架构到微观细节，全方位规划文库的建设蓝图。

二、文库的定位与特色

中国自主的知识体系，特色在"中国"、核心在"自主"、基础在"知识"、关键在"体系"。"中国"意味着以中国为观照，以时代为观照，把中国文化、中国实践、中国问题作为出发点和落脚点。"自主"意味着以我为主、独立自主，坚持认知上的独立性、自觉性，观点上的主体性、创新性，以独立的研究路径和自主的学术精神适应时代要求。"知识"意味着创造"新知"，形成概念性、原创性的理论成果、思想成果、方法成果。"体系"意味着明确总问题、知识核心范畴、基础方法范式和基本逻辑框架，架构涵盖各学科各领域、包含全要素的理论体系。

文库旨在汇聚一流学者的智慧和力量，全面、深入、系统地研究相关理论与实践问题，为建构和发展中国自主的知识体系提供坚实的理论支撑，为政策制定者提供科学的决策依据，为广大读者提供权威的知识读本，推动中国自主的知识体系在社会各界的广泛传播与应用。我们秉持严谨、创新、务实的学术态度，系统梳理中国自主知识体系探索发展过程中已出版和建设中的代表性、标志性成果，其中既有学科发展不可或缺的奠基之作，又有建构自主知识体系探索过程中的优秀成果，也有发展创新阶段的最新成果，力求全面展示中国自主的知识体系的建设之路和累累硕果。文库具有以下几个鲜明特点。

一是知识性与体系性的统一。文库打破学科界限，整合了哲学、法学、历史学、经济学、社会学、新闻传播学、管理学等多学科领域知识，构建层次分明、逻辑严密的立体化知识架构，以学科体系、学术体系、话语体系建设为目标，以建构中国自主的知识体系为价值追求，实现中国自主的知识体系与"三大体系"有机统一、协同发展。

二是理论性与实践性的统一。文库立足中国式现代化的生动实践和中华民族伟大复兴之梦想，把马克思主义基本原理同中国具体实际相结合，提供中国方案、创新中国理论。在学术研究上独树一帜，既注重深耕理论研究，全力构建坚实稳固、逻辑严谨的知识体系大厦，又紧密围绕建构中国自主知识体系实践中的热点、难点与痛点问题精准发力，为解决中国现实问题和人类共同问题提供有力的思维工具与行动方案，彰显知识体系的实践生命力与应用价值。

三是继承性与发展性的统一。继承性是建构中国自主的知识体系的源头活水，发展性是建构中国自主的知识体系的不竭动力。建构中国自主的知识体系是一个不断创新发展的过程。文库坚持植根于中华优秀传统文化以及学科发展的历史传承，系统梳理中国自主知识体系探索发展过程中不可绕过的代表性成果；同时始终秉持与时俱进的创新精神，保持对学术前沿的精准洞察与引领态势，密切关注国内外中国自主知识体系领域的最新研究动向与实践前沿进展，呈现最前沿、最具时效性的研究成果。

我们希望，通过整合资源、整体规划、持续出版，打破学科壁垒，汇聚多领域、多学科的研究成果，构建一个全面且富有层次的学科体系，不断更新和丰富知识体系的内容，把文库建成中国自主知识体系研究优质成果集大成的重要出版工程。

三、文库的责任与使命

立时代之潮头、通古今之变化、发思想之先声。建构中国自主的知识体系的过程，其本质是以党的创新理论为引领，对中国现代性精髓的揭示，对中国式现代化发展道路的阐释，对人类文明新形态的表征，这必然是对西方现代性的批判继承和超越，也是对西方知识体系的批判继承和超越。

　　文库建设以党的创新理论为指导，牢牢把握习近平新时代中国特色社会主义思想在建构自主知识体系中的核心地位；持续推动马克思主义基本原理同中国具体实际、同中华优秀传统文化相结合，牢牢把握中华优秀传统文化在建构自主知识体系中的源头地位；以中国为观照、以时代为观照，立足中国实际解决中国问题，牢牢把握中国式现代化理论和实践在建构自主知识体系中的支撑地位；胸怀中华民族伟大复兴的战略全局和世界百年未有之大变局，牢牢把握传播能力建设在建构自主知识体系中的关键地位。将中国文化、中国实践、中国问题作为出发点和落脚点，提炼出具有中国特色、世界影响的标识性学术概念，系统梳理各学科知识脉络与逻辑关联，探究中国式现代化的生成逻辑、科学内涵和现实路径，广泛开展更具学理性、包容性的和平叙事、发展叙事、文化叙事，不断完善中国自主知识体系的整体理论架构，将制度优势、发展优势、文化优势转化为理论优势、学术优势和话语优势，不断开辟新时代中国特色哲学社会科学新境界。

　　中国自主知识体系的建构之路，宛如波澜壮阔、永无止境的学术长征，需要汇聚各界各方的智慧与力量，持之以恒、砥砺奋进。我们衷心期待，未来有更多优质院校、研究机构、出版单位和优秀学者积极参与，加入到文库建设中来。让我们共同努力，不断推出更多具有创新性、引领性的高水平研究成果，把文库建设成为中国自主知识体系研究的标志性工程，推动中国特色哲学社会科学高质量发展，为全面建设社会主义现代化国家贡献知识成果，为全人类文明进步贡献中国理论和中国智慧。

　　是为序。

目　录

中国文学的新时期

"后新时期"与文化转型

世纪末的回望与前瞻

中国文学的历史命运

一　百年中国的忧患与梦想

中国文学在近代发生的革命，与文学所处的社会环境密切相关。可以说，近代以来兴起的文学运动，均为社会原因所激发。其基本触媒与一个帝国由兴盛转向衰亡有关。中国人因这一事实而普遍感到了社会和生存危机，这些，均可溯源于痛苦的中国社会历史现实。从 19 世纪中叶开始，中国文学便有了投身救亡而且变革自身的要求。这个过程的基本表征是痛苦而缓慢的，它的计算单位大体以百年为期，这与这个社会的古老以及它的悠远时空相对应。

在这个社会构架之中，任何一个微小的变动，都是以数十年乃至百余年为期方能稍稍见到一些端倪。社会事实为文学的变革提供了有力和有效的佐证，这使我们考察文学的时候能有一个从容的和不那么大惊小怪的心态。在中国，一条辫子的兴废，要以若干年的光阴和难以数计的生命为代价；一种愚昧仪礼的兴革，同样是以漫长时日和难以数计的"认真的废话"来换取的。

距今大约 200 年前，是乾隆盛世的时候。乾隆五十七年（1792 年），英国派遣以马戛尔尼为首的使团访华，使团 9 月出发，次年 6 月到达广东。那时的清朝仍以"天朝"自居，认为对方是"进贡"而来。乾隆皇帝阅读英商禀文及两广总督郭世勋的报告后，以英方"情词极为恭顺恳挚"而准予觐见。英使抵京后，陆续有各项禀报，皇帝仔细阅读并推敲这些奏章，特别是对礼仪方面的细节，前后都极仔细地考问。在雪片般的奏章与上谕之间有一份是乾隆五十八年（1793 年）七月初八皇帝给直隶总督梁肯堂的上谕，对使团进贡礼品的细节等都提出极认真的盘问：

> 前据梁肯堂奏，与该使臣初次相见敬宣恩旨时，该使臣免冠竦立，此次折内何以又称免冠叩首？向闻西洋人用布扎腿，跪拜不便，是其国俗不知叩首之礼，或只系免冠鞠躬点首，而该督等折内声叙未能明晰，遂指为叩首，亦未可定。著传谕徵瑞：如该使臣于筵宴时实在叩首则已，如仍止免冠点首，则当于无意闲谈时婉词告知，以各处藩封到天朝进贡觐光者，不特陪臣俱行三跪九叩首之礼，即国王亲自来朝者，亦同此礼。今尔国王遣尔等前来祝嘏，自应遵天朝法度，虽尔国俗俱用布扎缚，不能跪拜，但尔叩见时何妨暂时松解，俟行礼后再行扎缚，亦属甚便。若尔等拘泥国俗，不行此礼，转失尔国王遣尔航海远来祝禧纳赆之诚，且贻各藩部使臣讥笑，恐在朝引礼大臣亦不容也。此系我亲近为汝之言。如此委曲开导，该使臣到行在后，自必敬谨遵奉天朝礼节，方为妥善。①

这是一段相当琐屑的文字，从中可以看出处于开放世界格局的封建王朝的尴尬。封闭的中央帝国在被迫的世界交往之中，已经失去了那份恢弘

---

① 引自《谕直隶总督梁肯堂等英使礼品可在圆明园摆放》，见故宫博物院掌故部编：《掌故丛编》，北京，中华书局，1990。

和大度。该文件中流露出来的小心翼翼和市井小民般的琐碎，已经显示出无可奈何的末世悲凉。但他们还是用虚荣和谎言来给自己打气，借此维持心理上的平衡。在那份上谕发出四天之后，即乾隆五十八年七月十二日，有一份给长芦盐政徵瑞的上谕，其中引徵瑞奏折中的话说，该使臣"深以不娴天朝礼节为愧，连日学习渐能跪叩……其敬奉天朝自系出于至诚，断不敢稍衍礼节，致蹈不恭之咎"①。

那时正是清朝极盛时期，还能维持那种局面，维持一种虚假的尊严，尽管这一切在进入工业社会的现代世界，已经显示出它的愚昧、委琐和可笑。从那以后，清朝局势逐渐衰弱，其中经历重大的丧权辱国的失败战争。但这样一种外国使节也须一并行三跪九叩之礼的陋习，一直被拖拖拉拉地延续下来，直至 1891 年 1 月。史载："光绪皇帝见各使臣于紫光阁，各国使臣向皇帝呈递国书，鞠躬施礼。于是各国使臣觐见之例遂定。"1891 年距离乾隆年间那一段逸事的 1793 年，大约接近百年。一个小小的礼节的变更要付出那么多的笔墨心机，绞尽那么多的脑汁，经历那么多的心灵的痛苦，这就是中国、中国的社会和中国的文化。中国文学变革的节奏和效率，大体也是如此。

以上是中国封建文化顽强地维系及挣扎的事实。这一文化自认为是世界的中心，而且要求成为各国一起遵照的文化统一体，但是中国国势的衰微，使这样的文化固守难以维持。列强的炮舰所代表的经济实力必然使经济落后的帝国维护垂亡的文化的努力化为泡影。清末光绪的礼仪改革是被迫的和无可选择的。

19 世纪末叶，一系列的丧权辱国的苦痛唤醒了中国知识界的良知。1888 年康有为上书"极言时危"，请求变法维新："变成法，通下情，慎

---

① 引自《谕长芦盐政徵瑞英使节应到承德时日》，见《掌故丛编》。

左右"，"未达"。翌年，光绪皇帝"亲政"。1891 年，康有为刊《大同书》，宣布大同思想，撰《新学伪经考》。1895 年刘公岛失陷，北洋水师全军覆没，丁汝昌自杀。国势濒危使志士仁人为之焚心。

1898 年 1 月，康有为第五次上书，光绪大集群才面谋变政，听任疆臣各自变法。1 月 29 日，康有为第六次上书提出：大集群臣，明定国是；设立上书所，广开言路；开制度局，以重定章程。其内容用现代的话来说，就是要求实行民主和法治。5 月，御史潘庆澜弹劾康有为"聚众不道"。6 月 11 日，光绪皇帝下"明定国是"诏书，宣布变法。9 月 21 日，慈禧发动戊戌政变，囚禁皇帝，重新垂帘听政，并下令通缉改革派。康、梁出走，戊戌六君子被杀，这就是惊心动魄的"百日维新"。从 1888 年康有为上书倡导变法，到 1898 年慈禧发动政变，大约是 10 年光景。这就是19 世纪末的 10 年改革开放的历史和命运。

从那个时期开始，中国就没有停止过动荡；同时，中国的知识分子也没有停止过理想主义的追求和抗争。但一个无可争辩的事实是，中国社会日益动荡不安，那种康乾盛世的繁华已经成为永远的梦幻。由于中国人和中国知识者的韧性争取，中国同样无可逃脱地开始又一个圆的描画，开始又一个百年中国的梦想与追求。

二　中国悲剧文化的特殊时空

　　20 世纪以一个大苦难为标志降临于中国大地。这个世纪的开始，带给中国人以异常不祥的兆头，预示了又一个长时期的不幸。1900 年 8 月 14 日，八国联军攻陷北京，慈禧挟光绪皇帝出逃西安。1901 年 1 月，慈禧接过改革的口号，在西安发布"变法"上谕，声称此后要"量中华之物力，结与国之欢心"。她为了讨好外国列强，一再声称改革的方针不变，并杀参加反洋教的王公大臣以换取各国资本的信任。一时域中形势极为复杂，更有诸多假象足以迷惑国人。

　　但是 19 世纪最后数年的沉沦，未曾把最后的希望星火扑灭。那些颠沛流离地逃亡和立志于改变中国命运的思想者仍在黑暗之中，以拳拳之心祈祷光明。在沉郁悲苦之中不时也有使人激奋的声音，使人感受到岩浆依然悄悄运行于地下。20 世纪开始了它的纪元，在黑云沉沉的天空中闪过一道雷电。梁启超在《清议报》第 82 期发表《过渡时代论》。该文确认当时万马齐暗的中国社会依然没有失去获得转机的时代机缘，认为中国的潜在生机并没有因为暂时的黑暗而消失。相反，梁启超以非常确定的语气认为中国不仅正处在而且应该利用这个历史转型的机会：

> 今日之中国，过渡时代之中国也。……中国自数千年以来，皆停顿时代也，而今则过渡时代也。……过渡时代者，希望之涌泉也，人间世所最难遇而可贵者也。有进步则有过渡，无过渡亦无进步。……中国自数千年来，常立于一定不易之域，寸地不进，跬步不移，未尝知过渡之为何状也。虽然，为五大洋惊涛骇浪之所冲激，为十九世纪狂飙飞沙之所驱突，于是穷古以来、祖宗遗传、深顽厚锢之根据地，遂渐渐摧落失陷，而全国民族，亦遂不得不经营惨澹，跋涉苦辛，相率而就于过渡之道。

这是这位哲人在 1901 年说的话。在 20 世纪刚结束不久重温这段话，对于中国人来说具有强烈的警策意味。一百年又过去了，这一百年的大多数时间，中国这艘漂荡于重洋巨涛之中的扁舟总是在"两头不到岸"的滚滚波涛之中打旋。我们用一个世纪的奋斗，换来的总是舟已离港而不知彼岸的事实。这是中国人的百年苦闷的象征。这情景，只是到 20 世纪后期中国实行开放政策之后，方始有了大的转机。

梁启超的一番话，能够给陷于深层苦闷的中国人以信心。恶劣的际遇不会改变和泯灭中国知识者的良知以及他们对于社会民族命运的思考。即使是经历了 1898 年那样惊心动魄的突变、大搜捕和大迫害，也不能扑杀那些默默生长的信念的火花。但这一番话也让人感到了一种中国人的悲凉。中国的历史何其漫长，中国的速度何其缓慢。在中国，任何一个事件的改变都必须以超乎寻常的坚韧和耐心来换取。在中国，有更多的时候不给致力于推进者以看到自己目标的机会，它会把无数的验证交给后人，包括再期待和再争取。

近代以来的中国文学，它的一切前进和后退，痛苦和欢乐，成功和失败，都维系于我们前面论述的那一个大背景中。世纪末的忧患已经成为文学变革的潜因，尽管发生戊戌政变、辛亥革命这些近代史上燃起希望而又瞬即失望的事实，但是无数失望却郁积着一次又一次更大的争取。

从根本的导因来考察，中国新文学革命的酝酿是有感于旧文学的未能适应新时代和新生活。文学作为传达情感、思想和愿望的机能受到运载工具的局限，而未能在现代交流中发挥作用，但它的兴起却是由中国的社会因素而触发的。五四新文学革命是五四爱国救亡运动和新文化运动的一个伴随物，或者说，作为反帝反封建的社会运动诱导和支持了作为倡导新文学、反对旧文学的文学运动。郑振铎对这次新文化革命与它的背景作了紧密联系的阐释。他在《中国新文学大系·文学论争集·导言》中说："五四运动是跟着外交的失败而来的学生的爱国运动，而其实也便是这几年来革新运动所蕴积的火山的一个总爆发"，"说是政治运动，爱国运动，其实也便是文化运动"。

1919 年，第一次世界大战后的巴黎和会，中国作为战胜国却在会上受到屈辱。外交的失败激起了国人的义愤。5 月 4 日，以北京大学为首的大学生高呼"外争国权，内惩国贼"的口号，走上街头。当日有 32 人被捕。5 月 6 日，北洋政府国务总理钱能训召开紧急会议，会上有人力主解散北京大学，教育总长傅增湘强烈反对，随即愤而辞职。

对腐败政权的失望引发了对中国社会积重的全面思考，五四学生爱国运动成为一个契机，并由此兴起了全面反帝反封建的新文化运动。科学、民主等新思想的引进与阐发，以及先进的文学界对于革除旧文学弊端而兴起的新文学革命的主张，都是 19 世纪与 20 世纪之交的中国命运思考的现实性延伸。

中国在 19 世纪末所经历的苦难凝结的噩梦，在天安门前化为了现实的呐喊。呐喊过后所经历的镇压与迫害，变作沉郁的思想岩浆在地下运行。它期待着借助一切可能的喷火口，爆喷出地面成为一种改造中国社会的实际行动。

三 近代思想文化革命的宏阔背景

五四新文化运动和五四新文学革命都是天安门呐喊所唤醒的实际行动。它们不是偶然被触发而产生的。对于中国久远的封建主义传统的警觉与批判，使许多先行者都意识到中国必须终结它的古老帝国的历史，从而进入现代世界。为此，必须以科学反对愚昧，以民主替代专制。其基本诱因是世纪之交的衰微沦丧的刺激及反应。

从 19 世纪来到 20 世纪，中国人心情悲凉，步履维艰，为了寻求疗救社会和心理的药方而不惮前行，可以称之为求医心境。这种心境是进入 20 世纪之后一切社会、政治、经济、文化运动的总因。它是系列爆破的总的引信。它叶脉般伸往中国社会以及个人的一切角落，输送着支配整个世纪中国一切行动的心理情绪因素，成为智慧、才能与热情的基本能源。

我们可以从新文化运动和新文学革命的先驱者那里感受到这种生发于民族社会忧患而以新进观点为前导的紧迫感。1915 年《新青年》（原称《青年杂志》）创刊，有"敬告青年"的"谨陈六义"：

1. 自主的而非奴隶的；
2. 进步的而非保守的；
3. 进取的而非退隐的；
4. 世界的而非锁国的；
5. 实利的而非虚文的；
6. 科学的而非想象的。

这六条所体现的科学、民主、进步和开放的意识，即使在今日读来亦不失原先那种先进性的辉煌的震撼。1919 年《新青年》发表宣言，更加鲜明地高举不与传统观念妥协的反抗精神："我们想求社会进化，不得不打破'天经地义''自古如斯'的成见；决计一面抛弃此等旧观念，一面综合前代贤哲当代贤哲和我们自己所想的，创造政治上道德上经济上的新观念，树立新时代的精神，适应新社会的环境。"在与过去保守陈旧观念决绝的同时，高扬的是自立自主的创造精神，这就是"五四"当年的民主思想在学术领域的显示。

蔡元培是五四新文化运动的倡导者之一。他在《中国新文学大系》的总序中传达了中国知识者基于忧患而产生的焦躁迫切的心境。他认为欧洲从复兴到人才辈出用了大约三百年的时间，而中国的情况有其不容忽视的迫切性："至少应以十年的工作抵欧洲各国的百年"，因为"吾国历史，现代环境，督促吾人，不得不有奔轶绝尘的猛进"。这番话写在五四运动后十数年，他认为新文学成绩当然不敢自诩为成熟，"其影响于科学精神民治思想及表现个性的艺术，均尚在进行中"，他希望在第二个与第三个十年到来的时候，"中国的拉飞尔与中国的莎士比亚等应运而生"。

这是充满浪漫精神的理想，从这种热切的期望中，我们可以看到蔡元培这一代知识者与康有为、梁启超那一代知识者心态的共同性。他们总是一次又一次地为想象中的过渡时代祈祷，而又眼巴巴地看着船只在急浪中打旋。中国总是在"两头不到岸"的境界中等待着和失望着。

可以把新文学革命看成是又一次的争取和等待。这是百年中国梦想的又一个组成部分。尽管文学在国人和当局者心目中是微小的，但文学家却把它视为匡时济世的伟大事业。几代知识者为此投入了毕生的精力，而且以非常投入的精神在此后数十年中参与并与中国文学共同经历了举世震惊的文艺劫难。

五四新文学革命是五四社会运动的派生物，也可以说，新文学革命是新思想新文化运动的深入和具体化的结果。由社会性的救亡思想而深入到救亡必须启蒙民众，而要启蒙民众必须改革文学，使之能为普通民众所接受，这想法在当时的先进文学家中是非常明确的。因此，庶几可以这样得出结论：文学革命的初因不是，至少不主要是文学，而首先是反抗封建桎梏和封建统治的功利性行为。

胡适说到新文学的白话文运动时，曾提到人们罕知的王照其人。这人的思想、行为证实了戊戌维新和五四运动中，政治斗争、思想革命与文学改造这些现象之间具有内在精神的一致性。王照参加了戊戌变法，也是当时的一位领袖人物。变法失败后他是被通缉的要犯之一，被迫流亡日本，庚子年（1900年）之后改装潜回国内并隐居于天津。他归国后思想有了大的转变，从"妄冀富强之效出于策略之转移"中觉悟过来，要从教育"芸芸亿兆"下手。他认为富国治理的根本在最大多数的细民，不在少数英俊之士，于是悉心创造"官话字母"，以求使文字语言能够切近民众。这是白话文运动的先行。胡适说："当时也有一班远见的人，眼见国家危亡，必须唤起那最大多数的民众来共同担负这个救国的责任。他们知道民众不能不教育，而中国的古文古字是不配做教育民众的利器的。"①

许多新文化运动的推动者，早时也热衷于科学救国，后来发现社会落后、民众愚钝，于是转而求以文学启发民心。这是救亡的一个选择，也是救亡与启蒙进而结合互相渗透的一个明证。从上引王照的例子可以看到，当年维新主义者选择白话，与新文化运动参加者为新文学寻求适当工具的思考是同向的。他们从不同角度出发，而在同一个社会现实的基础上获得共识。

基于上述，我们认识到五四新文化运动和新文学革命的基本动因是觉世维新和振兴国运，是由社会政治、思想变革的需要转向文学讨取药方。这构成新文学革命救亡、启蒙与艺术自立的创新之间的潜在矛盾。我们在这里探讨的中国文学的历史命运，自从"五四"最初十年结束之后，中国文学运动长时间动荡与不可挽回的倾斜，其原因在最初的文学梦想中即已种下。这是宿命，是不可逃避的。因为这是，也只能是属于中国的文学追求。

---

① 胡适：《中国新文学大系·建设理论集·导言》，见《中国新文学大系·建设理论集》（影印本），上海，上海文艺出版社，2003。

四　作为基本触媒的世纪末忧患

　　五四新文学革命继承了它的前身——近代文学改良运动的基本思想，即有感于国势艰危，思以文学之力而起到强国新民的作用。康有为在1897年《〈日本书目志〉识语》中把文学的教化作用提到最高度："六经不能教，当以小说教之；正史不能入，当以小说入之；语录不能谕，当以小说谕之；律例不能治，当以小说治之。"19世纪末兴起的小说界革命，是从小说的社会教化功能入手的。梁启超同样重视小说在这方面的作用。他在《论小说与群治之关系》中指出："欲改良群治，必自小说界革命始；欲新民，必自新小说始。"他认为从改良宗教、政治、风俗、学艺以及改造人的角度讲，小说的改革都具有先行的决定性作用，因为"小说有不可思议之力支配人道故"。

　　那时的小说界革命或诗界革命，除了注意到内容的革新有助于启发民智，同时也注意到了白话的普及与运用和对于文学教化作用的价值。1901年《无锡白话报》刊登未署名的《论白话为维新之本》的文章，明确举扬反对文言、提倡白话的旗帜，把白话的作用提到极重要的位置："愚天下之具，莫文言若；智天下之具，莫白话若。"认为白话是振兴国运的必要工具："文言兴而后实学废；白话行而后实学兴；实学不兴，是谓无民。"意思是讲没有白话必将无国无民。

新文学的推动者在上述那些基本方面，完全认同他们的前辈。他们对文学的社会改造功能的重视，以及对白话提倡的热情几乎与近代先行者如出一辙。蔡元培指出近代以来人们已由思想改革推进到文学改革，是"因为文学是传导思想的工具"。钱玄同等人更是对旧文学充满了怀疑态度，进而对之展开尖锐的批判。他在 1918 年致陈独秀的信中说：旧文章的内容，"'不到半页，必有发昏做梦的话'；青年子弟，读了这种旧文章，觉其句调铿锵，娓娓可诵，不知不觉，便将为其文中之荒谬道理所征服"。

五四新文学革命直接从近代先行者那里承继了百年梦想的理想精神。尽管 19 世纪 20 世纪之交，中国经历了至少两次幻灭的痛苦：百日维新之后的复仇性反扑和残酷镇压；辛亥革命之后军阀混战，封建势力卷土重来。两次悲剧性经历使人们重新体验了思想上的幻灭和旧事物的顽强生命力——它可以借任何机会显示自己的韧性。但作为文学救国的另一轮尝试，五四新文学革命以似乎从未经受挫折的纯真热情开始了又一次投入。

五四新文学革命作为漫长的结束噩梦的求索途中又一次新的亢奋，至今还留给我们以青春奔放的印象。巴黎和会的丧权辱国，不过是民族积愤的干柴之上一点火星的引燃。作为一个契机，由受损害的民族自尊而激起了对于中国漫长封建历史的反思。以"打倒孔家店"为标志的对于封建主义的批判，以科学、民主为标志的向着现代文明的认同感，都是基于唤醒国民的心智，重新铸造"民魂"的救亡与启蒙融为一体的文学实现。

新文学的设计和创立成为反抗全部旧秩序的手段的试验地和突破口。它成为中国新文化运动的先驱。批判精神是这一运动的前提和基础。面对庞大旧秩序的彻底怀疑和反叛精神，是新的思想家园的精髓。后来的坚信不疑以及皈依经典、迷信个人，是国民性格的软化和退化。因为是 19 世纪末悲剧心态的延伸，它成为世纪忧患的新文学的灵魂。救亡的焦躁与启蒙的崇高感交汇而成为新文学总体精神的悲凉气氛。深刻的怀疑、严峻的思考、悲愤的呐喊、决然的反抗，综合构成了五四新文学先天的悲怆风格。

因为它深受西方个性解放和民主思想的启悟，因此在它的展开中又被糅以自由奔放的情调。新文学最初的成熟作品，大抵都充满了反抗精神，而当这一精神附着于具体的形象，则往往表现为癫狂性的。《狂人日记》中疯子的语言体现了现实的真实性，郭沫若的《凤凰涅槃》和《天狗》的语言也是狂放不羁的。它们在非常规的疯狂状态中，传达出特殊时代的基本精神。整个时代的文学艺术几乎都不是轻松明丽的。

即使如"湖畔"那一伙年轻的专作爱情诗的诗人，在他们那些纯情的歌唱中，那种青春追求也始终为反抗、牺牲、争取的悲凉氛围所笼罩。爱情在当时中国不是一种青春的权利和享受，而是抗争中的使命。它是情感的，甚至要以情感的牺牲为代价。巴金的《家》并没有那种对于青春的陶醉与追恋的轻松甜美，也是无所不在地充斥着反抗、憎恶，甚至是愤怒和死亡。即使是朱自清的抒情散文《背影》，其中父亲穿过铁道、爬上月台那一刹那的印象，也是中国儿女对中国父辈的苦难悲凉所摄取的永恒的镜头。《背影》中有重大的人性因素，但对中国社会赋予的一代人的衰老背影的凭吊至少是同样的浓重。

中国新文学历史的第一页就是在这样严肃而充满使命感的气氛中揭开的。1919 年《新青年》发表宣言，首先高扬的就是怀疑和反抗的精神，认为要"打破'天经地义''自古如斯'的成见"，要抛弃旧观念而创造新思想，以"树立新时代的精神，适应新社会的环境"。针对中国社会的久远苦难，《新青年》为未来中国画出了一幅理想蓝图："我们理想的新时代新社会，是诚实的，进步的，积极的，自由的……劳动而愉快的，全社会幸福的。希望那虚伪的，保守的，消极的，束缚的……渐渐减少，至于消灭。"它几乎把能够想到的美好词语都堆积起来，用来表达我们的未来。想象力有多么丰富，这些描绘未来的词语就有多么丰富。这一切，后来就化为中国文学长久追求的目标。

《新青年》以浪漫派的情调向世人宣示它对旧势力的反抗精神，它在关于"罪案"的答辩之中说：

> 他们所非难本志的，无非是破坏孔教，破坏礼法，破坏国粹，破坏贞节，破坏旧伦理（忠孝节），破坏旧艺术（中国戏），破坏旧宗教（鬼神），破坏旧文学，破坏旧政治（特权人治）这几条罪案。

> 这几条罪案，本社同人当然直认不讳。但是追本溯源，本志同人本来无罪，只因为拥护那德莫克拉西（Democracy）和赛因斯（Science）两位先生，才犯了这几条滔天的大罪。要拥护那德先生，便不得不反对孔教，礼法，贞节，旧伦理，旧政治。要拥护那赛先生，便不得不反对旧艺术，旧宗教。要拥护德先生又要拥护赛先生，便不得不反对国粹和旧文学。

这一番话说出了当时弄潮人的另一种心态，即他们对一切旧物的批判和反对的基本态度。这从一个侧面表明了新文学的浪漫精神。对于他们，一切新的都要召唤，一切旧的都要推倒。他们不在乎在多大程度上能够争取到这些，以及他们是否有可能摒弃那些在悠久历史中形成的生命力持久而顽强的传统文化、习俗和思维方式。

这从一个崭新的层面表达了中国知识者面对的选择困境：他们既无力在一场运动中推倒传统文化和精神的统治，又对自己所呼唤和争取的一切甚至也来不及弄清楚。但由于社会苦难和民族衰落的积郁，他们没有充分准备便投入了一场壮烈而且力量悬殊的抗争。他们普遍具有急于求成的紧迫焦灼心境，希望能以最快的速度和最高的效率赶上世界的潮流，以缩短中国和外部世界的距离。于是他们希望速效和速胜。

前面引述过的蔡元培说的"至少应以十年的工作抵欧洲各国的百年"便是一例。无独有偶，郑伯奇在《中国新文学大系·小说三集·导言》中也谈到，虽然落后国家产生了文学新潮，但先进国家所经历的文学进程，它还要反复一遍。不同的是，这个反复是快速的："这快速的度率和落后的程度可说是反比例的。越是落后的国度，这种进化中的反覆来得越快"，"回顾这短短十年间，中国文学的进展，我们可以看出西欧二百年中的历史在这里很快地反覆了一番"，"西欧两世纪所经过了的文学上的种种动向，都在中国很匆促地而又很杂乱地出现过来"。1932年，刘半农在《初期白话诗稿·序》中曾经感慨短短十几年光景，他们那一辈人都被"挤成了三代以上的古人"，当年新鲜的东西也都不知不觉变成了古董。

这种情景在"五四"过后半个多世纪的开放的文学十年中又重复了一遍。这十年政治上相对宽松，社会从严重的教条约束下释放，得到一种改善性的准自由状态。在这样的环境中，人们面对这个社会因禁锢而生成的愚昧落后与周围世界形成的巨大反差，百年苦难滋长的文学忧患得到弥漫性发展。在高速竞技般展示的节日狂欢的背面，不难看出这一代中国人的失落感，那里隐含着一种沉痛悲凉的感觉。

这乃是万事不如人的蒙羞垢耻心态借助文学的创新以求平衡的实践，20世纪90年代社会文化现实中诸多方面都有这种表现。但文学表现得最集中，最强烈。朦胧诗之后，有新生代乃至新新生代。所谓第三代或第四代诗人或批评家，所谓第五代导演或画家，文学艺术和诗人们都"老"得很快。不觉间，原先的弄潮儿变成了保守的前辈，甚至成了"打倒"的对象。评论界更是不断推出新潮。人们惊呼被"创新的狗"追赶得连喘气的时间都没有了。

这是由于文学蒙受的苦难最严重，而文学家也能最敏锐地感到这种氛围。而从相距数十年在中国重复出现这种巨大的创造热情所包蕴的悲凉情怀，及其表现出的近于疯狂的文学创新的旋舞中，不难看出这是由于挣脱苦难而爆发的补偿快感的刺激，是由于长久的饥渴过后的失常欲求的驱使。中国文学在此种情态和环境中产生的追求新鲜刺激、浮躁喧嚣、不由自主地模仿，以及急功近利、求成心切所造成的粗糙和肤浅，都是这种心态下易于产生也不难理解的弊端。

五 从思想革命到工具革命

在充分宣扬的文学救亡意识的支配下，中国文学的变革呈现出饱满的热情投入精神。初生的文学一开始就进入了反抗旧秩序、建立新秩序的大破坏和大建设的热潮中。作为文学运动的精神思想支柱，胡适从纷繁的现实情态中，将此归纳为"人的文学"和"活的文学"两大内容。这可以认为是对五四新文学精神的较为深入精确的把握。

"活的文学"重点在文学的运载工具的改革上。即从以脱离民众口语和社会现实的文言作为工具，转变到以现代人常用的口语为基础的规范化的现代汉语作为工具上来。白话的提倡以及它对文言的战胜所具有的价值和功绩，是逐渐被认识到的。相当一段时间流传过的提倡白话文是形式主义的谬误，后来也得到了辨析。

白话的提倡和运用是旷古绝伦的伟大事件。由于运载工具的变革，文学的面貌为之一新。它具备了成为新的文学最必要的前提。文言的弊端在"五四"先驱者那里几乎是不言而喻的。胡适指出，文言对于前进的时局已经成了极大的障碍。首先是当时大量的时务策论的文章，其次是翻译外国的学术著作，最后是用古文翻译外国小说，均感到无法表达新思想新观念，从而有不能沟通的痛苦。

胡适曾引用严复在《群己权界论》一文中自我辩护的话："海内读吾译者，往往以不可猝解，訾其艰深，不知原书之难，且实过之。理本奥衍，与不佞文字固无涉也。"胡适认为从严复的"理本奥衍，与不佞文字固无涉也"这13个字里，听到了古文学的丧钟，听见了古文字在自己宣告死刑。严复的话宣布了古文在表达现代新思想的复杂深刻的论述方面的无能。它在现代科学文化学术面前，表现出难以传达、沟通的尴尬。严复的文言功底谁也不会怀疑，所谓"无涉"恰恰表现了这一运载工具的总体的失败。

"活的文学"的倡导，勇敢而果断地宣告了其与传统思维方式以及传统传播手段的决裂。这种决裂的纵的背景，依然是对于封建思想文化体系的警惕。钱玄同说的"浪人发昏"，即指文言以它的完备周到而诱人误入歧途。那一代人在新时代中觉悟而树立的破除迷信、解放思想，首先是从文体革命入手，即以传播手段的改革而断绝封建思想的后路。其动因也完全是从这一背景出发的。

那时的中国人已经认识到他们生活在一个全球性的开放环境中，他们不能听任那些啃啮了数千年的精神思想毒素继续肆虐。他们最极端的口号是"无父无君无法无天"，是"排孔"——"以孔毒之入人深，非用刮骨破疽之术不能庆更生"。因为对这一点有充分的警觉，于是有了陈独秀诸人讲的在建立白话文的问题上"决不容讨论"的"粗暴"。这体现了那一代人的胆识和魄力，以及他们蔑视庞大的传统存在的反叛精神。

文体革命倡导"活的文学"，以建立白话文并明确其在新文学革命中的主导地位，这既是一场恶战，也是一场速胜战。文体革命顷刻之间颠覆了数千年的封建体系对国人精神思想的覆盖。这虽说是一种焦躁心境的体现，但就因为白话文的出现，中国人可以"暂时"地把那一整套的封建思想体系放置一旁。而从新文体所构筑的新世界中思维和运作这点看，其意义不仅巨大而且深远。

基于上述，可见文体革命体现了毫不妥协的反封建的彻底性，它的建立是一个翻天覆地的工程。其最直接最显著的结果是出现了两个符码系统：人们可以把旧系统弃置一边（尽管不能断绝它的影响），从而完全自由地在自己建造的新系统中生活。这使数千年受到语言强加和暴虐的中国人第一次获得了思维的自由和快感。这种以快速反应的方式弃绝和排除传统影响的行动，是"中国式的"，也是全面颠覆传统文化根基的巨大反叛。

事实就是这样：当白话新诗出现时，全部文言旧诗便从人们的文化视野里"消失"了。这种"消失"也可以说是"消灭"——尽管事实并非如此。但无论如何，人们可以尽情地、自由自在地去做他们自己选择的"新诗"，而从思想上对旧诗加以消解。当白话文成为一种新的沟通、交流手段时，由文言构成的一切也就自然地成了"历史"。小至公文写作，大至科举制度，文言都无可奈何地退出了历史舞台。

白话文的创立导致了与传统思维方式的决裂。手段的创新和变革，使新的观念和思维方式有可能得到表达和充分的装填。这当然意味着新思想和新观念的占领。"五四"作为一个伟大的思想解放时代，它所创立的新文学作为一种不同于以往几千年旧文学的文学样式，其表现手段以白话语体代替文言古文是一个决定性的步骤和伟大的成功。以上所述，是形式和手段上的革命；在文学的内涵上，区别于以往的传统古文学的，是"五四"引进和提供了与以往不同的建设性内容，这便是"人的文学"的提倡。"人的文学"是一个最富革命性的命题。

与"人的文学"相对立的是"非人的文学"，或曰"吃人的文学"。它有两个方面的含义：旧文学的内容是非人的占领和统治；旧文学窒息人的本质和生机，从而使人成为非人。人从神权和皇权的重压下解放出来，人的自觉和人性的解放是对于非人非我的勇敢否定。《新青年》杂志自创刊以来就不遗余力地倡导人的精神：1918 年 6 月推出易卜生专号。1918 年 12 月提出健全的个人主义和真正纯粹的个人主义。第五卷第六号刊出周作人的《人的文学》。这是一篇关于新文学内容革命最具实质性的宣言。它明确主张"人的文学"而反对"非人的文学"："凡有违反人性不自然的习惯制度，都应排斥改正"；"凡兽性的余留，与古代礼法可以阻碍人性向上的发展者，也都应排斥改正"；"我所说的人道主义，并非世间所谓'悲天悯人'或'博施济众'的慈善主义，乃是一种个人主义的人间本位主义"。胡适称周作人此文是一篇"最平实的伟大宣言"。朱自清则认为它传达的是"时代的声音"，这是"五四"提出的新时代的理想精神。《新青年》的一班朋友在当年提倡这种淡薄平实的"个人主义的人间本位"，也颇能引起一班青年男女向上的热情，造成一个可以称为"个人解放"的时代。然而，当我们提倡那种思想的时候，人类正从一场"非人的"血战里逃出来，世界正在起一种激烈的变化。

"人的文学"的提出，其意义不限于文学自身，还包括了对思想、精神、文化的历史性反驳，即对"非人的文学"以及造成这种文学的环境的大胆质疑。它对世界新文化精神的适应一下子就使自己达到当时的思想高度。"人的文学"的提倡，其表面层次是对于数千年非人统治的背叛，以及对于非人生存状态的反抗；但它提倡的深层含义及它最精粹的部分——"个人主义的人间本位主义"的提出，以及它所希望造成的"个人解放"的时代，无疑地加入了第一次世界大战之后世界争取新文明的总格局。

六　现代文明的盗火者

从思想革新到工具革新、由思想解放到个性解放这一综合过程体现了五四新文化运动最主要的成果。前已述及，这一切均受到了百年忧患和梦想的潜在影响和决定。这些因素给新文学革命以活力。这无疑是当年先驱者赋予新文学的充满现代色彩的品质。在前面的叙述中，我们不断提醒和强调中国现实的和历史的原因所给予新文学革命推动者们的精神启示和思想营养。在中国感到了自身的衰废而谋求振兴之时，中国的求医心境只能把希望的目光转向域外。因为在当时的探求者心目之中，以孔学为代表的传统文化不仅未能拯救民魂和重新铸造中国的品格，相反，它们不啻是麻醉剂使民族沉沦。当人们把批判的目标指向传统的时候，对于外面世界的兴趣就成为主要的甚而是唯一的了。

需要重视的是文学革命一开始就体现出来的开放意识，即盗取世界现代文明之光从而烛照东方旷古黑暗的致力。在新文学运动中以丰硕的创作实践以及以才智之光在运动中起积极引导作用的那一批人，几乎都是世界现代文明的盗火者。在中国新文学革命前后出现的几批人中，最先的一批由被叫作留学生的人构成，是当时留学西方、接受世界先进文化和科学技术的那一批人。

由曾小逸主编的《走向世界文学——中国现代作家与外国文学》一书，内容涉及世界上数十个国家，三百多位作家、诗人。涉及的中国作家简直构成了少有遗漏的中国现代文学大师名录。小说方面，有鲁迅、许地山、茅盾、郁达夫、王统照、老舍、废名、沈从文、艾芜、巴金、施蛰存、张天翼、路翎；诗歌方面，有郭沫若、徐志摩、闻一多、李金发、冰心、蒋光慈、冯至、戴望舒、艾青、卞之琳、何其芳；散文方面，有周作人、丰子恺、梁遇春；戏剧方面，有田汉、夏衍、曹禺。他们由于置身其中，因此在对外来文化的态度上很少有阻力，而且也很少有东西文化冲撞的苦痛。当时的思想解放是无所顾忌的，以外来思想文化为参照，甚至是直接引用。他们以外国思想革命、艺术革命为模式，无拘束的自由奔放与那种历史重压下形成的超人的解放者或圣者形成了对比。自由的、洒脱的、奔放的、没有唯恐失去什么的忧心忡忡的精神，使他们在当时西风吹飏之中获得了从未有过的轻松。

如同迎接一次盛典，中国知识界在猛烈抨击死守国故的"遗老遗少"之后，显得是完全解放似的向着西方顶礼。他们在经过了五四初期的激烈论战后，仿佛获得了胜利者的轻松，因此言行也坦率大胆。那时的口号就是"拿来"。从字面上看，仿佛那一切是现成的，只需一伸手即可拿来，拿来即可用上。鲁迅是说得全面的，"我们要拿来。我们要或使用，或存放，或毁灭。那么，主人是新主人，宅子也就会成为新宅子……没有拿来的，文艺不能自成为新文艺"。鲁迅这篇叫作《拿来主义》的文章，其立论建立在批判旧文化的基点之上，他强烈抨击闭关之后的对于古董的弘扬：

　　中国一向是所谓"闭关主义"，自己不去，别人也不许来。自从给枪炮打破了大门之后，又碰了一串钉子，到现在，成了什么都是"送去主义"了。别的且不说罢，单是学艺上的东西，近来就先送一批古董到巴黎去展览，但终"不知后事如何"；还有几位"大师"们捧着几张古画和新画，在欧洲各国一路的挂过去，叫作"发扬国光"。听说不远还要送梅兰芳博士到苏联去，以催进"象征主义"，此后是顺便到欧洲传道。我在这里不想讨论梅博士演艺和象征主义的关系，总之，活人替代了古董，我敢说，也可以算得显出一点进步了。

　　但我们没有人根据了"礼尚往来"的仪节，说道：拿来！①

　　那时新进的人士都不讳言西方文化对于中国的影响和贡献。朱自清在讲新文学和新诗的兴起时，论述其与西方文化传播的直接关系：最大的影响是外国的影响。梁实秋说外国的影响是白话文的导火线，他指出美国印象主义者六戒条里也有不用典，不用陈腐的套。甚至新式标点和诗的分段分行也是模仿外国。而外国文学的翻译，更是明证。胡适自己说，《关不住了》一首是他的新诗成立的纪元，而这首诗却是译的，正是一个重要的例子。

　　梁实秋是其中把这种关系说得透彻而大胆的一位。他在《新诗的格调及其他》中说："我一向以为新文学运动的最大的成因，便是外国文学的影响；新诗，实际就是中文写的外国诗。"他具体联系新月派的诗明确指出，"新月一群的诗的观念是外国式的"，他们在《诗刊》上要实验的是用中文来创造外国诗的格律，来装进外国式的诗意。梁实秋认为当时新文学的全部趋势是渐渐地趋于艺术的讲究了，而"所谓诗的艺术当然是以外国

---

　　① 见《鲁迅全集》，第 6 卷，38 页，北京，人民出版社，1981。

的为模仿对象"。梁实秋断然说："外国文学的影响是好的，我们该充分地
欢迎它侵略到中国的诗坛。"

思想解放的时代，人们谈论一切问题都无所顾忌。在一些看似片面的
议论背后，恰恰说明了事实的某些本质属性。例如中国新文学与外国文学
的关系便是。觉悟的中国知识界洞察了古文学与旧文化、旧礼教的千丝万
缕的联系，了解到它对社会进步和现代化进程的障碍作用，一批受到西方
影响的人出于对西方学术和艺术的了解而取作范式，则是可以理解也非常
合理的。我们可以从新文学的设计、诞生、形成到出现较为成熟的作家和
经典性作品这一过程中得到证实。

中国新文学不是从天上掉下来的，也不是凭空制作的。它当然与中国
的传统文化和传统文学有亲缘联系，历史和人为终将无法割断这种联系。
它从中国文化母体中得到遗传和滋养也是不可抹杀的事实。但在"五四"
和新文学革命中，新文学将革命的目标对准旧文学也是深刻的历史必然。
当人们决定推倒旧偶像时，忽略甚至无视那偶像的合理存在价值是自然而
然的事。

事实是这一番"打倒"之后的重建毕竟有了辉煌的结果。这的确应当
感谢中国新文学运动的先驱者的大胆而果断的抉择和汲取。正是这种汲取
触发了新文学的极大转机。西方思想文化精神的引入过程并不是一种取
代，它在这片中国土地上必然发生新的变化。这种引入当然带来了震撼、
警惕乃至敌意的排斥。

两种截然不同的文化的遭遇带来的矛盾冲撞也自有一份深刻的苦痛，
但结果却是积极的。即异质入侵母体生出了一种融汇和杂交的效果。终于
出现了一个新的健全的渗透和结合。尽管新文学数十年来的实践未臻完
满，然而却不能回过头来怀疑这一历史必然性和合理性。在新文学发生后
的数十年中，特别是从 20 世纪 40 年代初至 70 年代末的 40 年间，有众多

的事实让人在这种怀疑乃至否定面前感到担心。面对外来文化时中国所具有的那种近于过敏性的警惕，受到了村社文化心态的鼓励。这一切由于民族主义和农民意识占据主流地位而使义和团式的排外倾向文化化。一种特殊心态与主流意识形态的结合，终于使这一切心理歧向不仅合法化，而且成为一种不易治愈的文化心理顽症。

每当社会和民族危机加剧，文化上的封闭倾向总借"弘扬民族文化"一类口号卷土重来。而它的攻击目标便是外来文化，特别是西方文明。这时候用以阻止人们接近的口实，便是百年来未有任何变化的"数典忘祖""崇洋媚外"的罪名。20 世纪 50 年代以后，由于国际关系的意识形态化，中国对于外来文化的态度也随着国际关系的改变而不断改变。这种改变使文学的发展受到损害。即使在进入 80 年代的社会开放的形势下，这种意识形态的干扰也从未断绝。百年的隐忧并未消失。

尽管行政干预的力量仍然强大，意识形态依然有足够的可能性改变文化策略。中国文学从"文化大革命"结束以后开始的自觉反思运动，极大地提高了它向西方世界接近的自觉性。中国事实上已与世界处于同一体。从诗和小说到艺术的其他各个门类，新时期以来的中国文学以飞跃的步子跨入今日世界的总格局，包括人们时常诟病的"诺贝尔情结"在内，都是事实上进入全球文学秩序的证实。

百年的焦躁和急切使中国文学有可能排除非艺术的干扰而独自行事。尽管十年的社会动荡曾经不断给这种全球性文化交流以不良影响，但成熟的中国文学能够排除或绕过这种困厄而艰难地前进。时代和人民都在进步，反进步的力量事实上不可能改变一切。

七 民主精神与包容性

在五四运动科学、民主旗帜下形成的中国新文学，民主意识是它的精魂。这是由于"个人主义的人间本位主义"的倡导，以及对"人的文学"的呼唤，加上新文学运动对于外国文化的引进与吸收所形成的开放思想以及个性解放与个性主义的确立，快速生长起来的是艺术民主思想。平等的竞争，充分展开的个性主义，以及为社会的献身精神，都是民主思维的产物。这一思维赋予中国新文学以宽阔的胸襟和开放的视野，于是有了新文学运动初期那种此起彼伏和无拘无束的创造性和竞争精神。

最先偷吃禁果的那一班人，他们从奥林匹斯山上盗来了烛照中国封建长夜的火种，随后他们发现火种可能是疗救社会病变的药石。因此在鲁迅的小说《药》中，他把肺痨和封建戕害下的愚顽一样地视为中国社会肌体的病变，借此唤起民众的民主和文明觉悟便是此刻的药。

那时的人一门心思想拯救中国于封建的危难，其宽阔的胸襟以及勇于前瞻的自信心与这个社会氛围相一致。除了少数封建卫道士以外，一般的人并没有后来人们那样的小农式的心胸狭窄。那时的人是很以玩弄古董、文物、国粹、闲适为羞耻的，也很怕自己与儒家孔学甚至旧诗发生什么联系。在强国新民这一大目标的指引下，学术、文艺上的兼容并包不仅是蔡元培治理北京大学的原则，而且也是包括文学在内的整个文化的共同品质。

周作人很早就提倡文学上的宽容而反对强迫的统一。他的立论基点在于充分重视文学的自由本质：

> 文学以自己表现为主体，以感染他人为作用，是个人的，亦为人类的。……人的个性既然是各各不同，那么表现出来的文艺当然是不同的。现在倘若拿了批评上的大道理去强迫统一，即使这不可能的事情居然实现了，这样文艺作品已经失了它唯一的条件，其实不能成为文艺了。

如下的一段话是极重要的：

> 文艺的生命是自由不是平等，是分离不是合并，所以宽容是文艺发达的必要条件。

这种宽容并不包括旧文艺：

> 宽容者对过去的文艺固然予以相当的承认与尊重，但是无所用其宽容，因为这种文艺已经过去了，不是现在的势力所能干涉，便再没有宽容的问题了……老实说，在中国现在文艺界宽容旧派还不成为问题，倒是新派究竟是否已成为势力，应否忍受旧派的迫压，却是未可疏忽的一个问题。（周作人《文艺上的宽容》）

从这些叙述中可以看出，五四时代的宽容精神并不是庸俗的好好先生，而是明确目标、深明大义，是具有极强的针对性的批判精神的概括与伸延。

在初期的新文学营垒中，随处可见那种自立门户的文学社团的萌生与对立，它们具有鲜明的排他性并展开过长期的论争。这种论争有时是激烈的，但是没有发生过后来几乎无时无地不在发生的强迫统一的现象。五四时期那种流派兴起现象是艺术民主思想定型化的体现，也是文学自由秩序建立的体现。纷争的出现和对峙，说明自由的心态与竞争意识本身便是兼收并蓄、兼容并包的宽容精神创造出的新文艺格局。

正是这种无拘束的自由竞争与自由讨论的局面，形成了那一代不褊狭的宽阔视野，由此自然生长着基于艺术民主精神的向心力。这种向心力使所有的文学家向着艺术自身规律寻求真理和创造灵感，而且目不旁视。他们不依仗行政权力的霸权话语，而只听凭艺术家自身的才智与悟性。

那时并没有出现文艺主流意识，因此也没有人自信有力量按照自己的意欲使文艺家在大一统的格局中就范。因此这种自然形成的围绕于艺术本身规律的向心力，造成了事实上的对于意识形态化和权力依附的消解。由于它坚定而顽强地维护文艺的独立性和艺术家不容侵犯的创作自由，在表面纷乱的表现中呈现的是相对纯净的艺术氛围。

那时的人们重视的是文艺的自由，而弃绝任何强加的一致性。周作人曾引郑振铎在《文学旬刊》第41期的一篇文章中的一段文字：

> 鼓吹血和泪的文学，不是便叫一切的作家都弃了他素来的主义，齐向这方面努力；也不是便以为除了血和泪的作品以外，更没有别的好文学。文学是情绪的作品。我们不能强欢乐的人哭泣，正如不能叫那些哭泣的人强为欢笑。（周作人《文艺的统一》）

这种基于文艺特性出发的民主观念，正是那种要作家放弃自身并迫使一致的非民主倾向的天敌。

另一篇许华天写的《创作的自由》说得更明确：

> 我想文学的世界里，应当绝对自由。有情感忍不住了须发泄时，就自然给他发泄出来罢了。千万不用有人来特别制定一个樊篱，应当个个作者都须在樊篱内写作。在我们看起来，现世是万分悲哀的了；但也说不定有些睡在情人膝头的人，全未觉得呢？你就不准他自由创作情爱的诗歌么？推而极之，我们想要哭时，就自由的哭罢；有人想要笑时，就自由的笑罢。谁在文学的世界上，规定只准有哭的作品而不准有笑的作品呢？

持这种主张最为坚定的是周作人，当人们正把热情投放于新文学的建设，正是白话新文学建立的时候，他先人一步以"人的文学"为号召以充实新文学内涵的革命性。当各派力量竞相竖起旗帜或忙于论战的时候，他的超前目光已经从青蘋之末感到未来的风暴。当时周作人的隐忧已为随后漫长岁月中的丰富资料所证实。周作人当时从一篇文章中谈到如下一段话：

> 若不能感受这种普遍的苦闷，安慰普遍的精神，只在自己底抑郁牢骚上做工夫，那就空无所有。因为他所感受的苦闷，是自己个人底境遇；他所得到的愉快，也是自己个人底安慰。全然与人生无涉。换句话说，他所表现的不过是著者个人底荣枯，不是人类公同的感情。（周作人《文艺的统一》）

周作人剖析了极端重视人类共同感情而未重视个人感情的倾向，重申"文学以个人自己为本位"的观点。"个人的感情当然没有与人类不共同的地方"，"文学上写千人的苦乐固可，写一人的苦乐亦无不可，这都是著者的自由"（周作人《文艺的统一》）。从一篇文章看一个倾向，从一个倾向预感未来的可能，这对于一位文艺家是极为可贵的素质。周作人说：

> 文艺是人生的，不是为人生的，是个人的，因此也即是人类的；文艺的生命是自由而非平等，是分离而非合并。一切主张倘若与这相背，无论凭了什么神圣的名字，其结果便是破坏文艺的生命，造成呆板虚假的作品，即为本主张颓废的始基。欧洲文学史上的陈迹，指出许多同样的兴衰，到了二十世纪才算觉悟，不复有统一文学潮流的企画，听各派自由发展，日益趋于繁盛。这个情形很足供我们的借鉴，我希望大家弃舍了统一的空想，去各行其是的实地工作，做得一分是一分，这才是充实自己的一生的道路。（周作人《文艺的统一》）

周作人这番话好像预见了未来发生的事。推前数十年说出的话仿佛对着某种实有事物而发，其警策和准确让人吃惊。作为一个自由主义者，他主论于那个心灵和思想都开放的时代，因而丝毫没有外界压迫而导致的心理失衡。他的理直气壮给人以深刻印象。可悲的是，他在这里论述欧洲历史陈迹以及 20 世纪之对于我们，本是一次与世界趋势逆反的陷入。大概是欧洲获得觉悟之后约 30 年的光景，我们方才开始不觉悟的"统一文学潮流的企画"。

我们仍然把话题拉回到那个时代的自由精神和宽容精神上面来。对于那个时代的真实的人来说，他们同时具有两种品质：一是能坚持，二是能容忍。坚持是对自由而言，坚持自由的信仰和追求，勠力向前去做而不管别人说什么、如何说。各人按照各人的思想生活，各人作各人的文章。做人如郁达夫、徐志摩，在私生活以及社会生活方面，都是率性而为。因此生前身后有众多的议论，而且在文坛留下了值得反复谈论的话题。

至于为文，那一代人的创新和自由创造精神是惊人的。他们总是把文章作得遂心如意，绝不雷同于他人。俞平伯和朱自清的同题散文《桨声灯影里的秦淮河》便是一例。再早一些，即是新文学发轫期，胡适和沈尹默写同题诗《人力车夫》也是一例。这是相约而作的。也有不约而作却成为各具特色的美文的，如冰心的《南归》和徐志摩的《我的祖母之死》，一写母亲，一写祖母，同为悼文，但写法各有其趣，堪称双璧。

对于那个时代，文艺的统一化是不可设想的，即使是置身其中的坚持者，一般也不会以自己追求的坚定性要求他人。相反，他会以谅解和宽容的态度对待与自己不同的艺术追求。柳亚子是旧文学营垒中人，而且是南社的重要成员，一向以推进旧体诗为自己的目标。对于旧诗，他是不倦也不动摇的身体力行者。令人感兴趣的是，他却对新诗的价值和处境作了与自己所维护的截然不同的评价。他的《新诗和旧诗》一文是我们此刻论述宽容、自由、独立和艺术民主意识的证明：

> 我是喜欢写旧诗的人，不过我敢大胆肯定地说道：再过五十年，是不见得会有人再做旧诗了。
>
> 平仄是旧诗的生命线，但据语文学上的趋势看起来，平仄是非废不可的。那末，五十年以后，平仄已经没有人懂，难道再有人来做旧诗吗？
>
> 也许有人要问，既然如此，为什么现在有几位新文学的作家，也喜欢写旧诗呢？我以为，这不过是一种畸形的现状罢了，虽然他们写得很好，言之有物和清新有味的地方，可以超过旧诗的专家。不过，

对于旧诗，只是一种回光返照，是无法延长它底生命的。

也许还有人要问，那末你为什么还是喜欢写旧诗呢？我以为，这是癖好的问题，也可以说是惰性的问题。我从前打过譬喻，认为中国的旧文学，可以比它做鸦片烟，一上了瘾，便不易解脱。我自己就是这样的一个人。所以，虽然认定白话文一定要代替文言文，但有时候不免还要写文言文；虽然认定新诗一定要代替旧诗，但对于新诗，简直不敢去学，而还是做我的旧诗，这完全是结习太深不易割舍的缘故，是不可为训的呢。

该文写于 1942 年 8 月，作者逝世后发表于《新文学史料》1979 年第 3 期。这里所体现的明理、豁达、大度、谅解精神，正是"五四"那一代人的基本特征。

八　历史的倾斜与歧变

对于中国新文学而言，有幸的是它在建立之后有大约十年或者更长一段时间的极度辉煌。仿佛是酝酿了一个漫长冬季的花卉，在早春来临的时刻，一下子开完了一年的花事。其所以是辉煌的，是因为迄今为止称得上是大师式、杰出的人和文大体在那时都已出现。这是中国新文学让人永远怀念的花季。

谈到不幸，是由于那个辉煌是短暂的。文学受到外力的强加，它没有按照艺术自身的轨迹继续运动。以"五四"作为良好开端的新文学以两大思想支柱的确定为标志：从"活的文学"入手，进行运载工具的试验，有效地确定了白话的现代汉语在文学中的地位；从"人的文学"入手，进行文学内涵的革命性改造，在此基础上确认了自由的、人性的和个人本位的文学价值及秩序。由于艺术民主的弘扬，宽容、谅解、竞争的精神得到普遍认同。最后确定中国文学的多元化格局。这是人们可能认识到并且希望得以实现的文学梦。但不幸的是，这个梦在现实的严酷性面前，经历了逐渐幻灭的过程。

中国新文学从 20 世纪 20 年代就开始一种倾斜的滑行。概括地加以考察，其原因来自中国社会的实际处境：中国仍然如同往昔那样充满悲哀和苦难，内忧外患使中国社会动荡不安。这处境逼迫文学回到原先的环境中去——这环境是由社会决定的。文学以外的原因要文学顺应它的要求，改变已有的流向。新文学面临的现实社会的质询，使新文学重新与中国传统中的文以载道思想接续起来。

近代以来，文学中的救亡意识和社会使命感，与五四新文学初期出现的"为人生"的文学合流。由此往后的发展，使"为艺术"和纯美的追求陷于不利处境。随后，这种处境被视为非合理的主张而在新文学中被挤压成非主流形象。而占据主流地位的，则是与挽救社会危机相联系的为人生、为社会，甚至是为政治的作家和作品。这些艺术中受到鼓励的是功利意图和意识形态化倾向。艺术的"自向目的"不受重视，甚至完全被忽视。总的趋势是"为人生"掩盖了"为艺术"，表现社会掩盖了表现个人及个性，救亡掩盖了启蒙。

由于为工农兵服务的倡导以及阶级意识在文艺中的兴起，随之而来，无产阶级主体地位在文艺中得以确定。按照后来通行的说法，在中国，不论工人还是军人都来自农民，因而阶级意识的兴盛和强调，实际上也就是农民地位的神圣化。农民的趣味和习惯，农民的文化和审美标准，随着农民战争和农民革命的胜利，得到了政策的保护和确定。

一开始，在中国的某个或某些边远落后的地区，初始状态的民间形式如秧歌、剪纸和民间说唱得到莎士比亚式的推崇。由于权威性的号召和倡导，一些作家和诗人开始用民间的模式和格式仿造那些低文化、少文化的普通农民及干部所欢迎的作品，在这些作品中民间的方式被直接引用。一部歌剧、一首长诗和若干短篇小说从此成为经典的范式。而后由于战争的胜利，这种范式在行政力量的鼓励下普遍推广。

于是，中国始于"五四"的文艺现代化进程停滞了，回归传统文学的倾向取代了走向世界的现代化进程。文艺界开始不间断地批判脱离群众的西化和洋化。在中国演出奥斯特洛夫斯基的《大雷雨》或莎士比亚、易卜生的剧作被认为是崇拜外国或"数典忘祖"。

主流文学的概念从此出现。由于意识形态的需要，对现实政治有用的创作倾向和创作思想的地位得到提高，作家对传统意义上的现实主义创作方法进行了革命改造，现实主义被加上了修饰语，诸如"积极的""革命的"或"社会主义的"。这种修饰语给旧概念注入了新内涵，也使原有的含义转型，大体上鼓励一种表现革命成果和肯定现有秩序的切近实际的态度和方法。当这一切受到政治的保护、鼓励和肯定时，它就成为一种带有浓厚的党派意识和官方色彩的文艺政策。

为了使它的主流地位不至于受到威胁，它进一步要求得到更为广泛、更为合理的推广，并以此统一现存的全部文艺。这种要求当然会受到艺术规律的反抗。而且这种反抗往往会带来某种连锁式的反应，实际上可能危及理想的文学秩序的建立和巩固。

于是代表主流意识的理论批评为了维护自身的生存利益，必然以革命和进步的名义对非主流的文学现象和文学观念加以制裁，这种制裁有时被称为批判，更多的时候则被称作斗争。"五四"以后十余年间，中国文学就开始了这种为维护某种被认为唯一正确的思想观念而进行的批判斗争。这种非文艺的"文艺运动"进行得既激烈又漫长，以至于最后培育了目的不在于建设而在于破坏的文学批评品格。

"五四"革命文学的传统，在新的时代背景下，很早就受到激进的、有着新兴思想的人们的怀疑。傅东华回忆说，早在国民革命军誓师北伐的前一年，即 1925 年，"革命的情绪早已弥漫了南北"，早在 1923 年的时候，"郭沫若就已替五四新文学打起了丧钟"。郭沫若在那时发表的《我们的文学新运动》一文中说：

> 四五年前的白话文革命，在破了的絮袄上虽说打上了几个补丁，在污了的粉壁上虽说涂上了一片白垩，但是里面的内容依然还是败棉，依然还是粪土。Bourgeois 的根性，在那些提倡者与附和者之中是植根太深了，我们要把恶根性和盘推翻，要把那败棉烧成灰烬，把那粪土消灭于无形。（傅东华《十年来的中国文艺》）

原先宽广甚而宽容的文学变得多疑、敏感和极端狭隘。意识形态的利益使许多可能性受阻。一次文艺运动就是一次封锁通道的行动。若干次运动过后，文艺的可能性和可选择性就受到严重的削弱。每次文艺的批判运动都声称是旨在使文艺更为纯化的运动。这种纯化若指的是艺术上的，则实行甚为困难；而纯化往往指的是社会政治、意识形态及党派利益上的，因为不具文艺性，所以它可以畅行无阻地得以实现。

中国文艺开始以一种得到认可的"钦定"的文艺模式企图囊括覆盖全部文艺以实现大一统目标。狭隘的观念，偏仄的趣味，因为符合和投好切入现实政治的口味而占据有利地位。"五四"的大气度为另一种品格所取代。无休止的名词、口号、主义的论争，形成疲劳轰炸，削弱了人们的精力和才智。

夸夸其谈和咄咄逼人成为一时风尚，有些人自以为掌握了新的真理，开始用怀疑和质问的口吻与目光谈论五四初期提出的命题。革命文学的命题代替了当时的文学革命。因为是站在新的革命文学的立场，于是文学革命的目的、任务、性质自然而然地处于被重新审查的位置。

问题不再是旧文学如何进行革命性的建设和变革，而是"怎样地建设革命文学"。李初梨认为以白话文的建立为标志的文学革命已经分化，一派"深深地潜入最后的唯一的革命阶级",一派则与封建势力合流,形成了"官僚化的《新青年》右派",他认为这是"五四"之后出现的"反动局面"。

"五四"文学革命初步形成的诸派并立的多元格局,由于阶级斗争和阶级分析观念的引入,自然被划分为革命与不革命或反革命、进步与反动的两营垒,退回到二元对立的格局上来。瞿秋白在《"自由人"的文化运动》一文中认为:"脱离大众而自由的'自由人',已经没有什么'五四未竟之遗业'。他们的道路只有两条,或者为着大众服务,或者去为着大众的仇敌服务。"

大约十年以后,毛泽东更为完善和发展了这种阶级论笼罩下的二元对立模式:"你是资产阶级文艺家,你就不歌颂无产阶级而歌颂资产阶级;你是无产阶级文艺家,你就不歌颂资产阶级而歌颂无产阶级和劳动人民:二者必居其一。"① 这种绝对性判断一直延续到 20 世纪 80 年代,甚至 90 年代尚有余绪。而代表革命和进步力量的创造社,因为是站在小有产者立场,是"干干净净地把从来他所有的一切布尔乔亚、意德沃罗基完全地克服",因此它代表了文学的主流和正统。革命文学论者高度评价创造社的功绩。

在阶级观念支配下,革命文学所确认的文艺实践失去了原有的活泼性和宽泛性,甚至极端地认为:

> 一切的艺术,都是宣传,普遍地而且不可逃避地是宣传。有时无意识地,然而时常故意地是宣传。

---

① 《毛泽东著作选读》(下),550～551 页,北京,人民出版社,1986。

从这时起，开始了对"五四"自由的和个性的文艺的批判。当然首当其冲的是文学的趣味。革命文学论者批判"趣味文学"的实质有四点：

> 第一，以"趣味"为中心，使他们自己的阶级更加巩固起来。

> 第二，以"趣味"为鱼饵，把社会的中间层，浮动分子组织进他的阵营内。

> 第三，以"趣味"为护符，蒙蔽一切社会恶。在中国社会关系尖锐化了的今日，他们惟恐一般大众参加社会争斗，拼命地把一般人的关心引到一个无风地带。

> 第四，以"趣味"为鸦片，麻醉青年。①

基于对文学进行阶级分析和阶级划分这一前提，不能不由此引发对"五四"以来文学革命成果的怀疑。茅盾反问：

> 曾有什么作品描写小商人、中小农、破落的书香人家……所受到的痛苦么？没有呢，绝对没有！几乎全国十分之六，是属于小资产阶级的中国。然而它的文坛上没有表现小资产阶级的作品，这不能不说是怪现象罢！这仿佛证明了我们的作家一向只忙于追逐世界文艺的新潮，几乎成为东施效颦，而对于自己家内有什么主要材料这问题，好像是从未有过一度的考量。②

类似茅盾这样的反问，在 20 世纪 60 年代中期，也是十分熟悉的。此后一有机会，这样的反诘便被重新推出，直至 80 年代最后一年，甚至 90 年代末也是如此。文学是无可挽回地从文学革命转向了革命文学，创造社里有几员大将都是力主此论的。为了鼓吹他们所坚信的革命文学，他们甚

---

① 李初梨：《怎样地建设革命文学》，载《文化批判》，1928（2）。
② 茅盾：《从牯岭到东京》，载《小说月报》，第十九卷第十号。

至表现出不容讨论的坚定性和执拗。郭沫若列出了"文学＝革命"的公式，他认为运用言语来表现时，就是：文学是革命的函数，它写的内容是跟随革命的意义转变的。这是一种推向极端的倡导。在谈到对于文学内容的要求时，他的回答是一种否定的结论："我们对于个人主义的自由主义要根本铲除，我们对于浪漫主义的文艺也要采取一种彻底反抗的态度。"他只肯定如下一点："我们要求的文学是表同情于无产阶级的社会主义的写实主义的文学。"①

从文学革命到革命文学，再从革命文学到普罗文学，文学流变这最后一站的具体化，有不断改变的多种提法。但其内容在创造社一批激进的人物那里就大体定下了，即上文所述"表同情于无产阶级的社会主义的写实主义的文学"。这个目标为中国新文学运动画出了一道鲜明的斜线，即由争取实现多元格局向两个阶级营垒对立、斗争的二元对立格局倾斜，再归入单一意识形态统领的以强制手段实行的大一统格局上来。这种滑行倾斜，大体付出了半个世纪的努力，而且还倚仗于强大的政治力量和党派力量作为后盾。

伴随单一化的文学进程而来的，是文学观念迅速极端化。最典型的例子仍然来自创造社。李初梨警告说：如果为保持自己的文学地位，或者抱了个为发达中国文学的宏愿而来，那么，不客气，请他开倒车，去讲"趣味文学"。李初梨在根本上否定了文学自身的动机，而只肯定非文学的纯粹的革命的动机——假如他真是为革命而文学的一个，他就应该干干净净地把从来他所有的一切"布尔乔亚、意德沃罗基"完全地克服，牢牢地把握着无产阶级的世界观——战斗的唯物论、唯物辩证法，我们的文学家应该同时是一个革命家。他不仅在观照地表现社会生活，而且在实践地变革

---

① 郭沫若：《革命与文学》，载《创造月刊》，第一卷第三期。

"社会生活"。他的"艺术的武器"同时就是无产阶级的"武器的艺术"。所以我们的作为,不是某人君说的什么血、什么泪,而是机关枪、迫击炮。

可以看出,数十年间风靡不绝的视文学为工具、武器等的观念,在这时即已播下种子。极端的观念造就了极端的批评。茅盾的三部传达了当时革命情绪的《幻灭》《动摇》《追求》应当是很激进的了,但当时的批评却仍然嫌它不够革命。钱杏邨写的《茅盾与现实》激烈批判茅盾:"他的创作虽然说产生在新兴文学要求他的存在的年头,而取着革命时代的背景,然而他的意识不是新兴阶级的意识,他所表现的大都是下沉的革命的小布尔乔亚对于革命的幻灭和动摇。他完全是一个小布尔乔亚的作家。"

麦克昂(即郭沫若)在《英雄树》一文中把这道理说得更为绝对和彻底。他号召青年当"留声机",青年的任务不在发出自己的声音,而只是"接近那个声音",即接近阶级共有的声音。他要求"要你无我",即自我的绝迹,但要求这个我"能够活动",即让人看来他还是一个活人。他说过这番话后反问:"你们以为是受了侮辱么?那没有同你说话的余地,只好敦请你们上断头台!"

那时激进之士不仅鼓吹一种文学,而且鼓吹没有自己声音的文学。他们绝对否定文艺的个性和自由。这是一个重大改变的开端。这些主张因为中国民族危机的加重而变得更为强悍和坚定。开始是借助民族存亡的危机,后来则借助日益强化的意识形态需要。当阶级观念和文艺的群众主义统一起来,并借助于当时强大的行政力量予以贯彻的时候,这种新文学的倾斜和自我变异就成为完全不可逆转的了。

1927年傅东华撰文总结《十年来的中国文艺》时,对1927年前后的文艺运动有一个评语:"国内文坛确实大转变了,然而并不是从唯美主义转变为现实主义,而是从创造社的阶级主义一变而为革命文学,再变而为普罗文学。"当普罗文学的倡导者大力宣扬要以此来改造和统一全中国的文学时，一些人士对此表示担心，也曾著文加以评述。胡秋原的《勿侵略文艺》有感于意识形态对于文艺过于侵略，力主以包容的态度对待一切文艺现象。这种主张与五四初期的潮流有着某种内在承继：

> 我并不能主张只准某种艺术存在而排斥其他艺术，因为我是一个自由人。因此无论中国新文学运动以来的自然主义文学、趣味主义文学、浪漫主义文学、革命文学、普罗文学、小资产阶级文学、民族文学以及最近民主主义文学，我觉得都不妨让它们存在，但也不主张只准某一种文学把持文坛。而谁能以最适当的形式表现最生动的题材，较最能深入事象，最能认识现实把握时代精神之核心者，就是最优秀的作家。

但是，这一切的呼吁和解释均已无济于事。中国新文学的历史性倾斜是不可逆转的。而且 20 世纪 20 年代末以及 30 年代初期的论争尽管激烈，但较之后来这种滑行所造成的难以阻拦的推进仅仅是一个平淡的开端。后来的事实证明：偏激的和不慎重的激情一旦与权力结合，并借助特殊环境和形势，会造成多么可怕的后果。

九　中国文学"两面人"的品质

中国新文学的历史倾斜重要的导因是中国近代以来社会的动荡和艰危，国势的没落和外患的威胁使文学无法在相对平和安详的环境中进行自己的艺术创造和艺术革新。战神在中国上空呼啸而过，那些手持竖琴的诗歌和艺术女神便显得与环境不协调。爱神和美神理应受到战神的放逐。人们在困难处境中把艺术和美视为象牙塔里的物件，在文学的价值观中认为它不应是摆设和点缀，而应当是于实际有用的东西，一般说来应当是枪炮、炸弹和匕首。

那时出现了一些新的文学模式，从早期的"革命＋恋爱"、为革命而牺牲和放弃恋爱，到数十年后为"大跃进"或什么政治概念而放弃或推迟婚姻，直至在文学中用政治代替艺术，用阶级代替人情，用斗争批判代替建设，用普及代替提高，用古董国粹和民谣小调代替现代性和现代倾向，都是这种放逐的结果。

这只是外部环境对文学的影响，事实上更深刻的原因在文学自身。新文学运动本身就是社会政治运动的派生物。一开始，文学运动就受到社会救亡运动的牵引，还是一次并不纯粹的艺术革命。艺术的功利性受到社会改造运动的启发，或者说，是社会改造和民族振兴的愿望使他们想起了文学启发民智和改造国民性的作用。最后才导致改造旧文学与建设新文学的目的。

因此溯及当时的文学革命的实质，不能不首先面对它反抗社会桎梏的功利要求，而不是文学建设和艺术创新的自身。社会使命感、救亡意识，最后才是文学对于民众的现代启蒙，是这些并非纯粹的文学动机给文学家以昂奋和幻想，文学家们从那时就开始做非文学的文学梦。他们真的相信文学的目的在于救国，后来又相信文学的目的在于阶级和政治。文学在他们的心目中只是达到社会功能和社会目标的中介。

近代以来，一批激进的知识分子以为小说能够救中国。"正史不能入，当以小说入之"；"欲改良群治，必自小说界革命始"。到了 20 世纪 60 年代，最激进的一些人又认为小说能够反党、反社会主义，以至亡党亡国。这都是文学梦幻的产物。他们不约而同地都把文学神化了。当他们把建国兴邦和强世新民的希望投向文学的时候，他们实际上并没有把文艺当作文艺，而是当作一种工具。他们注意到了文学的特异功能，却没有注意到文学的特异本质。

事实上，艺术和文学本身的品质和规律一开始就受到了忽视。在中国社会中，为人生与为艺术、写实与想象、现实主义与象征主义，受到重视的只是前者，占领主流位置的也只是前者。艺术的创新和变革只能在社会政治的夹缝中寻找机会。

近世以来的文学救亡思想与中国传统儒家齐家治国平天下的思想、文章乃"经国之大业，不朽之盛事"的思想，在根源上就已联合。一旦社会发生动荡，中国文学的这种根本习惯便自然抬头。新文学与旧文学在这点上具有同一性。社会的变动时机，从正面讲，是要求文学承担挽救危局的责任；从负面讲，便是要求文学承担造成危局的责任。这就是文学成也萧何败也萧何的历史命运。

中国文学的历史倾斜在中国文学革命的自身，在它的根本性质之中，而基本上不是他人的强加。于是，中国新文学一方面在不断地建设，另一方面又因时势的迫使在不断自毁。从文学的意识形态化到极端主义的形成，一方面是由于外力的强加，另一方面则是自身与社会进行调节的结果。反传统的新文学总是在历史的转型期或被迫迎合或自觉配合了非文学的需求。这就造成了中国文学的悲剧情结——获得了独立和自由的文学不时要为社会而放弃独立和自由。当文学做这种放弃时，它充满了神圣感。因而从五四时期开始的新文学与旧文学、新文化与旧文化的大分裂，实际上潜藏着彼此合流的深层危机。

当文学充当社会改造先锋角色的时候，它同时又在扮演扼杀异端、扶植因循守旧势力的同犯角色。文学是两面人，这种两面性质，从它孕育于母体时便有了遗传的基因。文学革命源起于对文言文的怀疑和对白话文的提倡，而这种对运载工具改变的兴趣，则源于对文学改变国运的兴趣。文学革命最初就是受到社会革命的诱引；对社会进步和改造国家命运的激情，是这一文学革命运动的导引和诱因。这场文学和艺术革命运动和文化振兴运动的一部分是社会改造运动的衍生物。我们对于文学革命本质的探源，可以毫不困难地追溯到社会维新、时代使命这一百年以来的古旧命题上。

但是由于这场文学革命的发起者和实践者，是中国近代以来受到西方文化熏陶培育的最优秀的一批知识分子，他们对于中国的文化积重与西方的现代文明精髓，有超乎一般中国人的认知。他们对科学民主以及普遍的个人主义的觉悟，对现代人道精神的把握，使他们能够成为中国走向现代社会的最有力和最热情的推动者。所以我们对中国新文学革命的另一品质的探索，也使我们毫不困难地寻觅到它所具有的当时几乎与西方同步发展的文学现代化追求的实质，它所开辟的将中国文学纳入世界文学总体格局的先进的现代品格不容置疑。

中国新文学就是这样既拥有中国传统文学认同的品质，又具有与世界现代文学趋势同向的品质。两股血流在它的脉管里奔涌，这就构成了中国文学矛盾重重的尴尬处境。它的全部历史几乎就是在社会功能与艺术更新之间游移的历史。但由于上面提到的中国特殊处境，它的占主导地位的制衡力量则是前者。当文学负载的社会使命与社会政治经济环境达成一种和谐的共振时，这种结合而成的文学形态便成为主流形态。

当上述这种形态与行政的权力结合起来时，它可以在某一时期形成非常暴戾的、阻碍文学自由品格与作家个性的力量。但从基本上看，中国文学的两股血流在历史组成中往往是互隐互现地存在。当前一种形态引起普遍的冲动乃至骚动时，并不意味着后一种形态的消失，后者只是成为一种潜流在缓缓地涌动。

一旦社会民族矛盾趋于缓和，行政的强劲性弱化时，那种潜流便会涌上地表，它所体现的顽强和韧性也是相当可怕的。中国在20世纪40年代的内忧外患不能说不严重，40年代文学面临的局面也不能说不严峻，但文学在桂林、昆明、重庆、上海和香港所拥有的活泼和灵动的自由品格十分显著。新诗方面，胡风领导的自由诗运动尽管有鲜明的时代社会投影，但他们的无拘束状态让人自然地把他们和五四初期的新诗运动的品质相联系。甚至在晋察冀边区的诗作中，也可以看到这种内在关联。在大后方的昆明，那时以西南联大为核心的现代诗运动与西方现代主义运动所保持的联系，使我们几乎怀疑昆明那偏僻的一隅如何拥有了那么强大的现代信息。这情景在20世纪70年代类似欧洲中世纪那样的文化暗夜生出的"今天派"现代诗运动对于"文革文化"禁锢的反弹，就是更加明显的例证。那一切的艺术叛逆，都生长在文化管制和文化扼杀的最深处。

十　纠正失衡的代价

历史倾斜造成的失衡状态，在中国文学的某一时期甚至表现出让人极为震惊的后果。前面我们已经论述到这种滑行是从多元到二元再到一元格局的倒退。文学的倡导因文学之外的强加和指令，而鲜明和迅速地意识形态化。一种"最好""最纯"的文学（其实是"最革命"的文学）的信念，是几十年间的倒退所造就的。有时讲的是创作方法，有时讲的是创作思想，有时指的是文学的整体。提倡单一，在强加的状态中指的是唯一。当时流行的"百家"，其实只是"无产阶级一家"和"资产阶级一家"，在这种环境中提倡的百家，其实是一家对另一家的战胜和取代。在这一个时期，文艺上也是一个阶级对另一个阶级的专政。

从最好的文艺到唯一的文艺，再到"样板"文艺，这种历史性的滑行是自然而然的。当文艺出现"样板"形态，并且以这种形态去要求所有的文艺时，我们面对这种空前的、高纯度的、极一致的文学范式，吃惊于数十年前文学革命先驱者的文学理想何以会顷刻之间化为泡影！再回顾革命文学和普罗文学的倡导者们，尽管他们的主张是那样极端，我们却不能不同样吃惊于他们的理想居然变成了现实。新文学的船帆在这种极端化的几个样板模式中降落，接着我们看到的是天旋地转般的崩塌。

依附于社会政治的文学，由于环境的改变、气氛的改善，终于宣告了噩梦的结束。于是开始了又一次反弹。这一次反弹也不是纯粹文学的，而是以政治控诉为开端，以充满怀旧激情的传统文学锲入现实的真实性和现实主义的呼唤为实际内容。当时最激动人心的口号是"揭批'四人帮'，歌颂老革命"，其内涵是充分政治化的。再晚一些，有对"说真话"的呼吁，其精神也是泛艺术或准艺术的。这样又开始了类似五四时期问题文学那样的循环，如《我应该怎么办》《爱情的位置》，再一次发出"救救孩子"的呼吁。这文学废墟之上的运行，一切都如 20 世纪 20 年代我们的前辈所经历过的那样，令人既感到亲切又有彻骨的悲凉。

所幸中国新文学有着巨大的潜在生命力，艺术的暗中郁积运行以及时机成熟的喷发，造成了火山爆发般的震撼。进入 80 年代，新文学的格局又开始一次新的逆反。首先是改变一元统治的局面，由文艺批判运动和新诗潮的出现构成了短暂的二元对峙局面。80 年代的中国，又以诗的巨变为契机，终于彻底冲毁了以提倡单一为标志的文学极权主义。

这是又一个自由的时代，尽管旧的力量总在伺机反击。十余年间风风雨雨，文艺的局势异常不安定，但中国文学在大禁锢和大迫害以后的大解放，却表现出极为顽强的反抗性。一切的权威在这种冲击面前失却了权威性。文学也失去了它的英雄和偶像，无权威和无英雄的文学时代呈现出一派无序的脉动。

十余年间，中国当代文学仿佛比"五四"前辈有更多的忧患和更强的危机感，它的激情有时表现出焦灼和狂躁。在短短的时间里，它真正地展现出了它的前辈所预期的，但来不及实现的"至少应以十年的工作抵欧洲各国的百年"的梦想。文学趁着社会开放的机缘急速前进，不仅恢复了

"五四"人的文学传统，而且弥补了现代主义的未完成的形态，直奔西方的后现代主义思潮。

中国文学在十余年间的进展，举世为之瞩目，由此也带来某些轻飘或浮躁的缺陷。历史进程中，文学所遭遇的挫折太多，为追回这种损失，在20世纪最后几年，中国知识界几乎又重复了19世纪末中国人的情感和心理的苦难历程，但此时的中国已不再是百年前那种与世隔绝的状态。国门的开放、信息的流通使中国人不像过去那样对地球其他地方存在无知和隔膜。

于是，当20世纪的黄昏降临时，百年的忧患使中国人更感到了前所未有的索寞。因为心境悲凉，于是奋求更为急切。急切之间，对于艺术新潮的趋向呈现出某种追求时髦的轻狂。这种有些失重的追求，显然与中国传统的深厚极不适应。

历史已经不再滑行，而是有了一个突如其来的逆转。这个逆转使中国一下子来到了20世纪的最后几年。文学的一切迹象是否只是一次人们所希望看到的回光？也许它并不代表一种真实的心愿，而真的是回光。那么人们就有理由期待大悲痛之后的大转折。这个转折是否就是西西弗斯那样无休止的循环？也许不幸果真如此，那真是中国文学的大悲痛。

我们当然不希望历史如此无情，死亡也许意味着新生。在新的世纪，中国人有理由相信，历史上有过一次真正的凤凰涅槃。真诚祈望写出如下诗句的诗人的理想是并不幼稚也不虚幻的：

> 如果陆地注定要上升，
> 就让人类重新选择生存的峰顶。
> 新的转机和闪闪的星斗，
> 正在缀满没有遮拦的天空。
> 那是五千年的象形文字，
> 那是未来人们凝视的眼睛。（北岛《回答》）

论中国当代文学

一 置身于特殊的人文环境中

中国当代文学是研究者对 1949 年以来的中国文学的一个指称。把文学以 20 世纪 50 年代为界限予以阶段性的划分，是为了研究的方便。其动因首先在于这时期中国社会体制有重大的变动。当然文学新质的产生也为这种划分提供了根据。

中国当代文学是中国现代文学在当代的延伸。它受到始于 1919 年的新文学革命所确立的目标的规约。它使新文学的精神在当代文学中得到延展和扩大。中国当代文学持续致力于中国文学的现代化，即通过现代社会和人的意识情感的加入，以改变中国古典文学造成的封闭和隔绝，使文学在内容和表达上与当代中国人的实际有更多的联系和契合；中国当代文学继续扩大白话对文言的战果，使中国文学在语言运载上更为接近当代中国人的习惯。

20 世纪后半叶中国社会激烈的动荡、矛盾和纷争，在中国当代文学中有更为具体也更为深广的描绘和记载。尽管这阶段文学在个性化和传达心理情感方面有了某些退化，但文学所记述的范围、场景和层面较之五四时期却有了长足的扩展。这种扩展特别是在表现普通农民的痛苦和欢乐，以及他们为改善自己的生存境遇的奋斗上，比以往更为切实也更为深入。这时期中国社会复杂多变，某个时期（例如"大跃进"和"文化大革命"）甚至表现为全社会的激动和癫狂。虽然受到社会影响的文学创作保留了当日的歧误和偏见，但从另一方面，我们却可以从它的异常和失态中看到关于文学的真实印象：它是这一阶段社会和文学的复杂性的最好印证。而且，单就史料价值而言，它也是无可替代的。

因为持续不断的关于及时反映当前生活状况的强调和号召，所以这阶段的文学具有强烈的当代性。这种当代性与中国当代文学命名的联结，更强化了这一学科的独立性色彩。但显然"文革"结束后当代文学对于五四文学传统断裂的修复，以及越来越紧密地对这一传统的认同，加上无限延伸的"当代"，导致对这一学科的命名之新的质疑。也许这阶段文学作为中国现代文学的组成部分的性质应当重新加以规约，也许对已成为历史的无限的"当代"应予以相对的节制，但人们普遍不怀疑以 20 世纪 50 年代为界限的这种文学划分的必要性。

社会环境的改变为这一文学划分提供了崭新的空间。它成为 20 世纪后半叶文学发展的广阔背景，由此生发出强大的驱动力，造成并证实了文学在此期间种种变异的必然。论及文学环境的改变，首先的一个事实是，根源于同一文化母体的统一的中国文学开始以台湾海峡为地域的划分，而分别在中国大陆和中国台湾（当然也包括香港和澳门）两个迥异的社会环境中独立地发展。从社会制度看，中国大陆实行的是社会主义制度，中国台湾则实行资本主义制度，两种制度提供完全不同的意识形态观念。社会体制的不同再加上意识形态的差异深刻地制约和影响了文学的发展，从总体上塑造着各自的文学形象。

自然环境的不同，也给予隔离的文学以一定的影响。中国大陆文学于厚重之中透出的悲怆，传达着深远的历史回声。中国大陆有着非常深厚的传统文化的沉积，但又具有明显自我封闭的文化心理承担。这种文化心理的形成，首先受到中国大陆总体地形的影响。在这片广袤的大地上，它的北部和西北部是浩瀚的戈壁和沙漠，西部和西南部有雄伟的喀喇昆仑山、喜马拉雅山和冈底斯山，三面密不透风的墙围困着这片古大陆。只有东北和东南部面对海洋有出口，但在 20 世纪 50 年代，那片海洋却被人为地封锁着。台湾则是一座岛屿。它隔着台湾海峡背倚大陆，在地质构造上属于华夏体系的第一隆起带。也许在某一次地壳运动中，它的断裂和崛起都在地缘上和华夏古大陆保持着最深沉的联结。这个岛北临东海，南濒南海，面对着浩渺的太平洋，终年被温暖的海水包围。温暖的气候使这里成为被葱郁森林覆盖的绿翡翠，这里在文化上充盈着灵动秀逸。第二次世界大战结束后的特殊的国际环境，使这里与世界建立了较为广泛的交流，使这里的人文环境具有海洋文化的洒脱飘逸。当然，由于置身于无涯围困中的岛屿的境遇——地域狭小，与祖国隔绝——它缺乏的是那种雄浑和博大，而多了些迷茫中的孤独。

中国幅员广大，不论是自然环境、水脉山势、雨雪阴晴，南北差异都甚大。从文化上看，北方雄健，南方柔婉；北方刚烈，南方温情。但这一切差异，在历史上均是以交错和综合的统一文化的形态出现的。也许 420—589 年的南北朝时期是一个特例，将近两百年的战乱和南北对峙，加上不同民族的交汇和冲撞，造成了风格各异的南北文学。除此而外，文学史上共同母体的文学分流，当以 20 世纪 50 年代开始的这一次最为突出。它们共同根源于中国古典文学和五四新文学传统，而又在长期相互隔绝的各自环境中发展，直至世纪末的猝然相遇，人们才发现它们竟有如此大的惊人差异。

这种差异在历时性和共时性两个层面均有所表现。从历时性的差异看，由于政局流变各有其道，受制约的文学表现为盛衰进退的不平衡状态。从局部看某些严重的缺失，在整体格局中却往往奇妙地表现出丰盈与贫瘠互补的奇观。从共时性看，中国文学从这种差异中得到的益处更为显著，文学在各自的自我审视中的不足和匮乏，在综合的效果上都是意外地丰裕和赅备。长久的国土分裂、同胞离散是近世以来民族的最大悲剧，而在文化和文学上，这种悲剧的遭遇却酝酿着一场经疏离、隔膜、冲突最后达到互补性的空前的文化综合，从而为中国当代文学提供了繁荣发展的机会和可能性。

二 时代颂歌与民族悲歌

距今一百多年前，亦即 1896 年 5 月 5 日（清光绪二十二年三月二十三日），出生于台湾苗栗县的诗人丘逢甲，写了一首《春愁》：

春愁难遣强看山，往事惊心泪欲潸。

四百万人同一哭，去年今日割台湾。

这诗指的是 1895 年 4 月 17 日（清光绪二十一年三月二十三日），清政府签订《马关条约》割台湾予日本。这就是近代以来民族隔绝的大悲剧的肇始。后来几十年的离乱是这个大悲剧的延续及其组成部分。中国文学在当代的人为切割，产生于这个大的时代背景之中。但中国当代人所蒙受的巨大苦痛，他们对于苦痛的切肤的感受，却直接来自 20 世纪 50 年代的同胞离异和隔离的悲情。

这种悲情在台湾 50 年代的文学中有比较充分的展示。第二次世界大战结束后，随着日本结束对台湾长达 50 年的占领，而后就是以 1949 年为界的民族隔绝。这个隔绝以 200 万大陆人员的渡海漂泊为标志，这些人中有当时的作家和日后成为作家的人。他们的作品记载了台湾本地居民和"外省人"失去家园的飘零心态和怀乡忆旧的苦情。司马中原的《野烟》以伤感而凄凉的调子记述母亲祭奠野魂的故事。小说在充满乡俗和人情的抒情里，传达了那一缕剪不断的乡愁："离家时，正是荒乱备来的日子，也在秋天，大白果树上成熟的白果再没人收了……但我心头总飘着野烟和红火，它那样安慰着一些乱世漂泊的灵魂。"琦君的《长沟流月去无声》写的是"一线几乎完全断绝的希望"，小说流淌着失去过去也未卜将来的哀伤，西湖与孤山放鹤亭的默然相对，以及西泠印社仲夏傍晚的邂逅，如今都成了依稀旧梦。"在台湾将是月明处处，我们会相见的"，却不幸成为一语空言。这些失落感在白先勇的小说中表现为对旧日繁华的追寻。在他的笔下，一曲《游园惊梦》，传达了多少往昔不堪回首的伤情，而他如歌如泣的"尹雪艳"却有着"永远"的哀愁。在余光中的诗中则是对故园风物的伤怀。一韵《乡愁》，被"一湾浅浅的海峡"隔着，于是再而三，而有《乡愁四韵》。"给我一瓢长江水啊长江水，酒一样的长江水"是"乡愁的滋味"，"给我一张海棠红啊海棠红，血一样的海棠红"是"乡愁的烧痛"，这是歌，是吟，然而，更是哭。

在台湾海峡的那一岸，当代文学承继了中国文学传统中的悲凉气氛。它把旧日戍边羁旅的情怀具体化为表现离乱中的乡愁主题。在 20 世纪 50 年代至 60 年代之间，那里的文学充盈着一种秋风萧瑟、家园何处的乱世飘零情怀。"他们全患了思乡'病'，他们渴望有一天回'家'"（聂华苓《台湾轶事·前言》），一位羁旅海外的女作家这样写道。近代以来规模最大、历时最久的民族离散的大悲剧，以及由这种大悲剧引出的大悲情，在中国当代文学的另一个部分里得到非常真实也非常丰富的表现。这是当代文学对于诞生它的多灾难的时代的一个回报。

在中国大陆，文学展示了另一种气氛和情调。随着 20 世纪 40 年代的结束，长期弥漫于中国上空的战云硝烟终于消失，仿佛是黑夜达到了尽头，历经苦难的民众普遍获得解放感。与海峡对岸那种悲秋伤乱的情绪迥异，这里充溢着早春的欢乐和喜悦。对于幸福的期待，对于现实的满足，使文学充满憧憬和激情。"凡是能开的花，全在开放；凡是能唱的鸟，全在歌唱。"① 这诗句能够概括当日的文学氛围。

中国社会历经了近百年的战乱，民众对和平安定的时局有一种普遍的祈愿。随着抗日和国内战事的结束，人们自然尽洗愁颜，满心喜悦地迎接他们日夜冀盼的黎明春天。这种文学的早春情调，是当代中国人心理的一个真实侧面，它表达了民众善良心灵对和顺安乐的祝祷，他们的信念即使在异常艰难的年代也不曾泯灭。尽管有时，这种信念表现出它的轻信和天真。

大陆当代文学的这种欢乐精神，直接受到 20 世纪重大的社会转型这一事件的鼓舞。当然，当代作家也从中国传统知识分子的入世态度中获得心理承传。中国旧时文人的兼济精神以及他们对世情民情的关怀，使他们对现世充满热爱和信心，这导致此一时期大陆文学随处可见那种对于困苦的漠视和对于未来的坚信。这一直是中国当代文学最奇特的一种品质。当无情的海浪无休止地扑向礁石："它的脸上和身上，像刀砍过的一样，但它依然站在那里，含着微笑看着海洋……"② 这种精神存活在 20 世纪 50 年代出版的几乎所有的作品中："我的翅膀是这样沉重，像是尘土，又像有什么悲恸，压得我只能在地上行走，我也要努力飞腾上天空。"③ 那时的作家都不乏这种即使受到磨难，甚至被鄙弃和被愚弄也依然坚定前行的

① 严阵：《外两首》，载《诗刊》，1957 (1)。
② 艾青：《礁石》，见《艾青诗选》，北京，人民文学出版社，1984。
③ 何其芳：《回答》，载《人民文学》，1954 (10)。

自我约束的品格。

大陆当代文学欢乐感的形成，也受当时推行的文学指导思想的影响。这种思想鼓励文学家不仅投入现实的生活过程，而且以积极的姿态肯定现有的秩序。这种态度最后导致当代文学在大陆盛行的"颂歌"形态的出现。这种形态由于渗入了意识形态化的功利动机，因而在相当长的一段时间内"乐观"的无限膨胀助长了文学的某些虚幻性。人们在假想中把生活美化，从而认定那就是生活本身。文学由欢乐、希望而对生活持肯定、积极和进取的态度，这种态度对促进社会进步、改善人们生存状态有益，但绝非文学应当唯一遵奉的原则或精神，特别不应是强予实行的排他的策略。中国当代文学为此经受了苦难并付出了沉重的代价。

文学对于哀愁和疾苦的关怀被一时矫作的欢愉掩盖，虚妄的"向上乐观"取代了中国文学的忧患意识，这导致某一阶段的文学流于轻浅乃至浮华的倾向。所幸此种状况终于被对灾难时代的反思唤醒。"文化大革命"刚刚结束，小说《班主任》率先展示了"向亿万群众灵魂上泼去的无形污秽"。这是一幅让人心惊的精神沦落的画面。在时隔数十年后，作者发出了几乎是与当年《狂人日记》完全相同的呼吁："救救被'四人帮'坑害了的孩子"。卢新华的小说《伤痕》出现得稍晚些，它第一次向人们揭示异常年代留在普通母女（应该是全社会的人）心灵深处的"伤痕"。以巴金《随想录》为代表的一批反思动乱年代的散文，一批"归来"的诗歌，在中国当代文学的上空刮起了悲恸的旋风。在以往被"富有"迷惑并满足的地方，人们发现了缺失与贫乏。

"文化大革命"结束后，一批又一批以往用鲜花和礼赞装扮生活的作家，或从梦魇中醒来，或从他们被监禁和流放的地方返回，于是被称为"归来者"或"幸存者"。尽管这批受到积极的人生观教育和影响的作家身处艰难困苦依然不失信念，但他们无法不看到发生于他们周围和他们自身的苦难。泥淖和陷阱，危机和恐惧，让人心悸的噩梦和悲伤，化为他们的诗句和文学主题。寻找失落的青春，追忆劫前的家园，呼吁泯灭的人性，一时间，文学呈现的是被泪水和血水浸泡的沉重。当日大陆文学界最具代表性的一部作品是《人到中年》，从小说到电影，医生陆文婷和她的丈夫以及她的朋友的境遇和命运，引发出全社会的哀叹。然而在这些"伤痕"文学潮流所凸显的与过去的欢乐感不同的悲怆伤痛的背后，是不易觉察的现实批判精神。这是当代文学对于夭折于 20 世纪 50 年代中期"干预生活"思潮的隐约接续。当然，它对中国文学的忧患传统是更具深刻性的发展。

中国当代文学从 20 世纪 50 年代到 80 年代，用了整整 30 年的时间，以文学的方式追溯中国当代人的欢乐与苦难，方始有了全面的涵括。文学对于苦难的描写，开始把中国的百年忧患放置在个人与社会的综合层面上，这就使文学传导的悲剧性具有了更厚重的社会学和人性的深度。古人讲"欢愉之辞难工，而穷苦之言易好"①，要是从另一个角度看，即文学若是面对人生最真实的和最本质的苦难，则它仿佛有一种自然而然的臻于完好的助力，而若是抒写欢乐则需要执意强为，那当然意味着颇大的难度。路遥在谈到他的《人生》时说过一段关于创作痛苦的话："当你在创作中感到痛苦的时候，你不要认为这是坏事，这种痛苦有时产生出来的东西，可能比顺利时候产生出来的东西更光彩。"② 诗人总与悲愤和苦难为邻，而悲愤往往是成功的第一线光明。

---

① 韩愈：《荆潭唱和诗序》。
② 路遥：《使作品更深刻更宽阔些》，载《文学报》，1983-08-25。

三　功利性与目的迁移

　　不论是表达欢乐还是表达悲苦，它们展现的都是中国当代文学某些基本的属性。这属性便是极明确的文学功利观。不论是在大陆，还是在台湾，中国作家创作的主流倾向是，他们总自觉或不自觉地行使他们认定的文学使命。在当代文学中，消遣或游戏的文学是存在的，也产生出一些颇有成就的作家，但从来就没有成为文学的主流。这类文学在很多时候和在很多场合都受到谴责或被斥为逆流。在文学对社会负有责任的观念前提下，这些文学被认为是缺乏责任感的。这种观念的形成基于中国在鸦片战争后内忧外患的社会现实，也有中国以儒家为主的传统文学观的传承。

　　在中国传统的文学观念中，文学总应当是有益于社稷公众的，这就是《论语》讲的"兴、观、群、怨"，更有甚者，"诵诗三百，授之以政，不达；使于四方，不能专对；虽多，亦奚以为？"（《论语·子路》），则讲的是用文学从政的要求了。这些可能是广义的文学，如从更纯粹的文学的角度看，中国儒家知识分子这种用文学来服务社会，以求有用于世的观念也是相当悠久而普遍的。白居易盛赞张籍的古乐府诗，是由于他所写内容从大处讲是"可讽放佚君""可诲贪暴臣"，从小处看是"可感悍妇仁""可劝薄夫敦"，总之是"上可裨教化""下可理情性"（白居易《读张籍古乐府》）。许许多多这方面的理论，从遥远的古代脉流绵长地传到今天，同样成为中国当代文学的灵魂。

五四新文学革命作为中国现代史上规模巨大、影响深远的民族觉醒和民族救亡运动之组成部分，与那个时代的忧患有着最直接、最紧密的关联。蔡元培说："直到清季，与西洋各国接触，经过好几次的战败，始则感武器的不如人，后来看到政治上了，后来看到教育上，学术上都觉得不如人了，于是有维新派，以政治上及文化上之革新为号召，康有为谭嗣同是其中最著名的。"① 这种社会和民族的忧患，后来直接激发了中国作家投身新文学建设的热情。鲁迅的始学医而终至弃医从文，是深深有感于中国国民充当"看客"的麻木远非医学能疗救。文学若不能从民众素质着手改造，则中国普通人将依然以"人血馒头"为药，而中国社会的振兴始终只能是梦想。

在中国现代文学中，历来存在着文学目的的分歧。虽如前述，现代文学发生之时受到近世以降中国国运积弱的刺激，于是要以文学作为疗救社会、改善民心的利器以图富强。但由于五四新文学本身受西方资产阶级革命自由民主以及个性解放诸方面思想的影响，所以当日的文学观也是开放而驳杂的。这种驳杂正是那个思想解放时代的特点。正是因此，新文学革命从它诞生的时候起，在非常广泛的自由中，依然有着传统的"文学为世为时而作"观念的强烈表现。

那时大体存在着两种大的、具有对立性质的文学观，即"为人生而艺术"和"为艺术而艺术"的歧异。主张"为人生"的文学以文学研究会为

---

① 蔡元培：《中国新文学大系·总序》，见《中国新文学大系·建设理论集》。

代表:"他们提倡血与泪的文学,主张文人们必须和时代的呼号相应答,必须敏感着苦难的社会而为之写作。文人们不是住在象牙塔里面的,他们乃是人世间的'人物',更较一般人深切的感到国家社会的苦痛与灾难的。"① 早期的创造社以主张"为艺术而艺术"而与文学研究会的主张大相径庭,他们认为"文学自有它内在的意义,不能常把它打在功利主义的算盘里,它的对象不论是美的追求,或是极端的享乐,我们专诚去追从它"②。同时站在"为艺术而艺术"立场上而抱着游戏的态度的,还有鸳鸯蝴蝶派的作家,他们则长期受到进步文学的抨击。

但中国的社会现实,决定了中国文学不可能持久地脱离社会现实和沉湎于唯美的天地中。创造社成员迅速转向激进而主张革命文学,便是生动的例证。"我们的眼泪会成新生命之流泉,我们的痛苦会成分娩时之产痛","我们要如火山一样爆发,把一切的腐败的存在扫落尽,烧葬尽"③;"我们自己知道我们是社会的一个分子,我们知道我们在热爱人类——绝不论他们的美恶妍丑。我们以前是不是把人类忘记了";"只要不是利己的恶汉,凡是真的艺术家没有不关心于社会的问题,没有不痛恨丑恶的社会组织而深表同情于善良的人类之不平的境遇的"④。难怪郑振铎评论创造社同人的这种转变时禁不住要说,"这都是'血与泪的文学'的同群了"。

这种看似宿命的殊途同归,是中国社会的特殊环境决定的。开始的时候,开放的文学受到世界各种新潮流的影响,受到自由精神的鼓励,往往"各说各话"。到后来,中国社会这一巨大的染缸,不由自主地把各种潮流都染上中国式的色彩,中国文学逐渐地变成"说一种话"。这是就大体趋

---

① 郑振铎:《中国新文学大系·文学论争集·导言》,见《中国新文学大系·文学论争集》(影印本),上海,上海文艺出版社,2003。

② 成仿吾:《新文学之使命》,见《中国新文学大系·文学论争集》,179 页。

③ 郭沫若:《我们的新文学运动》,见《中国新文学大系·文学论争集》,186~187 页。

④ 成仿吾:《艺术之社会的意义》,见《中国新文学大系·文学论争集》,191、188 页。

向而言的，就是说，中国特有的社会忧患总是抑制文学的纯美倾向和它的多种价值，总是驱使它向着贴近中国现实以有助于改变中国生存处境的社会功利的方向发展。这种驱使从实质上讲，总是要求改变文学的多种价值成为单一价值的努力。

由于中国社会政治的多变和复杂状态，这种单一价值又在不同时期有着不同的变换，于是也被赋予不同的指称。但从总的倾向看，社会功利的要求总是呈主流状态。这一点，五四时期的人们就认识到了，傅斯年说过："美术派的主张，早已经失败了，现代文学上的正宗是为人生的缘故的文学。"①"美术派"指的是那些不写社会功利要求的形形色色的更接近文学审美愉悦的文学。在中国环境中，这些要求总是受到抑制而成为支流。

五四时期的"为人生"并不是一般文艺学所强调的人的生命状态或对人生的终极关怀，而是直接指向中国的社会现实和中国人的现实处境，关注他们的命运和前途。文学研究会成员"为人生"的主张强调的是写真实的人生，以作品直接体现和反映中国社会的实情面貌的现实主义倾向。所以他们的"为人生"其实也就是"为现实"。鲁迅认为《新潮》的小说作者"他们每作一篇，都是'有所为'而发，是在用改革社会的器械——虽然也没有设定终极的目标"②。这样，在中国不稳定而又多变的社会环境中，文学的"为"便有了突出的"滑动性"，即它总随着社会环境的改变而不断改变文学的"目标"，并体现在它的指称上。中国文学这种对于"目标"的不断追随，虽然在名称上有多种多样的变化，但始终不变的则是它作为"改革社会的器械"的性质，这就是中国文学自始至终的"有所为"。它唯一排斥的是"无所为"——当然，在社会习惯中，"为艺术"是不算"有所为"的。

① 傅斯年：《白话文学与心理的改革》，见《中国新文学大系·建设理论集》，205页。
② 鲁迅：《中国新文学大系·小说二集·导言》，见《中国新文学大系·小说二集》（影印本），上海，上海文艺出版社，2003。

五四新文学革命的性质到 20 世纪 20 年代后期便有了急速的转换，即从文学革命转向了革命文学。要是说，本阶段文学在前期强调的是"文学"的革命，后期则强调的是"革命"的文学。强调重心的转换，导致文学价值观的重大改变。在这个时期，原先是主流状态的"为人生"迅速转向了另一种主张状态："为革命"。这种转换虽曰名称有了更迭，但着重点依然是文学对现实的态度而不是对艺术的强调和关注。一种非常激进的声音和态度驱赶文学向着名曰贴近现实，实则极其漂浮抽象的境界："资本主义已经到了他的最后的一日，世界形成了两个战垒，一边是资本主义的余毒法西斯蒂的孤城，一边是全世界农工大众的联合战线。各个的细胞在为战斗的目的组织起来，文艺的工人应当担任一个分野。"这篇文章临结束时号召："以真挚的热诚描写在战场所闻见的，农工大众的激烈的悲愤，英勇的行为与胜利的欢喜！这样，你可以保障最后的胜利；你将建立殊勋，你将不愧为一个战士。"[1]

中国现代文学一下子陷入了怪圈。游离了艺术审美渠道的文学，在令人眼花缭乱的口号前疲于奔命。从"为国防"到"为大众"，口号不断更新，而文学为主流意识形态服务的性质没有改变。有了这样的无间断地驱使文学为这个或那个口号"服务"的经验，到了 20 世纪 40 年代初，从阶级论的角度肯定当时文学的"无产阶级领导"的性质，并推行"为革命的工农兵群众服务"的观念，便是自然而然的。

中国当代文学一开始就在这种观念的笼罩下，并以此指导文学的生产。1949 年 7 月，周扬在《新的人民的文艺》的长篇报告中重新阐发了这种观念的基本精神，"深信除此之外再没有第二个方向了，如果有，那就是错误的方向"。他的讲话因与中国解放区的文艺创作实际紧密结合的

---

① 成仿吾：《从文学革命到革命文学》，载《创造月刊》，第一卷第九期。

叙述而显得非常具体：

> 民族的、阶级的斗争与劳动生产成为了作品中压倒一切的主题，
> 工农兵群众在作品中如在社会中一样取得了真正主人公的地位。知识
> 分子一般地是作为整个人民解放事业中各方面的工作干部、作为与体
> 力劳动者相结合的脑力劳动者被描写着。知识分子离开人民的斗争，
> 沉溺于自己小圈子内的生活及个人情感的世界，这样的主题就显得渺
> 小与没有意义了，在解放区的文艺作品中，就没有了地位。"五四"
> 以来，描写觉醒的知识分子，描写他们对光明的追求、渴望，以至当
> 先驱者的理想与广大群众的行动还没有结合时孤独的寂寞的心境的作
> 品，无疑地是曾经起过一定的启蒙作用的。但现在，当中国人民已经
> 在中国共产党领导之下，奋斗了二十多年，他们在政治上已有了高度
> 的觉悟性、组织性，正在从事于决定中国命运的伟大行动的时候，如
> 果我们不尽一切努力去接近他们，描写他们，而仍停留在知识分子所
> 习惯的比较狭小的圈子，那么，我们就将不但严重地脱离群众，而且
> 也将严重地违背历史的真实，违背现实主义的原则。①

在 1949 年这样的转折年代，我们在周扬的报告中看到的只是对业已
确定的文艺方针的强调和施加的具体规定，而看不到任何对于适应城市及
其居民的调整意图。随后发生的一系列论争中，如表现小资产阶级、中间
人物、题材问题等诸多原本正常的问题，一时都成了激烈论争的焦点。

从 20 世纪 50 年代开始到"文化大革命"结束，中国当代文学经历了
从"为无产阶级政治服务"到"为人民服务、为社会主义服务"等种种阶

---

① 周扬：《新的人民的文艺》，见《周扬文集》，第 1 卷，514 页，北京，人民文学出版社，
1984。

段。但口号的变换并不意味着中国新文学传统中主流观念的根本性改变。50年代以后，由于社会一体化的形成和加强，这种文学功利主义的观念被顺理成章地纳入国家行政的轨道。加上某些庸俗化的、更为片面的阐释，文学在此后漫长的岁月中逐渐衍化为配合现实政治及意识形态需要的工具和武器，并事实上以其是否忠实于此种职责为能否成为主流文学的首要的甚至是唯一的标准。

当代文学一旦到达这样的境界，即文学成为国家或社会的代言的身份的境界，对于文学来说，它自身所应当拥有并予以体现的质的规定事实上已无足轻重；而最为重要的是，文学是否与它的角色相称或相符，它与代言的实体之间的关系是否适宜。这不能不使创作的题材和主题都受到限制。于是作家写作歌颂式的作品，就既是作家对待生活现实的态度，也是作家对待政治的态度。因而，作家是否以作品歌颂现行的一切，就成为判别此一作家的阶级归属以及他的立场、情感态度的标准。在进行这样的考察时，首要的是文学与社会客观事物的关系，而不是文学自身。这一阶段对所有作家、作品的评判，均由是采取歌颂还是采取暴露以及歌颂什么和暴露什么这一点切入。作家若被认为采取了正确态度，则即使在艺术性方面略逊一筹或者甚至很差，也总是以立场正确而受到宽容保护。反之，则被认为先决条件便有了歧误。

四 代言者与文学个人主义

中国当代文学的"颂歌时代"就是这样出现的。由于明确的号召和提倡，希望自己是追求进步的作家，总不断以巨大的热情歌颂他所面对的新的社会、新的生活和新的人民。更有甚者，甚至误认为某一文学样式，如"抒情诗或抒情诗人其基本的性质和任务就是歌颂"①。这种认识显然违背文艺发展的规律。不可否认，在阶级社会里，文艺有阶级意识的投影，但文艺并不专属于某一阶级。而任何社会的阶级又并非仅有对立的两个，往往还有其他的阶级和阶层，作家由于自己的具体阶级处境和不同的世界观，其文学创作就会有多种选择性。其中不排除有的作家自命信奉的是公正和真理，他的"独立性"使他无意或不愿成为特定阶级的工具或手段。而且，文艺对于生活的态度、与生活的关系并不只局限于歌颂的角度，文艺家可以根据实际的可能和条件对现实和历史采取多种的基本是自由的态

---

① 如冯至在《漫谈新诗努力的方向》一文中说："诗人对于现在，应该是个歌颂者，对于将来，应该是个预言者。"载《文艺报》，1958（9）。

度。作家信奉自己独到的观察和认识，以此决定他采取何种方式：歌颂或者暴露，既歌颂又暴露，既不歌颂又不暴露，等等。

前述那种统一的原则推行的结果，当 20 世纪 50 年代生活中心由乡村转向城市，因力图推进"百花齐放、百家争鸣"的方针，并随着现实生活发展的深入和作家对生活认识的深入且决定采取自以为是的态度对生活进行描绘时，那潜在的危机就显现出来了。当代文学中有一次重大的批判，针对萧也牧的短篇小说《我们夫妇之间》而展开。作品中丈夫李克是知识分子，妻子张英是工农分子①，批判着重强调了作者对工农分子的批评或嘲笑，以及对知识分子的欣赏或赞美。无疑，按照当时流行的标准，对工农只能歌颂，而不应暴露。批判者指出："如果说张英这一个原来是编导者所企图歌颂的人物，是个劳动英雄……那么就必须要从她的党性原则，她在政治活动中的骨干作用，以及她的劳动人民的淳朴勤劳等品质来表现。但张英却被表现为毫无英雄气概，毫无共产主义理想的人。"② 这一段话意在说明，作家萧也牧以及电影的改编者在处理应当歌颂的人物时采取的不是应有的姿态，甚至是有损人物形象的不应有的姿态。这样，受到谴责便是自然的了。同样的问题，也发生在王蒙的小说《组织部新来的青年人》以及其他更多的作品上。1956 年提倡"百花齐放、百家争鸣"，作家受到鼓舞。根据这时期生活发展的现实，他们在原先只看到光明面的地方看到了不光明面。于是出现了一批被称为"干预生活"、暴露生活的阴暗面的作品——作家在本应歌颂的对象上表现出另一种态度，这当然是有悖于常态的。这批作家和作品在后来的反右派斗争中无一例外地受到了批判乃至惩罚。

中国当代文学的许多悲剧，固然是历次以"政治运动"的方式进行政

---

① 参见萧也牧：《我们夫妇之间》，载《人民文学》，1950 (1)。
② 贾霁：《关于影片〈我们夫妇之间〉的一个问题》，载《文艺报》，1951 (8)。

治"运动"文学的结果，但这只是表象。而真正的内因，则是这种基于社会功利主义而制定并要求于文学的政治标准：歌颂或暴露是其中之一。它使很多作家作品在这个标准的衡定下受到不公正的裁决。当这种裁决生效的时候，通常的"政治标准第一，艺术标准第二"，实际是只有"第一"在起作用，就是说"第一"在实际操作时便是"唯一"。一个作家若是模糊了或颠倒了所歌颂和暴露的对象，则不论其作品有多大的艺术价值，均将受到否定。

政治和意识形态的动机要求作家写作时对人民持肯定和颂赞的态度，对敌人持暴露和鞭挞的态度。只有持这种态度，作家的工作才能得到肯定，反之，他们的所有努力甚至会危及作家自身。这种文学的导向，被称为作家采取了"正确的立场"，而且被称为作家坚持了"现实主义"。而实际生活中，各类矛盾往往出现混淆乃至颠倒的现象（如"反右倾"斗争和"文化大革命"中所发生的），而且人民范畴中的具体对象也并非不存在应该批评的缺点和问题。这样，作家的创作就不能不常常陷入困境，他们很难正视生活的真实状态，有时甚至连现实主义的边都没有沾上。文学的颂歌时代的形成尽管是强大的理论推进的结果，也有当时作家对于社会发展的一份真诚（当然，随后也就成为一种庸俗），但这种思潮急剧地把文学创作推向虚假的恶果，则是有目共睹的事实。

文学是全体公众的事业，它表现全社会各个层面、各色人等的生存状态和精神状态。若文学的动机和结果都是作家基于自己的良知和素养独立的和自由的认知，它就不会依附于他人，特别不会依附于权力和金钱。作家与政治代言人应当有所区别。文学面对的是整个人类，而不是按照各种利益加以划分的某一群体或某一集团的规定代言人。中国当代文学在它的发展中受到的狭隘功利主义的危害极为深重。海峡彼岸的反共的"战斗文学"也是一个例子。虽然其要求依附的政治有着不同的内涵。

胡适认为中国新文学运动的理论中心只有两个，即"活的文学"和"人的文学"。据他自述，前者指文字工具的革新，后者指文学内容的革新。[①] 他当时所谓"人的文学"是指"健全的个人主义"。胡适引用易卜生《娜拉》（又译《玩偶之家》）中的一句话来表达他当时的思想："无论如何，我务必努力做一个人。"但胡适思考的核心也是文学对人的解放的关怀。在这种思考的背后，是漫长的封建暗夜带给中国平民的非人境遇。

在中国现代文学史上涉及"人的文学"的最重要的一篇文章，是周作人的《人的文学》[②]。这篇文章以先驱的姿态把五四新文学关于人的命题大大向前推进了，它已超越当时和事后概括的个性解放的内容。周作人说："我所说的人道主义，并非世间所谓'悲天悯人'或'博施济众'的慈善主义，乃是一种个人主义的人间本位主义。"还说："我说的人道主义，是从个人做起。要讲人道，爱人类，便须先使自己有人的资格，占得人的位置。"

周作人的"人的文学"的基础和前提，是个人的自我本体的建立，是一个人对于作为个体的我的尊严与权利的确认。这种理论，当然意在张扬个性，鼓励创作的自由。它造出了五四初期解放的文体以及奔放而洒脱的艺术风格，它使一种无拘无束的心态充盈在创作活动中。这是五四新文学最可贵的本质的自然呈现。

20 世纪 20 年代革命文学的理论大兴，阶级论盛行，它从创作的个体意识与群体意识的角度，对五四新文学的主张作了一个方向的强调。革命文学的倡导者宣告："革命文学应当是反个人主义的文学，它的主人翁应当是群众，而不是个人；它的倾向应当是集体主义，而不是个人主义。"[③]

---

① 参见胡适：《中国新文学大系·建设理论集·导言》。
② 参见周作人：《人的文学》，载《新青年》，第五卷第六号，1918 年 12 月。
③ 蒋光慈：《关于革命文学》，载《太阳月刊》，1928（2）。

"个人主义的文艺老早过去了，然而最丑猥的个人主义者，最丑猥的个人主义者的呻吟，依然还是在文艺市场上跋扈。"当时最极端的主张是要文艺青年放弃自我"当一个留声机器"，认为这是"最好的信条"，并且进一步说："你们以为是受了侮辱么？那没有同你说话的余地，只好敦请你们上断头台！"① 随后，发表这篇文章的作者再撰一文进一步对"当一个留声机器"做出明确的阐释，即指文艺青年们"应该克服自己旧有的个人主义，而来参加集体的社会运动"。文章还描写了这种克服和获有的"战斗的过程"：第一，他先要接近工农群众去获得无产阶级的精神；第二，他要克服自己旧有的资产阶级的意识形态；第三，他要把新得的意识形态在实际上表示出来，并且再生产地增长巩固这新得的意识形态。②

中国社会由于长期的积弱而思振兴，于是容易接受激进的思潮。而革命运动或救亡图存运动的勃兴，其本身都是群体性的。历史性的群体运动也必然会造就带有群体印记的新的个性。在这样的形势下，激进思潮要求于文艺创作的是不断地压抑作家的个性，不断消泯创作的个性特征；要求无限制地张扬群体意识，推崇政治思想方面的集体主义和创作内涵上的集体思想，以此压制个性化要求。

20世纪50年代以后，根据新的社会条件，指导文艺创作的方针也是不断强调文艺的群体性，认为代表社会主义方向的是集体主义思想，而把个人主义归于资产阶级思想。为了有效地推广上述思想，还对五四新文学传统做出了新的解释。周扬在《发扬"五四"文学革命的战斗传统》一文中提出了"培养和发展新的个性"的命题，并对"个性"做了全新的诠释："我们所要求的个性应当是与人民联系的、和人民打成一片的个性，是愿意把自己的一切贡献给人民的事业的个性，这才是建设性的个性。我

① 麦克昂（郭沫若）：《英雄树》，载《创造月刊》，第一卷第八期。
② 参见麦克昂（郭沫若）：《留声机器的回音》，载《文化批判》，1928（3）。

们必须反对和人民脱离的、同人民对立的个性，反对资产阶级的卑鄙的个人主义的个性，那是破坏性的个性，和新社会不相容的。我们的文艺作品应当以积极培养人民集体主义思想，克服人们意识中的个人主义作为自己的任务。"① 周扬这样寄望于新社会的个性并非没有道理。但在这种解释之下，原先那种以个人为本位的文学创作个性就很难广泛而多样地存在了。有些作家也乐于或被迫隐匿自己的真实个性。

作家的创作个性，作家个人方式的对于精神、物质世界的观察和表现受到阻塞。所有关于社会生活现象和个人生活现象的审视，在集体主义的提倡和鼓励之下，都只能从排除了个性特征之后的群体方式切入。"自我"的眼光、角度不断被削弱至此——指称的消失乃是自然而然的。最突出的事例是诗人郭小川。在 20 世纪 50 年代，他以苏联的马雅可夫斯基为榜样写政治鼓动诗，其内涵是毋庸置疑的社会主义-共产主义的集体思想和集体形象，他以参加过革命的同志和"兄长"的口气激励青年人战胜困难勇往直前。这些都与主流的文学形态高度一致。只是在表达上，郭小川喜欢用第一人称的"我"。这就招来了反感和批评。作者在一篇文章中记载了这方面的回答：

有些同志向我提出问题：在你的诗里，为什么用那么多的"我"字，干吗突出你自己呢？这个问题，也使我想了很多。前几首《致青年公民》中，曾有过"我号召你们""我指望你们"的句子，实在是口气过大，所以，在以后的各首中，我就改正了。但，我要说明的是：我所用的"我"，只不过是一个代名词，类如小说中的第一人称，实在不是真的我，诗中所表述"我"的经历、"我"的思想和情绪，

① 周扬：《发扬"五四"文学革命的战斗传统》，见《周扬文集》，第 2 卷，280 页，北京，人民文学出版社，1985。此文原载《人民文学》，1954（5）。

也决不完全是我自己的。我现在还不敢肯定，这样的看法是否恰当……①

郭小川所说明的几点，其实都是文艺学上的常识，可在当时都成了问题。他说"实在不是真的我"，又说，"决不完全是我自己的"。现在要问：实在是真的我，完全是我自己的，又怎么样呢？

郭小川作为一位既有充裕的公众关怀，又有艺术探索精神的诗人，在50年代诗人中是个性突显的一位。但也就是由于这一点，他的创作经常受到谴责。著名的《望星空》就是因为涉及"自我"对个体生命短暂而事业伟大、宇宙洪远的感慨而遭到激烈的抨击。批评者说："这首诗的主导的东西，是个人主义、虚无主义的东西；它腐蚀了诗人自己的头脑，又在读者中间散发了腐蚀性和影响。"批评者严厉指责"不洁的"个人主义，"这些个人主义实质上是脆弱的，一遇到挫折，就不免有四大皆空之感！《望星空》一诗就是个人主义的东西受到挫折以后悲观绝望的表现"。②

这样批评的结果，不仅造成文学作品中个人话语的减弱以至消失，而且最后导致作为文学创作基本规律的作家个人创造性的萎缩和蜕化，当代作家因为担心个体意识太强而影响群体意识的发扬，担心主观性无意发扬的结果损害客观冷静的观察、体验和反映，于是就在创作活动中谨小慎微，唯恐招致对于集体主义创作原则的危害。这样，文学创作中的个人的独创性，作家独具慧眼的对于主客观事物的体悟和评价，他们的闪耀着个人才华的艺术表现力和风格特性，便往往淹没在众口一声和千篇一律的公式化的汪洋大海中。

① 郭小川：《关于〈致青年公民〉的几点说明》，此文写于1957年9月2日，见《谈诗》，上海，上海文艺出版社，1978。
② 华夫：《评郭小川的〈望星空〉》，载《文艺报》，1959（23）。

茹志鹃的短篇小说《百合花》出现在 1958 年是一个特殊的现象。那时中国文艺界反右派斗争的急风暴雨刚刚过去，全社会狂热的"大跃进"运动正如火如荼地展开，而《百合花》尽管依然是反映战争的，可以认为是"安全"的题材，但它的写法和角度，它的主题和情调都与那时的环境氛围格格不入。即便这篇小说受到茅盾的保护，但当时的某些批评仍然表现出不无偏执的凌厉。有人从"作家有责任通过作品反映生活中的矛盾，特别是当前现实中的主要矛盾"这一角度对作品提出质疑。批评者反诘作家："为什么不大胆追求这些最能代表时代精神的形象，而刻意雕镂所谓'小人物'呢？"他们认为小说中的几个人物，"还没有提高和升华到当代英雄已经达到的高度"，希望作家不要作茧自缚，而要写"具有共产主义品质的英雄"，使作品出现更多的"复杂的矛盾冲突"，"把作品的主题思想提得更高"。批评文章显然对这部作品表现出来的女性作家的柔婉抒情的风格有所不满，甚至告诫作家："风格本身并非一成不变，而是需要不断发展、不断丰富的。长处应该充分发挥，短处应该作必要的弥补。"[①]

作为 50 年代高度一致的"集体化"创作潮流中的一个"幸存者"，《百合花》当然也经历了严重批评的洗礼。从上述那些委婉语气的背后，我们不难觉察出当时那种意在取消创作个性和个人风格的理论的严厉。就是绝无仅有的这样一篇小说，要求消泯个人风格的一律化的力量也不想放过它。事情非常明显，若是按照上引那种批评去写作，哪里还会存在像茹志鹃这样的作家，以及这样一朵洁白俏丽的充盈着作家个性的花？

中国当代作家的许多创作，在当时那种总体氛围中，谈不上重视作家创造性的发挥以及鼓励他们从事对现实生活和历史事件的真谛的发现和开掘，并且很大程度上排斥个人独立的观察和思考。由于政治运动的频繁和

①　欧阳文彬：《试论茹志鹃的艺术风格》，载《上海文学》，1959（10）。

思想斗争的加剧，缺少安全感的作家有鉴于发生的无数文学悲剧，宁可以丢失创造性为代价，采取换取稳妥的苟且的策略。于是，我们惊奇地发现了一个进入文学贫血的时代。这个时代以"文化大革命"的动乱为它的极致。原先还有一定数量的作家、作品装点着贫乏的创作界，到此时只剩下得到批准的八个"样板戏"。

那些被称为"样板"的"文革作品"，从内容、形式到制作方式，无一不是充分集体化的产物。它与五四初期的个性解放或"个人主义的人间本位主义"，仿佛是两极的对立。不管到了什么时代，不管人们的思想意识产生怎样的变化，作家通过艺术创作充分发扬个人的独创性，并充分展现他个人的风格魅力，让读者和观众从作品中看出独特而个别的"这一个"，对于文学都是必需的。但这，在那个舆论一律的年代，只能是一个遥远的梦幻。

五　运动的文学与文学的运动

中国现代文学是个性解放的产物。它有感于"死文学"对于人的窒息，欲以"活的文学"来唤醒并建设"人的文学"的时代。因此当时对于作家的创作并没有一致的理论的约束。各色各样的主张是有的，但并没有强制的或统一化的要求。这种情况到了提倡"革命文学"时有了改变。前面述说那一批创造社成员的激进主张——要求文学家做先进思想的复述者（即"留声机器"）而排除和杜绝个人意愿的表达，算是颇为极端的。但那也只是一种一厢情愿的号召，实行与否在于作家。因为创造社作为一个文学社团，并不具有行政的压力。这情景到民族矛盾上升时期，特别是抗日战争阶段便有了变化，要求文学从军或倡导"国防文学"等等所具有的道义感构成了某种压力。这使得作家顺应这种压力的驱使从而调整自己的创作方向。

但对文学创作产生巨大的影响并成为别无选择的统一的运动的，则是以行政力量进行的文学规定。从 20 世纪 40 年代初期到 40 年代结束，解放区大体奠定了对文学家进行运动式的组织创作的格局。这种格局致力于把作家的个体性的劳动组织到革命的集体性的大目标上来，使这些本来独立的个体成为统一大机器中的一个零件。但这些"零件"的出身、经历、个性、文化背景、审美趣味都各不相同，必然要进行"磨合"，这就提出了作家的思想改造的命题。

当时的理论批评要求来到革命根据地的作家放弃原先的兴趣和立场，使之能够适应一致性的目标和利益。后来还颁布了一个"决定"，其中对当时的文艺创作作了具体的号召和规定："内容反映人民感情意志，形式易演易懂的话剧与歌剧（这是融戏剧、文学、音乐、跳舞甚至美术于一炉的艺术形式，包括各种新旧形式和地方形式），已经证明是今天动员与教育群众坚持抗战发展生产的有力武器，应该在各地方与部队中普遍发展"，"各根据地有演出与战争完全无关的大型话剧和宣传封建秩序的旧剧者，这是一种错误，除确为专门研究工作的需要者外，应该停止或改造其内容"①。

文学创作到这样的地步，已经不是作家自由选择或可以自由讨论的实践，它是一种与行政性的规定、推行或禁止这些方式相联系和相一致的活动。这在 20 世纪五六十年代更普遍而广泛地发展为通过政治批判运动以约定文学创作的内容与形式。在这种环境和气氛中进行创作活动的作家，他们的工作必须顺应这种规定并接受全社会的监督方可实行。20 世纪 50 年代普遍推行的知识分子思想改造运动，其基本目标就是改造个人主义为集体主义，改造资产阶级、小资产阶级思想为社会主义、共产主义思想。思想改造首当其冲的是作家和文艺家。

改造思想需要"脱胎换骨"，需要在"灵魂深处爆发革命"，需要"狠斗私字一闪念"，如此等等。各种提法在社会政治发展的每个阶段各不相

① 引自《中共中央宣传部关于执行党的文艺政策的决定》，见《文艺方针政策学习资料》，5～7 页，长春，吉林人民出版社，1961。

同,但其目标则是先后基本一致的。中国当代作家在这种巨大的政治、行政压力下,首先要进行的是批判过去,否定自我——这个工作通常被称为对作家的改造和作家的自我改造,这种改造的工作在正常的情况下(这几乎是常态的)则是通过批判或斗争的方式进行。这种批判或否定不仅是在所谓的世界观、创作道路或作品的思想内容的层面上,而且更在作家的审美观和艺术方式,甚至在风格等更深入的层面上。其范围广泛到了涉及作家创作实践及作品传播的一切方面。

胡风对这个问题早有觉察,他在 1954 年写成的《意见书》中把林默涵、何其芳与胡风论战的中心理论问题,即共产主义世界观、工农兵生活、思想改造、民族形式、题材等五个观点,概括为"五把理论刀子",认为:"在这五道刀光的笼罩之下,还有什么作家与现实的结合,还有什么现实主义,还有什么创作实践可言?"胡风的这些意见,后因"问题性质讨论的转化"而没有继续进行,当然也谈不上产生什么影响。不断对创作实践产生影响的,仍然是 20 世纪 40 年代以来的极端化的策略。

何其芳就是不断对自己的艺术方式和艺术道路进行批判否定的一位。他的否定从奠定他创作特色的成名作《预言》开始。诗集《预言》的写作始于 1931 年的《预言》而终于 1937 年的《云》。这是中国社会发生重大转折的年代。1937 年不仅国内各方的矛盾加剧,而且在外国入侵下民族濒临危亡。在《云》中,何其芳不是由于谁的提倡而是有感于社会时势的危急产生自觉的批判,他看到城市的堕落、农村的破产:

> 从此我要叽叽喳喳发议论:
> 我情愿有一个茅草的屋顶,
> 不爱云,不爱月,

也不爱星星。①

到后来，特别是到了延安之后，他的这种自我批判意识就转变成为一种按照指导性要求的实际行动了。1943 年，他在《改造自己，改造艺术》中又联系当时的整风运动及下乡改造思想谈及如下的体会：

> 整风以后，才猛然惊醒，才知道自己原来像那种外国神话里的半人半马的怪物，虽说参加了无产阶级的队伍，还有一半或一多半是小资产阶级。才知道一个共产主义者，只是读过一些书本，缺乏生产斗争知识与阶级斗争知识，是很可羞的事情。才知道自己急需改造。而且，因为被称为文艺工作者，我们的包袱也许比普通知识分子更大一些，包袱里面的废物更多一些，我们的自我改造也就更需要多努力一些。②

在社会发生急剧转变的时代，人们的思想立场或迟或早会产生变化，这在历史上是必然的。有的变化是自觉的，有的则是非自觉的。

在作家的思想改造方面，何其芳是处于社会转变时期具有典型意义的一位。他是自觉的。他从否定自己的艺术风格和艺术理想开始，逐步地到达最后否定作为诗人的旧的自我。这种否定是一种对于诗的本质的追求和放逐的过程。从《云》和《画梦录》到表现知识分子改造的内在矛盾的《夜歌》，从不满《夜歌》的"伤感、脆弱、空想的情感"③，再到写作"白天的歌"，何其芳非常完整地完成了自我否定的全过程。当然，这也是何

---

① 何其芳：《云》，见《何其芳文集》，第 1 卷，59～60 页，北京，人民文学出版社，1982。
② 何其芳：《改造自己，改造艺术》，见《何其芳文集》，第 4 卷，39 页。
③ 何其芳：《〈夜歌和白天的歌〉初版后记》，见《何其芳文集》，第 2 卷，253 页。

其芳重新建设新的自我的过程。可是，作为诗人的何其芳在进入 50 年代以后基本消隐了。1951 年，他在过去的诗集再版时说了这样的话："这个旧日的集子，虽然其中也有一些诗是企图歌颂革命中的新事物的，但整个地说来，却带着浓厚的旧中国的气息。因此，它不足以作为新中国的读者的理想读物"，"很想歌颂新中国的各方面的生活，并用比较新鲜一点的形式来写。但可惜我目前的工作不允许我经常到处走动，不允许我广泛地深入接触工农兵群众。又不愿使自己的歌颂流于空泛，我就只有暂时还是不写诗"①。

不难看出，何其芳也和冯至一样，把诗的基本性质非自觉地确定在"歌颂"上。既然旧的道路应当否定，而新的道路目前又不可实行（不能"经常到处走动"，"广泛地深入接触工农兵群众"，当然还有将主要精力用于学术研究工作），那就只有停笔。何其芳这一番话，很像是诗的告别词。这种告别看似自愿，其实却是充满内心矛盾的无可奈何。直到"文化大革命"结束，何其芳才重新焕发诗的激情。何其芳的思想当然带着他那个时代的巨大而深刻的历史投影。

中国作家的思想改造，不仅是思想要"脱胎换骨"，艺术也要"脱胎换骨"。艺术改造的模板在哪里？只有从当时认为成功的实践中找。以延安为中心的中国解放区出现了一批有影响的作家作品，他们代表受到肯定的方向。20 世纪 50 年代以后，社会走向一体化，这些文艺的成果就当然地成为全体作家应当遵奉和贯彻的方向。

对作家思想改造和艺术改造的同时，还要求作家深入现实生活，熟悉工农兵和用人民"喜闻乐见"的方式去写作。有一个自我的思想——艺术否定在先，又有一个自己并不熟悉的"写工农兵"在后，这一文艺潮流对

----

① 何其芳：《〈夜歌和白天的歌〉重印题记》，见《何其芳文集》，第 3 卷，35 页。

于创作的直接影响，则是引导和鼓励一切作家避开自己所熟悉的，于是就相当广泛地出现了无所适从的"失语"状态。许多作家特别是来自国统区的作家不能以适当的方式思考并表达情感，他们避开自己的激情和愉悦，强迫自己从事难以适应和驾驭的题材，其结果大多只能是或者停笔，或者导致艺术的失败。

中国大陆文学创作的危机并不始于"文化大革命"，而始于比"文化大革命"更早的时期。许多作家因找不到自己的位置和自己的语言而主动或是被迫地消失了。许多在新文学的建立中成绩卓著的作家，在新的历史时期中不是湮没无闻便是昔日风采荡然无存。当日创作的指导原则不仅要求作家用新的语言表现新的生活、新的人物，而且要求作家不断紧密跟随和配合当代的政治形势，而政治形势在当代又是变幻不定的，于是并不熟悉工农兵的许多作家只能操着夹生的"工农兵语言"去写"工农兵的火热斗争"，做始终变幻不定的目标的追寻。

所幸，这种命运已随一个时代的结束而宣告结束。对于当代中国作家而言，运动的文学和文学的运动都已是远去的噩梦。20世纪80年代开始的是一个作家逐渐掌握自己命运的文学新时期。中国当代作家已从被指定的代言者的身份中解放出来，终于开始"说自己的话"并在这时期创造了空前繁荣的文学。但中国当代文学依然有诸多的烦扰。其中最重要的一点就是，当各式各样的（不是全部的）约束逐步宣告消解的时候，拥有一定创作自主权的作家如何在基本无约束的状态中自觉地面对社会和民众，面对悠久的历史和苦难的大地，面对国家和民族的未来，摆脱流俗、金钱和享乐的诱惑，使自己的作品更能体现出当今时代的焦虑和困惑。一句话，当作家感到自己可以"想怎么写就怎么写"的时候，是否应当重新提出一些非常古老的命题，如使命、责任、意义、价值等，用以"自律"？

中国文学的新时期

导论：文学思潮的历史投射

一位历史学家在著作中论及他的历史观念，对"如实地说明历史"这一命题提出怀疑。历史是历史学家加工处理过的事实材料，必定不能排斥历史学家个人的倾向，它不可能是与个人无关的。因为历史有了这样的加工，从而便不会有完全客观的"历史真实"的品质。同时人们还认识到，确定那些基本事实的必要性一般不在于这些事实本身具有什么特殊的性质，而在于历史学家"既有的"决定。

所谓的"事实本身就能说话"并不是"真实"的。历史学家们认为事实本身的说话是被动的和后天的，"只有当历史学家要它们说，它们才能说"。这正如一位著名的剧作家说过的：事实就像一只袋子——你不放一些东西在里面，它是站不起来的。其实我们所读的历史，虽然是以事实为根据的，但严格说起来它并不合乎事实，它"只不过是一系列已经接受下来的判断而已"。克罗齐宣称：一切历史都是"当代史"。这意思是说，历史主要在于以现代的眼光，根据当前的问题来看过去。历史学家的主要任务不在于记载，而在于评价。

这样的历史观念是我们乐于接受的。我们处在一个特殊的历史时期。这种特殊处境给我们以历史性的冲动。我们希望自己写出当代的历史，作为一个活着的人来谈论活着的历史。与其让后来的人把我们当历史来读，不如我们向后来的人提供历史。对比几代人，我们不想隐瞒我们的幸运感：我们有幸经历过黑暗，有幸争取过光明，并获得了一定的光明；我们有幸受到过窒息，有幸争取过自由，并获得了一定的自由。尽管那争取到的光明和自由都是有限的，但对比那些未曾拥有过和不曾获得的人，我们依然是幸运的。这样我们就有了描写历史的条件和可能：我们了解中国新文学作为一种理想从无到有的成功实现；我们亲自体验过它的被取消和可怕的变态；我们亲自经历了这一濒于灭亡的文学的再生；我们又亲自观察到获得自由的文学以令人目眩的方式安排它的新秩序，于是我们又不得不跟着它进入艰难的认识的旋舞之中。

我们不再哀叹文学的贫乏，而是惊呼文学的丰富让我们目不暇接，让我们感到判断的困惑。从前我们感慨作为批评家缺少的恰恰是对象，如今我们感慨作为批评家缺少的是能够把握和驾驭那些对象的思想、方法和语言。两种感慨我们宁取后者。我们宁愿让人嗤笑贫乏和无能，而不愿在极端贫困的文学面前重复那些重复了千百遍的空洞说教。

现在进行的研究是上述愿望的实现。我们希望用历史学家的个人眼光贯穿我们所触及的全部当代文学的事实。我们将在那上面留下最具个性的判断，而不愿鹦鹉学舌。虽很难排斥它可能产生的谬误，但将断然排斥个人见解的重复。所以，我们将开展的讨论与其说是专门性的学术论证的展示，不如说是作为历史见证的个人感受的传达。要是在以下几点上令人们失望，那却是我们在进行这一工作之前就定下来的：第一，这里不进行文学创作技艺的具体剖析和切磋；第二，这里不打算对当代作家作品以及文学现象的成败得失进行具体的评价；第三，这里甚至也不做准确而科学的当代文学实质的理论概括的尝试。

我们进行这一课题的目标并不宏大，只是想就中国当代文学（这里指的是 1949 年中华人民共和国成立以来，主要是 1976 年"四五运动"以后的文学）的重大的文学现象和文学问题，通过历史对比做出一个粗略的考察。我们不准备对每一个涉及的艺术现象做深入而详尽的探讨，阅读的有限和缺乏创作的实际体会限制了这种可能。这种泛泛而论和夸夸其谈可能让人厌倦，但也并非毫无价值。至少在如下三个方面希望给读者留下一些切实的印象：一是了解我们身处其中的文学环境，包括已有的变异和正在扭转的局势；二是判断和预测正在展开的文学势态，设法理解并适应逐渐形成的文学新秩序；三是熟悉一下文学批评和文学研究，特别是了解那些具体而形象的材料被抽象和被概括的过程，希望了解并非作家的学者对于文学的观念和思维的特点。

我们还要回到历史的话题上来。我们希望此刻就面对我们的历史发言。我们希望这只被充填的"袋子"能够作为一个痛苦的见证，站立在后代人的视野之中。关于文学，人们已经说了很多，要是换一种角度，则我们依然有许多话可说。在这里，我们选择的是历史的角度。

我们的话题产生于历史的忧患。再具体一些说，是一种世纪末的忧患。作为中国的知识者，尽管我们向往着更为自由的、不受其他事物约束的文学，但似乎很难摆脱传统的以文章匡时济世的观念。当我们发觉文学失去自由时，我们希望文学自立，希望它和社会现实拉开距离乃至"脱钩"，于是，我们尖锐地抨击文学的狭隘功利观；当我们发觉社会衰颓时，我们又像许多哲人和学者那样，希望文学能够拯救社会，于是，那种传统的对于文学的期待，又自然地成为我们的期待。

我们作为中国的知识阶层，总是处在这样的两难境地。我们兼有觉醒的批判者和自觉的皈依者的双重人格。在我们身上，矛盾地并存着魔鬼的叛逆和天使的温顺的品性。在我们这里，批判文学的失去自身与期待文学的失去自身，批判它的附庸性与期待它的附庸性，怪异地共时并存。我们希望文学是文学，我们对文学不是文学表示了愤激的情绪；但我们又自然地把改造社会与社会振兴的责任，寄托在文学身上。当我们为社会的停滞和后退揪心时，我们心中的屈原和鲁迅一下子都醒了过来。我们于是自然地回到了儒家所一再强调的那种文学的社会功利性上面来。

中国知识界对文学的异化反思的积极的结果，是对于中国社会积习和弊端的自然联想。无休止的文学悲剧和无休止的艺术苦难，引发的是关于这种社会病症的困扰和忧虑。对近百年的民族生存状态的忧患感，因为对文学历史的反思而显得更为深重。文学的病态是社会病态的反映、缩影和直接后果。社会的病态又每每要求文学承担责任和付出牺牲，如此循环反复，使我们的悲哀似乎无边无际。

我们总是把文学的思考和社会的思考难解难分地纠结在一起，这就使这种思考充满了庄严的使命感。文学似乎随时都因我们的参与而变得十分神圣。我们显然是由于特殊意识的加入而把文学神圣化了。这种现象当然也只能产生在中国。中国的思维惯性能够坚定地拒绝一切它认为不适合的文学的异端实践，而且能够把这种实践予以政治化的解释。这就使在其他地方可能是平凡而又平常的事件，在中国产生不平凡的、戏剧化的效果。中国易于大惊小怪，特别是当它感受到一种与众不同的思维产生的时候。这种大惊小怪当然加重了文学的"重要性"和"献身感"，亦即王蒙所说的那种"轰动效应"。

这是不正常的。但我们显然已十分适应这种不正常，而且我们现在和将来也乐于在这种非常态中思考。无疑地，当这种本应是十分正常的思考笼罩上一种不正常的氛围时，我们自身也受到了"鼓舞"。在这个社会中，人人都易于从自己认为是哪怕一点点不人云亦云的独立的思维活动中得到一种自我安慰和自我满足，我们当然也难以避免。

这里进行的思考，显然是以当代人写"当代史"的历史思路为契机。全部思考可以大体分为三个大的部分：第一部分，我们将利用一些实际的材料和现象总结历史。我们将在历史倾斜和文学异化的大命题下进行历史的批判回顾。我们显然十分重视这里出现的批判意识。因为，具有这种意识不仅说明我们有勇气思考，而且使我们的思考活动具有活力，它能给予十分陈旧的话题以新鲜感。这一部分的讨论主要包括中国特殊的生存环境下产生的社会和民族自卫需求而导致的特殊策略的涵盖，以及这个社会和这个民族的传统思维惯性对文化性格产生的消极影响，这种影响直接强化了文学的悲剧现象。第二部分，我们将从文学历史批判出发，讨论历史批判产生的反抗。批判意识的萌醒开启了文学思考的灵智，使我们的文学活动获得了空前的自觉精神。文学对于秩序的反抗是这种自觉精神的完整体现。对于中国文学在新时期所产生的巨变，以及其间让人神迷目眩的诸种现象，我们都愿意并有充足的理由把它归纳到反抗这一点上。具体一些说，反抗的动机大抵不外两个方面：一是对于禁锢的反抗，二是对于规范的反抗。为了反抗禁锢而导致文学走出第一步——疏离化；为了反抗规范而导致文学走出第二步——无序化。第三部分，以反思和反抗为基础，中国文学的视野和领域有了一个革命性的开拓，终于出现了一个令人感到陌生、新异，同时又更加合理的新秩序。我们力图以前进的甚至超前的观点来解析这个秩序。我们希望证实这一秩序出现的必然性和合理性，当然也期待着全社会的认可和适应。

我们已为自己确定了目标。我们当然希望能够达到。

一 历史倾斜与文学异化

（一）潜伏危机的和谐

我们曾经从事过一项非凡的事业。继五四新文学革命之后，我们创造了一个新的文学时代。这个文学时代以充满欢乐气氛的乐观精神为基调，以颂歌的方式肯定现实并憧憬未来。尽管迄今为止我们还无法对那个未来做出明晰的描写，但就传达特定时代的风貌，并使之与这一时代的基本精神相协调所取得的成就可以判断：这是一个创造了奇迹的文学时代。

明亮的太阳，不仅"照在桑干河上"，而且照在中国的每一个角落。每一篇小说，每一出戏，每一首诗，每一篇散文，都在不约而同地歌颂这个新生活的太阳。《青春之歌》表现了一个历史的故事，但林道静的道路，正是为共和国奠基的一代知识者走过的道路。至于《红豆》中那位多少有点贵族化的多情女子江玫，她没有林道静那样的轰轰烈烈，但同样为了一种刚刚认识的价值而做出了个人巨大的牺牲。我们从江玫那种难以割舍的眷恋中看到，扑向新中国怀抱的作家怎样以巨大的热情、以个人的生命投入了一个集体的生命之中。

从一个时代的弃儿到一个时代的主人，文学与其说是在表现他人，不如说是在表现自己。写实文学的盛行，现实主义空前地受到青睐，均与文学创造者所处的位置有关：从旧生活的破坏者到新生活的建设者，他们以极大的热情关注现实生活发展的轨迹。唯有经过长期苦难的血水浸泡的人民，才能以百倍的热情肯定与热爱这一切。

面对照亮黎明前黑暗的灯塔之光，以及这一片从"山那边"到山这边的解放区的明朗的天空，唯有饱受战争折磨的人民才能以如此勇决的姿态和必死之心去抑制污染明朗之天的那片战争的阴云。正是因此，我们才格外感激那一代文学工作者对祖国充满激情的创造性奉献。只要想想当年战火重新燃起时，魏巍在《谁是最可爱的人》篇末写的那一段文字：

> 亲爱的朋友们，当你坐上早晨第一列电车走向工厂的时候，当你扛上犁耙走向田野的时候……当你向孩子嘴里塞着苹果的时候，当你和爱人悠闲散步的时候……朋友，你是否意识到你是在幸福之中呢？

要是把这一段诗一般的文字和毛泽东在《新民主主义论》结尾处那一段同样是诗一般的文字——

> 新中国站在每个人民的面前，我们应该迎接它。
> 新中国航船的桅顶已经冒出地平线了，我们应该拍掌欢迎它。
> 举起你的双手吧，新中国是我们的。①

---

① 《毛泽东选集》，第2卷，709页，北京，人民出版社，1991。

对照起来读，我们便可理解包括《创业史》《山乡巨变》在内的一些作品中作者所形成的"历史创造"目光的因由。

鬼变人的故事，奴隶翻身成为主人的故事，一个互助组的诞生，乃至一个乡从初级社到人民公社的发展过程，文学艺术到此时多少都有点絮絮叨叨，因为这与它们自身所从事的本来就是一件事。严阵的诗《老张的手》，用诗来概括几个重大的历史阶段的变化和演进，都证明着这样一个意图：一个时期抒情性质从诗中的消退，正是写实叙事倾向挤压的结果。

但不论怎么说，这一时期文学毕竟创造了记叙新时代、新生活诞生和发展的高潮。我们无疑应当记住文学的这个功绩。随着写实倾向成为主要的事实，文学比其他任何一个时期都更为全面丰富地保留了那一时代的社会发展进步乃至变态衰颓的资料。我们可以从《新结识的伙伴》中听到中国青年女性传统性格在新生活的潮流中增加的新品质；也可以从李双双那风风火火的思想行动中，看到一种新的性格正在从东方女性传统性格中脱颖而出。同样，我们可以选出《红旗歌谣》中的任何一首，用来说明久经贫困和战乱的中国人民如何狂热地呼唤着更为富裕的生活——他们把这个幻影当成了切近的现实。

我们的任何一位文学艺术家在从事这一工作时，都自然而然地给自己的演唱或演奏定音。他们不约而同地采取高亢的和欢乐的调子，无时无刻不意识到自己的使命在于传达出对这一新生活的信赖感。他们认为如果对充满希望的未来失去信心，那都是良知的犯罪。这就造成了我们如今意识到的文学与它的时代高度和谐的辉煌感。

（二）沉重的"精神化石"

正当全民族兴高采烈地唱着从解放区传来的欢乐歌谣"解放区的天是

明朗的天，解放区的人民好喜欢"，或是同样欢乐的歌谣"天空出彩霞"的时候，我们并没有意识到我们的头上正笼罩着一张巨大的同时又是沉重的"文学网"。我们不幸地承担了全部的历史重负，一种远的历史遗传与近的历史生成的结合给予我们的重负。在中国，诗文载道言志的观念是一种相当顽强的文学观念。儒家的美学观可以把"诗"变成"经"，男女情爱的抒发可以被用来充当道德的说教。《关雎》篇"窈窕淑女，君子好逑"，可以被解释为对于"后妃之德"的阐明，正是一个有力的证实。文章的价值在这种观念的支配下，受到了不恰当的夸耀，文章和文学总被当成齐家治国的实际手段。这种强调的背后证明：文学本身只有充当了"道"的载体，即作为一种运载工具时，才具有实际的价值。

新文学运动并没有对这一传统观念做出有力的质疑。周作人在《中国新文学大系·散文一集·导言》中把散文分为载道和言志两大类。"道"固不必言，"志"作为情态体现也是同样沉重和充满严肃的氛围的。由左翼文学运动起始，中国的载道文学观合理地被新兴的理论说明。文学事业与传达革命意识取得了合理的联系，先进的革命文学观开始抨击"为艺术而艺术"的倾向。新文学开始了历时久远的排他性斗争。这种斗争一方面受到了新兴的文学观念的激励，另一方面受到了儒家文学观的"潜意识"的鼓舞。

早在解放战争还在进行的时候，一些老解放区进行土改，进行发动群众的反霸斗争，其发动的工具便是诸如《白毛女》《赤叶河》《血泪仇》一类的戏剧。那时文艺与社会运动的关系，是直接的从属关系。此种关系从来没有受到怀疑，完全在顺应"古训"的情理之中。这种传统也体现在"文化大革命"中以八个"样板戏"为"革命大批判"开路的实践中。甚至到了后来，某些农村乡镇组织集体观看某一部据说可以直接解决某一实际问题的影片，都是同一观念在不同时期的伸延。

时代和环境的巨变，并未改变儒家文学观这块坚硬无比的精神化石的存在条件。超限度地夸大文学的实用价值是荒唐的；而无限膨胀地危言警告文艺对社会的破坏性，在许多场合更成了对文艺实行虐待的借口。它成了无数悲剧的策源地。

20世纪30年代下半叶到40年代初，中国人民陷于苦难的严酷现实，促使社会向文学提出了严酷的要求，这便是以牺牲文学的多种功能，特别是牺牲满足广泛的审美追求的目标，向着高度社会化贴近。文学服务于"国防"，促进了文学和诗歌政治化乃至"军事化"，"文章入伍"伴随着对"抒情的放逐"。40年代初期，延安文艺座谈会上的著名讲话体现了一个基于有力实践的理论总结，它构成了一种系统化的文学观，即确认文学的接受与表现对象都应当是和只能是工农兵，并结合中国的实践确认工和兵实际上也都是农，即文学的对象实质上是农民。基于这样的确认，文学的内容只能是表现这一对象的生活和斗争，文学的形式只能是这一对象所喜闻乐见的自有的形式，亦即文艺的初始形式，如群众的演出和墙报等。政治和艺术作为两个不同的标准，政治是第一的；普及和提高作为两个不同的方向，普及是第一的。完整的民族化和群众化的文学主张开始强有力地实行。这就造成了与文学内容形式的多样性和丰富性的阻隔，与不断满足和适应不同层次的文学接受者的审美趣味及欣赏水平的提高的阻隔，与广泛接受世界先进文学影响以促进各民族的文学交流的世界性文学的阻隔。

虽然我们在这一个时期也划时代地创造了自己的文学样式，创作出了像《白毛女》和《王贵与李香香》那样重要的作品，但即便是这时出现的一些杰出的作品也距成为世界性作品的目标甚远。甚至时至今日，其中的一些作品在中国也没有成为历久不衰的作品。只是在特定时代、特定地区和特定氛围中，产成了它们有限的影响。它们的确不乏吸引人的魅力，但这种魅力与其说是艺术的，不如说是由于特殊的苦难换来的激动。它们有鲜明的社会功利目的，即以血泪的控诉唤起人们阶级意识的醒悟。而当这种直接的目的淡化时，作品的动人之处也就随之淡化以至消失了。虽然许多作品均不乏动人的效果，但由于它们模仿及至照搬传统形式，结果终于使它们只具有地区性和暂时性的价值。作为文献，它们可以成为永恒；但作为文学，它们却无法达到永恒。

由于自我幽闭，我们形成了一种狭窄而又自信的文化观念，我们创造了一种新的模式，并在这种模式中自我陶醉。我们的文学终于无法与世界沟通。这种文化的造型颇近于窑洞，它的最重要的特点便是以自成体系的理论封闭了自己。

当我们反思这段历史时，我们却无法摆脱特有的历史眼光。我们显然不能以轻率的态度否定历史的合理性。当中国陷入血战，整个民族为苦难所浸泡时，挽救这一历史悲剧的是作为生产者和战斗者的农民。我们制定以农民为主体的艺术政策和艺术方针的正确性无可怀疑。如今回首往昔，那一代文艺工作者所进行的工作，依然具有巨大的开拓意义。

他们在贫瘠的黄土高原上创造了一种特殊的文学。他们使整个文学艺术以农民能够和乐于接受的方式，向着中国最缺乏文化的文盲或半文盲接近。那一代人以非凡的气魄把中国文学艺术的基点放置于那些质朴、粗犷但又带有初始文学性质的文艺样式上。俚俗的信天游、陕北剪纸、腰鼓、秧歌、民间说唱，一时间在中国取得了希腊悲剧或莎士比亚戏剧一样的地位。适应艰难时世的艺术氛围中终于出现了喜剧因素，一代文艺革命者欢庆他们创造了文艺为低文化层次的对象服务的奇迹。我们视此为新传统。

（三）误差与隔绝

战争基本结束，中华人民共和国宣告成立，对于战争的胜利者来说，改造旧社会与改造旧文学的任务同样新鲜。他们习以为常，几乎不假思索地以自身实践的经验指导文学的建设。广阔的国土，复杂的社会构成，不同的文化背景，不同的知识层次，以及不同的审美趣味，陕北的信天游显然不足以满足这广泛多样的精神需要。

但是强大的行政力量给了政策制定者以强大的信心。他们推行特定时代、特定地域的文艺方针和经验，以一种统一的文学模式取代旧社会和国民党统治区并不统一的文坛。全国第一次文代会的召开，说是两支分别战斗于不同政治地域的文艺队伍的会师，实质是胜利者一方向着另一方的传授，而另一方则以自我忏悔和自我谴责的方式向着解放区的革命文学模式认同。

自此以后，诸多继承了五四新文学自由的、创造的和多样的文学传统的大师，都不同程度地实行了以自我改造为方式的艺术否定。鲁迅战斗精神的核心——一种对现有秩序的怀疑性格受到了忽视。中国知识分子的软弱性格大幅度地覆盖了知识者群体。他们怀疑的是自己，而不是环境和秩序。一场又一场的思想改造运动，使他们一步又一步地进行严酷的自我否定。更为不幸的是，即使他们在进行自我否定，但如果不是用规定的方式而是用自有的方式，则这种自我批判也不被理解，甚至引来灾祸。穆旦为埋葬旧的自我而唱的《葬歌》，却宣告了期待新生的歌者的被埋葬，即是无数悲剧中的平凡的一出。

他们有的心甘情愿，有的并不心甘情愿地抛弃了个性，开始写自己不熟悉的生活，开始在作品中驱逐非工农兵的形象，开始"净化"自己的人物。我们几乎是在十分不自觉的状态下，造成了与"五四"光辉的文学时代的断裂。断裂的基本原因，在于把特定时代、特定地域的文学指导方针当成了永恒的和普遍的文艺范式。

这一范式对所有文艺形态都予以"削足适履"式的改造。改造作家和作家自我改造形成的自我否定和对已有一切文艺形态的怀疑，使几乎所有的巨匠与大师都失去了智慧。他们几乎无一例外地告别了艺术创造的最辉煌的时代。一代人创造了前面述及的文学的辉煌，同样一代人也创造了迄今为止于我们记忆犹新甚至历久不逝的文学的不辉煌。

文学的发展不仅取决于国内有效的环境，也有赖于国际的交流，这种交流能够从横向的地平线上得到最佳的参照。但在中华人民共和国成立之后，在我们实行的有计划的文学建设中，我们自行取消了广阔的国际文化背景。这依然受制约于意识形态的革命化的指导方针。我们按照当时制定的国际交往的模式，并把这种模式原封不动地照搬为文艺借鉴和介绍的方针——文艺上的"一边倒"。

我们在对外文化交流上也按照"净化"的原则进行严格的选择。开始是革命的和进步的选择标准，随后又根据意识形态斗争的需要，按照反帝和反修的标准进行选择。我们对体现人类文明的异常复杂的文学作品构成，进行了一贯的"政治第一、艺术第二"的标准的切割。这种政治的和阶级的切割结果，只能是一种自我拒绝。

新中国成立初期，我们把从高尔基的《母亲》开始直至《青年近卫军》《卓娅和舒拉的故事》《钢铁是怎样炼成的》等一系列苏联作品奉为楷模和经典。全面学习苏联的结果是，更加强化了文学艺术社会功利的观念。视艺术为革命的教科书和世界观改造的教材的观念，与解放区文艺的为政治、为现实服务的观念完全相契合。

信念于是更为坚定，贯彻于是更为有力，随之而来的选择也于是更趋于狭窄和单调的严酷。开始的时候，还允许苏联以外的作品，特别是西方古典浪漫主义作家的作品出版和流传。后来，则分别按照这些作家所属的国家社会制度的形态，按照封、资、修、帝的标准分别采取冷淡乃至弃绝的方针。正是在这样的指导方针下，我们最后切断了与外国历史上一切有益的借鉴的联系，造成了中国文艺与世界文艺空前的断绝。

中国文艺终于由"一边倒"而最后转向与世隔绝的全封闭状态。这当然是农民文化心理的体现。建立于小农经济形态之上的文化形态，必然承受它的自足心理的约定。这种局面最终导致文学营养的匮乏，它更为有力地促使文学向着贫困化恶性发展。

也许更为严重的问题还不在于文艺指导方针的误差，而是那种人为的阶级斗争观念向文艺领域的引入，并且不遗余力地贯彻实践造成的结果。这是一种文艺的自戕。政治对于文艺的干预越来越频繁，每一次干预都是一阵阶级斗争的大旋风。随即是宣布一整批的作家、诗人和评论家为阶级敌人，从而宣告他们的消失。这种人为的自我毁灭，造成文艺彻底地走向单调和贫乏。

二 巨大的标准化工程

（一）文化观念的偏离

褊狭的文艺指导方针塑造了褊狭的文艺性格。几十年来，我们几乎不遗余力地重复着一个动作，即不断地创造出适合各个时期社会形态的标准，对文艺实行统一。这种统一的出发点在于我们从来认定，一定的社会形态必定存在某种与之相适应的文艺形态。我们几乎是不论付出多么沉重的代价都要一往无前地向着这个目标逼近。在我们的观念中，有一种自天而降、从零开始的属于某一社会历史阶段或某一阶级的文化和文学。这种文化是与一切剥削阶级的和一切历史上存在过的文化有着本质区别的文化，而社会主义文化或无产阶级文化天生是以一个与旧文化相对立的形象出现的，文学亦复如此。

从荒凉的山野进入大城市，农民的目光所及，自然包括皇帝的宫殿在内，都是剥削的象征。这种观念扩展到一切的大屋顶，例如对北京城的"无产阶级改造"，当然意味着拆除城楼和城墙，以及阻碍城市发展的各式牌楼。新文化的建设以旧文化的"毁灭"为代价，它们之间的继承和联系是可以忽视的。我们正是在这种"重新建立"的观念的支配下，进行我们的统一文艺工作的。这种统一文艺工作的实际表现形态，就是我们几乎愈演愈烈地以新造的枷锁给文学以形形色色的限制。特别不幸的是，在我们的观念中这并非一种破坏，乃是一种建设。我们的决策部门以一种最良好的心情进行着一种最不见积极成效的"关心"。其结果是决策部门越是表现出巨大的热情，文艺的生态便越是失去平衡。这种决策与结果之间的分离现象，造成了一场又一场的文艺悲剧。

但更严重的还是我们自以为是的而且不可动摇的观念。一方面，我们制定"百花齐放、百家争鸣"的方针，表现出某种宽宏；但另一方面，我们又立即予以不可思议的解释，即所谓百家，其实就是两家：无产阶级一家，资产阶级一家。既然对这两个阶级的褒贬如此明显，不言而喻就只能是肯定一家。我们提出"双百"方针，随即又以政治性的条款对这一方针实行限制。其结果是"百花"也好，"百家"也好，一切都成了幻影。

这种观念的顽强性，几乎无处不在且历久不衰，而且表现为不容讨论的僵硬。说是普及与提高并重，却又规定"普及第一"；说是政治标准和艺术标准并存，却又规定"政治标准第一"。在这个意识形态的框架之中，不说第一，人们本来就会自然地推出第一，何况已经指定。这样，几乎所有理应表现出"宽容"的地方，同时又都表现出了绝不宽容。

（二）极端的模式

我们规定文学家应该写什么——应该写"重大题材"。我们拒"非重大"的一切于文学之门外。应该写"英雄人物"，既高又大且全的"超人"，而不应该写那些"中间状态"的人物。我们宣布那些"不好不坏，亦好亦坏"的人物为异物。可以写落后，但应该如此这般地写。等等。"文化大革命"开始以后，更进一步完善了写出充满仙气的"高大全"超人的程式，即"突出""陪衬""铺垫"那一套。这是一次极端的模式的制定，即保证使活生生的人离开人的自由的本性，而变为僵死的、没有活人气息的神的一套模式。到了这个极端，以往一切争论不休的中间人物存在不存在、可以写不可以写等等，全成了无须讨论的过去。

我们又规定文学家应该怎么写——应该用"最好的"创作方法来写。这个"最好的"方法，各个时期又都有各自的称呼。开始叫作"现实主义"——据说这是古今中外千年文学史概莫能外的最好的、主流的创作方法。后来时兴革命的词，叫作"革命现实主义"，这当然除了最好的之外，还有个"革命"的规定词。后来"一边倒"了，觉得"革命"还不能表现出倾向性，于是干脆与他人认同，启用了"社会主义现实主义"。再后来，开始反修了，既然人家已经"变修"，我们应该表现出革命的独立性来，于是取消"社会主义现实主义"，改用"中国化的现实主义"概念。这时不知什么地方兴起了"共产风"，"浪漫主义"的高谈阔论开始盛行，于是干脆发明了叫作"革命的现实主义和革命的浪漫主义相结合"的创作方法。又是现实主义又是浪漫主义，而且又都是"革命的"。

当然这是"最新最好"的。于是又要求文学家们全体遵照。但发明这个创作方法的人也并没有说清楚，它是如何体现出"革命"，又如何进行"结合"的。这忙坏了全国上下的诠释者，当他们陷于困惑时终于发现了一个样板的形式，这就是号称"共产主义萌芽"的"大跃进"民歌。这种较声名狼藉的"样板戏"更早出现的"样板诗"，成了一个要求对文学和诗歌进行新的统一的符咒。

原先写民歌体的诗人们当然不存在适应的困难，但那些受到西方诗歌熏陶或是较为严格地继承了五四新诗传统的诗人们，却在这些相当古老的诗歌方式面前感到手足无措。但那时把这种诗歌形式称为"新诗发展的方向",这个方向是不论什么样的诗人都须遵循并实行的。也产生了一些在"方向"面前游移不定的心情和议论,例如关于新民歌有无局限性问题的讨论。我们不难从何其芳、卞之琳等人发出的委婉的异议中,看到诗歌面临这种统一的样板的忧虑和困惑。

这种讨论的结局是可以想见的。在中国文艺的这个既定格局之中,可以说,当时任何号称自由争鸣的讨论,都不会是真正自由的,也不会是纯粹学术性的。不少诗人为这次诗的统一付出了代价。其中最富戏剧性情节的应属蔡其矫。这位以相当自由的形式写着南国的红豆以及欢呼"少女万岁"的诗人,迫于形势,不得不逆着自己的艺术习性写起别别扭扭的新民歌体诗。不知是无心还是有意,他在一首题为《改了洋腔唱土调》(显而易见,"洋腔"是不革命的,"土调"是革命的,因此这种"改"便是进步的)的诗中用了"今天且把山歌唱,明天再唱新诗歌"。敏锐地掌握动向的批评家一下子便看出了弦外之音,坚决地堵死了将来故态复萌的可能后退,指出:"我们希望诗人不是把'山歌'看成'新诗歌'以外的一种姑且唱唱的样式。我们希望诗人在群众生活和斗争中,取得我们民族所具有的那种真正属于我们民族、我们时代的气魄和感情。我们希望诗人明天的新诗歌,正是在这样的根底上成长的新诗歌。"① 此类事例甚多,先是逼你改变诗风,改变了又不像样子,于是又批评你的诗不像样子。如卞之琳的《十三陵水库工地杂诗》便是:"蓝图还只有一张,红旗就插到山岗;红旗在一面接一面,蓝图就日长夜长……不打仗先定了胜负!向碧海青天报个喜。检点了蓝图看地图:这里就涂个蓝标记!"

不知从何时开始,流行着一种文字基调的规定。据说一个天空晴朗的

---

① 《诗刊》,1958(5)。

时代只能存在一种与这种天空相一致的调子。共和国文学的调子为向上的发展的时代所决定，一切与此不符的都将宣布为"背时"。于是文学的情绪色调也被最后做了统一的规定。我们自然地把作品中有无"亮色"当成了一个批评的标准。"亮色"说来自鲁迅，"亮色"以及"愈是民族的就愈是世界的"一类语录被赋予实用的指导性含义。其意义如同鲁迅不断地站在反修、反帝，乃至"反右倾回潮""反右倾复辟"前线"指挥战斗"一样。用"亮色"来审视 20 世纪 80 年代出现的作品，不只舒婷的诗，甚至整个伤痕文学，推而广之甚至整个 80 年代文学，它本身就构成了背反。昔日的豪言壮语和欢乐的调子，如今沉入了哀伤忧愁的大海之中，只留下某些怀旧者的慨叹！

（三）自我节制的绝境

中国当代文学中作家个性和作品风格的萎缩，究其根底在于这种人为的粗暴而愚昧的砍伐与戕害。文学如同植物自然的形态，被那些好心但相当粗暴的花匠加以修整。修整的结果，是所有的树木都长成了同样的枝干。各种因素促使不整齐的、大小疏密各异的枝叶形态全都消失，造出来的是千篇一律的统一的树木。在这一片整齐划一却免不了单调的林子里，我们听不到鸟儿唧唧喳喳的叫声。那些音色优美的黄鹂和那些音色粗陋的乌鸦都本应自豪地发出各自的声音，但这里没有，这里连选择词汇的可能性，以及形容一个物件的自由度，都莫名其妙地被限制和自我限制。

时间久了，文学不再需要他人来施加统一的标准予以限制，文学自身就会培养出一种自我节制的惯性。自觉地实施和维护这种统一的秩序，到了不需外力而依靠自身来维护的时刻，这才是文学的绝境。前面谈到诗的样板、戏的样板，其实并不需要特别的提倡，文学自身就会推出种种的样板。散文就是如此。出现了两三个散文大家，众人竞相模仿，于是散文就只有对于两三种模式的反复仿效。更为可悲的是作为大家的散文作者本身就是在各式各样的命题中自我重复。他们只是用各种甜蜜的、精致的套子不断套那个万古不移的人云亦云的哲理。

再过一段时间，人们就会重新发现这样一个不可思议的封闭的王国。这里连描写落日都曾是禁区。当触及这一庄严的场景时，人们的思维定式立即产生作用。人们看不到真正的日出，只看到一种公式，那必须是"一轮红彤彤的"或是"一轮最红最红的"，连它上升的方式都是早已被规定的，那就是，也只能是："冉冉升起!"

中国文学进入 20 世纪 60 年代中叶开始的反常，那真是巨大的悲哀。八亿普通老百姓被剥夺了享受文化的权利，只被获准观看八个戏，据说这八个戏都是经过千磨百炼的（所谓的"十年磨一戏"），当然又都是经过特殊的净化处理的。可令人吃惊的是，在这几个戏中所有的女人都没有丈夫：阿庆嫂徒然有一个阿庆的名字——他没有出现，"跑单帮去了"；吴琼花据说是个童养媳，但她丢下男人造反了；白毛女的对象也许是当了八路军的大春，但他们原先在歌剧中暗示的关系，到"样板戏"中反而被隐化了，大春只是一个穿军装的解放者，他们讲的都是"阶级话"；《龙江颂》里那个面孔生得俊俏的小媳妇，她的身份是军属，却不见丈夫，更没有子女；那个在码头上抓阶级斗争的方海珍，将阶级利益看得重于一切，也忘了婚配。并不是说，所有的作品中有了女人就都应该有男人，但也不是说，凡是出现女人的地方都不许她接近、亲近男人。文学的统一化和净化到了如此的程度，这种文学实在是可怕的。

三　文化性格的悲剧性

（一）东西文化撞击的惶惑

外国学者论及中国在 19 世纪中叶以后的文化状态时，有如下分析：

> 当西学在日本迅速成为全民族注意的中心之际，它在中国却于数
> 十年中被限制在通商口岸范围之内和数量有限的办理所谓"洋务"的
> 官员之中。在 1860 年以后的数十年间，基督教传教士向中国内地的
> 渗透，就思想交流而言，收效甚微；但事实上，这种渗透引起了社会
> 文化的冲突，扩大了中国和西方之间心理上的隔阂。中国大多数的士
> 大夫仍然生活在他们自己传统的精神世界里。①

---

① ［美］费正清主编：《剑桥中国晚清史》下卷，314～315 页，北京，中国社会科学出版社，
1993。

　　论者列举事实证明：一个在 1870 年到日本一所普通学校从事教学的美国人，对于西方文化所占有的显著地位以及学校收集西方书籍的规模有深刻的印象。但即使是在 20 年后访问一所典型的中国书院时，他也几乎难以发现任何表明西方影响的证据。中国文化封闭的硬度和抗拒力是惊人的。

　　在中国，西方教会的文化渗透和交流活动只能以极为缓慢的速度进行。外国的研究者不得不惊叹，在 1860 年到 1900 年之间，"教会的传教活动很少成功"，"事实上，从中国绅士文人在 19 世纪后期经常发生的反洋教事件中扮演领导角色这一点看，基督教传教士在填补他们与中国社会精英之间的文化裂缝上似乎收效甚小"[①]。

　　西方的洋枪大炮终于惊醒了这个古老帝国的传统梦。先进的知识界敏锐地感到了世纪末的危机，于是奋起引进西学，以图光大。作为这个文化觉醒的伴生物，中国从那时便开始经历无尽的心理意识上的磨难。在五四新文化运动以前，几乎所有的文化变革的意图都以失败告终。"五四"创造了奇迹，但这也是于重围中血战取得的成果。但从"五四"的文化革命到 20 世纪 60 年代后期的"文化大革命"，这一次巨大的旧文化回潮究竟是证实了胜利，还是证实了胜利的背面？答案是不言自明的。

　　中国感到了非如此选择便没有出路，但却有更为强大的力量阻挠这一选择。"五四"那一次大的搏斗，正是东西方文化交流产生冲撞的表现形态。"五四"以后，有一个长的延展期。这个延展表明了质的变异，一个大动乱之后的重新起步。导致这一起步的是又一次更为沉痛的觉醒。20世纪末文学新思潮所展现的躁动不宁，正是东西方文化在 20 世纪后期中国的一次更为深刻的冲撞。与文学变革诸问题纠缠在一起的文学论辩（关

---

　　① ［美］费正清主编：《剑桥中国晚清史》下卷，316 页。

于对待西方现代派艺术的态度的激烈论争，便是其中之一），其实质依然是这一文化冲撞的派生物。

中国传统的文化观念遇到外来事物时所表现的惊恐万状，从特定的环境氛围考察，是由于鲁迅所说的处于衰敝陵夷异常不自信的状态。因为自己肠胃不健，因此害怕一切杂物；因为自己不强大，因此由不自信而导致排斥外来的侵扰。在衰弱的时代，此种倾向格外浓厚。若国势隆盛如汉唐，则大多表现为漫不经心。但毕竟盛世如汉唐者寥寥，于是恒常的文化心理状态则是忧心忡忡的"小家子气"。

当时大体处于受大动荡摧残之后的衰落期——这种衰落感的猛醒是由于中国重新与世界沟通而通过比较获得的。曾经有过的"世界革命中心"的闭关锁国造成的癫狂，噩梦醒后出了一身冷汗。于是颓丧之感猛然袭来，不得不打开门户。而门户打开之后，又挡不住强劲的风。在这种两难之中，文化的警惕表现为一种病态。某些论者谈到外来影响而担心"盲目崇洋"，将导致我们自己的声音、自己的相貌、自己的性格，慢慢地会完全没有了，我们会自惭形秽地倒在外国人面前连头也不敢抬了，便是这种心理的表明。这里表现的一切，是就特定的环境氛围说的。

就一般的恒定状态而言，中国由于自身文化传统的富有而有着不可动摇的自豪感。越是殷实的家族，自我保护的心理便越是浓厚。富足使它无须求助他者。它自身就是一个自足的实体。由此形成一种自然而然的封闭性格。自足导致了自大。长久的封闭使中国缺乏对世界的了解，于是往往表现为无知的愚妄。这种情况在飞速发展的现实面前，往往表现得具有喜剧色彩。

不论是哪一种状况——或由于自足而封闭，或由于自卑而惊疑，中国有着一个不轻易放弃的自卫武器，即"民族化""民族传统""民族性""民族特点"等等。各种名目都含糊地指向一个含糊不清的事物。不论是因为强大还是因为弱小，对于这个民族，保护主义是一种长久的需要。

当上述那个自卫武器变成了抗拒的借口时，这一文化心理就不断制造出可怕的后果。

（二）保护主义的排拒性

每当文学面临变革，特别是要向外域寻求一种新的引进时，它便会从古老的柜子里取出这个武器。"五四"要废除文言文，便有一些论者出来宣扬文言文是多么美妙的"宇宙古今之至美"。有人阐述西方现代象征诗的某些艺术优异之处，便有人论述现代派的诗歌，包括他们"读不懂"也并不赞成的作品如朦胧诗，我们也是古已有之的。

形成保护主义文化性格的基本原因在于传统文化。世界上很少有民族能够如中国这样拥有如此之富足的文化遗产。越是富翁便越是怀有保存遗产的心理。对于贫困者，因为没有，于是也无须保存。要想说服富翁改变一种文化心理结构几乎是不可能的。因为自己拥有，于是便对外物的"侵入"充满警惕。一方面是对"祖传秘方"的保藏，另一方面是打破头也不愿给黑屋子开一扇窗子。

中国的强大与弱小的"混合"，造成了它的特殊的文化性格。这性格基本上是一种变态，既自信又自卑。神经质的过分警觉造成了一种普遍的对于外来影响的排拒。这几乎是一种条件反射式的反应。面对一个奇怪的新生物，抗拒它仅仅是因为它是外来的，一旦发现它也有长处，又会以心理平衡的方式论证这也是"古已有之"，或论证这异物压根就是从我们这里传出去的。中国人对于文化的"保古"主义，使他在新的事物面前表现了变态的悭吝。最初，他顽强而无理地抗拒，对"侵入者"怀有敌意。他为抗拒这些事物寻找理由："不合国情""不合欣赏习惯""失去自己""数典忘祖"。继而又寻找各种理由，说明外来者本来就不怀善意，或本来就有问题。文化抗拒心理的最有效的心理平衡，就是给所有的外来者贴政治标签，从资产阶级、小资产阶级到修正主义、帝国主义。这种方式造成了"文化大革命"十年的灾难，这是有目共睹的事实。

但这种方式毕竟不能持久，于是便难堪地被迫接受。久之，也就似乎忘记了那种难堪。在新时期新诗的论争中，最初几乎是对一切不合于已有欣赏习惯的创新，都不能忍受。从艺术、思想方面的批评，甚至提高为政治上的谴责，连绵不绝。从"崇洋媚外"到"不同政见"，表现出狂热声讨的热情。后来，又有更新的新、奇、怪出现，舆论对先前的朦胧或怪诞，便表示了某种程度的和解，甚至把他们当初谴责的异端"改造"进了"现实主义传统"的构成之中。异端于是变成神圣。他们便掉转头来，以更多的精力和更大的义愤对待那些新来的"魔怪"。

这样，我们这些反"侵略"的文化"白细胞"，便陷入了无休止的恶性循环之中。因为文学发展的基本规律乃是无间歇地寻求新的创造，以刺激文学的消费市场。这对于一切常态发展的文学艺术几乎是无一例外的规律。艺术家的弃旧图新，根本受制于欣赏者的喜新厌旧。既然如此，则一旦一个开放社会的文艺恢复了常态的运行，不改变思维惯性的"文化卫士"们的命运，便只能是永远如此这般的尴尬处境：开始是断然拒绝，后来又无可奈何地悄悄接受。

在文学的其他领域，情况也大体相似。我们一开始拒绝王蒙不合常规（这个常规即指《组织部新来的青年人》的模式）的变革，在一阵纷扰之后，终于不再激动，默然认可了《春之声》《海的梦》一类怪异的合理性。想想张洁的《有一个青年》《谁生活得更美好》一类作品赢得了多少喝彩声，再想想她的《拣麦穗》《爱，是不能忘记的》换来了多少怀疑的目光和责难，便知道这乃是一种普遍的病症，而不是一个医学上的"特例"。

不独文学如此，在艺术的其他门类，这种尴尬的拒绝主义也是随处可见的。邵大箴的一篇文章中有一段相当精彩的描述：

> 因为受传统文化的熏陶，中国知识分子的文化性格偏于保守，在理论观念与理性信仰上多持绝对主义价值标准，对于相对的、多元的价值标准往往采取排斥的态度。在个人与社会关系这一点上，缺少积极的文化参与意识。在与外来文化碰撞的情况下，由于受传统文化的影响，又容易产生盲目的民族自尊心、民族自卑感和优越感，其表现，就是以为自己民族的一切创造都优于其他民族的创造……对于那些"看不惯"、与本民族传统文化观念相异的东西，往往不加分析地予以排斥。①

论者列举了如同我们在前面论及的那种美术界的尴尬：齐白石崭露头角，由于他大胆从民间艺术中撷取了艺术观念和新鲜、活泼的表现手法，因此引来了维护传统方式的美术界的惊呼，这些人认定齐白石背离了传统。接着轮到徐悲鸿，他从西方绘画造型中引进了写实的手段而与中国水墨画融汇，达到形神高度统一的效果。美术界的一些保守派视之为违逆。李可染的绘画革新被谧为"野怪乱墨"。在一些人的眼光中，这位艺术大师属于"传统功力不深"的画家之列。至于黄永玉、吴冠中的画，在一些传统卫道士的眼中，本来就很难得到认可，更不用论及那些立志于国画改革的不满现状的青年了。在音乐界，情况也是一样。人们对于那些"异端"性质的创新，一味地进行排斥和谴责；而那些不"离谱"的模式以及相当平庸的民间唱法，不论如何"照猫画虎"，却毫无例外地得到嘉许。

---

① 邵大箴：《当前美术界争论之我见》，载《文艺争鸣》，1987（6）。

文化偏见导致文化的无批判的兼收并蓄，以及无分析的粗暴拒绝。这就是：只要是遗产和传统，则可以不论其为糟粕或精华；只要是外来影响，则可以不问其是否真有价值。这种无分析对中国文化的现代更新造成了极大的危害。这是文化性格悲剧性导致的一个消极结果。

（三）对固有文化的奴性依附

文化排他性最基本的思想根基，即保护民族文化的不致中断与失落。谈论这一命题时，一般都具有极大的神圣感，仿佛天将沦亡我华夏，而独有我辈在欧风美雨的袭击中抱有清醒坚定之态度。这种使命感的背后，是极浓厚的弱小民族的自卑心理。大而言之，是对华夏文化的维护；小而言之，则是对于自身参与其中的落伍文学的自警：总的来说是一种变态的敏感反应。

构成这一文化变态的另一因素，则是一种特殊意识的极端影响导致的心理倾斜。我们不仅为文学划定各色的阶级属性，而且把服务于那些具有较少文化的人群当作文学唯一正确的方向的体现。我们把文学的重心放在文盲或半文盲的欣赏者那里，以其形式和内容是否为那些欣赏者所乐于接受来宣布文学的成败，这成为一种惯例。文学的普及性事实上成了衡量文学价值的标准。

与此相关的，是另一种方式的排斥。常谓的"脱离实际"，指的是另一种或另几种形态的文学不适于特殊的中国社会（如战争时期、革命高涨时期、对文化进行"革命"的时期等等，都会宣布某种艺术为不适宜的），以及特殊的中国接受者。许多的文化珍品和艺术奇葩都在这样的名义下遭到拒绝。常谓的"为艺术而艺术"，一般指的是艺术与宣传效用的分离。在褊狭的艺术观念那里，艺术的价值即宣传的价值，与宣传相脱离的艺术几乎就是精神的鸦片。无益即有害，它们的准绳是宣传的效用。在这一名目中受到抑制的艺术品种之繁、数目之多是惊人的，而它造成的艺术生态失衡以及由此产生的消极影响，在短时间内难以估量。

许多迎合某一特殊群体欣赏趣味的艺术品，很难判断其必定为高尚的或崇高的，甚至很难判断其必定为无害的。民间流传的跑旱船或踩高跷一类艺术节目，由同性出演的打情骂俏情节，其间有不少恶俗成分，却得到了各方的认可，庸俗在这里得到不庸俗的宽待。一成不变且趣味不高的《猪八戒背媳妇》历久不衰，若肯定唯有它方能体现出正确的阶级立场或艺术方向，这只能构成一种反讽。对于这些，人们不仅毫无所察，且津津有味地提倡，这同样是偏见构成了谬误。

传统文化确是民族智慧和世代创造的宝库，但同时也可能是思想和艺术糟粕的"宝库"。传统文化中的封建主义成分，只在五四初期受到了一番表面的冲击，而后烟消云散，大抵以悄然不语的方式慢慢地又"浸润"了回来。《三国演义》中有多少封建思想体系的产物？《杨家将》中有多少封建道德的说教？人们只忙于为它们的宣传开绿灯而无暇细察。特别具有讽刺意味的是，在"反对资产阶级自由化"的高潮中，我们却无保留地默许了上述"封建毒菌"的蔓延。1987 年 6 月，仅以北京的几个电视台而言，其中《乾隆下江南》《红楼梦》《赵匡胤演义》的连续播出，都是引人注目的现象。

民间的初级文艺形态中存在瑰宝，亟待有心人去挖掘。它不是如同过去那样被赋予政治意义之后再加以偶像化。正确的态度是从遗产整理出发的认真发掘，不是照搬挪用，而是得其精髓，予以现代更新的再创造。王平的红土陶雕《雨》《山里的人》，灰土陶雕《牛背上的孩子》，木雕《父子》，均得益于她所生活的贵州红土高原以及带有浓厚地域色彩的民间艺术的滋润（当然，她的灵感也受到非洲艺术、印第安艺术的启发）。但她却有效地驾驭并改造了这些原生态的艺术品质而使之完全个人化。王平的艺术不是民间艺术，她也不是民间艺术的奴隶，而是独立的艺术家。更为重要的是，她把她所吸收借鉴的一切现代化了。王平的艺术是现代艺术，而不是古代艺术或民间艺术。我们从她的作品中，可以感受到艺术家作为现代女性所拥有的那种自由的、无拘无束的心理状态和活泼的、充满了生命冲动的激情。王平的作品唤醒了我们沉睡的本原生命意识，体现了现代人对于生命复归的愿望。现代意识在这里顽强地反抗着现代"文明"。我们从这些艺术的探求中得到对于现实生活状态的反抗的满足。

对民间初始文化形态的奴性膜拜，是一种消极的文化品格。这种品格再加上道德化的考虑，加重了它的庸俗倾向。对外域文化的不加分析的美化和臣服，是一种奴性的表现；由于非艺术的考虑而对固有文化（包括民间文化艺术）的无批判的接受与美化，同样是一种奴性的表现。媚外和媚俗同样构成了中国文化性格的劣质。而从历史发展的事实看，对传统文化形态的无批判意识，以及对民间艺术的局限性的无分析倾向则是主要的。

对于这种文艺迎合趣味不高的欣赏倾向的批评，我们通常听到的是关于流行音乐和抽象画方面的内容。中国的怪现象在于，若是一种低级趣味与"民族形式"保持了关联，那种低级趣味便受到了纵容和庇护。1986年春节，中央广播电台播放了《济公》主题歌。那位衣衫褴褛而且疯癫的酒肉和尚且歌且舞，唱的是这样的"民间小调"：

鞋儿破，帽儿破

身上的袈裟破

你笑我，他笑我

一把扇儿破

南无阿弥陀佛

．．．．．．．．．．．

走啊走，乐啊乐

哪里有不平哪有我

．．．．．．．．．．．

笑我疯，笑我癫

酒肉穿肠过

南无阿弥陀佛

．．．．．．．．．．．

天南地北到处游

佛祖在我心头坐

．．．．．．．．．．．

这个小调引起全国轰动。在幼儿园，一个个小"济公"摇头晃脑，齐声高唱"鞋儿破"；在军营，一列列动作整齐的士兵用高亢的调子把"酒肉穿肠过"当作一首军歌。1987年春节，西南某著名的省城举行上海歌星的荟萃演唱，最后一个节目是曾经演过《海港》中马洪亮的著名演员登场。他唱了《大吊车》《夫妻双双把家还》，又唱了《济公》主题歌。他且歌且舞，引起了全场的兴味。据亲历者回忆，台下至少有一半观众随着演员的节奏击掌齐声应和，群情激动，给所有与会者留下了深刻的印象。

事情并没有结束，1987年6月9日，中央电视台新闻联播《观众信箱》节目播出一封来信。来信对鹤壁市用高音喇叭在全市"报时"提出批评，而播出的内容是早上播送《济公》主题歌，晚上播《霍元甲》主题歌。这种泛滥的推广已经引起群众的极大反感。更为惊人的消息来自1987年9月26日的新闻报道。那晚在沈阳举行奥运会足球预选赛东亚区第二阶段第二场比赛，现场直播中国队以 12：0 战胜尼泊尔队。从电视屏幕上可以看到主方啦啦队的有力助威，而啦啦队唱的竟是济公和尚的咒语，全场至少数千人起而应和。

以上所举，作为一种文化现象，不能不引人深思。济公在当日中国的复活，有着极为深刻的历史和现实诱因。尽管不乏合理的因素，但包括这种因素的作用在内，这一切都是畸形的和变态的。

而最大的变态则在于，我们的几乎所有的指导者和批评家都在这种变态面前无动于衷而表演了一场默许的哑剧。如果这也是一种"喜闻乐见"，那么，这里所体现的"群众性"不正好表现了一种极为可悲的文化性格吗？鲁迅说："我们此后实在只有两条路：一是抱着古文而死掉，一是舍掉古文而生存。"① 鲁迅为何这般悲观和愤激？那正是由于鲁迅穿透中国腑脏的洞察力。

（四）破坏被解释为建设

中国文化性格还受到特定社会条件的影响，特别是"左"倾教条主义政策的长期规约，以及伴随社会改造过程而来的一场又一场学术的和文艺的批判运动。这些批判运动的粗暴和摧毁性的后果，已为社会所共知；但它对于文化性格的消极影响则没有受到注意。一方面，我们对于封建主义的文化思想体系并没有认真地整理和认识；另一方面，我们又标榜和高扬批判精神。这种批判实际上指向了新文学革命的成果，以及与借鉴西方文化有关联的领域——我们笼统地称为资产阶级和小资产阶级的文化和文学、帝国主义和修正主义的文化和文学。

---

① 《鲁迅全集》，第 4 卷，15 页，北京，人民文学出版社，1981。

极为丰富的新文学传统实际上只剩下一个鲁迅受到圣人般的供奉。极为丰富的世界文学被扫荡得干干净净。无数次的狂风暴雨般的政治运动和派生而出的文学批判运动，针对的几乎都是中国社会最有文化和才智的精英之士。这些运动的集大成者是"文化大革命"，口号是"横扫一切""打倒一切"。它把一切的文化传统和文化遗产统统视为应当"横扫"和"打倒"的"封、资、修"。

长期的约定俗成，培养了一种前所未有的"新"的文化品格。人们用来衡量一个人立场是否坚定、方向是否正确的，不是他对于实践和理论建树的创造性，而恰恰是他的非建设性。即他是否能在别人的创造中找到可以攻击并施以破坏的可能性。而且，一旦发现了这种可能性，他是否能够坚定地以非正常的方式进行有效的实现，并以能置该人、该作品于死地的"批判"方式证明批判者的心迹。当然这类大批判有的是自愿的，有的则是不由自主的。

所谓的"破字当头，立在其中"或"先破后立"的学术指导方针，都旨在养成这种文化性格。破是破坏，立是建设，破坏一切是前提和先决。"文化大革命"前后的相当长的时间内，我们在文学、文化的各个领域，都在创造和提倡破坏的气氛，并以此做价值的衡量。舆论的倡导和实际的体会，使整个氛围受到污染和毒害。人人竟以破坏为能事——而从事这种破坏均能享有与此种实践相反的美名。这样，从事这一恶行时，人们从来不以为耻，反以为荣。借助所谓大批判以保护自己者有之，以图仕途进展者有之，卖身投靠者亦有之。

这种配合"运动"造成的"大批判"，后来发展为一种非运动时期也无时不在进行的常态。正常的建设性文艺批评变成了非正常的破坏性文艺批评。尤为可悲的是，人们往往视这种破坏为建设。这就造成了一般的和普遍的受害。人人身处其中而不以为异常。久之，就自然地养成了面对一切文学艺术现象的"条件反射"——用一种至少是不信任、不尊重创造的，挑剔的、恶意的甚而是敌对的眼光，对文学艺术劳动成果进行破坏。它不仅直接破坏了一种人们应有的对于艺术创造的心境，使艺术创造的美好情绪和氛围受到摧残，而且直接地摧残了一个社会的良好风气。创造者和面对这种创造的人都紧张恐惧，而且彼此怀有敌意。

这种变态的气氛直接导致破坏性文化性格的滋长和蔓延。因为创造必遭厄运，而"大批判"的破坏则直接可以占据"精神优胜"和取得实际好处，于是人人思为"大批判"的先锋和勇士，而不思在艺术上进行新奇的独创性劳动。它不仅是一场灾难性的文化毁灭，而且造成文艺生态的恶性循环。几代人的文化建设性格都受到了最严重的扭曲。在相当一部分人那里，他们依然以破坏的目光和方式面对他们所不能适应的和不能同意的创造性劳动。他们的潜在心理状态依然是"大批判"的，包括思维方式和语言习惯。

（五）不求创造的趋同

中国人消极文化性格的形成有着历史的和现实的诸种因素的促使。这些现象造成了一个最严重的后果，那就是在这个基本上以个体方式进行的最具个性特征的精神生产领域，却弥漫着一种强大的基本是群体的而非个体的气氛。本来是非常自由的、毫无拘束的，而且是以个人才能和灵感的充分发挥，从而形成不断求新求异的独创性劳动，变成了最循规蹈矩的如履薄冰、如临深渊的小心翼翼的"创造"。

这种情景的最极端现象就是"样板戏"的出现，即所有的文艺创作都可以用一种毫不走样的对于"样板"的模仿来代替。几个"样板"一旦用"十年磨一戏"的样式（这种特殊形态的"磨"，是一种作坊式的集体劳动，是一种"添加"式地磨平一切独具特色的艺术成分而把艺术创作变成一个最无特色的"最大公约数"）制造出来，就成了一种"钦定"的形态。于是，所有的"移植"和"学习"都呈现为一种诚惶诚恐的"复制"。这种严酷的现实最直接地导致了创造性性格的萎缩。

不过，若把中国当代文学这一病态仅仅诿于"文化大革命"的"样板戏"，则未免失之简单。作为中国人创造思维中严重弊害的趋同性，实非一朝一夕的偶发现象。这个古老的国家，为了维护艰难的统一事业，历代统治者无不要求一种对于社会和思想统一规范的约束。这种约束对于形成政权的统一和文化的融合起过积极的作用。中国长期封建社会形成的政治结构和意识形态结构的一体化，是一个相当突出的现象：

> 一体化概念是从社会组织方式角度提出的。一体化意味着把意识形态结构的组织能力和政治结构中的组织力量耦合起来，互相沟通，从而形成一种超级组织力量。我们知道：统一的信仰和国家学说是意识形态结构中的组织力量，而官僚机构是政治结构中的组织力量。中国封建社会是通过儒生来组成官僚机构的，便使政治和文化这两种组织能力结合起来，实现了一体化结构。（金观涛《在历史的表象背后》）

这段话指出了中国封建社会的文化与政治力量的纽结。文化服从政治的要求，而成为大一统的实质。这种文化大一统当然受到政治大一统的鼓励。大一统"忠君保民"的政治素质决定着大一统的匡时济世的文化素质。社会和民众都遵循这一素质考察它的对象。文化认同感和政治认同感的"联姻"，促成了这种保守文化性格的顽强性。

封建时代的结束并没有消除这一文化遗传因子。在新的社会形态中，这一遗传因子与现实的政治条件的结合演变为一种新的大一统的品格。尽管作为封建时代联结政治与文化之纽带的儒生制度消失了，但中国传统知识分子以及新时代的作家、艺术家的保守性文化性格依然潜在地决定和影响着中国文化和文艺的发展。

这种品格由于特殊的社会条件下产生的那种"文化警惕"异常心态的投入，更形成一种宁肯墨守成规而不愿自行其是的消极心理。文化与政治认同，加上特殊政治环境中形成的不求创新的趋同性，形成了进入20世纪以来的文艺实践和文艺批评中的顽症。它极大地摧毁了制约艺术发展的本有规律的不断变化和革新的自由精神，使本来最具创造性、最为充盈着生命力的艺术，变成了一具徒然维持生命的、失去灵魂的躯壳。

没有笑容的不仅是那些怒气冲冲的服务人员，在电视播音员中笑容也罕若黄金，体育解说员都是一色的"宋世雄"。趋同性造成了各行各业的新模式，这才是自由创造的"癌症"。在那个特殊的时期，环顾这片广阔的大地，除了几个"样板"敲打着寂寞的锣鼓，几乎就是一片由口号和标语充填的死域。那时不知从什么地方传来了一首《洗衣歌》，掺入一种小有情趣的军民友爱，配合以欢快的藏族民歌调子，各种有效的"保险"促成了它的通行。可怜中国之大却无歌可唱，于是《洗衣歌》便受到了超常的宠爱。从南到北，从西到东，一首《洗衣歌》造成了欣赏的灾难。有人挖苦说："这样反复地洗，衣服早破了。"

对这一现象的评论，固然尽可尖锐，但在不合理的总体中容易受到忽视的则是那星星点点的"合理"。中国没有戏，没有歌，没有诗，没有文，于是偶尔出现的那出戏、那支歌、那首诗、那篇文便成为奇珍。不是中国不会创造，而是中国不能和不想创造。创造在这里曾经是一种冒险——政治的、生命的、灵魂的冒险。于是人人视创造为畏途，为绝路。无创造只好模仿，最好是照搬，因为照搬最不担风险。

要是把耳朵与眼睛的腻烦和疲倦，以及心理的逆反因素再添加进去，则上述那种全体一致的流行与推广，便有了更为合理的理由。例如歌曲，人们厌恶那种板着面孔的训导以及千篇一律的僵硬，于是软性歌如同软饮料大受青睐。逆反心理可以把雄壮的队列歌改为流行曲。在这样的气氛之中，即使当年严凤英在世时也不怎么流行的《夫妻双双把家还》，却几乎成了每一场晚会的高潮装饰物，以及每一个名角的保留节目。要是任凭这种情势发展下去，那么即使优秀的歌曲如《十五的月亮》和《血染的风采》，也不是没有成为大倒听众胃口的节目的可能的。

四　失常时代及其解体

（一）文学的失落

从辉煌到不辉煌，只有一步之隔，犹如真理常与谬误为邻。文学曾经发生的失常，其根本原因在于观念的贻误。走火入魔的观念把原应表现人类生活和情感的无限丰富性的领域、可以驰骋和容纳人类最宽广自由的联想和梦想的领域变成了森严无比的禁地。文学的蜕变与文学的贫困成为同义语。

这种贫困其实并不难描写。其主要表现是文学日益严重地成为用来进行宣传的工具。政治越是要求文学对它效忠式的配合，便意味着文学越是失去自身的主体性。当文学完全地被政治湮没时，它的依附状态便最终结束了文学自由的性质。文学自身没有追求，政治的要求便成了文学的追求；文学自身没有运动，政治要求文学的运动便成了文学运动。我们只有反映土改的文学，反映互助组变合作社的文学，反映三大改造的文学，以及反映"大跃进"的文学。一句话，我们只有作为依附的文学。文学真的成了一面"镜子",这面镜子只有政治和社会运动的影子,文学自身成了隐形人。即使在那些被判定为最具异端性质的"右派"作品中,我们也可以从它们那些执着于现实问题的思考中看到文学自身的失落。

在号称"毒草小说"的《太阳的家乡》(公刘)中,当那支军区抗疟队的队员们听完了为抗疟而献身边疆的名叫梁新的知识分子写的日记,而引起一番关于梁新是不是"好人"的争论时,队长有好几段长长的"演讲",其中一段是这样的:

> 另一方面,我们也应该看到,他至少有两大根本问题不能解决,也就是说,他有两大根本困难无法克服。两个什么困难呢?一个是当时的反动政府、不合理的社会制度,给他造成了困难,没有人支持他、帮助他,人民也不了解他。……另一个困难是他自己给自己带来的限制,他没有正确的世界观和人生观,他不懂得科学本身不能成为什么目的,为人民服务才是科学的目的。他也不了解人民,他虽然看到了旧中国的"贫""病"现象,但他再也没有可能去挖挖"贫"和"病"的根子,他不懂得什么是阶级压迫和阶级斗争……

这段演说在当时的艺术作品中,属于心理和情绪都正常的正面人物的正常谈话。今天读来可能会以为语含讥贬,其实作者是以严肃而认真的态度用了这番笔墨的。人物本身不存在性格,人物只要能够传达正确的政治观念和政治意识就够了。在通常的作品中,这种说正确话的角色是安排给作品中水平最高,往往也是绝对正确的人物的。值得特别注意的是,这里引用的作品在当时是受到严厉批判的"毒草"。它被定性为"毒草"不是由于概念化,而是由于不够概念化。不难设想,要是我们文学作品中的所有人物都如此这般地思考,如此这般地发表议论和居高临下地训导他的听众，我们的文学不产生贫困和枯竭才是奇迹。

就是这样，文学长期被比它强大得多的力量支配。当文学没有觉醒的时候，它心悦诚服，认为自己本来就不是独立的。文学开始并不如此，但文学为"并不如此"而蒙受了过多的苦难，后来也"只能如此"。久而久之，一些自认为是文学的哨兵的人，以"只能如此"来监督文学。文学稍不如此，立刻便有鞭影闪现头上。

于是，久而久之，文学本身也失去了艺术发展和追寻的轨迹。文学的分期就是按照社会的分期。曾有一个时期，某些当代文学史的划分便是：经济恢复时期、三大改造时期或第一个五年计划时期、第二个五年计划时期等。可以有各式各样的社会性划分，但任何一种划分对于文学本身都没有意义。

真正的文学被放置于冷柜中。它没有死亡，但也未能发展。它被冻僵了，等着有一天血流恢复奔涌。但至少在那时，文学只是一具被冻僵的躯体。就是文学的核心——人，也是被排除了一切杂质的人、木偶人或机器人。他们只会做一些众所周知的训示。空洞的辞藻把一个个活人装扮成了录音机，缺少如同拉奥孔那样撕心裂肺的痛苦和挣扎。他们没有情欲，而且视人间的情欲为罪恶。

这种局面达到登峰造极的地步是"文化大革命"。江青的《部队文艺工作座谈会纪要》宣告了对一切文化的否定，当然也包括了他们自身。从零开始的文化，最后的归宿也是零。

（二）试探：把冰川留在身后

我们终于结束了一个异常的文学时代。这个时代的结束，与其说是由于外力，不如说是由于自身。挖掘坟墓的人最终是为了埋葬自己。这样的愚昧状态的结束，意味着思维理智的恢复。文学终于回到正常的生存状态中来。我们有幸争取到这样一个健康的时代，也许这个时代并没有给我们什么实在的东西，但它却给了我们思考的自由。有了这样一种自由，那就足够了。

这是一场全面更新文学观念，重新确认文学价值，实行根本性变革但又以不事声张的方式体现的新的文学革命。十年中，中国文学和艺术悄悄地，同时又小心翼翼地通过一个又一个"布雷区"。它把一个又一个的陷阱和地狱留在了身后。我们所做的一切恢复文学常态的工作，都似乎是在进行巨大的"反拨"。

我们的文学试探，就像是登山运动员手中的冰锄，不断地敲击着充满艰险的冰坂和冰梯。我们随时都准备迎接灾难的雪崩，我们的一个个探索，其实就是一次次冒险。开始的时候，我们面对的是一种反常的局面：我们从灵魂和肉体的蒙难中归来，却不能谈论和抚摸"伤痕"。在这样的背景下，一位中学教师写的短篇小说由于冲破了一个荒唐的禁区，而成为文学发展的里程碑。《班主任》这篇划时代的作品最激动人心的声音是"救救被'四人帮'坑害了的孩子"。这仿佛是五四时期那位文学巨人呼救的回响。我们情绪激动地谈论它，是由于它触及一个文明古国的最年轻一代成为最不文明的畸形的故事。

新时期文学初潮的许多作品，似乎都没有超越固有的轨道。它们旨在对文学社会功利性质的匡扶。我们至今还弄不清楚我们在电影《太阳和人》（这是一部未能公开放映，包括许多批判者在内都没有看到的影片）上发生了什么样的过敏症。要是仅仅因为它对风靡中国的现代迷信提出了质问，那么，我们的反应便是失度的。电影的编剧之一曾经在一首诗中表达了同样的思考，这种思考无疑有它的力量：

在社会主义国家由于渎神而判处死刑，

二十世纪中国竟会出现中世纪的奇冤。（白桦《复活节》）

围绕《太阳和人》所发生的一切，构成了对文学家社会责任感的提倡的莫大讽刺。

针对一批触及社会生活实际的剧本，如《假如我是真的》《在社会的档案里》《女贼》等的讨论，以及《假如我是真的》演出时所遇到的困难，说明传统的"颂歌"模式遇到了强烈的挑战，以及维护这一模式的观念力量的不可低估。

走向开放的社会所带给文学的磨难依然是"传统"的。文学遇到的问题依然是：要么是这一条路走不通，要么是那一条路走不通。我们遇到的依然是无尽的"路障"。逐渐走向成熟的文学在巨大的历史惰性面前，以充分的耐心竭力不碰撞而绕开它走。无数自行其是的实践在悄悄进行，每一次新的不合规范的探索几乎都会引起一阵心绪不宁的骚动。在20世纪70、80年代之交，文学几乎出现了一个全新的景观。当80年代到来的时候，诗人徐迟对现实发出"别想用锁把大脑锁住，那样做是徒劳无功的"的警告，并且做出了令人鼓舞的预言：

一切都是极不平凡的，

一切都是极不平静的。（徐迟《八十年代》）

我们显然是带着微笑向70年代告别的。1979年是文学的社会功能发挥得最好的一年。现实主义文学的位置得到恢复。尽管中国很多文人如今都学会了韬晦之术，但一往情深地热衷于他们认定的目标的人毕竟还有。生活似乎判定了这些人的尴尬处境：他们不断地干预生活，生活就不断地干预他们。在中国，这样做的人本来就难，何况他们多半又缺乏自卫能力！从局外人看，这种以入世的态度为文的人，究竟需要有多大的耐力和韧性，才能站立在这片被汁血和苦痛浸染的土地上呵?!

但不管为了这个目的需要承受多少苦难，不少中年作家仍然心甘情愿地承受风暴的袭击。从维熙说："文学作品应该严肃地面向人生，面向现实生活，它……应当有外科医生手术刀的作用。"（从维熙《答木令耆女士》）冯骥才说："多年来非正常的政治生活造成的有待解决的社会问题，成堆地摆在眼前，成为生活前进的障碍，作家的笔锋是不应回避的。""我一直不大相信'远离政治论'或'避开政治论'卵翼下的作品才是有生命力的。"（冯骥才《下一步踏向何处?》）蒋子龙认为：作家要"选择符合生活真实的矛盾，反映真正能触动千百万人思想和情感的现实问题"（蒋子龙《关于〈日记〉的断想》）。王蒙说："人民需要说真话、敢于为人民请命而又切切实实为人民做一些好事的作家。"（王蒙《我们的责任》）

不管这些作家当初的言论在今天是否有过变化，中国作家对于社会的使命感都不应受到怀疑和忽视。我们的自豪之处正在这里，但我们深远的忧虑也在这里。这就是：时代的解放宣布了文学的解放，但宣布未必就是实现。要是文学的解放仅仅体现为上述的那个目标，那这种解放也未必令人鼓舞。好在在到达我们至今尚未明晓的那个目标之前，大家还有一段路程要走。时代按照它的固定的框架，培养了这一代忠诚于它的信念的作家，他们以神圣的使命感履行着他们对人民和祖国命运的关切。当中国再一次获得了解放和自由时，人们纷纷上路，都自然而然地、无可选择地走上了文学与时代和人民紧密联系的路。因此，新生活开始了，人们对于扑面而来的新的风云和对于民族心态以及文学性质的巨变的认识，几乎处于一种茫然无知的状态。

（三）作为惯性的怀旧病

这一场文学和艺术的悄悄革命，也许要追溯到 20 世纪 70 年代末期。那时节，寒冷的雨雾中点燃的火焰，点燃了 20 世纪中国又一次文艺复兴的热情。一个民族的生命更新，在于它清醒地意识到对自身现状有所不满，从此萌发出自我否定的意愿。这种热情的火种来自 20 世纪初叶那次为凤凰涅槃而点燃的冲天烈焰。我们迎接的是一个为死亡中的新生而欢唱，为创造精神在烈火中再生而欢唱的时代。

我们显然为一个突然降临的巨大喜悦所震慑。我们为它给予的重新生活的权利而感激万分，如同随后一篇小说的主人公——公社党委书记钱金贵，当人们告知他已官复原职时的反应是："他捂着脸哭起来"，口齿不清地嗫嚅着，"到底证明我是好……好人，我感谢党！"（杨干华《惊蛰雷》）。感谢之后他依然按照他以为天经地义的观念和思维在原有的轨道上运行。当他如同当年进入大城市不能忍受香水和坐在一条长椅上亲热的男女那样不能忍受开始跃动的新生活时，他终于给自己做了一间小小的木屋，把自己装进了小小的幽闭的"盒子"。这一情节是极富象征意味的。

这篇小说把钱金贵的这种旧轨道运行的原因归结为伪装革命者的引诱和破坏，即归结为唯一的政治因素。其实这乃是中国国民性中劣质的顽固表现。在近些年关于中国文化与人格的研究探讨中，有人认为中国人的人格属于归属型。这种形态是指当需要的优势达到归属的目标后，由于社会结构的限制，便往往不再进取。这是一种萎缩性人格。历史上不少有志之士，一旦需要有了归属，便自行萎缩。这种人格的畸形造成了中国社会的长期停滞状态。

"四五运动"开启了民族的灵智。一旦社会打开了窗口，外面清新的风便装填了原先充满霉腐气息的房间，空气开始流通。于是这种归属感便在相当一部分中国人的人格中发生了变化，那种以积极进取的人生态度、独立自主的人权意识、竞争精神和效率观念为标志的自尊型人格开始生成。

显然，这种对于"四五运动"的潜在伟大意蕴的自觉，只是以后的事。在文学领域，一旦禁锢宣告解除，那种归属型的文化性格便重新显示出传统的力量。人们开始为恢复旧物而斗争。于是 20 世纪四五十年代的文学模式重新成为膜拜的对象，人们认之为文艺的黄金时代。于是文学的怀旧病开始传染和流行。

回看那时的文艺潮流，可以发现一个有趣的情感流动。首先是为当时自天而降的胜利狂欢，欢庆新的十月，用的是腰鼓、秧歌乃至高跷等古老方式。接着便是悼念刚刚去世的领袖，每一次的演出和朗诵都伴随着唏嘘和掌声。再接着，是怀想那些去世更早的革命老人。一个一个地写，一直写到当时还没有恢复名誉的"沉默的安源山"。人们在这些怀想之中初步获得了对于失去的记忆的情感满足。

接着，开始了更为"古老"的情感追求。千家万户从"洪湖水，浪打浪"开始唱，一直唱到久别的《兄妹开荒》。那种为争当劳模的人为的误会和调侃，那些已变得异常陌生的陕北高原的开荒场面，引起了轰动性的兴趣。郭兰英成了最风行的歌星之一。她从《绣金匾》一直唱到"北风吹，雪花飘"。一方面是禁锢太久，饥渴也太久，人们翻箱倒柜把能够满足欲念的东西统统找出来；另一方面则是一种民族文化心理的积淀，这是更为潜在也更为强大的磁石般的"内驱力"，它把一切的欲念都吸引到那个最永恒的神秘所在。

文艺的全面复苏，表现在对从 20 世纪 40 年代到 50 年代的文艺遗址的全面开掘上。我们的欢乐旋风是一种对旧梦的寻觅。我们开始手忙脚乱地清理遗产，并且发掘革命古董。油画《开国大典》，修修补补，重新展出。我们唱《南泥湾》，唱《翻身道情》，唱《咱们工人有力量》。凡是记得起来、找得到的，我们都要搜集、寻找，而且按照原来的样子重建生活。

1976年到1978年，我们沉浸在一片恢复旧物的激情之中。凡是历史证明是好的，凡是伟大的人物说过的、规定的和肯定的，就应当让它重新出现。文艺曾经是什么样子，就应该恢复它曾经的样子。我们当年的激情也是一种历史惰性的大发扬。这一段文艺的怀旧思潮，把本应开始的文艺变革的心理准备加以消极的导向。人们的目光投向过去的文艺，人们重新向着那个曾经造成巨大窒息的文艺范式认同。

接着是无法回避的文学惯性滑行的阶段。人们开始把文学真实性的恢复与文学为政治服务的总目标联系起来。《假如我是真的》究竟还是真的，但真的也不行。因为联系上政治，即使是真的也要考虑"社会效果"。对于这一概念的理论发明的估价，恐怕要留给后代人。社会效果即政治这样真实性的实现又在原先受阻的政治闸门前再次受阻。对《将军，不能这样做》最为有力的质疑便是：你究竟说的是谁？你说的动用多少外汇经得起纪检部门的检查吗？诗人毕竟是诗人，他一旦遇到了这样的胡搅蛮缠，最后的出路只能是：放弃辩论。当然，诗人也有愚钝之处，他也把诗看成了真实性的反映，他那时不会承认：诗人如同上帝，他可以创造天，创造地，创造男人和女人，创造世界。他不敢理直气壮地承认：诗人只崇拜自己的良知和心灵；诗人不负责说明和解释。这是那一代、那一类诗人的悲哀。

五　人性——从废墟醒来的灵魂

（一）别无选择的选择

文学的社会功能对于中国作家几乎是一块富有魅力的磁石。不论你处于何种方位，这块永恒而神秘的磁石总会把你引向它的身边。处于时代大转折的通衢之口，文学本身有多种选择的可能，但是中国作家不假思索地把文学这艘久经风浪的船驶向了曾给文学带来诸多磨难的河道。

定向的思维告诉人们：你别无选择。因为固有的价值判断认为，舍此文学便失去了它的庄严。这样，动乱结束以后的重建，可以说是一种不同时期的重复。不同的是，人们开始用自己的经历和体验来充填和更新以往那种失真的乃至虚假的社会文学。

20世纪50年代以后的中国文学之舟曾在这条河道几遭没顶。其根本原因在于我们给予文学参与社会的自由度是非常有限的。文学没有自由港，只有当你把文学置于肯定意识笼罩下，用于履行颂歌的职能时，社会方给文学以自由，反之则文学得不到自由。《组织部新来的青年人》所触及的，不过是美好生活最初投出的一道阴影，而且是那样轻浅。那无非是一个由几位口头挂着或不挂着"就那么回事"的干部组成的区委组织部，以及与之力量悬殊的两个年轻人向着小小的（对比以后的现实，确是"小小的"）官僚主义的冲撞。林震对"就那么回事"的回答，显示出青年的天真的锐气："不，决不是就那么回事。"正因为不是就那么回事，所以人应该用正直的感情严肃认真地去对待一切。正因为这样，所以"看见了不合理的事，就不要容忍，就要一次两次三次地斗争到底，一直到事情改变了为止。所以决不要灰心丧气……"。

林震正是当年的作家王蒙。只因为这篇小说的作者没有温驯地向着生活发出甜蜜的礼赞，他受到了惩罚。我们还可以举出无数这样受到惩罚的例证，但这并无多大意义。最耐人寻味的是：这种对着几道阴影的大惊小怪，从来也不会产生实际的效果，随之而来的复仇女神却显得异常无情。当年许多作品对于现实生活的干预，大抵都采取了委婉的方式，并不是如后来蜂拥而上的批判所说的那样怀有"刻骨的仇恨"。有的作品甚至只是一种学术性论点的阐发，并没有触及生活的真实，但招来的报复却十分残忍。最富戏剧性的是王昌定的《创作，需要才能》的遭遇，3 000 字付出了蒙受 3 000 天苦难的代价。

但中国作家对此的回答是"虽九死其犹未悔"（白烨语），是梁南的《我不怨恨》：

> 马群踏倒鲜花，
> 鲜花，
> 依旧抱住马蹄狂吻；
> 就像我被抛弃，
> 却始终爱着抛弃我的人。

这种单恋式的苦苦的"爱情",成为中国一代作家的最突出的品质。当然,这种品质也体现出受扭曲的性格特征。不论它是如何地受扭曲,它的执着却极其动人。现实主义简直是一位让人疯魔的爱神,它愚弄人,乃至坑陷人,却又被受到不公正待遇者一往情深地迷恋。获得解放的中国作家依然致力于一种现实热情,那就是把远离大地而飘浮于太空的那个现实主义星球变为现实的存在。作家开始的社会文学的争取,其动力的神秘性即源于此。

从落实各项政策给那些受到不公正待遇者,到及时再现改革面临的形形色色的社会问题,文学作品对于社会的参与和加入,为文学赢得了新的声誉。这一时期从小说《班主任》《乔厂长上任记》到《花园街五号》《沉重的翅膀》,到诗歌《将军,不能这样做》《为高举的和不举的手臂歌唱》《请举起森林般的手,制止!》,再到电视连续剧《新星》,这些作品都以及时而大胆地表现国计民生以及民众的呼声而激动了全社会,由此也鼓舞了作家的信心,并促成了他们为此次事业坚持的决心。一批中年作家作为当时创作实力的中坚都体现了这种坚持的韧性,以至于当这种创作的稳固地位和重要性受到忽视时,他们表示出来的愤懑并非不可理解。

当时盛行的切入社会的文学以涉及揭露伤痕的作品收效最显著。这类作品,散文如杨绛的《干校六记》,小说如卢新华的《伤痕》,诗如林希的《无名河》、李发模的《呼声》,戏剧如《WM(我们)》,都是以求唤起人们的同声一哭。这类作品中的相当一部分,只限于揭露和控诉。这样的小说被称为问题小说,说明它们在触及社会存在的问题时有独到的价值。它们当然也有缺陷,即往往不能深掘下去,接触历史的根由。陈忠实的《信任》写旧日农村中的恩仇推延至下一代,由于其中一位过去挨整今日掌权的党支部书记罗坤的不记私仇的大度,以及人情的感化,两家终于言归于好,全村复归于团结。《妈妈的死》(高尔品,即辛灏年)就是这种社会功利目的的坚持的结果。"妈妈像绷紧的琴弦突然断了一样松开手,瘫痪了,两只眼睛睁大着,盯住墙上,眼珠发直,一动不动,白发披散在脸上。"在那个年代,由失手摔破石膏像,到再度念错人名陷入自责与他责的交迫之中,最后因精神全面崩溃而死亡的悲剧,却是无数真实事件中的一件。《妈妈的死》把原是荒诞的作品写成了问题小说,正是当时一批问题小说共同存在的现象。

可以认为,由于文学观念的约束,作家失去了许多可以创作更有艺术价值的作品的机会。《妈妈的死》这篇小说的结尾所透出的"理性的阳光",留给人艺术局限的遗憾:"我原来只觉得妈妈的遭遇很悲惨,后来看了一些指斥'现代迷信'的文章,这悲惨又添了一层意思,我们像白痴一样,受林彪、'四人帮'愚弄!透过重重阴霾,一线理性的阳光,照射着我的灵魂。"至此我们得知,仅仅从政治事件的角度,而没有更为深广的视野,许多"问题"是难以获得"理性"的认识的。当时人们没有意识到用另一种方式审视我们曾经经历和如今面临的一切,特别是未曾认识到人应当面对自身,民族应当面对自身。

(二) 颠倒历史的颠倒

"伤痕文学"沿着社会和政治的轨道滑行,竟然创造了奇迹。由控诉暴虐野蛮进而抚摸自身的伤痕,乃是自然而然的导向,但它却不经意地点燃了一个时代的文艺之光:一颗温热的心在黑暗中跳动,无数卑微的小人物,开始胆怯地、小心翼翼地出现,并悄悄地进入了文学的很多领域。一个又一个受伤的灵魂,一个又一个饱经离乱的家庭,在灯下烛前,痛定思痛,感慨唏嘘。从鲜花到墓场,又从墓场到鲜花,历史在这个不久的时间内,演出了无数感天动地的"六月雪——窦娥冤"!

"凡人琐事"冲向了旧日只有头上显示光圈的英雄和神占领的文学圣殿。历史无疑地开始了一个大颠倒。这样，不是靠一种理论的驳难，例如对于"写中间人物论"的批判和矫正，而是靠文学的事实，实行了堂堂皇皇的占领。这个占领产生了一个意外的巨效——它由倾诉苦难而唤起了自我意识的觉醒。这种觉醒远远地指向了人、人的价值及人应有的尊严。

从这个视点来看《妈妈的死》，导致主人公死亡的除了政治性的逼迫之外，还有人性的歪曲和泯灭，人在神的光焰之下自我价值的萎缩，应该说这是相当深刻的触及。诗歌禁锢最严，但又是反抗最早的艺术品种。它也有一个在社会-政治传统轨道上惯性滑行的时期，也有各式各样的欢呼和控诉，正是这种欢呼与控诉，构筑起诗歌的凯旋门。

但刚一通过这个情绪激昂的凯旋门，艾青便发现了一条僵成了化石的鱼。《鱼化石》是诗人对自身存在的体验的凝聚，他把曾经是活泼泼的生命置放于一个突如其来的异变之中——也许是地震，也许是火山爆发，其实不止一条鱼，而是把无数的鱼变成了化石。曾卓此时发表了《悬崖边的树》，这棵"保留了风的形象"的树，也是受一股"不知从哪里刮来的风"的摧残形成的树的化石。

要是说在 20 世纪 50 年代流沙河的《草木篇》和《白杨》等篇章因有异于统一规范的意象而体现了他的个性化创造，他在新的历史时期则因全面地倾诉个人和家庭的苦难而开启了诗歌"归来"主题的闸门。灾难中的爱情的温暖，受监视的惨淡的婚礼，受屈辱的父母对于儿子的伤心和抚慰，从"九咏故园"到让人震动的《妻颂》，流沙河在这个时期的创作重现了 50 年代的个性光辉。他在新的社会环境中对于创作的贡献，是把那一块块"化石"和"出土文物"具象化了。他融进了个人的、亲属的悲欢之泪和痛苦之忆，依然是化石，却赋予它以丰满的情感血肉。流沙河最动人的一块"化石"是他的《哄小儿》：

爸爸变了棚中牛，

今日又变家中马。

笑跪床上四蹄爬，

乖乖儿，快来骑马马！

…………

莫要跑到门外去，

去到门外有人骂。

只怪爸爸连累你，

乖乖儿，快用鞭子打！

这是弱者的人格在受屈辱的环境中自尊的显示：宁肯给儿子当马骑，以受鞭打换取儿辈惨淡的快乐，也不愿在外受辱。人格终于在血泪的浸泡中觉醒。

所以，新时代人的觉醒的大潮是一个不期而至的快乐的实现。它由抚摸伤痕引发出对自身生存状态的体验与审视。中国人普遍地发现自己活得不好，而且人际关系也十分异常。这时，那暗屋破漏的一角传来了外面的丽日薰风，人们发现别人都活得不坏，于是悲凉之感顿生……舒婷在《青春诗会诗序》中用最明确的语言表达了这种关于人自身、关于人与他人关系的呼吁："人啊，理解我吧。"她深深意识到："今天，人们迫切需要尊重、信任和温暖，我愿意尽可能地用诗表达我对'人'的一种关切。"这位青年诗人视真诚为改善人际关系的至要，她对此显然怀有信心："障碍必须拆除，面具应当解下"，"我相信：人和人是能够互相理解的，因为通往心灵的道路总可以找到"。

动乱年代，文化受到了血洗，文明受到了摧毁。但受害最深的还是人——人变成了非人、鬼、兽。中国文学界关于人的价值的再认识和对于人性的尊重的呼唤，比哲学界、思想界更为敏感。诗人不合常规的声音，听起来仿佛冬末滚过灰暗天边的沉雷：

> 我并不是英雄
>
> 在没有英雄的年代里
>
> 我只想做一个人（北岛《宣告》）

"只想做一个人"，这是多么庄严的宣告！整个中国文学在这一宣告中开始了新的生命。中国人在往昔年代里的麻木，几乎是一种民族陋质的遗传，个体的价值被一种无所不在的群体意识消融。在一个相当长的时期里，我们确认社会不存在悲剧，甚至可以取消悲剧的概念。个人没有痛苦，个人的痛苦也许恰恰在于个人未能为集体做出无私的牺牲。顾城的"机械我"语近苛刻，但却是实情。

（三）人性的证明

在新的文学氛围中，人作为文学的主体，人自身的全部丰富性得到了承认，不是作为群体意识，而是逐渐觉醒的作为个体的人的意识。这样，我们的文学打开了一角小门，那里矗立着一座小木屋，木屋上爬满了青藤，从外乡闯来的知道装天线、知道听收音机的"一把手"——一个只有一只胳臂的青年人，竟然唤起了和他同样年轻的、过去只知道陪自己的男人睡觉，为他生娃娃、喂猪、洗衣、做饭的盘青青的意识萌动。作为一个人，盘青青需要了解外面的世界。她似乎也懂得了爱情——尽管还是相当模糊。由此，引起了她的丈夫野蛮的、歇斯底里的报复。

古老的而且是平平安安的中国社会突然被一个闯入者搅乱了，于是产

生了一番小小的暴动。这暴动的结果在我们看来是惊人的和新异的，但在
另外的一个社会看来却可能是异常平庸的和陈旧的。那便是：人终于发现
了人自己。人为自己别别扭扭地活着而痛苦，有一些敏感的诗人，终于发
现了非我的存在：

在时间的流水线里

夜晚和夜晚紧紧相挨

我们从工厂的流水线撤下

又以流水线的队伍回家来

在我们的头顶

星星的流水线拉过天穹

在我们身旁

小树站在流水线上发呆

星星一定疲倦了

几千年过去

它们的旅行从不更改

小树都病了

烟尘和单调使它们

失去了线条和色彩

一切我都感觉到了

凭着一种共同的节拍

但是奇怪

我唯独不能

感觉到自己的存在

好像群星与丛树

或者由于习惯

或者由于悲哀

对本身已成的定局

再没有力量关怀（舒婷《流水线》）

这原是人被别的力量推拥着，对自身没有力量关怀的失落感的表达，但却被那些惯性思维做了社会性的解释。这首相当深刻的诗，于是变成了对于某种现实秩序的不良的反应。当然据此可以再组织一次振振有词的讨伐。文学观念的差异极大地妨碍了人们的沟通。中国几种层次的人如今连对话都发生了困难——因为彼此不能听懂对方的语言。

现在我们可以说到张洁那篇至今还能引起人们谈论兴趣的、令人不能忘记的小说：《爱，是不能忘记的》。有一个人，专门为此写过一篇题为《据说，爱是不能忘记的》的文章，说我们的女作家涉嫌鼓吹性解放。我们完全不用理睬这种无法对话者的言论。我们宁肯以正常人的思维百倍严肃地探寻张洁的初衷。她是在对中国文学做一番新的冲刺。也许她有感于中国太过于忽视人的复杂的存在，特别是人的情感的复杂的存在。人除了从事社会活动外，还有自己的心灵世界。这个世界受到的蔑视近于残忍。她想通过钟雨刻骨铭心的而且相当隐秘的爱恋提醒人们注意：人人都有的这颗心，它几乎无时无刻不掀起风暴和海啸。

从伦理道德方面谈论钟雨的爱是道德的还是不道德的，这几乎是一种天真的误解。这篇小说是文学解放新时代继普通的小人物终于获得了过去只有神圣才享有的在文学作品中得到表现的机会——它是对文学禁锢第一次的冲破——之后，更加深入的超越性发展，即纯粹属于个人的情感世界的庄严和神圣，第一次获得了肯定的描写。

《爱，是不能忘记的》所具有的"异端"性质，并不在于钟雨是作为"第三者"存在的。她并没有影响任何人，她只是一个人在那里暗暗地痛苦，深深地但又是偷偷地怀念。与其说是胆怯，不如说是一种受到传统道德约束的自珍。钟雨甚至与她刻骨铭心所爱的人连手都没有握过。这种爱超凡脱俗到了难以理解的地步。也许生活在另一个社会形态中的人们会诧异：这叫爱吗？然而，东方的观念不仅肯定甚至确认其为可诅咒的存在——如同一些中国批评家所持的态度那样。

但是，张洁的贡献不仅在于对第一道防线——"超人"表现权的冲破，而且在于对第二道防线——"无价值的情感"表现权的冲破。在以往的文学观念中，文学既然属于社会，则文学所具有的一切，包括情感，就都应当有价值；有价值的情感只能有益于社会群体，而且必然以牺牲"小我"的情感世界而服务于完善"大我"的情感世界。纯粹属于个人隐秘的爱的痛苦的纠缠，究竟体现了什么样的社会价值呢？但的确，张洁把"无意义""无价值"换了一种价值观。麻木已久的中国文学，终于睁开了惺忪的睡眼，向着这个突然出现的"怪物"，探出了长长的脖子。

六 疏离化：秩序的反抗

（一）逆反思维的抵抗

大变动的时代造就了一批按照社会思想家模型塑造的文学家形象。他们是身上流着屈原的热血的忧国忧民者。这些文学家的作品和人格，在经过大劫难的社会里，显示出无可置疑的崇高感，特别是对比那些贪婪和腐败，以及那些浑浑噩噩的大小人群，他们则是灿烂且辉煌的。

可贵之处在于明知不可为而为之。他们多半忠实于那种现实主义的创作思想，即以介入甚至干预社会生活的积极态度为文章和为人生。他们也多半明白现实主义在这个环境中只能是一种提倡而不可能是完全的实践，但他们却理想化地要求实现。他们力图以自己的作品改造社会的落后，并攻击黑暗的侵蚀。他们的文学态度着实也就是他们的人生态度。他们以先哲为楷模，从文学为人生的角度，完成他们的人生选择。他们手里举着剑和火炬：剑是战斗精神，火炬是实现热情。他们义无反顾地推动文学面向血淋淋的人生，他们希望以文学匡时济世。

这些人当然无意于承认自己的遗忘。但他们在不忘中国士大夫的高洁时恰恰有一种遗忘，即：中国社会历经数千年所建构起来的秩序和价值，并不是那些感时愤世的"儒生"一时所能摇撼和改变的。知识界可以以自己的学识顺应并完善固有的社会机制而不可能违逆，违逆便构成一种触犯。时髦了很长一段时间的现实主义，当其以讴歌的形态来强化已有的社会秩序时，它当然成了宠儿。但若按照现实主义的基本素质，完整地履行它的责任——敢于掀开社会腐败的一隅，敢于在伤口上撒盐，并对之施行手术般的疗治（这在很大程度上乃是一种想象）——那么，代表既定秩序的社会，便会反过来施加报复：十有八九会对这种天真烂漫的现实主义来点真的。这原也是屡见不鲜的故事了，但艺术家的纯真往往令他们遗忘。他们只是凭着自己的信念，一径地向前走去，"虽九死其犹未悔"。

但历史的事实却是另一种样子。自有文学以来，从来还没有出现过如同 20 世纪 50 年代至 70 年代末期的文学对于现实社会生活的黏着状态。有诸多的历史原因造成了这样的局面。其中之一是中国文学对儒家言志载道的传统的因袭，作家的文学价值观建立在文学对社会的参与之上：对上"以诗补察时政"，对下"以歌泄导人情"（白居易《与元九书》），"总而言之，为君，为臣，为民，为物，为事而作，不为文而作也"（白居易《新乐府序》）。上述那一路文学观被中国文学奉为正宗，其中最积极的目标即是"唯歌生民苦，愿得天子知"。追根溯源，无非是孔子说的"诵诗三百，授之以政，不达；使于四方，不能专对；虽多，亦奚以为？"（《论语·子路》），这一观念以密切锲入实际为其主要特征。

传统的儒家文学观后来与外面传来的革命文学思想得到了结合。那些文学思想要求文学服务于社会和斗争。反映和干预体现出这一文学思想的最积极的价值观，这恰恰与儒家的文章入世思想产生了共鸣。20 世纪 50 年代以后，这种由最古老和最权威的两个方面合成的文学思想，造成了前所未有的独尊和全面涵盖的局面。文学和社会功利的黏着获得了变异的发展，即文学作为政治斗争的工具，被要求丝毫不能游离地体现政治的需要并代表它的利益，不如此便有理由构成异端。在政治的指令下，文学失去了主动性及其自身。这种依附造成的破坏性后果，直至 20 世纪末尚未完全消弭。这一文学的畸变与文学悲剧的噩梦记忆相联系，成为一种潜意识，孕育着文学的反抗。

当然，正如我们不止一次声明过的那样，中国当今文学潮流的发展虽有鲜明有力的导向，但与以往任何时期不同的是，它的导向不以任何文学样式和文学风格的消失为代价。它宽容地对待一切——除非该文学样式为世不容而自然地脱离竞争——从而广泛地包容一切。传统的文学观念中，注重社会功利目的的自称为"现实主义"的潮流，依然是堪与一切较量的强大的潮流，但它确已为清醒的文学反思所围困。在它的周围，强烈的质疑和挑战正在进行。与此同时，一种逆反思维造成的抵抗，正以不事声张的艺术变革的方式，一浪盖过一浪地展开着。这就是自 20 世纪 70 年代末期到 80 年代末期十余年间文学巨变的最重要的现象。

（二）淡化——有节制的距离

这现象便是文学的疏离化。疏离是对依附而言的。文学附着他物，最终失去了文学自身。尽管这种附着有它的合理性与优越之处，但在中国当代，文学由匡时济世到战斗武器，由空洞的口号到虚妄的教化，经历了完整的由正常到失常的过程。

进入文学新阶段，随着对于社会和文学的失误和悖谬的反思，当一部分文学作品以充沛的社会责任感和强烈的公民使命感，呼吁直面人生血泪时，另一种方向的努力正在把历来的主流文学现象推到不很重要或不重要的位置上。这带来了我们最初提到的那些执着得有点痴心的愤世嫉俗者的疑虑乃至愤怒。但是文学的疏离化却变换着方式和流向，在他们面前演出了一幕又一幕变幻莫测的生动戏剧。但不论这些戏剧如何曲折和不可预测，一个大的趋势便是对于固有秩序的反抗。这些不断涌现的文学潮流，大抵总以与直接社会现实的疏离为其基本特征。

文学的疏离倾向造成了最具挑战意味的秩序反抗。习惯了文学与政治目标或阶级运动密切配合的读者和批评界对此大惑不解，他们为文学的"走火入魔"而心绪不宁。而文学新潮却仪态从容，一径地变换着花样，推进这种势头。

在文学的嬗变中最引人注目的一个现象是文学的"淡化"。淡化的内涵相当广泛，其基本的构成在叙事性作品中则是由人物的淡化、情节的淡化，再推及故事的淡化。可以看出这一发展势头有着相当确定的对应物，那就是包含了对于君临文坛数十年并认为是不可更易的文学创作原则的轻视和质疑。它对现实主义不可怀疑的确定地位提出了怀疑。

在以往，营造一部小说作品哪怕是短篇，受到的理论捆缚也十分严酷。即：凡小说务须有人，而人则须符合于典型，人所活动的环境也须一律地典型化。人物要在规定的环境中活动出他的性格来。在艺术教条最盛行的年代，人物形象以阶级划分，最为光辉的也是文学所要全力塑造的人物是英雄人物。英雄人物受到各色人物的"陪衬"和"铺垫"。陪衬体现出他的"深厚"，铺垫则体现出他的"高大"。对中间状态人物的描写则是文学的犯罪，尽管生活中到处都是这类不好不坏的普通人。在当时的艺术中，好就是绝对的好——高大完美的好人；坏就是绝对的坏——必须是彻底的坏人。在那里，一切都浓浓地脸谱化了。

淡化是针对浓和深而言的，它体现的是对二者的疏离。对过去滥情主义造成的"浓墨重彩"的所在，它投去冷漠。这当然包蕴着强烈的反抗意识。淡化的不仅是现实主义的观念及原则，也不仅是那一类由上述原则造成的文学现象。确切些说，其基本目标在于稀释政治对于文学的热情。在文学向着社会意识做出无条件的狂热奉献的地方，淡化作为一种反拨，如今表现了有节制的距离感。属于新潮构架中的文学，已经不再服膺各色的附属性价值。文学就是它自身。文学不再是别人手中的石子。

这样说并不是确认当代作家一概地摒弃了社会意识和使命感，而是说他们不满于文学属于和依附他物的地位。这样说也不意味着中国文学否定了功利主义的价值，一部分作品只是把功利主义隐秘化——或采取一种潜藏的状态，或体现一种间接的价值取向，而弃绝那种简单直接的呈现。在中国，诗歌最早体现出这一大趋势。朦胧诗运动使诗朦胧化，目的之一即在于反对那种直接显示。不仅是形式上摒弃直接描写（它基本采取意象组接的方式），而且内容上也反对宣讲式的表达。但我们依然从那一代诗人的作品中发现，他们的困惑、忧患和焦躁中融合了强烈的时代情绪。

如今连最随和的作家和读者都会对那种标语口号的宣传嗤之以鼻。这说明了文学已在很大程度上获得觉悟。这只要截取中国文学复苏期的一段事实，便会得到有效的证实。张洁的出现似乎伴随着一种社会激情的奔涌，从那个"从森林里来的孩子"沐浴着新时期鲜丽的第一缕阳光起，到"谁生活得更美好"的思考，她的艰苦几乎诞生于随口唾向地面的一口痰，以及边远小城中那满地的蔗渣。她的锲入体现了中国社会文明化理想的执着品质，在当代作家中具有鲜明的共同性。张洁随后的变化令人不解，读者和批评家执意要在她的《拣麦穗》和《爱，是不能忘记的》中寻找传统的社会意义和社会价值，但却感到了遗憾。

促成这一现象有许多原因，例如作家思维随社会进步的扩展与伸延而带来的主题的新变等，但疏离化作为一种积极的秩序反抗，却是冥冥之中的巨手。不然，我们便难以理解为何不是个别作家的行动，而是众多作家不约而同的创作变异。在新的历史阶段，诗歌发展的一个最热门的话题，便是自我表现或表现自我的问题，这个古老得再谈论便显得可笑的题目，在中国竟然成了最富挑战性的异端喧嚣。其实，去考证什么是自我、什么是自我表现或表现自我，以及大我与小我的差别等是一种愚呆。中国诗歌之所以热衷于此道，仅仅是为了反抗长时期群体意识对于个体意识的吞噬。当文学意识到自己不是自己时，便要求与吞噬者脱节，这依然是一种破坏旧秩序与建立新秩序的必然。

（三）"向内转"体现反拨精神

与上述现象密切相关的是中国文学的"向内转"。这是一个崭新的论题，曾引发一场热烈的争鸣。敏感的批评家捕捉到当时文学发展的一个重大现象：它们的作者都在试图改变自己的艺术视角，从人物的内部感觉和体验来看外部世界，并以此构筑起作品的心理学意义的时间和空间。小说心灵化了，情绪化了，诗化了，音乐化了。小说写得不怎么像小说了，却更接近人的心理真实了。新的小说，在牺牲了某些外在的东西的同时，换来了更多的"内在的自由"[①]。论者确认以"朦胧诗"和无情节、无人物、无主题的"三无小说"为代表的文学内向化，是新时期文学整体动势中最显眼也最活跃的部分。

文学创作由过去一贯的口号连天和炮火动地的外在喧腾，转向了人自身的内心冲突；文学由客体真实向着主体真实位移，从而引发了由被动反映到主动创造的倾斜。这一文学秩序的反抗导致了文学发展新局面的诞生，其功效巨大而可见。但显然人们对此持有不同的观念和判断。不少人

---

① 参见鲁枢元：《论新时期文学的"向内转"》，载《文艺报》，1986-10-18。

为文学的"向内转"担忧——这种担忧也是一种必然，因为我们的文学一直受到社会的群体意识（不是作家的个性意识）、工农兵生活（不是作家自己熟知的生活，更不是作家的内心）、阶级斗争的第一线（不是人类自身无比浩瀚的内宇宙）的原则的涵盖。

在固定的秩序中生活久了，也就觉察不出秩序的束缚。相反，对于束缚的冲破，哪怕是冲破的意向，却表现出异常的敏感。表达这种忧虑者再次强调和提醒人们注意马克思主义哲学的基本命题：离开了外在条件一味地"开掘人物的内宇宙，因而往往顾此失彼、重内失外、冀求真实而流于虚假，力图丰富反显单调，期望深刻终陷肤浅，使通过人物内部感觉和体验来反照外部世界的创作意图落空"。这位论者为此发出了新时期文学要警惕进一步"向内转"的惊呼，他反复强调的是如下一些我们相当熟知的论点："作为社会主义精神文明建设必不可少组成部分的新时期文学，为了服务于从根本上提高中华民族的思想道德素质和科学文化素质这一总目的，有所倡导还是极为必要的；那就是要倡导作家勇敢地直面生活、贴近现实、热情地反映和讴歌时代改革，真实深刻地表现改革时代不同人物的丰富性与复杂性。"

问题的实质即在于此，疏离化与反疏离化在我们的文学中同时尖锐地并存着。文学的"向内转"是对于文学长期无视和忽视人们的内心世界、人类的心灵沟通、情感的极大丰富性的矫正。心理学对于文学的介入，使新的历史时期的文学极大地开掘了意识的潜在状态的广阔领域。心灵的私语和无言的交流，人的潜意识的流动，都为文学提供了新鲜而丰富的表现可能性。可以说，文学内向化体现了文学对于合理秩序的确认，也包含着对于文学一味地"向外转"的歧变的纠正。

文学诚然应当注重客观世界的存在及变化的状态。文学的价值与其对不断变化的实有生活和运动的反映及描写关系密切。文学的病态不在于文学的外向寻求和实现，而在于因重视外向的反映和再现而排斥人的主体精神的活动，以及文学的社会性通过心灵折光的必然途径。很长一段时间内，理论家把文学触及和生发于人的心灵、精神、意识的思维活动统称为唯心主义。机械唯物论和庸俗社会学视文学为纯物质状态的块状活动。它们不理会也不理解作家创造活动中的情感和情绪的流动性。文学只能在外部空间中实行机械性的仿效和描摹。这种观念视文学对于实际状态的反映和再现为至佳至美的境界，而粗暴地排除它们"看不见""摸不着"，乃至诡异和神秘的另一种状态。而这种状态却是自有人类以来都存在着的。

所以，文学向着内部世界和心灵宇宙靠近，一方面作为一种新质体现着对原有的、硬固的附丽的疏远，另一方面却是一种文学曾经有的，然而却长期受到排斥的固有领地的新发现和新占领。要是拿王蒙的《组织部新来的青年人》和他的《海的梦》相比，便可发现同一个作家不同写作阶段由于侧重点不同而显示不同的优点。前者展示了一个区委组织部那种事务繁忙而作风慵懒的生活，两个对生活怀有热情的年轻人置身其中的苦闷和慰藉，是通过赵慧久周末家中的谈话、雨夜馄饨铺里刘世吾和林震的谈话来表现的，通过对几个人物的性格刻画和情节的安排，小说展开了一幅幅动人的画面，展示了1956年那个社会的特定环境和氛围。而后者则是截取一位老干部在海滨疗养所的心理感受，糅合着其对于噩梦的回忆和逝去青春的惆怅而展示的一幅繁复交错的心理画面。人物几乎没有对话，更没有复杂的情节，只是一个踽踽独行者心灵的私语。像如下这样的语言对于以往的描写习惯当然意味着某种反叛：

> 但他若有所失。天太大。海太阔。人太老。游泳的姿势和动作太单一。胆子和力气太小。舌苔太厚。词汇贫乏。胆固醇太多。梦太长。床太软。空气太潮湿。牢骚太甚。书太厚。

作品中的主人公终于要离开。送他的司机善知人意，问他："怎么样？这海边也没有太大的意思吧？"但他的回答却出人意料（这可能是小说中唯一的一句对话）："不，这个地方好极了，实在是好极了。"这比过去的直接描写更为真实。它揭开心灵的密室，而这往往难以言传。王蒙的新小说大量采用的是这种直接自由式转述语和内心独白，他的基本倾向并非意识流。但不论怎样，这种对于以往唯一致力于直接描述和过于具体的模仿的脱节，确是一种意义明确的艺术模式的反抗。经过许多作家的积极实践，它业已取得效果。

（四）悠远的追寻

新阶段文学发展中对史诗的呼唤，是继反思文学之后引人注目的文学潮流。这一潮流的涌现，为文学对于时代的思考所导向。文学之所以提出这样的要求，最切近的原因是感到了仅仅着眼于现实的思索有着明显的匮缺。文学与现实黏着过紧未必能导致现实问题的解决，何况这个古老国度和古老民族还有着十分沉重的历史因袭。

文学觉悟到这一点也有一个过程。当初从狂潮中复活的文学，如前面述及的，与它原有生命一道醒来的，是对于历史的使命和公民的责任。《今天》的最早成员之一江河，写的是与传统表现脱节的新潮的诗，但他的"宣言"却并非"新潮"。参加了第一届青春诗会的诗人向公众宣称："我的诗的主人公是人民"，"我和人民在一起，我和人民有着共同的命运，共同的梦想，共同的追求。我认为诗人应当具有历史感，使诗走在时代的前面……我最大的愿望是写出史诗"。江河在这里表达的依然是传统意义上的"黏着"。他那时未曾感到需要某种距离。距离的要求显然是由于思考的深入。由追求历史感而企及史诗，由史诗而触及历史。

一些原先对历史持有怀疑和批判目光的青年一代,在这位老人的深厚博大面前顿时屏住了气息。还是以江河为例,他为组诗《太阳和他的反光》写了一段前言:

> 诗为国魂。早有夙愿,将中国神话蕴涵之气贯通至今。使青铜的威武静慑、砖瓦的古朴、墓雕的浑重、瓷的清雅等等荡穿其中,催动诗歌开放。面对艺术,我有敬畏之感。诗的最高境界是和谐,生机静静萌动。我若能在这样的心境里站上一会儿,该有多好。

从那时到这时,这位现代意识很强的诗人,不仅在艺术把握的对象上发生了令人惊异的变化——从近切推向了遥远,而且更重要的是创作心态的推移——那时他谈的是"使诗走在时代的前面",现在他谈的是"静静萌动……若能在这样的心境里站上一会儿,该有多好"。

这种心境的转换,说明了一种悠远怀想的兴起以及与现实疏离的趋势。文学寻根这一气象,仍然存在着十分复杂的动因。但其对于以往文学依附和从属状态的逆反心理,不能不加以考虑。由于对过于政治化和社会化的反感,起于对他人也对自身缺乏文化意识的遗憾,一时间寻根之呼吁崛地而起。

在中国算是拥有较多文化的作家们,纷纷生发出了质疑和寻觅的意向。韩少功在《文学的"根"》一文中劈头就问:"绚丽的楚文化流到哪里去了?""孔子与关公均来自北方,而释迦牟尼则来自印度。至于历史悠悠的长沙,现在已成了一座革命城,除了能找到一些辛亥革命和土地革命的遗址之外很难见到其他古迹。那么浩荡深广的楚文化源流,是在什么时候什么地方中断干涸的呢?"值得注意的并不是问题本身,而是提问者的心理态势。一种对于原始文化的无可追寻的怅惘,和对眼前蛮荒化的贫瘠的失望，给人以深刻的"反现实"的印象。

应当说，这是一种对于文化丧失的怀疑的质问，以及对于自身缺少文化的怀疑的质问——例如郑义在《跨越文化断裂带》一文谈到的："在自己的小说里，似乎觅不到多少文化的气息……发觉自己对民族文化缺乏总体的深刻了解"，"惭愧之余，不免要认真检讨一番，发现无论怎样使劲回忆，竟寻不出我们这一代人受过系统的民族文化教育的踪迹"。"近来，每与友人们深谈起来，竟不约而同地，总要以不恭之辞谈及'五四'，'五四运动'曾给我们民族带来生机，这是事实，但同时否定得多，肯定得少，有隔断民族文化之嫌，恐怕也是事实"。阿城也表达过类似的意思，但在《文化制约着人类》一文中讲："五四运动在社会变革中有着不容否定的进步意义，但它较全面地对民族文化的虚无主义态度，加上中国社会一直动荡不安，使民族文化的断裂延续至今。"

当很多人生出了对于传统文化不驯的反抗情绪的时候，上述那些议论代表了另一种倾向。这里有着某种绵远的眷恋，以及对于批判的否定和对于否定的批判。作为一种倾向，它倾斜的方向是明确的，但却是另一种方向的。这种明显的异质的呼声，可以看作一种物极必反的必然。寻根文学所代表的现象更加和现实拉开了距离。

和以往的创作现象不同，我们在韩少功的《爸爸爸》中只看到一个几乎弄不清地域、年代、年龄而只有明显的性别特征的小白痴，以及这个小白痴周围并不比他高明多少的愚钝、无知的一群人。他们说着一些半文半白的古语，过着浑浑噩噩的人生。糊里糊涂地活着，糊里糊涂地死去。不管经历了多少劫难，那个白痴却有顽强的生命力。我们只能从人物关于皮鞋钉钉子优劣的讨论中，得知这故事发生于有皮鞋的时代。

这是一部寻根文学作品，它以与现实的极度疏离，一方面与以往十分具体和现实化的现象做了区别，一方面又由于这种与现实的"脱节"而更加接近了"现实"。那就是，由于它的抽象化而把我们的思考推向了悠远而古旧的历史的沉积层。这一现象在诗中早已露头。新诗潮涌现之初以基于现实的呼喊和现实情绪的传达为主要追求，随后则有了普遍的转换。这种转换的基本特征便是与政治化和社会性的疏离。北岛从《回答》到《古寺》，江河从《纪念碑》到《太阳和他的反光》，舒婷从《祖国啊，我亲爱的祖国》到《惠安女子》，都以"超"现实和"超"具体的距离而获得了恒久性的价值。以北岛的《古寺》为例，我们同样难以觉察和了解它的时代，甚至朦胧中只能获得一种启示：

> 消失的钟声
>
> 结成蛛网，在裂缝的柱子里
>
> 扩散成一圈圈年轮
>
> 没有记忆，石头
>
> 空蒙的山谷里传播回声的
>
> 石头，没有记忆
>
> 当小路绕开这里的时候
>
> 龙和怪鸟也飞走了
>
> 从房檐上带走喑哑的铃铛
>
> 荒草一年一度
>
> 生长，那么漠然
>
> 不在乎它们屈从的主人
>
> 是僧侣的布鞋，还是风

这样的诗与以往的诗的最大差别，是社会的和政治的具体性的消失。没有那种由具体事物和想象生发出来的激情宣泄，也不对任何社会现象做指定性的描述。它只是一种泛指，通过那些冷漠的和麻木的意象获得某种象征性启悟。总的是一种对于固有秩序的反抗，有意地通过对于明确画面、明确情感、明确目的的模糊化的逆反，造成一种不驯的艺术气氛。

矫枉过正的倾向是存在的。由于对现状不满而产生的向往，导致了皈依感和崇拜欲的增长。这一倾斜令人忧虑。因为事情又回到了 19 世纪末 20 世纪初的"母题"上来。在寻根热和文化热中，一部分人"聚一起，言必称诸子百家儒释道"，正如某位作家说的"久而久之，便愈感自己没有文化"。越是自卑，便越要向原先持批判态度的对象靠近乃至认同，就越发感到当初的那种态度的失当。在疏离化过程中，逐渐生发出一种非批判品质，这自然是一种危险，但过虑显然没有必要。中国传统文艺观中的功利性不会轻易地消泯。

正如人们意识到的，尽管文学向着远古蛮荒和深山老林走去，但并非从此断念于人间忧患而不食烟火。一颗忧国忧民之心依然牵萦于尘嚣与市朝。很难说《爸爸爸》写一个白痴是无缘无故、无思无为的，我们从阿 Q 的"我总算被儿子打了"和丙崽除了"爸"以外的表示不满的那种言语表达中，可以发现遥远相隔的相通，而且其中都潜藏着某种批判的思考。《古寺》表面的宁静以燥热的反思为背景，即便是在寻根的意向中，对传统文化表现了热情向往的作家，他们的转向古老和悠远也并不意味着对于人生的遁逃。

郑义的向往是艺术和思想的自由。他在《远村》后记中对自己的创作思想有一个回顾："写了若干篇被称作'小说'的东西，说不了解什么是文学，似乎有些矫情。确切地说，是始终被一种非纯文学的'观念文学'的文学观所束缚……社会与人生的沧桑变故，使我们一代思想上、政治上早熟，我们深为不满传统的似是而非的理论，勇于辩驳，急于表达，诉诸文学，则思想大于形象。所有一切似乎崭新的东西，一次又一次'突破'，不过落入了古老陈旧的'文以载道'的渊薮。"即使这样，他的一些典型的寻根作品，依然不断绝于这个"渊薮"。

《远村》中最令作者担心和揪心的是"人不如狗"的命题。在太行山区，作者认识了一只牧羊狗，但它却往往撇下羊群独自涉水跋山去寻找爱情。作者深有感慨："这自由不羁、勇猛狂放的个性，自然而然地与男女主人公那扭曲的个性产生了强烈的反差。"他依然在为他的人民和乡亲痛苦思考，以求自己的文学能够惊动那些沉睡的灵魂。

也有比《远村》还遥远，比《老井》还要古老的作品，即使是陶罐也依然是黄土地上的陶罐。郑万隆那篇以《陶罐》命名的小说，确是远离了现实性的命题。但赵劳子那只神秘的空罐却也不"空"，里边满满地装进了对于生存的思索。带有玄妙色彩的洪水中的夺取，到头来却是一只空罐，其间寄寓的对于民族命运及文化遗传的严肃思考相当明显，依然不是毫无目的的文学游戏。

文化寻根因感到文化的匮缺而做出的补偿，其间当然表达了某种批判和扬弃的意愿。我们几乎到处都可以看到一种如同郑义在《向往自由》中所描述的对于既定观念造成的既定秩序的厌恶和反抗。中国当代文学正是在这种强烈的反抗情绪支配之下，以逐步实现的热情终究在文学废墟之上重建了一种秩序。这种秩序当然不是我们以往所习惯的那个样子。

（五）非禁欲的兴起

疏离化作为一种时代的潮流，其范围相当广泛。它漫无际涯地冲击衡定的价值，终于以造成骚动而引起普遍的不安。全方位的反抗行动中不仅包含对大题材和大功利的疏远和否定，也包括了文学的情调和品格。自从受到一种观念的浸润和统驭，文学便迅速地附着于社会功利的母体。至此，文学不仅改变内容，而且改变形式。多种风格急速地为一种统一的风格所取代，多种方法也受到规约。一种被派定为"最好的"方法驱逐了与之有异的方法。因为文学作品所表现的内容越来越严肃，也越有教育作用，慢慢地也就排斥了娱乐和审美的功效。

于是风格日趋僵硬。风格"硬"化的结果，造成了接受者的拒绝。于是文学复苏的第一个措施，便是对于"硬"化文学的反击。文学和艺术受到整个开放形势的鼓励，以及随广泛的经济文化交流而来的世界性现代文明的影响，在获得自由之后便是对于上述秩序的否定。这种否定的方式于是推进了文学艺术的"软"化。

文艺软化现象其实即是刚雄之气的减弱和轻柔之风的增长。事情似乎可以追溯到一些大型歌舞节目的演出，那时引起轰动的是华彩的场面、鲜丽的服饰、迷乱耳目的音色。这一切似乎是对于刻板僵硬的着意反抗，但获得了成功。禁锢甚久的"严肃"化了的艺术禁欲主义，一下子找到了非禁欲意识的突破口。艺术原先的被忘却的目的和形态得到了新的承认。这时，宣传的唯一目的性便受到合理的怀疑，"非宣传"的意向于是蹑手蹑脚地走到了前台。

艺术的开放不会不受到阻隔，但却难以抗拒。李谷一一曲《乡恋》从词、曲乃至演唱，都是一个无言的挑战。起而反对这一现象的，大都是素有名望的权威。《乡恋》以缠绵的柔情牵动人心，再加上新颖的发声，它让人感到亲切是自然的，因为与前不同。传统的评判使它一度受禁。然而艺术的"野性"却从此萌动。邓丽君的歌声以完全让人兴奋的内涵和形式蜚声艺坛，于是渐有危言，邓小姐也因而在过度风靡之下受到委屈。此后，轮到了程琳。她早露的才华受到年龄数倍于她的长者不适量的严责及至奚落。

但门户的大开受到既定国策的支持。中国国门并不单为经济交往而开放。文化风的流通本是自然而然的趋势，但文化警觉的偏见极为深刻。从来的阶级批判与"纯化"的选择性机制，并不因开放政策的制定而受到任何挫折。于是，新的困惑和烦恼带来了连续性的震撼。间歇性的抑制往往借取政治的或准政治的方法进行。这种抑制无可置疑地付出了沉重的代价（当然不仅仅是艺术或文化的），但抑制的要求和行动却不曾断绝。因为是经济开放的补偿的需要，文学一如往昔，乃是平衡天平的重要砝码。它的价值是非文学的。

一位诗人的诗句谈到了阻隔东方和西方的有形的墙。但无形的墙似乎更为坚固和顽健。不论有形还是无形，墙并不能阻挡天上的云彩、风、雨和阳光，也不能阻挡飞鸟的翅膀和夜莺的歌唱。文学的"硬质"（这种硬质的重要构因是文学艺术的高度政治化和宣传功效的强调。长期教条化的结果，是它的居高临下的训示习惯）在弱化。从金庸到琼瑶，文学的娱乐性因它的商品品格而受到社会无形的保护。通俗文学的兴起是"软"文学发达的重要标志，通俗文学的大发展的态势引起的惊惶带有某种夸张的性质。原有文学的无挑战的地位受到了挑战。它意味着一个单一的文化消费市场的消失。

最突出也最惊人的现象是军歌的软化。对于这一现象的叙述似乎应追溯到苏小明演唱的《军港之夜》（当然，这主要是词曲的风格，而主要不是由于她的演唱风格）：海风轻吹，海浪轻摇……过去威武雄壮的人民水兵在前进的动态的钢铁旋律，如今却化为了梦境的浅唱低吟。这当然不是一种偶发现象，而是一种自然的反拨的流向。早在《闪闪的红星》中，李双江的演唱体现了男性不常有的柔婉，他的颤音的装饰给人以深刻印象，在当日硬邦邦的乐音舞态中，这当然是迷人的。《再见吧，妈妈》的凄迷缠绵，创造了一个高峰现象。

还有《泉水叮咚响》，因寄传统的诗情于委婉而风靡全国。现行军歌中历久不衰的两首——《十五的月亮》和《血染的风采》，其动人心弦的魅力原是人情的温软所造成的。人们容易发问：坚强雄壮的队列歌曲哪里去了？甚至进而质问：为什么这些歌曲全受到一路绿灯的优厚待遇？但是需要提醒这些质问者的是，一种文化逆反的潜心理并非一日所能形成的。

事实上这是一种惩罚。它不意味着全部的合理性，但却有效地证明了不合理性。应该承认文学和艺术的生态平衡受到了长期的人为破坏。文学艺术沿着一条极端的路走得太远了，便造出这样一个畸形的发展。它自掘坟墓。无视文艺的自有品性以及粗暴的强加，是导致这一悲剧结局的基因。

不能说这一切已成为历史。悲剧的因素并未泯除。20 世纪 80 年代末尚在津津有味地演唱、演奏或演出"打虎上山"之类的文艺怪胎所体现出来的怪癖好便是一例。不论正直或正义的舆论如何愤怒地呼吁禁止这种恶习，而演者兀自演出，动肝火者依然动肝火。1988 年 2 月 8 日，首都作家、艺术家在人民大会堂宴会厅举行迎春联欢，第一个节目中便有"打虎上山"。这种"拧着来"说明了一种顽症。

由此我们亦可理解那种更加顽强的对于秩序的反抗，它不是一种偶发现象，而是受到了中国文艺现实约定的愤激的实现热情的驱遣。既然它的产生不可阻遏，则它的存在亦不可抗拒。

（六）破坏与平衡的重建

文学的疏离化现象是中国文坛的特产，但受到了文艺一般规律的制约。一个社会的文艺若长期受到非艺术因素的干预，甚至由于褊狭意愿的驱使而提倡或扶植某一特定品类而抑制其他，文艺的生态就会被破坏。其结果是事与愿违，文艺因片面的社会提倡而彻底地背叛了社会，并脱离它的接受者。文艺于是成为一座孤岛。它只能依靠行政力量生存而无法自立。

结果是由文艺自身来纠正这一病态发展。它的第一步便是平衡的重建。这种重建首先要求弥补以往的缺陷。为此，就要打破以往的衡定秩序。批判的目光是一种必要，不科学或不够科学的反抗也是一种必要。这就产生了以上所述的正常的和非正常的对于原有文学生态的脱节和疏远。为了矫正历史的偏离和误差，它往往采取偏激乃至反叛的姿态。这种反叛造成的积极结果，便是长期受到压抑和制裁的文学现象和文学实践的恢复。

这种反抗的补充目标经历了非常艰难的抗争。要是没有整个社会发展态势的支持，它也不会奏效。中国文艺新时期以来十年发展中的纠偏与反纠偏、运动与反运动的矫正的事实，充分说明了这一点。对秩序的反抗造成了某种补偿，但并不等于秩序的重建，它只是一种矫正和修复。

它自身不说明合理性，但它的行为却是合理的。以上述及的几个方面，我们均可确认其为成就，亦可确认其为不同程度的偏颇。从每一个实践看，疏离都是合理的，但疏离又造成了新的不合理。例如非政治化对于极端政治化是合理的，但若因此而无视国计民生，所有的文艺都去营造自身的象牙塔，便是一种新的失衡。寻根若是一种寻觅的求索，以求疗治民族之劣根性于万一，其积极用心可感天地；但若是由于文艺生计的艰危而唯求逃遁，则消极之心意显而易见。据此类推，所有的文学都板着面孔得了"硬化症"当然是病态；若为了反抗这种病态而一味地浓抹脂粉，满身珠宝而全面"雌化"，则萎靡之音不足以兴国安邦，却也是一种灾难。

总而言之，秩序并不因反抗而建立。反抗是一个过程，建立也是一个过程。

七　从现代更新到多向寻求

（一）秩序的网

仿佛是一个梦游者，中国文学在自己的深厚传统造成的梦的迷宫中冲撞。那迷宫布满了无边而坚韧的无形之网，以无所不在的笼罩与涵盖，束缚了这个渴望自由但又无法到达自由的梦游者。几乎每一投足都是一次冒险，几乎每一步都是超越规范的试探，都可能发生地震——除非你只按照前人和他人为你规定的方格行走。

传统是一种强大的存在。但传统又是一种脆弱的存在。它不期望对它进行任何的怀疑，它对任何的不驯都心怀警觉。这已成为全民族的心理积淀。每一个属于此民族的分子，都成了一个"白细胞"，面对每一个"入侵者"，他都会为了维护这个母体而扑向前去。在中国，可以把传统的逆子先歪曲成传统的护卫者，最后再把他塑造成传统的偶像。此种现象已非仅见。这正是中国传统文化作为一个大泥潭的博大之处。它可以把投入的一切变成同样的一团糨糊。一旦偶像的塑造完成，它便以保卫一切传统偶像的韧性来保卫这个新创的偶像。

与其说鲁迅生前受到的围攻和迫害是他的灾难，倒不如说鲁迅死后的被捧为偶像才是这位战士真正的悲哀。不知道从什么时候开始，鲁迅与孔子一样成了圣人，同样被供进了圣贤祠。以至于在每一个有关政治斗争的"关键时刻"，这位圣人都会受到邀请，借他的文章讲一些支持邀请者的行为的"关键"的话。尽管这些邀请者的所作所为可能是历史的逆动，例如所谓的"反克己复礼""批林批孔"等等。对这位圣人从奉的香火自然是永恒的赞美诗，甚至在一个漫长的时间里也不允许存在对他的批评乃至腹诽。

但一个思想解放的时代却难以保持这个恒定。《青海湖》——这是一个并不出名也很少引起注意的刊物，于 1985 年第 8 期发表了一篇从作者署名到内容都令人陌生的文章：《论鲁迅的创作生涯》。仅仅因为对鲁迅的生平和作品谈了些与众不同的看法，这篇文章因此便构成了一个真正的"事件"。据说此文引起了比文学界更为广泛的方面的关注，各报刊纷纷刊出名家对这个小人物进行的"讨论"。现在我们可以退一万步来看这一事件，即使该小人物所写的小文章全都是错的，且不论这一篇文章与成千上万的赞扬肯定的文章相比究竟会不会对鲁迅造成损害，单就究竟有没有谈论乃至非议鲁迅的权利和自由这一点提出质问，便深觉此中的大谬。

几乎谁都无法挣脱这张网。这一文学秩序由久远的因素所促成，但一路流去，却添加了许许多多的沉积物。这个传统到了现在便成了混杂而难以辨清的统一体。它自相矛盾，又以不容讨论的面目出现在所有人的面前。例如《在社会的档案里》的受挫，据说是由于作家的社会责任感，那么，作家难道不正是由于这种责任感才投入对于"社会档案"的探求吗？这真是一个中国式的永远弄不清的文学怪圈。

这一类作品的"触雷"不足为奇，因为它对已成定式的颂歌模式不自觉反抗，必然引发更为强大的反抗力量。在这张网中，一切已经被确认的秩序，都必然带有真理的性质。既然如此，它就是不容怀疑的，不论这种秩序是由权威或是非权威规定的。20世纪90年代，淹没已久的新月派重要人物徐志摩的诗集出版，并有人为此做出新的评价。紧接着便有人不以为然，其原因即：关于徐志摩的评价，前二三十年已有某要人做过结论云云。这种思维方式从来不被怀疑。以至于于1986年去世的美学家朱光潜，因为说了句"国外熟悉的中国作家只有老舍、从文"而遭到报复。人们不禁要据此发问：一位年逾八旬的文坛宿老，难道连这样自如而又委婉地转述一个小小见解的权利都要受到干涉吗？究竟是一种什么心理动机触发了如此不见容的褊狭？的确很难说这种文化性格是不是丑陋的。它造成了这个民族和这个社会的封闭。向后看的墨守前例和成规，被视为是正常的，而怀疑已有的结论却被视为失常。

（二）传统文化心理面临挑战

幸好这种局面已面临危机。文学伴随着时代的觉醒已开始不安地冲撞。这形势犹如白桦那首著名的《阳光，谁也不能垄断》所宣告的："觉醒的鹰"已不能忍受那约束它血肉之躯的"蛋壳"，它正在用嘴啄破那层薄壁，它的翅膀要挣扎，那有形、无形的网：

一点就破呀！
云海茫茫，太空蔚蓝，
我们的翅膀原来可以得到那么强大的风，
就在这透明的薄壁外边；
再使点劲就冲破了！

我们就会有一个比现在无限大的空间。

这只不满"蛋壳"的鹰的觉醒，是由于外面世界迷人的阳光的吸引。它曾经习惯于黑暗，如今受到了光亮这个魔鬼的引诱。如同吃了禁果，人终于能够像人那样活着，但禁果也是那个恶魔引诱的。

五四时期中国文学的觉醒，就是由于这种引诱。那时没有选择，也无所谓挑选。于是各色影响一起涌进，犹如八面来风充斥了这间黑暗的老屋。于是霉腐之气全被冲走，清新的风充满了整个空间。中国文学家们在这个令人眼花缭乱的自由市场上自由地挑选自己心爱的物件。于是冰心认识了泰戈尔，鲁迅认识了契诃夫，郭沫若认识了惠特曼。

那时，我们的视野向着世界开放，没有人来跟我们饶舌，说此人可以亲近，彼人可恶；说此书可以招财进宝，彼书则使人晦气倒霉；健康的还是有毒素的，全由挑选者自行选择。那时并没有产生乱子，反倒繁荣了中国文坛。西方从古典主义到现代主义的一切，由于不怀偏见地自由择取，反倒造就了一代中国作家的审美情操和艺术素养。我们吸收食物的肠胃也在这种"遍尝百草"的实践中锻炼得异常强旺。中国也并没有在这种兼收并蓄中变成"殖民地"。民族的品质也未曾沦亡，没有忘记了祖宗，更没有"亡党亡国"。

随后我们开始挑食，继而因为害怕不卫生，害怕病从口入而忌食，我们于是开始营养不良，继而开始贫血。我们"净化"食物的结果，造成了过多的营养补给的短缺。正如前面述及的交流的褊狭选择，造成了文学的贫困。这使中国文学这个贫血的婴儿，产生了严重的发育不良症。这个众所周知的历史事实，如今已成了重要的经验为今人所记取。

这次我们重新把目光投向域外的世界。我们的心态已经适应了当前世界总的发展格局，即第二次浪潮的标准化所产生的文学的单一选择已告结束。我们乐于接受如下的新概念："艺术多种选择的缪斯。"约翰·奈斯比特在《大趋势》中说：对于今天的艺术——所有的艺术来说，如果说有什么特点的话，那就是有多种多样的选择。

文学借鉴的"一边倒"和净化的过滤，曾经造成了它的时代性的灾难。如今我们宁肯承受那种"崇洋媚外"或"数典忘祖"的恶谥而不再屈从于历史的歪曲。我们改变了过去那种单向的模仿。多种选择的目标鼓舞中国当前文学向着世界文学做多向的寻求。这历经痛苦如今变得格外幸运的一代人，唯有他们足以获得如20世纪初叶那批先行者享有的为中国文学盗取世界文化圣火的普罗米修斯的美称。我们的文学的新觉醒是由于又一次获得世界性进步文学的启蒙。

（三）现代接近的必然

此次启蒙有异于以前的突出特点，在于明确而自觉地寻求现代艺术的冲击，而不再一般地接受外来文化而使之融于古老的民族文化。这是一次新的"新文化运动"。这次新文化运动的性质，依然要从中国社会的变革要求寻求解释。中国要求结束这种全封闭的与世隔绝造成的可怕落伍——一个世界巨人居然跑在了世界竞走的后列，当代中国人有着不亚于先辈的深重忧患。他们别无选择，只有打开大门向着世界的现代文明。

我们显然期待着这可能是最后一次机会。基于这样的前提，我们确定了对外开放的国策。至于对内的方针，一般都会提到活跃经济的若干重大措施，但更为重要的应该是把中国从现代迷信的桎梏中解放出来，给言论和意识形态以更多的民主与自由。我们当时把20世纪末的目标确定为社会的全面现代化。在这样的背景下出现的文学变革，当然只能是文学向着世界现代化艺术潮流的推进。

为了求证中国文学的接近现代艺术潮流乃是一种必然，有些论者直接把社会现代化与艺术现代派相联系，这未免失之粗略。但不能不承认中国最近数十年的生活现实，有诸多因素使之与西方现代主义相呼应。中国人久经动乱，归来普遍地产生了失落感。他们从传统的自满自足的小农心境中猛然醒来，为梦中所经历的一切而冷汗涔涔。

惊恐之余，他们眼前出现的是经济的凋敝与精神的颓败这两个实在的废墟。这些废墟尽管与西方出现的战后的废墟文学不尽相同，但因而引起的"废墟感"，却有着某种切合之点。加上生活中的积重，随后就会想到我们的居处也实在是一片"荒原"。这就自然地疏远了以往对于欧洲浪漫主义的那种热情洋溢的情趣，甚至是那种唯恐有什么疏漏的对于再现的热情。

人们宁肯舍弃那种对于人生世相的享受观，摒除那种轻飘飘的、甜蜜蜜的情感空间的陶醉，而自然地致力于对这片其大无比的荒原的耕耘。许多正常的生活秩序因遭破坏而失常，人们对此无能为力，于是真切地感到了自身受到异化。人们为自己尴尬的生存而焦躁，于是感到了生活秩序的荒唐，于是他们不再单一地追求用一种认真严肃的态度对待社会生活以及人际关系。这就构成了更接近于西方现代派艺术的某些作品中出现的心理和情绪背景。

中国人习惯于生活在一种恬然自安的生活环境中。世代相传的小生产者意识，使他们乐于为自己制造田园诗的氛围和环境。他们在这里获得了恒久的安全感。这个人造乐园的倒塌，使中国人中的敏感者，感到了荒原的存在。首先是礼仪之邦的子民觉察到人居然可以互相吞噬，人与人之间的关系可以变得无情无义，可以丧尽天良。一种怅惘于人情的失落的心情，使他们到人类之外去寻找慰藉。韩美林的水墨画《患难小友》画的是比人更有情意的小狗。而宗璞的《鲁鲁》，可谓借故事而比喻当今。那只在抗战时期后方屡抛屡归的小狗鲁鲁，真可以一慰人情冷淡的今日的唏嘘。

这里有一首短诗，表达了人与人之间的距离感：

你，

一会看我，

一会看云，

我觉得，

你看我时很远，

你看云时很近。

这是顾城的《远和近》。意思是共同的：由于生活的失常，人与人反而远了；人与兽、人与自然，在以往不能沟通之处反而有了亲近感。这是失落向着文学的补偿。在此种背景下，卡夫卡的作品当然会重新赢得今日中国人的同情与理解。他的《变形记》成了中国知识界最风靡的作品之一。宗璞的《我是谁》写中国当代人终于也变成了甲虫。它痛苦地爬行着，一步竟如千里之遥，拖着血污。透过这些浓浓的血痕，人们看到中国也有自己的"恶之花"。

人们普遍地感到了自我的消失乃至异变。由个人的失落乃至异变，思及中华民族近代以来的落伍，作家们普遍地受到了历史感的催促。他们愿意以崭新的目光来审视我们身处其中的这个民族——它的优秀之处过去是讲得充分而又详细的了，它的丑陋之处过去则根本未曾涉及。我们的国民性是否有重新探讨的必要呢？这样，像马尔克斯《百年孤独》那样充满魔幻色彩的作品，就自然地进入了我们的视野。

中国作家雄心勃勃，要在短时间内把一切富有启示的本领学到，并且向着世界性的不朽文学巨著进军。但最根本的问题仍然是现实的阴影和沉重感无时无刻不在压迫着我们。中华民族的忧患实在是太深重了，我们几乎都得了遗传的忧郁症。但现实的网有待我们去冲破。

此种艰难时刻使我们顿悟到，我们不能始终沉湎于柔弱的艺术氛围之中。我们需要强大的力量以战胜那无尽的苦难。我们希望把握自己生存的命运。这种关于民族的生存与个人战胜险恶命运的思考，使我们自觉地从海明威那里获得了老人与海的启蒙。

（四）多向选择的寻求

这个阶段中国文学向着世界的寻求是有选择的，但又是多向的。中国人的目光和胸怀从来未曾如此睿智和豁达。我们不再需要那些描红的字帖，我们也不需要那些充当先生的保姆告诉我们应该这样或是应该那样。我们如同一个初愈的病者，一旦病痛消失，禁食之令解除，饥不择食之感便使我们成了饕餮者。

我们的"青草"不仅是海明威、卡夫卡、马尔克斯，其实，一切过去宣布的禁果，如今都是我们采撷的对象。我们的诗人不仅对惠特曼重新有了兴趣，而且对波德莱尔，对兰波，对聂鲁达，也对新朋友埃利蒂斯投以贪婪的目光。埃利蒂斯作为爱琴海文化所诞生的儿子，他的开放的目光，他对古老文化与现代艺术的融汇与改造的魄力，极大地鼓舞着中国当代诗人。

对于中国当代的理论批评界和文学史界，中国文化顽强的生命力，以及它对一切有生气的力量的消融与吸附力同样是惊人的。这块其大无比的磁石，可以把留撒在任何一个地方的铁屑加以吸引。它造成了中国人的认同感，这是它的大贡献；但它同时也造了一个恶魔，那便是中国人的皈依感。中国人的思维定向不是前瞻的，而是频频回顾，以旧日的繁荣为心理平衡的杠杆。

中国人正是在这种自我陶醉的满足感中，忘记了向前行进。许多新文化的斗士，始于对旧文化的警惕与反叛，而终于向它做最后的认同。这已是屡见不鲜的事实。新诗运动兴起以后，有难以计数的旧诗叛逆者和建立了一代丰功的新诗人，到了晚年不约而同地作起了旧诗。这充分证明了旧有文化磁场之可惊可怖。新的文学变革时代的初始，便怀着对中国旧有文化的深深的警惕而把目光转向了西方。

现代化与现代艺术并不是同义语，但开放政策却与现代艺术存在着亲缘关系。文学结束标准化滑行之后，它的目标是通往世界文学的现代化进程。这当然不能无视中国文学向着世界现代艺术潮流的接近。中国文学的缺陷或致命点是它的"古老"。"古老"是深厚的象征。"古老"也是凝滞的象征。向着现代艺术的接近，可能意味着给这个古老的肌体注入青春的激素。它也将会带来骚动，但却是打破平静之必需。

诗歌"无师自通"。它最先向文学推出了一个"怪物"。"朦胧诗"这个怪名称如今已经不怪，但几十年前却是一个带有明显讥讽意味的雅号。当年围绕这个"怪物"引发的论战，惊动了文学界内外，原因在于它的不合常规的对于传统的"反叛"。对于传统的文学，这真是一声不及掩耳的迅雷。也许敏感的人们意识到将有一些事要发生，但绝不会想到这些事以如此激进的方式，向着当时正为"现实主义复归"的"拨乱反正"而兴高采烈的人们发生。人们被激怒是当然的，这个显得有点霸道的中国"传统"，可以将一切消融，但并不容许哪怕一点点侵入。它的超稳定体系不允许哪怕一点点对它的"摇撼"。它是一个孤僻的什么习惯都不准备改动的怪老头！这样，当诗歌的弄潮儿如几个顽童居然敢来揪这个老头的花白胡子时，他的暴怒可想而知！但事情显然只是一个开端。

1982 年，几位作家一时兴起，借《上海文学》和其他几个刊物搞起了关于中国需要现代派的通信。参加的有王蒙、冯骥才、李陀、刘心武、高行健，另外还有两位文坛耆老徐迟和叶君健，他们分别著文谈论现代派文学。叶君健把文学变革的动因放在深刻的时代背景中考察，认为人类的历史已从蒸汽机跨进了一个新的历史时代——电子和原子的时代，机械手已经代替了"流血流汗"的体力劳动，自动化成为我们时代生产方式的特征；在这样的背景下，文学艺术必然要出现与蒸汽机时代不同的流派、表现形式和风格。他认为我们当前出版和推崇的外国作品，主要还是蒸汽机时代的，甚至从新华书店的订货和印数来看文艺阅读出版的行情，有些欣赏趣味还大有封建时代的味道。"充分掌握当前世界文学的潮流和动态，与世界的文学交流，进而参与世界的文学活动，无疑也是我们从事各方面'现代化'不可忽视的一个方面。"对此，叶君健真诚地希望："我们是一个十亿人的大国，我们当代的文学在当今世界上不仅不能'哑'，还应该发出较大一点的声音来。"①

徐迟公允地对西方现代派文艺做了评价，之后反顾中国，尖锐地指出：

> 在我们这里，很不少人仍然欣赏古琴、花鸟、古诗、昆曲之类，迷恋于过去，是过去派。另些人还不能区别那严重污染环境的近代化与高度发展的四维空间的现代化的差别，他们其实还是近代派。都不是现代派，他们所想往的是过去化，或自足自满于近代化，并无或毫无现代化的概念。我们的现代化既有一个特别困难的进程，看来我们的现代派的处境也将很快是比较困难的。②

---

① 参见《现代小说技巧初探·序》，广州，花城出版社，1981。
② 徐迟：《现代化与现代派》，载《外国文学研究》，1982（1）。

　　李陀、冯骥才等几位作家为高行健的《现代小说技巧初探》所传达出的信息而兴奋。冯骥才"像喝了一大杯味醇的通化葡萄酒那样",比喻这本书的出现"好像在空旷寂寞的天空,忽然放上去一只漂漂亮亮的风筝"。但事情的发展不幸被徐迟言中,这一文学潮流的处境很快就表现为相当的"困难"。

　　文学界受到这只美丽的风筝的惊扰,一些对此忧心忡忡的人事实上把对这一思潮的批评,当作了一场郑重其事的"空战"。这次关于现代派的论争,后来被纳入了关于"清除精神污染"的运动。许多文艺界重要人士都公开发表言论表明自己的立场。一位老资格的文学家对新华社记者发表谈话称"当前文艺界资产阶级自由化以'现代派'思潮为代表"。有两种绝对互相对立的见解。其中一种见解是担心文艺向着西方开放之后"盲目崇拜"的结果是"我们自己的声音、自己的传统、自己的性格,慢慢地会完全没有了,我们会自惭形秽地倒在外国人面前连头也不敢抬了";"我们不是不要外国的东西,但总不能弄得中国的东西难以生存";"我们有的人连起码的爱国主义情感和民族自尊心都淡薄了"。夏衍针对人们这种惊恐病,引用了鲁迅写在 1929 年的一段话,这段话过了几十年而仿佛是针对今日中国某患上外物惊恐病的人说的一样:

　　　　汉唐虽然也有边患,但魄力究竟雄大,人民具有不至于为异族奴隶的自信心……凡取用外来事物的时候,就如将彼俘来一样,自由驱使,绝不介怀。一到衰弊陵夷之际,神经可就衰弱过敏了,每遇外国东西,便觉得仿佛彼来俘我一样,推拒,惶恐,退缩,逃避,抖成一团……①

---

① 《鲁迅全集》,第 1 卷,198 页,北京,人民文学出版社,1981。

《上海文学》发表了巴金给瑞士作家马德兰·桑契女士的一封信，回答她的问题称："我们在谈论文学作品，在这方面我还看不出什么'西方化'的危机。"巴金的观点和中国绝大多数坚持开放的文学家的观点完全一致：

> 交通发达，距离缩短，东西方文化交流，日益频繁，互相影响，互相受益。总会有一些改变。即使来一个文化大竞赛，也不必害怕"你化我、我化你"的危险……①

当时国内文学家和学术界所进行的这方面的工作，包括袁可嘉编的四卷八册的《外国现代派作品选》、陈焜撰写的《西方现代派文学研究》、高行健撰写的《现代小说技巧初探》以及柳鸣九编辑的《萨特研究》，充其量不过是对于我们所陌生的艺术世界的启蒙性介绍。所谓的现代主义对于现实主义的威胁完全是一种言过其实的夸张。中国经营了数十年的现实主义文学传统，如果会被现代主义的初始的启蒙击倒，那不仅证明现代主义的强大生命力，而且证明中国式的现实主义的脆弱性。这种不便声明的脆弱性也实在被那些患有脆弱症的人夸大了。

但中国文学不管面临什么样的狂风巨浪，例如各式各样的运动的批判或批判的运动，或是变换名目和形象的准批判和准运动，都不会使中国已经获得的自由的自主意识后退。作家、艺术家、批评家也都如此。一个无可否认的事实是，中国正在造就新的文化性格，此种文化性格受到了整个开放社会的鼓励。它正形成一种"硬质"，足以抵抗中国文化界有着悠久历史的软骨症。

----

① 巴金：《一封回信》，载《上海文学》，1983（1）。

八　潘多拉魔盒的开启

（一）历史大裂谷的生成

开始那些魔鬼是被关着的，一切的"邪恶"和"异端"当然无法成为现实。中国文学选择这一步——开放的一步，显然是要承担风险的。任何对于文学既定事实的改变，都必然置自己于异常不利的位置上。不管你是否意识到，或者不管你是否愿意，你总是在那个不容置疑的传统的规范化文学的对立面。因为你的行为有悖于祖宗的"成法"，你注定将受惩罚。但不论这种人文环境何等险恶，中国文学显然不准备改变自己的走向。

敏感的理论家们支持了这一魔盒的开启，他们旨在促成那幽禁千年的群魔的舞蹈。的确，魔盒的盖子一旦打开，那些异物将不再回到盒中。由此开始的两个大的文化系统——东方和西方的文化系统——继 20 世纪初叶那一次大冲撞之后，又一次带给中国文化界以震动。对于业已习惯文化封闭的大一统秩序的人们，这犹如一场 8 级大地震，地震造成的崩裂和错位又一次带给中国文化以阵痛。概而言之，是由于长久的阻隔而产生的相互警惕和不能适应而产生的痛苦。

中国新文学革命，最初瞩目于对西方的浪漫主义和现实主义文学传统的效法。两大文学潮流迅速为中国新文学运动所吸收，并融入了中国新文学的生命体而构成了新的传统。从郭沫若、徐志摩的作品中，我们可以看到浪漫主义的生成和深入，而茅盾、巴金的作品，同样显示了现实主义的强大力量。鲁迅对于中国文学的影响，除了展现实绩的力量，更重要的恐怕还是启蒙的开拓力量。他对中国古文化了解最深刻，故批判最尖锐；由于深知此中积弊，故变革的意识最强烈，对于新潮的接引也最大胆。

中国新文学运动的兴起与西方现代主义的兴起，时间更为接近。许多西方现代主义大师当时正处于创作旺盛期，有的就是新文学作家的同代人，但是由于中国文学当时的主要兴趣在于借用文学的力量以达到改造社会这一目的，因而或为人生而表现或为理想而疾呼，而对当时影响已烈的具有异质的现代主义艺术思潮不甚关注。对于现代主义的关注产生于新文学的创立立定脚跟之后。

全面开展的文学势态，使之有可能把视角转向对新异艺术方式的寻求与借鉴上。这时对于艺术效用的关注超过了对于社会效用的关注。受到现代主义影响的中国象征派与中国现代派的实践方始起步。最早取法西方象征主义作诗的是留法的李金发。他因写了与当时风尚迥异的作品而获得"诗怪"的称呼。从 1925 年至 1927 年，中国象征派诗歌实践，除李金发外，尚有由后期创造社转向象征主义倾向的穆木天、冯乃超、王独清以及姚蓬子、胡也频等。小说中的新感觉派因系间接自日本引进，故较诗的出现晚，但也在 20 世纪 20 年代后期，由 1928 年刘呐鸥创办《无轨列车》起始。集合在这一刊物周围的撰稿人除刘呐鸥外，尚有戴望舒、徐霞村、施蛰存、杜衡，以及随后在《新文艺》上发表力作的穆时英等。这时的作品表现了以主观感觉印象和潜意识的着意刻画为特色的半殖民地都市的病态社会场景，体现了现代主义艺术的若干基本倾向。

20 世纪 30 年代初叶，中国创立《现代》杂志，出现了以戴望舒为代表的诗人群，开始有力地推行现代派倾向的艺术实践。至此，中国诗歌始于李金发以至戴望舒，形成了一股与现实主义、浪漫主义并立的现代主义艺术潮流。这一潮流自出现起一直伴随着特殊而坎坷的命运。30 年代以后，中国社会矛盾重重，民族忧患、国计艰危的社会现实不断提醒文学艺术服务于现实需要的觉悟。对于社会效用极高度的强调，驱使文学向着人生和社会的目标进一步逼近。审美的价值观成为非主要内容，文学的个人化和内心化则是不合时宜的。中国现实的情势迫使文学做出抉择，即以停止诸多艺术渠道的开辟为代价的封闭式的抉择。此后在文学史中得到大量描述和肯定的文学的现实主义精神、文学的社会使命感，即新的社会功利价值的概括，正是这一抉择的最简要的证明。从 30 年代后半期开始，延续了数十年之久的文学单一选择的结果，产生了一贯的批判命题——"为艺术而艺术"，其中对于现代派的宣判是与对于资本主义腐朽性的宣判始终联系在一起的。

20 世纪 20 年代至 30 年代初叶的现代艺术思潮的兴起及消隐，是中国文学的"彗星现象"。中国文学几乎是自愿地放弃了与全世界艺术发展的同步性而自甘落伍（长时期以来，它视这种落伍为前进）。它把自己封固起来，闭目不看世界在若干年间脚步匆匆地向前走去。此后，虽有一些诗人，特别是 40 年代后期在大后方以西南联大师生为中心开展的再度引进西方现代艺术的创作活动，但这毕竟是总体一致的格局中极少得到舆论支持的艺术支流而已——尽管其中一些文学现象在时隔若干年后的今日已引起了人们的重视。

中国由于自身严酷的生存环境，因此采取摒绝有益于艺术自然生成与发展的决策，为了民族意识和阶级意识的传播与发散，它宁取社会主义的单向选择而弃绝多向审美的寻求，这正是数十年来人所共知的事实。在这样的情态之下，中国在五四新文学革命短暂的全方位展开之后，便自然而然地关闭了开放的形势。于是，便在新文学革命初期的大繁荣与 20 世纪 30 年代以后的长时间文学一体化之间造成了一个大裂谷。裂谷的两岸壁立千仞，它给予中国文学以封闭型的新特征。它终于成为中国呼唤艺术开放这一遥远的梦的潜在历史动因。

（二）觉醒：对秩序的怀疑

怀着极为复杂的心情告别 20 世纪 70 年代的中国，由于自身的痛苦醒悟，再加上对于世界的了解，开始对已成定局的文学秩序产生怀疑。于是有了诸如上述那种魔盒的开启。中国文学在进入 70 年代后期的转向，对于已不新鲜的西方现代派思潮产生兴趣。这情景颇有点像学生补课。经过大动乱之后回归世界的中国，望着这世界的一切都有一种惊喜之感。这是一种需要，而不是像某些偏见认为的那样是追求时髦的"时装表演"。

这种文学自身的内驱力，有点像 20 世纪英美诗中的意象派运动。它的跃起是对于当时统治英美诗坛后期浪漫主义维多利亚诗风的反拨。当年极度繁荣的浪漫主义诗歌发展到 20 世纪已近尾声，它的因循刻板和华靡空洞加上陈旧的说教和抽象的抒情已使读者感到厌倦，这种厌倦创造了意象派兴起的契机。中国 20 世纪 70 年代后期的形势与此有相似之处。50 年代后期开始的"浪漫主义"诗风，历将近 20 年的时间沦落。它的最后装饰是千篇一律的华靡修饰。内容的脱离人间忧患和形式的僵硬单调，直接创造了艺术反抗的心理基础。

1976 年爆发的"四五运动"中群众广泛采用古典诗歌形式，说明了对于当时奉为圭臬的已有形式的摒弃，仓促间无以对应，只好采取了原已弃绝的形式。但随后开始的诗歌变革即朦胧诗运动，便广泛采用了接近西方现代主义的意象诗，说明了对于业已异化的现实主义和浪漫主义，以及由此形成巨大约束力的艺术教条的反抗。整个中国新时期文学艺术的变革的动机，几乎都可以从艺术反抗主义这一原因得到解释。一种对于已有秩序的怀疑导致了对于另一艺术世界的寻觅，于是出现了北岛、舒婷、顾城那一群诗人令人惊骇的艺术反叛。读惯原先那种充满了矫情的、甜得发腻的殿堂艺术的读者，如今猝然面对这样的句子和这样的表达方式：

> 地平线倾斜了
>
> 摇晃着，翻转过来
>
> 一只海鸥坠落而下
>
> 热血烫卷了硕大的蒲叶
>
> 那无所不在的夜色
>
> 遮掩了枪声
>
>
> ——这是禁地
>
> 这是自由的结局
>
> 沙地上插着一支羽毛的笔
>
> 带着微湿的气息
>
> 它属于颤抖的船舷和季节风
>
> 属于岸，属于雨的斜线
>
> 昨天或明天的太阳
>
> 如今却在这里
>
> 写下死亡所公证的秘密（北岛《岛》）

刚开始人们不免震惊，继而就能容忍并谅解。敏感的读者逐渐理解了这些新奇意象的组合"说"出了以往"说"不出的情绪和事实。心灵的重创、现实的复杂变形以及人们对这一切的纠缠不清的态度都在这里得到了传达的满足。

以诗歌的现代倾向付诸实践为发端，中国文学开始了超时空的向着五四新文学的传统大裂谷的对接。这种对接伴随着文化背景和文学观点差异而产生的大折磨，事实上修复了20世纪初叶开始的东西文化大交流的通道。中国为了挽救文学的人为衰颓，特别是解脱现实的大痛苦，重新向着西方现代文明燃起了引进火种的热情。这一切原都是古老的题目，但在从噩梦中醒来的人那里却获得了新鲜感。

把中国新时期文学失去平静的经历解释成青年人的追求时髦，乃是一种不谙世事的焦躁心情的反映。一切都应从现实和历史的状态中寻求根本的解释。这不是一般单纯照搬和模仿西方的现代派运动，而是中国基于自身原因生成的艺术变革。这一运动当然受到了一种强大力量的驱使，那便是中国已经醒悟到自我禁锢，便是自我毁灭。中国面对西方现代艺术思潮的新的热情，与其说是由于对现代主义的兴趣，不如说是中国希望改变自己的世界弃儿的形象而重返世界的愿望的体现。反映在文化上和文学上，便是结束隔绝，要求沟通、吸取和融汇。

（三）荒园的"遥感"

中国的这一切自有深刻的社会和历史因由。如同许多论著已阐释的，西方的现代主义思潮的共同特点是对资本主义文明和传统价值观的怀疑。第二次世界大战以后，对现实的失望和精神危机更促进了现代主义的复苏和发展。高度发展的物质文明和精神的失去皈依，普遍地呈现出社会的畸斜。暴力、吸毒以及笼罩天空的核阴云，使人们对现实失望。人对自身的存在感到荒唐，他们面对的是荒园。他们寻找精神的故乡但无所获。

在这基础之上诞生的艺术现象，再一次引起了中国的兴趣和同情。与"五四"那一次相比，这次对西方现代派的关注具有了更为强大的动因。"五四"是一种作为艺术全景介绍的不可缺少的必要，应当说，刚刚从封建桎梏中挣脱出来的中国，完全缺少对于都市病的厌倦和反抗，以及对于资本主义的怀疑和仇视的条件。尽管当时中国由于年代的接近而"置身其中"，却缺少对此深切地感同身受的效果。而新时期的中国，尽管时过境迁，却有着与这一文学思潮同向的理解基础，这是一种"遥感"。

长达10年的社会动乱，加上比这还要长的年代里的社会禁锢，使中国在噩梦醒后面对的是一片精神焦土，原先的罗曼蒂克的理想之光开始暗淡，急切间又不知路向何方伸展。以10年乃至20年为代价换来的失落感，促使人们开始寻找时间和希望。但人口大膨胀造成的拥挤和摩擦，加之贪污和贿赂、陷阱和特权，使人们在现实的积重面前感到了无能为力。社会的病态发展了人与人的吞噬和隔膜作为现代社会的孤独感亦随之而去。废墟的沉思和召唤、荒园的展延和凭吊、神圣的外壳剥落之后，人们发现了滑稽和荒诞。这些，都使中国与西方现代思潮产生了遥远的认同感。

不同的历史时代的相似的经历和遭遇，使中国与异时异地同时又是孕育于不同社会文化背景的文学产生了"共振"。20世纪七八十年代之交产生的这一次中国向着西方的"盗火"行动，与二三十年代的不同，那次是全景展现与引进的文学自身的必然，而这次却是一次情感和理智的需要。

中国一方面感到旧有艺术方式的完全不能适应，另一方面感到这一曾经长时间发展但仍然新异的艺术方式对于表达特定阶段的社会、自然和人的协调与适宜。最明显的例子来自原先写雍容典雅作品的那些已获得声誉的作家的艺术变异。王蒙以《夜的眼》《春之声》《风筝飘带》《深的湖》为起始，开始了新的艺术领域的开拓。他的杂乱无章、漫无头绪的叙述方式，使熟悉他的《组织部新来的青年人》的情调，并对他的复出寄予厚望的读者大为吃惊。如下这样的一段文字是他们在所热爱的小说家以前的作品中所未曾见到的：

> 大汽车和小汽车。无轨电车和自行车。鸣笛声和说笑声。大城市的夜晚才最有大城市的活力和特点，开始有了稀稀落落的、然而是引人注目的霓虹灯和理发馆门前的旋转花浪。有烫了的头发和留了的长发。高跟鞋和半高跟鞋。无袖套头的裙衫。花露水和雪花膏的气味。城市和女人刚刚开始略略打扮一下自己，已经有人坐不住了。这很有趣。陈杲已经有二十多年不到这个大城市来了。二十多年，他呆在一个边远的省份的一个边远的小镇，那里的路灯有三分之一是不亮的，灯泡健全的那三分之二又有三分之一的夜晚得不到供电。（王蒙《夜的眼》）

人们为这种不合章法的小说艺术而不安，不免异常深情地回想当年那个年轻的林震和同样年轻的赵惠文在飘满槐花清香的夜晚进行的那抒情诗般的甜蜜的对话。那情景已经消失，代之而来的正是《夜的眼》或《风筝飘带》中那种对于拥挤和焦灼的敏感，那种用不经心的调侃排解痛苦的睿智，从而显示了某种成熟的智慧。王蒙的创作倾向受到了广泛的关切，报刊开始讨论他的这种不合常规的艺术变异是否合理和是否值得。王蒙显然不在乎人们的七嘴八舌。作为一位成熟的作家，他已经觉察到以往艺术秩序中的弊端。他勇敢地迈出了一步。这一步是靠近了现代艺术的某些技巧，但显然不准备以放弃他的"少共精神"和现实主义的基石为代价。

另一位作家宗璞与她的处女作《红豆》都曾留给读者以雍容华贵的印象。在这个艺术新时期到来的时刻,她采取了比王蒙更为大胆的步骤,继获奖作品《弦上的梦》之后,她写出了《我是谁》。不纯熟的、多少有点胆怯地借用变形的心理描写的方式,使她写出了这一篇在当时很引人注目的"怪小说"。在那里,人变成了虫子:"四面八方,爬来了不少虫子,虽然它们并没有脸,她还是一眼便认出了熟人……它们大都伤痕累累,血迹斑斑,却一本正经地爬着。"

驱使这些写出了优雅风格作品的作家放弃甜蜜和美丽而趋向扭变和丑陋的,是一种比文学自身更为强大的力量。现实生活的不宁和痛苦,使作家感到新的方式更贴切和更富表现力,这是一种"遥感"的力量。当然,这篇作品从卡夫卡类似的作品那里得到了启示,它在写实基础上的荒诞和变形,以及两种因素不和谐的相加造成了某种生硬和拼凑的感觉。

到了《泥沼中的头颅》,小说传达出来的无边沉闷和麻木、缠绕和黏糊、森森的冷气,竟让人想不到:

许多小虫顺着触角往上爬。"我们爬到你的头顶上,就也是思想家了。"它们仰着头大叫。小小的头很像甲虫,又像戴着面具。向上爬一段就变得更像人。有的爬得很快,变化的速度惊人。有的爬着爬着掉了下来,搅在泥浆里不见了。

头颅觉得自己正在腐烂。他必须从腐烂里挣扎出来。他大张了嘴,一面吐着涌进来的泥浆,一面大声喊叫:"我还要去找钥匙,好冲洗泥浆,你们不觉得不舒服么?"

…………

头颅有些飘飘然,想要发表一通演说了。这时他看见不远处有一个模糊的人形。这人形飘忽不定，忽而附在各个不同的人身上，忽而凝聚为一个人……头颅从盘中跌出，一直向泥沼最深处落下去。

哈！四周涌来一阵笑声，这是看见人跌落时最时兴的伴奏。

可以看出，这种非情节化的象征笔法，把十分沉痛的内容，托之以虚幻和荒诞，我们不难从爬行的小虫爬得越高越像人、跌落的小虫在泥浆中消失以及头颅跌落后笑的伴奏等描写中看到倾轧、阴谋、陷阱以及冷漠无情。中国作家向着现代主义借取艺术经验的热情，受到痛苦的潜在要求的促使，他们感到唯此方能释放某种重压和积郁的深刻愿望。

这种要求不单属于个别作家，而是一种趋势，首先出现在服膺19世纪的现实主义和浪漫主义传统的那一批有成效的作家笔下。张洁的出现伴随着一种对于理想的眷怀以及美好失落的痛苦，"痛苦的理想主义"是对她早期作品的一个精彩的概括。后来她痛苦依旧，但已自觉摒弃了抒情诗的情调。她变得焦躁而苛刻，于是笔端频频出现恶语和丑陋的物事。《方舟》已露端倪，《他有什么病?》以变形表现激愤和沉重，给人以深刻印象。张洁当然有她的想法，这不能不说是她的觉醒的坚定追求。过去她一直发掘美，《方舟》感到了丑的存在；到了《他有什么病?》，终于以揭示病变作为自己的追求。这种对于现代艺术的接近是自然而然的。张洁是一位坚定的写实作家，但她的近作多倾向于夸张荒诞，这说明她从"现实"中看到了"现代"。

（四）异向接近的契机

当时中国文学的现代主义趋向，源起于对中国文学从表现内容到表现形式的教条的反感。徐迟把这种追求叫作文学的现代化，是对于"古代化"和"近代化"的抗争。这有点像英美意象派扫荡维多利亚式甜得发腻的颓风而引动一场艺术变革,中国文学的现代倾向,目标在摧毁同样甜得发腻再加上浮夸得可憎的"假、大、空"艺术圣殿。

从英雄到平民,从"高大全"到"小人物",从视人间为天堂到省察社会的异常和扭曲,这一切孕育着艺术创作的新意向——传统的艺术方式对于产生巨变的现实已经不能适应。现代主义的确解除了中国文学面对现实的那种苦于难以表达的困窘。它为长久凝固的中国文学提供了新的艺术思维和艺术手段,对于艺术观点的扩展具有重大变革的意义。

传统的文学格局的根基,是对于现有秩序的绝不怀疑和坚信,因此"颂歌"成了最基本的文学体式。对于科学而言,发现和创造都来自怀疑。文学艺术的灵感产儿应与此不悖。再加上生活自身的失去常态,人们的质疑更合乎常情。鲜明展示否定意识的北岛的《宣告》,对于中国文学的现代倾向表现了诗人的敏感和聪慧。"我不相信"最早表达了对于世界的怀疑。当然,中国文学受制于中国人对现实社会的关注和思考,它的怀疑同样生发于社会使命感而并不"空灵"。

应当说,传统文学致力于肯定生活的进步和美好,曾经起过而且现在也在起着重大的作用。但对生活的另一面——丑陋的揭示和表现,却是中国现阶段文学相当大的缺陷。这一领域的延伸无疑丰富和拓展了文学表现的空间,扩大了人们的视野,使之对人生世态的见识有了一个全面的展开。

残雪的世界的变态和丑陋富有启示性。她是继刘索拉之后把文学推向更为接近现代意识的一位。《山上的小屋》《苍老的浮云》《瓦缝里的雨滴》《阿梅在一个太阳天里的愁思》以及《黄泥街》系列——她的世界是非现实的,但其间尽情暴露的丑恶却是非常可信的。无数的变态和失常,有力地暗示着世界上某一处的生活和人们心灵的某一个角落的精神裂变。《黄泥街》的开头就让人感受到其间难以忍受的氛围，这条黄泥街的确难找，因为它不存在，但却是无处不在的丑恶的折影：

············

我来到一条街，房子全塌了，街边躺着一些乞丐。我记起那破败的门框上从前有一个蛛网。但老乞丐说："红蜘蛛？今年是哪一年啦？"一只像金龟子那么大的绿头苍蝇从他头发里掉下来。

黑色的烟灰像倒垃圾似的从天上倒下来，那灰咸津津的，有点像磺胺药片的味道。一个小孩迎面跑来，一边挖出鼻子里的灰土一边告诉我："死了两个癌病人，在那边。"

我跟着他走去，看见了铁门，铁门已经朽坏，一排乌鸦站在那尖尖的铁刺上，刺鼻的死尸臭味弥漫在空中。

烟灰是实在的，倒塌的房子和朽坏的铁门也是实在的，拼合起来却构成一个大荒诞。作家无意于再现甚至也无意于阐释什么，她只是通过一个个画面的组接，造成一个让人可以意会却无以言传的象征世界。这个世界与其说是按照某种实有模式的仿效描写，不如说是按照特殊心理感受对于世界的变异性重构。

对于中国作家而言，这种既非写实也非理想的艺术方式是新颖的，但它只是一种"移栽"。中国作家不管怎样崇尚现代意识，仍有根深蒂固的传统观念，即使最年轻的一代也如此。残雪的荒诞不单来自内心，更主要的是来自外界。像《拆迁》中的"开五个月的会讨论全区的绿化问题"，以及一个偶然的响声都引发"你们发现什么可疑的迹象吗"的非常态的人生。《没有屁股的婴孩》中一间发霉、腐烂、到处都倒挂着蝙蝠的老屋，以及与老屋纠缠不清的对"迫害案"的追查和疑惧，都证明了残雪的这个世界虽是虚构却并非杜撰。这种艺术方式对于表达对恶的敏感以及由恶造成的普遍的惊慌、惶恐、缺乏安全感等精神病状格外切实。

中国文学接受现代主义的影响，溯其源，不是由于中国社会和西方社会获得了同步的发展，恰恰相反，却是由于中国的惊人落后。不是由于社会物质文明的高度发展造成人的隔膜，人因无根而飘浮，从而产生的孤独感，恰恰是由于物质的贫困造成愚昧和残忍，人与人因相残而相互隔离，也是一种别有因由的孤独。物质废墟造成精神废墟，人因无保障和受凌虐而自行裂变，于是只能是泥潭中头颅的滚动般的浸沤。

自从闻一多发现的死水作为一种象征在精神世界中存在，中国文学与西方现代主义经由两极的异向而在精神上生发出神妙的认同感。但中国的一切都生根于东方的黄土地。一切都是土生土长的，包括变异，包括绝望，包括滑稽和荒诞，都是中国土地里生出的一枝苦果。这里有一首诗，有一个美丽的小题目《圣诞节》（蓝色），但内容并非美丽的：

> 总觉得塞进邮筒的信
>
> 对方不会收到
>
> 放在街旁的自行车
>
> 会被别人偷掉
>
> 总觉得端在手上的高压锅
>
> 马上就会爆炸
>
> 转播足球赛的电视机
>
> 会出什么故障
>
> 如果撞上了什么东西
>
> 那一定得了脑震荡
>
> 如果这班车她还不到的话

我就要一个人被撇在世界上

一个成熟的男人
身上为什么会有
那么多的分量

敏感的诗人首先把中国人特有的这种潜在的危机和孤独感大胆地表现了出来。《想起一部捷克电影但想不起片名》（王寅）、《出租汽车总在绝望时开来》（王小龙），单看这些诗的题目，便可感受到那种饱受生活愚弄的人对于自身命运不可把握的特殊感觉。一对等待出席婚礼（这在当日中国是带有某种虚荣意味的豪华之举）的男女总是等不到出租汽车：

像一对彩色的布娃娃
装作很幸福的样子
急得心里出汗
希望是手表快了一刻钟
会不会搞错地址
也不知道从南边还是北边来
只好一人盯着一边
想象着反特电影中的人物

诙谐背后的伤感，与其说是嘲弄他人不如说是嘲弄自己，自虐是由于被虐。这是中国普通人的小小的烦恼，但却渗透了深深的痛苦。

借助异域的方式写对于本土的特殊感受，特别是那些过去极少得到表现的生存情状，中国新时期文学受惠于现代主义之处良多。它为展开另一

个世界和另一种画面，向中国文学提供了行之有效的手段。我们过去用平
面反光镜得到对于世界的认识，如今借助这种凸透镜取得了另一种对于世
界的认识——在这种变形和扭曲的透视之下，我们看到了过去难以窥及的
五颜六色的社会内脏。它甚至喷吐着可怖的血腥气。

（五）潜在心态的现代透视

仅仅提及上述一点很不够，也许更为重要的是，现代主义为中国文学
深刻表现中国人的潜在心态提供了有益的手段。

影响现代主义发展的某些哲学观念，例如世界的荒诞感、人生的悲剧
意识以及心理分析学派对于潜在心理的把握等，与现代西方社会体现为和
谐呼应的状态。当人们获得了高度物质文明的恩惠后，接着便是更高层次
的不满足，现代派文学对于表现西方社会病显得十分自如。

中国文学长期崇奉反映和再现的原则。文学注重于外在的活动和环境
的描写、情节的构筑、人物的设置，以及彼此关系的连续和中断，它们的
兴衰和消长，总体是一个外向化的过程。文学对于人的心理活动的潜在状
态，以及对于人的习性和品德的另一些方面往往忽视。加上颂歌形态文学
对光明的强调，使文学很少关注生活的另一种表现，例如某种以常见的合
理方式出现的荒诞、民族性格中的驯顺有时表现为麻木、迟钝、愚昧的品
性等方面。鲁迅传统中的讽刺性在正式文学体裁中中断了，因此中国文学
中关于类似阿Q性格和阿Q心态的揭示和表现受到了阻碍。

由于文学向着现代主义延伸和接近，这些遗憾得到了补偿。李陀的
《余光》和《七奶奶》都传达出中国人传统心态的承继以及其面对新生活
的困顿。《余光》中那位长辈"盯梢"者，以及七奶奶对于媳妇的警惕，
都表现了中国的历史承受对于外界变动产生的惊惶。这些都依仗于对人的

恶的心理活动的描写得到完成。

文学的"向内转"倾向得到现代艺术的有力启示。王安忆在《小鲍庄》中交错展现了一个古旧村庄中多个家庭的众生相。通过结构的力量，把带有原始性的人的内在情绪予以空间的展开。莫言的《透明的红萝卜》展示了无声的感觉世界。依靠主观的心理视线向着纯物象的现实世界提供新鲜的效果，中国作家的艺术触角变得复杂而多样。它的最积极的结果便是揭示了另一个世界——人的心理和感觉的非物象世界。

正是通过这样的艺术嬗变，最终造成了一个大的成绩。那就是对于中国人的传统心态的微妙表述，特别是对终止于鲁迅时代的阿 Q 心态——国民变态心理的揭示。在韩少功的笔下，《爸爸爸》的环境和氛围，既让人不感到陌生，又让人惊怵。丙崽给人的感觉是阿 Q 没有死。昔日阿 Q 胜利时便认出了自己的"儿子"，如今丙崽则把所有的人都喊作"爸爸"。他不仅是愚昧和麻木，而且是养不大又死不了的白痴。至于仁宝和他的父亲关于皮鞋优劣的争论，仁宝反驳他父亲，"千家坪的王先生穿皮鞋，鞋底还钉了个铁掌子，走起来当当地响，你视见否"。他身上把鲁迅的假洋鬼子和阿 Q 精神神奇地融会在一起了。"听说他挨了打，后生们去问他，他总是否认，并且严肃地岔开话题：'这鬼地方，太保守了。'"——一切都让人想起阿 Q 的"革命"。

过去为"英雄""正面人物"的颂歌所淹没的另一片陆地，在特殊艺术方式的诱引下浮现了出来。在那里，由于作家有意无意地开掘，读者了解了古久传统心理的积淀。对于中国人的压抑和变态以及中国人的悲哀，诗人很早就开始了这一特殊意义的严肃"寻根"，终于发现了令人伤感的《中国人的背影》（蓝色）：

　　人生就像这街头的暮色

美好得让人真想痛哭一场

回到家你总是含着泪水对我说

只有中国人的背影显得那样苍老

中国人，唉，中国人的背影

难道中国人只有背影

他们总是匆匆地离去

从不把头回过来

即使深夜，也有很多沉重的背影在你面前闪过

这种发现借助中国传统艺术方式甚难实现，因为传统的观念要求文以载道。这种责任的承担决定了文艺的正面价值，即它必须传达一种有补于世的情态。因此，文学的任务在于发掘和表现美好，便是一种由来已久的必然运行。

如今伴随着现代艺术思维的兴起，艺术把它的触角伸向了过去难以企及的部位。中国终于继鲁迅之后又一次有机会窥及自身的"背影"，由此透射出衰颓乃至丑陋。那种令人哭笑不得的灵魂重负，那种令人感慨唏嘘的痛苦和屈辱，使文学把民族的思考导向了深刻，从而有可能把从来诿过于时势和境遇的归咎于自身。现代艺术为这个民族的痛苦的反思和沉重的忏悔提供了可能和恰当的方式。

这就是由于不同历史背景的相似而产生的艺术共鸣，进而导致了不以社会制度和人文环境的差异来划分的认同感。接触和渗透导致了中国新时期文学的两个方面的积极结果：对另一种世态的揭示和对另一种心态的剖析。这是现代倾向的艺术引进促成的中国文学内涵的变化。

九　结构的错动

（一）异质的进入与渗透

20 世纪 80 年代的中国文学是真正运动着的文学。文学这一球体过去是被各式各样的观念胶着并固定了的，如今它恢复了动态的运行。和以往人为的、外在的非艺术的运动迥异，新时期中国文学最具实质的动态变化是艺术内在结构的变异与新生。

艺术视点的空前扩展导致艺术结构的引爆。造成这一形势当然有众多的原因：现实主义的复苏和深化，中国传统美学的兴旺和实践。而最具实质性的原因是另一种艺术思维和艺术方法的重新加入。异质的进入和渗透造成了旧有秩序的"混乱"。这种大错动实际是由内在结构的"改组"或"重组"所造成的，其结果是革命性的。

运动着的艺术首先把不平静的气氛带给了中国文坛。"朦胧诗"的崛起给传统的读者和批评家来了一个下马威。几乎是全部的公民一下子"读不懂"他们引以为自豪的诗了。一位写了几十年诗的人，拿着杜运燮的诗

《秋》（一首 20 行的短诗）苦吟不解，结论是"不懂"——他气闷地写了一篇《令人气闷的朦胧》，算是谴责诗走火入魔的檄文。这还仅仅是事情的开端。

当北岛、芒克、多多一班人涌现的时候，中国的欣赏和批评惯性一下子便认出了它的"异端"性质，于是长达数年之久的"朦胧诗"论战发生了。这当然是由于创作和接受者之间的障隔。原因自然是复杂的。对于造成障隔的原因的探究可以写成一本书，但有一点却十分明显，那就是自从中国文学进入历史的转折点，由于社会的开放，特别是西方现代主义思潮的影响，文学的表达方式在一个相当广泛的领域中发生了重大的变化。

（二）叙述系统的破坏

这种变化使适应了传统表达的人不能适应。在诗歌、散文、小说以及戏剧文学中，中国传统的方式是文学向着它的大部分接受对象的欣赏心理习惯的迁就。朗朗上口、明白易懂的抒情（主要是诗），"欲知后事如何，且听下回分解"的连环式"叙述"（主要是小说），始于磨难而终于大团圆的、有始有终的情节安排（主要是舞台和影视文学），这些因素构成了中国文学艺术叙述方式的稳定系统。

这个系统在新的时代被无情地打乱而代之以情节淡化或非情节化的"杂乱无章"的结构方式：跳动的、颠倒的、无条理的和互不攀附的叙述方式。大部分作品从中国过去擅长以人物的进出以及以动作和行动来展现内容的注重外在描写的特点，而走向人物的心理和情绪的中心，特别是看重意识流的方式。王蒙最早实践了在人物的情绪和意识的流动中展示现实的另一个世界的图景。茹志鹃的《剪辑错了的故事》开始把不同时空的事件和人物，不是按表层的次序来安排，而是在"错乱"的"剪辑"和不断

"跳动"中展示多种事象、人情、性理，从而多面地、多向地展现繁复的人生。

而在这一场艺术变革中，诗歌探险者始终走在前面。顾城的几道"弧线"，让中国大多数诗歌欣赏者惊愕——在那里，诗人不表达也不宣泄情感，不说明也不阐释事理，只是互不关联地用植物，用人和飞鸟，也用大自然的海浪画出四道或美或不美的弧线让你"猜"。由于他完全摒弃了始自20世纪50年代的那些方式，因此人们围绕这首《弧线》展开了各种各样的评价和诠解。

中国文学艺术表达方式的新变，就这样悄悄地、在人们尚未意识到的时候开始了。中国散文的历史仅次于诗歌，也极为深厚。始于司马迁《史记》的叙述方式到唐宋八大家至晚明小品，散文的表现模式相当稳定。在新的历史阶段，散文和散文诗的稳定性依然是突出的。但即使这个相对寂寞的角落也开放着令人惊异的花朵。这篇散文的作者不是青年人，但却十分新颖地传达了散文变革的先声：

> 看着你的画像，我忽然想起要举行一次悄悄的祭奠。我举起了一个玻璃杯。它是空的。
>
> 你知道我的一贯漫不经心。
>
> 我有酒。你也知道，那在另一个房间里，在那个加了锁的柜橱里。
>
> 现在我只是单独一人。那个房间，挂满了蜘蛛网，积满了厚厚的灰尘。我没有动，只是瞅着你的面容。
>
> 我由犹豫转而徘徊。
>
> 我徘徊在一个没有边际的树林里。
>
> …………

一片黄色的木叶在旋转着飘飘而下，落在我的面前。也许这就是他，他失落在我的面前，我张口呼喊。然而我听不见自己的声音。一片寂静。难道我也失落了？我又失落在谁的面前？

如果真有那么一个人，我很想看见他。只有一阵短促的林鸟嘶鸣，有些凄厉，随即消失。那不能算回答。

那飘忽不定的是几个模糊的光圈，颜色惨白。那一定是失落到这儿的太阳。

有微小的风在把树林轻轻摇晃。（严文井《啊，你盼望的那个原野》）

传统的优美和连贯消失了，只是场景在更换，情绪在闪跳，那种变幻不定的意绪在自由地流动并突然拐弯。这篇被当作一个小说选本的序的散文，从内容到形式，乃至它的实际效用，都给人以惊异之感。原有的次序被"搅乱"了。叙述的颠倒和跳动，完全随作者的心意进行。不是听从事件始末的召唤，而是作为主体的作家的情绪和意念的启迪。

有时有意的省略和切割会造成非常动人的效果。那种将梦境、幻觉、神话和此时或彼时的现实，将想象的世界和人间现世综合的展示，会为作品提供多达数倍的表现空间。当然，要用习惯的方式对那些作品的主题加以归纳则几乎是不可能的。因为也许它原就不是由单一的主题所构成的，或者根本就是若干意绪的飘动。它创造了新的艺术样式，断续的、无定向的交叉、闪跳所造成的扑朔迷离，给艺术增添了迷人的魅力，而这在正统的艺术那里却很难做到。

（三）变形的占领

现代艺术方式给中国文学带来的另一个重大变化，则是变形的广泛应用。中国当代文学中的人物造型，以往多半由两类构成：一类是专门宣讲义理、教化别人的正人君子；一类是怀着灵魂的创作，始终以忏悔的心境接受改造从而成为"新人"的人物。前一类人物后来发展为"高大全"的英雄，即超人；后一类成为自身并无价值的"烘托者"从而消失了。这类人尽管内心可能已变态，但外在形貌总是匀称完整，甚至是辉煌的。文学进入新的发展时期后，由于众多原因的促成，主要是中国社会现实给人的映象提供了艺术变形的契机，文学描写的从外形进入内心的扭曲和不和谐的形象营构成为一种可行的方式。

在过去，那种"不好不坏，亦好亦坏的芸芸众生"被认为是文学的妖孽。今天，他们已不再成为异端，因为有更多的"不正经"的人物形象正向文学蜂拥而来。刘索拉《你别无选择》中的那些大大咧咧的年轻人，他们中的每一个人几乎都是扭曲的和失常的。那名叫李鸣的音乐学院学生，他决心不再上琴房是由于"他觉得自己生了病"，而生病的症状之一则是"身体太健康，神经太健全"。

这是一种明显的"变形"，正是通过这种青年人不正常的心态，我们有可能窥及社会大变动带给人们心灵和思维的震撼的后果。这种艺术倾向较早出现在张洁的《拣麦穗》中。不论是那位卖灶糖的老头，还是那位在想象中希望嫁给他的拣麦穗的姑娘，可以说，都是一种畸形，但却传达了最纯真的人性。对比之前那些满身金光的舞台人物，尽管个个显得英武雄壮，但内在心灵却是畸斜和残缺的。旧时代的结束要求表现那个时代给予一切的变形，于是，宗璞从卡夫卡那里借来了变形的手法。作家看到了"我"如同虫子那般卑微地蠕动。

新时期戏剧也在鼓动着这种形象变异的尝试。王培公的话剧《WM（我们）》，取材于历史与现实的真实故事，人物也是我们熟悉的一群蒙受苦难的青年。但是剧中人物，那些叫作将军、大头、鸠山、板车、公主、修女、小可怜的一群人，他们奇怪的服饰、粗鄙的言行、夸张的动作和剧情，极真切地传达了生活的变态。而这些效果都是通过变形取得的。

诗作为中国文学变革的先行，最早进行了对于传统正面和高大形象的反叛。它最早发出了对于矫情的"甜美"的诗的挑战。朦胧诗不仅以它的模糊意象叠加冲破了先前的完整和匀称，而且表现了对于一贯怀疑的美丽的淡漠。这是一位诗人的"自画像"：

> 点着无声的烟卷
> 是给这午夜致命的一枪
> 当天地翻转过来
> 我被倒挂在
> 一棵墩布似的老树上
> 眺望（北岛《履历》）

人们曾经为舒婷的《自画像》中那个天真烂漫的女孩子感到焦躁不安，而且谥之为"玩弄男性"的挑逗。但舒婷对关于爱情的"恶作剧"，却是以传统方式传达的。在北岛这里，却是以丑陋的变形。

外形的畸变和内心的扭曲，使非常态的描写形成一股冲击传统审美习惯的恶潮。恶心和丑陋、破碎和残缺，举目低头、外观内审，均是"不美"的形象、意象、情绪和感觉。人们已经看惯了实际生活的变态，感到传统的艺术不能表达内心的愤懑和抗议。他们在这些变形的艺术中得到满足。

这是一种与以前不同的观照。这种倾斜、破碎和残缺，能够表现真实事象的特定侧面及内在品质。这是中国当代文学受惠于世界现代主义文学的一个重要方面——它改变了文学只能如实地写或理想地写的格向，而成为也能变形地写、"歪曲"地写，同时也改变了文学只能是审美的观念，而意外地发现了丑中原来也有"美"，从而极大地拓展了文学表现的空间。

（四）调侃的取代

文学在中国，从来都是庄严的事业。曹丕著名的《典论·论文》讲文章是"经国之大业，不朽之盛事"，因此，构成中国文学基本倾向的是庄严肃穆的教化，它总是这样或那样地与匡时济世的重大命题相联系。而杂文、漫画、讽刺诗等品种，一方面是作为非主要的样式加入了总的文艺构成中；另一方面，它们以一种非正式的样式而同样地承担了正式的教化功能。

中国文学先前并没有用嘻嘻哈哈的游戏态度对待人生的文学传统。《阿Q正传》虽有诙谐和风趣，但却又十分严肃。中国文学的荒诞感和调侃色彩的增强，受到西方文学引进的启悟。中国不是由于它和西方现代文明的同步发展而产生了现代社会危机感，而恰恰是由于它的东方式的生产方式和思维方式造成的时代落差。

当太阳向西方落去的时候，留给它的是长夜的暗黑。现实的逼迫使中国人感到困窘，而地位特殊的中国青年，对此尤为敏感。他们传达那种特殊的无能为力而产生的尴尬处境颇为传神。不可参与构成了孤独，无所祈求构成了绝望，无所驻足构成了飘浮，无可言说的愤激导向了玩世不恭。

世界本应比如今看到的更为美好，但一剥开现实生活这只橙子，发现的却是失望，于是只好以不正经的态度面对它，这就是中国式的嬉皮士精神或流浪文学产生的原因。马原小说中的游戏精神很是突出，传统文学的庄严感在这里消失。他在不断地设置语言的迷宫和叙述的圈套。马原关于小说的"无意思"的表达，最鲜明地反抗了传统的庄严意义的教化。

文学在这样的观念制约之下表现出强烈的无拘无束状态。诗和其他各种文学样式都有所表现，但它依然是中国式的。调侃的背后，往往表现深刻的抗议或是浮沉的忧患，很少有绝对的和完全的不负责。王小龙的《心，还是那一颗》用的几乎就是希克梅特的《还是那颗心，还是那颗头颅》的题目，但后者中特有的悲壮和坚定在前者那里消失了。王小龙随心所欲地用非常随意的语言谈论人们认为的严肃话题，例如：

> 再说一个三流演员都在当总统
> 你想会有什么好事
> 走在街上疑心自己也是一出戏里的角色
> 男孩子瓦文萨突然长大了
> 保姆就得换上制服
> 马岛终于在早餐时变成了茶点
> 撒切尔这才想起了丈夫
> 电线杆和精神病人打了起来
> 妈妈下车发现雨伞没了
> 而我结婚了
> 总之，这些都让人纳闷

一切看来都不重要，表现出极大的虚无。但是中国毕竟有自己的忧患。开够玩笑的诗人最后还是回到了痛苦的伤口：

> 可是记忆，该死的
> 记忆是牙齿掉了留下的豁口
> 总让你忍不住去舔舔

十　没有主潮的文学时代

（一）文化选择的逆转

中国文学自身变异的事实，唯有经历过大动荡之后的冷静回顾，才会得到确认。五四运动展开的破坏旧文学、建立新文学的文学革命，这一历史性的壮丽戏剧是在两个大的背景下展开的，即中国新旧两种文化的大冲撞和东西两种文化的大交流。五四运动的伟大胸襟和视野，对旧文化表现了严厉的批判性，对外部文化则表现了宽广的包容性。由于对历史冷峻的思考，五四运动对封建文化体系采取了警惕的对策；而为疗治民族病痛的目标所指引，表现出了对西方文化以及世界文学的引进借鉴的热情。这无疑受到古老民族要求接受现代文明的洗礼从而成为现代民族这一宏大愿望的鼓舞。那时的"别求新声于异邦"，是与疗治和改造国民灵魂的要求相联系的。学医的鲁迅和郭沫若先后弃医从文，直接指明了这种文学疗救的动机。

这种明确的动机决定了当年开放的和自由的文化策略。这一策略的实施是在科学与民主这两面巨大旗帜下进行的。因为高扬科学，因而摒绝愚昧；因为崇尚民主，因而鄙弃文化专制。中国终于获得了新的建设性的文化视野。这使中国在批判旧文化、旧文学根基的同时，对借取世界先进文明表现出了极大的主动精神与宽容态度。从"五四"文学革命的深入过程来观察：为再现民生的疾苦而选择现实主义；为争取理想境界而选择浪漫主义；为表现内心的丰富复杂以及拓展艺术的疆域而选择现代主义。不怀偏见的兼收并蓄，造成了五四文学的自由和多元的品格。它百川奔流的壮观场面，至今还体现着惊心动魄的气势。

由于中国社会的特别契机，这些契机首先是由于中国国势的艰危、战乱频仍、民生多艰，严酷的现实赋予文学以严酷的选择。文学不能不贴近社会和人生，甚至不能不归附战争和政治并服务于它们。再就是十月革命以及苏联文艺理论和文艺斗争事实的广泛影响。中国先进的知识文化界，为了救国救民的理想而倾心于这场革命。这导致一个结果：自然地对意识形态和文学理论做了不容怀疑的选择。

自此以后，中国文学面对惨痛的社会交际，总是以带着犯罪感的心理回避文学审美这一与生俱来的艺术规律。一方面不断强调文学与现实社会、阶级斗争、民族解放甚至政治运动的必然关系，另一方面不断批判文学脱离现实斗争、形式主义、为艺术而艺术的诸种歧途。这局面在全国获得解放之后，由于行政力量而得到空前强化，我们自然而然地制造了一种统一的文学潮流。统一潮流的出现是渐进的、不知不觉的，但它的形成却作了一个重大的宣告，那便是"五四"的传统发生了大的变异。

这就是通常所说的新文学的断裂，对这个断裂现象的大致描述就是新文学革命所形成的自由的、创造的，特别是鼓励并事实上实行多种选择的格局，已逐渐改变为行政的、指令式的和严格意义上的单一选择的格局。构成单一选择的基础和前提，就是为既定原则所决定的文学主流或文学主潮思想。这种思想体系的基本特性是排他的，它信奉自身无可怀疑的真理性。它的唯一正确性当然地代表了文学的历史走向并决定着文学的命运。与之相异的一切当然都只能是支流或逆流。基于这个前提，随主流思想而来的，就是被称为革命性质的批判文化性格的提倡和形成。

在一个相当漫长的时间里，文艺批评和文艺理论的中心命题，是文学应当如何忠实反映生活并服务于理想的定型化阐释。无休无止的文艺斗争和文艺批判，均可溯源于此种文艺的社会性与它的审美性、文艺生态的多元性与行政的一统性的根本分歧。批判者与被批判者不断地互换位置，他们彼此折磨以致精疲力竭。大多数文艺理论家终生更迭着批判者与被批判者的角色，正是这种根本性的观念的分歧与矛盾所导致的。特殊的环境造成了特殊的双重文化性格。一种是清醒地理解中国文化和文学开放与交流的必要，以及中国文学纳入世界文学格局的必要；另一种则是在高扬和强调民族性与民族特性的前提下，事实上对自己实行禁锢的趋向。

一批理论家和作家彷徨在巨大的裂谷之间，严酷的环境使他们无法进行自以为是的选择，只好听凭于一致性的召唤。于是便有了中国历史上最频繁但又是最单纯的文学潮流的更迭和涌现。文学自身并无运动，社会的和政治的需要制造着一个又一个"文学运动"。

这些名目各异的"文学运动"，均以整肃和矫正创作的异向选择为自身的目的。尽管各式各样，但均是批判运动。因而这些运动的指归不具建设性，充其量是在不断强调和维护那些已经得到确认的原则性的非艺术成分。所谓的不破不立、先破后立等原则，目的都在对于破坏性后果的强调。批判亦即破坏一切不适应于构成主潮的文学现象。许多参与了"五四"文学革命的繁荣和发展的流派、社团、作家，纷纷被判定为不革命和反革命的，小资产阶级和资产阶级的，唯美主义、为艺术而艺术和形式主义的性质的，并在文学史著作中对这种判定加以肯定。这种判定的结果，就是制造了孤立的、清一色的以及没有竞争对手的主流文学的奇观。

这些运动促进的文学思潮，极大地改变了"五四"开始的文学发展的格局。从自由而多向的汲取到自由而多向的竞争构成的中国新文学的诸种创作思想和艺术风格的辐射性展现的状态，改变为整齐划一地、自上而下地发动和开展一个又一个文学运动的线性发展状态。五四时期并无一致性的文学指导思想，也没有形成压倒一切的拥立和独尊的文学现象，只有在对抗旧文学的过程中组成的松散的文学艺术同盟。

自从具有统一的指导方针统驭的文学主潮出现，文学运动的基本表现便是"有政府"状态。这种状态的极限发展是文学成为一个统一体以及走向越来越禁锢和僵硬的过程。一个方法——现实主义，一种风格——革命风格，一个题材——重大题材，一种人物——英雄人物：这就是对于发展到"文化大革命"期间的中国文学潮流的概括性描述。很长时间内，由于我们对这一切变异的现象采取了肯定的态度，因而造成了无数的悲剧性结果。

（二）线性发展的终结

五四时期的建设和发展结束之后，中国文学便进入了线性发展的漫长阶段。这一文学潮流的行进不是采取自我调节的方式，而是采取人为组织的方式。以切合社会的现有情势的需要为动力，要求文学据此组织一个与之相应的创作环境和秩序。一旦特定的文学环境和秩序形成之后，文学的自身规律也开始潜在地运转。当艺术的规律一定程度地影响文学运动的实际时，社会性力量便出来纠正它的"偏差"和"谬误"。于是便有了一次又一次矫正这些偏离的批判运动。原有的那次运动结束了，在新的批判的基础上又开展另一次文学运动。如此首尾相接，周而复始，源源不断地呈现出一条长线。

长达十年的"文化大革命"结束以后，文学有了新的推进。人们为了描写新时期文学的繁荣，对它进行了阶段性的划分，例如伤痕文学、反思文学以及改革文学等。这种划分反映了文学发展的实际状况，并为文学史家的总结提供了方便。但这种描状多半未能揭示出它仍然在文学发展的原有轨道上滑行的性质。

政治动乱的结束以及经济改革的开始，事实上并没有要求创造出与之相适应的新的文学形态，依然是传统的文学推动力支配着当时的文学运动。因为"文化大革命"带给人以伤痕，传统的现实主义的阀门自然启动，它要求文学承担再现和反映这些实际的伤痕以控诉社会的变态；因为感到了仅仅反映伤痕的表象还不是剖析问题的实质，现实主义的机制主动要求深入揭示造成悲剧的一切动因。这便是由"伤痕"而"反思"两个阶段的顺理成章的发展。至于改革文学的提倡和号召，乃是由于中国社会对原有结构进行体制上的变革的社会的、政治的、经济的形势所需要的文学服务和文学配合。它是传统文学价值和文学观念的正常性的体现。与此相适应，对淡化实际生活和距离说、"向内转"及表现自我的指责和批判，以及关于作家的社会责任感的强调等，都是由固有的文学社会性和现实主义原则派生而出的。

不论是提倡还是抑制，目的都在于继续维护数十年来不断维护的主流思想。它是总体的文学一体化和文学规范化的努力的继续。这种继续当然对现实主义文学的发展具有切实的效果。它有力地推进了本已异化的现实主义传统的修复和扩展，这是它的积极的结果。但通过这些强调展现的威力，却提醒人们对于固有的统一化文学构架的充分警惕。

中国文学事实上很难改变它自身营建起来的秩序。不仅是行政当局，不仅是文学家和批评家，甚至是受到欣赏训练的各阶层读者群，都成了这个秩序的构成成分，他们都自觉地成为当秩序受到危害时出战的"白细胞"。

中国文学当然需要反映改革的作家和作品。但改革的中国与中国的文学改革，显然不以改革文学的出现和滋荣为自己的终端目的。中国文学改革的基本使命是纠正文化选择的历史倾斜，使之改变逆转的局势而为顺转。其目标旨在恢复时代大背景下的世界性文学交流以及各民族文学经验融汇。近观，则是对于"五四"以后出现的文学大裂谷的充填和沟通，使原已开始但迅即消匿的文学自由创造和多样竞争的格局在中国重现。

因此，几乎就在强调文学和现实保持密切联系以及强调作家的社会责任感的同时，中国文学以河流决口的气势进行了让人猝不及防的全面拓展和嬗变。在短短时间内，在已经相当凝固化的基础上出现这样空前的思想艺术、内容形式、题材风格的变异，没有与之相适应的内外的动力与助力，是完全不可能的。

若究其原因，首先仍然是对一个久远存在的巨大力量的认识，即本已相当政治化的中国文学的盛衰总受制于政治的明晦。既然造成文学衰颓的直接原因是政治的失常，则改变这一局面的基本动力只能是政治的清明与豁达。中国文学当然不会也不应忘却从结束"文化大革命"到确定改革开放这一激动人心的人文环境的巨大变动。尽管十多年来曲折坎坷，曾经痛苦并继续经受痛苦，但若离开明智的政治决策以及给创作、评论、出版的适当的自由度，我们当前所获得的一切必然无存。

当然更为本质的因素是文学自身的觉醒。文学异化的极端，不仅宣告了文学的歧途，而且造成了文学的毁灭。中国如今的几代人，不论肯定还是怀疑乃至否定当前的开放态势（也许还有极少数的人例外），就绝大多数正常的人而言，都无不憎恶和唾弃文化禁锢和文化专制。社会的大倒退惊醒了麻木温顺的灵魂，绝望的再生、废墟上的痛苦觉悟，鼓涌着一种不屈不挠的冲击力。

中国文学很难重入地狱，因为它已窥及人间的曙明。即使有再大的折磨，它也不再眷恋那一方黑暗。这就是为什么即使冒着风险，中国文学依然一往无前地朝着开放的原野奔跑。

从文学视野来看，中国人当时获得的是一个基本没有遮拦的 20 世纪世界文学的全景。19 世纪已经退居幕后。尽管它依然为中国人所潜心崇拜，但已在十年间变成了历史。21 世纪已经到来，它已成为中国人决心加以把握的文学现实。中国文学对世界不再隔膜。中国人不仅熟悉马克·吐温、惠特曼，不仅熟悉瓦雷里和卡夫卡，而且熟悉《等待戈多》《第二十二条军规》《恶心》《嚎叫》和《百年孤独》。和世界文学的广泛交流，使中国绝大多数文学很难再返回那自我幽闭的黑暗王国。它不会甘心忍受那种不可忍受的幽闭。这已成为中国文学思想解放的极大冲力，也是中国文学"后退无路"的可靠保证。

在这样的总趋势之下，中国文学之河已经奔泻到一个漫无际涯的巨川入海口的河网地带。在这里，先前的一线黄河或是被三峡锁住的长江为夺取一条通道而愤怒地奔突的情景，已经不再存在。这里的水流尽管湍急，但因舒展而显得从容；这里的气势异常雄伟，但却不是巨流夺取一条出口。先前的单一河道，已在到达大海之前消失，这里出现了一种水流入海之前最庄严的气势和情调。一部诗一样的中篇小说，多次写到了已经到达的和即将出现的动人风景。这些文字赋予我们某种暗示的启悟：

> 他看见白皑皑的雪原吞没了起伏的沙洲和纵横的河汉，在雪盖的冰土地和沼泽上，稀疏的灌木丛刺破积雪，星罗棋布地、黑斑斑地布满荒原。……开冻吧，黑龙江！他喊道，你从去年十一月就封河静止，你已经沉睡了半年时光，你在这北方神秘的冬季早已蓄足了力

量，你该醒来啦，裂开你身上白色的坚甲，炸开你首尾的万里长冰，使出你全部的魔力，把我送到下游，把我带到你的入海口吧！（张承志《北方的河》）

目标已经可见，船道自行开辟。不紧不慢，不争不抢，所有的小水流都埋头于自己的河道。它们不及他顾，只是朝着一定目标奔去。首尾相接的那条直线已经不存在了，出现了无数的线。它们以各自的姿态弯曲着、迂回着，如同诗人笔下的那些莽原和覆盖坚冰的河汊。它们彼此区别又彼此连接，构成了一个巨大的网络，但最终都向着海洋倾泻。

这就是 20 世纪末叶中国文学的自然景观。这一景观出现的时候，周围依然如同往昔，呼唤着并力图维护那种前已有之的单一主潮的文学构成。这一主潮当然也是前已有之的现实主义的、为当前政治服务的文学。改革文学的提倡最接近此种文学主潮的召唤。这自然有其不容忽视的价值，因为它是与当前社会现象以及人民利益密切关联的文学主题。但明智的看法已认识到，中国文学不会重复指令式的单线运动构成的格局。一个与文学生态相悖谬的异常时代已经成为过去。不管产生多大的痛苦，都要痛苦地面对文学巨变的现实，那就是面对这些令人眼花缭乱的文学之网。

（三）网络作为形态

获得解放的文学的发展，已不听从一体化的召唤。推动着它的是属于艺术自身的规律，不再是其他力量。是文学对自身的导引造成了文学的自由。这种局面促成了有史以来的深刻矛盾的公开化，其中：千差万别的求异性与思想艺术的一律化；为灵感驱使的创造性与教条化的领导；始终处于跃动变革的文学生态与程式化的僵硬规范；艺术变革超前意识的脱离欣赏惯性与迎合浅文化或无文化的消费对象；以文学为斗争或宣传的工具论与文学的多种功能的确认……种种现象，归根结蒂是文学观念与文学价值观的重大分歧。

对这种重大分歧最简括的综合，则是一切矛盾都将归宿到决定中国文学命运的切近现实与疏远现实（其中最重要的焦点则是现实中的政治）、文学价值的第一性与这一价值的多样性这些根本问题上。因为文学的一体化召唤的减弱和失去权威，文学家更多地是听凭艺术潮流的推涌、创造灵感的启迪以及创作个性的驱使。而且，由于一个最基本的和最重要的艺术规律即弃旧从新规律的制约，文学如同一群脱缰的野马在无边际的旷野完全杂乱无章地奔闯。这就是失控状态的文学景观的出现。

对于严受束缚的文学，这种失控是它获得自身生命的表现，因而是令人兴奋的前进。中国文学窒息过久，它一直在完全被动状态中听凭他力的驱遣，而不能支配自己。不是文学家要自己干些什么，怎么干；而是别人要文学家干什么，这样或那样干。自从主流河道消失，便出现茫茫千流，网络贯通，这一新局面令弄潮的文学家自身都感到了"六神无主"，更不用说那些忧心忡忡的人们了。

所有的文学探索者从四面八方送来了自行其是的作品，也从四面八方发出了令人瞠目的言论主张，有的简直就是向着传统的挑战。下面的文字引自马原的《哲学以外》：

> 读者和评论家问得最多的就是你什么意思……我要是说我没什么意思非难就更多：你没有意思干吗要写？你不要故弄玄虚！……你是人，人总是有情感有倾向性的，你的小说里没有是非好恶感情倾向，因此不明白你这么写是什么意思。你不会没有意思，你可以没有主题不可能没有任何意思。①

---

① 马原：《哲学以外》，载《当代作家评论》，1987（3）。

文学的传统价值观往往体现在它的"意义"和"意思"上，马原所反复饶舌的就是无意义和无意思的艺术本体。这种由有到无的转化说明了艺术观念的大错位。

当人们以异常焦虑的心情告诫作者不要躲进艺术的象牙塔而忘记人生血泪的时候，一些作家开始追寻远古的文化之根。相左的各方各有充足的道理和合理性，难以互相说服。事实上，文学很难取消它对现实社会和人们的生存状态的关心，因而现实主义的倡导至今仍有强大的吸附力和感召力。但寻根文学被理解为跑进深山老林、不问人间烟火、意在回避现实的严酷，至少是一个误解。

像这样截然相悖的文学现象在 20 世纪 80 年代的文学发展中触目皆是。刚开始人们感到不能适应，久而久之就见怪不怪。我们从千奇百怪的千差万别之中进行最大公约数的归纳，则是诸种现象的两极发展状况。这种现象的出现，是新文学产生以来最为动人，也最为引人困惑的文学奇观。

这里有壮烈的激情宣泄的方式，这里也有完全排除了情感显现甚至情绪因素的"纯冷"状态的表达。例如张洁的《爱，是不能忘记的》那种无言而又刻骨铭心的挚情，如宗璞的《鲁鲁》那样寄深爱于鱼虫鸟兽的隐衷，都是文学新时代的激情显示。再如谭甫成的《高原》，不仅开启了情节淡化的先声，而且不诉诸抒情，在缓慢的甚至是沉闷的叙说中，让大海涌起了一片高原，象征式地托起了一个孤独的但已会梦想的灵魂。邓友梅的《那五》《烟壶》《寻访"画儿韩"》以及汪曾祺的系列作品，开启了对于民俗以及小说风土化的兴趣。小说的寻根虽不同于此，但却是由此上溯的创作运行。由此构成了作为文化学的文学运动。在诗歌中，巨大如敦煌、半坡、大雁塔，微小如古陶罐碎片，都引发了诗人的纠缠不清的情绪和架构宏大建筑的愿望。

与此同时，另一种文学潮流也在推涌。这种潮流鄙薄那种对于文化现象的皈依感。他们以激愤的态度攻击文化崇拜欲，以此表现他们由积郁生发的抗议。当一些人对着大雁塔阐释和引申时，他们漠然地说："有关大雁塔，我们又能知道些什么！"典雅和崇高依然坐在文学殿堂的正中，它们地位稳固，轻易不会动摇。但中国式的"嬉皮士"已经打着金钱板向它们走来。他们由于生活的失常只好玩世不恭，因为郁积过深而启悟了荒唐感。

敏感的诗人们早已开辟了诗歌的另一种"风情"。在那里，诗美竟已消失得无影无迹，或者需要对传统的诗言情做新的诠释。总之，他们在努力以"不美"的文字传达"不美"的事象，传统的诗美观在这里断流。这里是新诗潮一位诗人的名作：

我曾正步走过广场

剃光脑袋

为了更好地寻找太阳

却在疯狂的季节里

转了向，隔着栅栏

会见那些表情冷漠的山羊

直到从盐碱地似的

白纸上看见理想

我弓起了脊背

自以为找到表达真理的

唯一方式，如同

烘烤着的鱼梦见海洋

万岁！我只他妈喊了一声

　　　　胡子就长出来了

　　　　…………（北岛《履历》）

　　《履历》是一种自我解嘲，在这种嘻嘻哈哈的背后，则是可悲经历的血泪。使人感到了唯有此种表达，才能写出特定的悲凉感，以及对于无能为力境遇的抗议。当作家感到了过于沉重的情感和情绪的负荷时，他们于是对甜蜜的描写产生一种逆反心理。他们竭力要破坏这种美好的装饰，于是在庄重和美丽的另一极出现了轻狂和丑陋。一方面有人为审美的创造竭尽心力，另一方面有人却开辟了文学的另一个潮流。他们把对丑陋的表现第一次带给了中国当代文学。我们有幸欣赏当代那些最有才能的美文家，用从古代文学、五四新文学最有成就的散文中创造的美文传统写成的光华四射的文字。如冯骥才那篇极受冰心称赞的《珍珠鸟》，那么美好的文学传达了美好的情感，歌颂了人与鸟类由信赖达成的默契。这样的文字可令心灵美丽地颤动，但是文学已把它的触角伸向了丑陋。

　　残雪的世界似乎就完整地是一个丑的世界。她的笔仿佛是哈哈镜，一切都在这里变形。她创造的是前所未有的扭曲的环境和扭曲的人物。《山上的小屋》写的是精神裂变者："我"突然顿悟，"原来父亲每天夜里变成狼群中的一只，绕着这座房子奔跑"，母亲则"一直在打主意要弄断我的胳膊，因为我开关抽屉的声音使她发狂"。这体现了文学的发展——它能以一种非常态的、非理性的方式把握生活。无疑，残雪的方式较之当年的《狂人日记》更易为灵魂曾蒙难的当代读者所理解。

　　论及文学潮流，过去一直受到歧视并基本绝迹的通俗文学的突发性繁荣，不仅是一阵冲击波，而且构成了对于纯文学或俗称的雅文学的威胁。一方面，是文学迅速地高雅化。诗歌的贵族倾向已是明显的事实，许多作品和理论已发展到令受过高等教育的读者大伤脑筋的地步。另一方面，则是形形色色的书刊迅速市民化，从金庸热到琼瑶热，外界的影响直接促进了本土的繁盛。过去大谈普及化而未能达到，如今不用号召却已超过。继20世纪30年代大繁荣之后，在40年代国统区留有余响但业已基本绝迹的通俗文学的骤兴，正是文学恢复它的各种功能以及文学市场对于创作制约的事实。这当然是在文学不再是他物，而只能是它本身的巨变发生以后才能出现的现象。

（四）文学魔鞋的旋舞

中国文学不再从单一渠道取得它的素材。这个渠道是社会，认为生活是文学的唯一源泉，文学家不能也不应须臾稍远离这一母乳之源。由于社会的政治化，在很长时间内，文学的素材也因而迅速政治化，为政治服务是文学的基本职责。如前所述，这造成了文学的畸形发展。这一发展的最大后果，就是文学的失落。

这一情况业已消失。文学为求得生存和发展而无所羁束地冲突。在错综复杂的探索试验中，它改变过去的单一选择为多种选择。文学不仅从社会的政治途径取得材料，而且从各式各样的途径和层次、以多种方式取得材料和表现的手段。哲学对文学的影响变得极为明显，尼采和叔本华、海德格尔、萨特以及弗洛伊德的学说，使文学蒙上了多种哲学的光照。由此也派生出了以感觉和潜意识的心理描写为特点的创作实践。人对于生命的认识、人生的荒诞感和悲剧感，无疑受到了特定哲学的影响。性意识在文学中的表现，使文学的范畴得到拓展。由于对文化的重视，形成了作为文化的文学特性，民俗学、人类学、社会学、文学对语言学的研究，凡此等等，令人目不暇接。

自有文学历史以来，从来也没有如同当代作家这样在创作上的随心所欲。他们一旦发现了自己，便如穿上魔鞋的舞女，一发不可停止地疯狂旋转。各种各样的文学探索可以说是在不再犹豫的状态中，勇猛地创新和探险。由于刊物众多，为求生存而需要吸引名家名作以及别出心裁的创新，于是探索和试验便成为这种创新求异的必然途径和手段。作家不断推出各种各样的风格和题材的作品。他们不断地变换表达的方式，丰富自己的风格。他们玩魔术似的迷惑读者，让读者在人群中认不出过去的他们。

王蒙和张洁、茹志鹃和宗璞都是这样的魔术师。王蒙从《组织部新来的青年人》到《海的梦》，再到《活动变人形》，以及他突然变成诗人，而且以组诗《西藏的遐想》获得诗歌古邦意大利的蒙德罗国际文学特别奖，他的变幻莫测的艺术实践典型地概括了中国文学潮流自由而多变的无定向发展的模式。

把张洁给人最初印象的处女作《从森林里来的孩子》的那种清丽而充满人情味的风格，对比《方舟》以及《他有什么病？》的带有扼制不了的激愤的爆发，是很有意味的。例如下面这段文字（描写的是等候飞机起飞的胡立川眼中的中国人）：

> 一百几十张面孔相似得难以区分。个个似听非听，似看非看，似睡非睡，似醒非醒，这种麻木的状况，即使恐怖分子扔颗炸弹，也不会有所改变……一百几十张面孔，没有一张因飞机不按时起飞显示出过烦躁、焦急、疑虑、气愤……胡立川想，如果这一百几十个人生病，恐怕也只能生同一种病。

另一段是关于中国人精密的愚蠢：

> 问题之所以简单，是因为经过区、市各级医院的检查，丁小丽的

处女膜，仍旧安然地长在该长的地方。这说明新婚之夜，她丈夫压根儿没把她怎么着。如此这般，丁小丽又值钱了；如此这般，丁小丽又从小淫妇，变成了节妇烈女；如此这般，她丈夫又从法庭撤回了离婚起诉；如此这般，丁小丽的丈夫又爱丁小丽了。（张洁《他有什么病？》）

再与她产生广泛影响的《沉重的翅膀》加以对比，便可以看出这位外表文静雍容的女作家创作思想的多样而复杂。

宗璞的生活圈是北京的高层文化界，她一贯地显示着一种大家闺秀的风范。自从《红豆》一篇奠定了她的艺术个性，人们原以为她将循着这条路一径走去。《我是谁》《废墟的召唤》已令人骇奇，但《泥沼中的头颅》却又摆脱了《我是谁》那种拘泥于写实的、荒诞的"放大小脚"的幼稚感而体现出某种"地道"的成熟感。读来沉闷滞涩，正是它的老练圆正之处。她以象征的笔触暗示生活也包括自身的"泥糊"情状。这里是混浊的一片，泥沼吞噬一切，什么都黏糊着，不做清晰的判断。这里和那里，此物与彼物互相纠结着，这种阴森的氛围给人以压迫感。

至于谌容，她的现实主义创作素质是稳定的，但一些作品如《减去十岁》《大公鸡悲喜剧》等也有着艺术新潮的影子。

各种艺术实践都在寻找自己的位置。它们确定自身的流向或笔直或弯曲或迂回，但又彼此汇流和渗透。在这个时代，各个艺术个体不再过虑自身的安全。的确存在不安全的因素，但粗暴吞噬或取消的可能性已减弱到极低程度。在这个开放的艺术世界里，我就是我，你就是你，但又是相互制约的和彼此影响的。这是一个我中有你和你中有我的世界。

因为置身于一个开放的时代，要继续实行禁锢和自我幽闭是不可能的。互相影响甚至无情淘汰，将是这里的正常秩序。对话变得困难了，因为自由的艺术家更相信自己的追求，再也不祈求其他力量的庇护。所有的艺术都处于抛掷状态。这里的秩序是恒动的，而不是恒静的。混乱和失控把"正统"的艺术家和批评家弄得神志恍惚，莫衷一是，哀叹人心不古，走火入魔。

但深受中国文学的僵顽规范之苦的人们，都从当前这种"杂乱无章"的状态中看到了新生命的跃动。一条代表主流的河道消失了，却出现了叶脉般伸展和充盈的血管网络。在这种自由的搏动之中，文学肌体进行着最广泛的新陈代谢。有识之士无不为这种"失控"而兴奋。这是挣脱，是期待，更是获得。

（五）"混乱"的价值

中国文学艺术的标准化现象，是第二次浪潮在中国文学中的超前实现的特殊现象。未来学中定义的第二次浪潮，世界性工业文学标准化是其一个重要特征。不管人们怎样议论，前进中的第二次浪潮的思想家们，明确地坚信标准化是有效率的。因此在许多方面，第二次浪潮通过无情地运用标准化原则，把千差万别的东西统统都拉平了。基于中国社会发展缓慢的现实，中国工业生产和社会机制的标准化现象与发达的资本主义社会所达到的标准化现象相距甚远。但中国文学艺术却由于自身的特殊机遇而奇迹般地造出了精神生产的标准化产物。

觉醒的中国一开始便以结束此种非正常状态为目标。文学实践中以对原有大一统的文学格局的怀疑为先导，终于获得了一个当今这样失去秩序的文学环境。这是不再按照指令的意图发展的文学。尽管强大的传统力量仍然要求它应当如何，但文学显然只听命于自身。作家和艺术家的自由创作的心态可能就是最可怕的魔鬼。一旦乱花迷眼，他便心猿意马，难得再禅心如水。

况且当时的中国文学又是这样一个无情的竞技场。墨守成规而不图精进的，注定要被淘汰。在这样生命攸关的环境中求生存，无形的力驱使每个作家甘心充当艺术的探险者。于是，不用传统的号召或发动的方式，艺术自身的规律便导致了空前规模创作的涌动。看不到过去那种秩序井然、前后有序的"常态"，这里体现出不顾一切的超前性竞争。每个竞技者使出全部才智，思谋如何出奇制胜地赢得读者和舆论。对于题材的开掘、表现的方法、艺术的风格，每个人都有了一种空前的自觉，那就是不仅不重复自己，而且要震惊他人。于是不仅出现了新题材的开掘、新体式的试验、新趣味的刺激，不仅造成了主题的模糊和无主题，而且造成了文体的混淆和渗透。最大胆的创新和最惊人的混乱造成了中国新时期文学的最动人的风景。

这是一个否定偶像因而也失去偶像的文学时代；这是一个怀疑权威因而也无视权威的文学时代；这又是一个不承认既有秩序，因此失去秩序的文学时代。所有的文学参与者都有一个自以为是的文学信念，他们匆匆往前赶去而不再左顾右盼。艺术家的独立性和"狂妄"的艺术自信构成了一个自以为是的新秩序：无序化、动态结构、多元体系。

这一新秩序首先要论及的因素便是无序化。那种为一个统一的秩序所策动的文学秩序已成隔世。甚至新时期出现的，由一篇名作或一个名家的出现而立即造成一种轰动从而竞相模仿的情况，也成了昨日。文学不再由哪一个人或哪一篇作品划分阶段。可以说，文学已失去了明确的阶段划分。结束动乱之后的文学初潮，大体上还能从伤痕、反思等惯性滑行的文学现象中得到阶段性的说明，但谁又能说得清当前是什么文学阶段，是什么样的文学主流？批判"淡化"和"向内转"，但它们并不因而消失；提倡"贴紧"和"深化"，但它们也无力再造统一的主流现象。

这倒有点像戏剧散场后的观众，其间出现的无先后、无排列和非组织，便是散场剧场的次序。众人总是一径匆匆走出，又匆匆投入屋外的人流。也许人们也有模仿，但很难承认这种模仿；也许人们都在创新，但不好遽然判断为成功。这里有一股气氛足以感动所有的人，即不论这种艺术探索其为成功或不成功，它都有属于自己的权利和位置。尽管事实上仍然存在着文学艺术的某些模式，但人们似乎厌倦了对主流模式的肯定。每个人都在选择自己的起跑线。这个竞技场不再只有一条跑道，而是有众多的跑道。姿势和速度、规则和标准也没有统一的规定。

文学理论批评的发展也是如此，初期为配合全社会拨乱反正的历史社会学的批评家为文艺的拨乱反正做了大量的工作。对这情景略加溯源，便可寻到它的发展踪迹。首先是在大一统的和高度僵硬的文学现象中，"文化大革命"大批判运动着意于归纳出与这种大一统的教条规范不一致的文艺"黑八论"。"文化大革命"中的批判"黑八论"运动起了强化统一的作用。动乱结束之后的调整，则主要着眼于社会政治的意图而对文艺自身的规律无暇顾及。

批判的批判过去之后，文学理论批评除了号召和发动对政治和准政治的批判、"讨论"、运动之外，同样开始了较之创作实践毫不逊色的文学批评的反规范运动。原先的批评模式——那种以非艺术批评因素为主要特征的批评模式受到了冷落。所谓的文学批评"方法热"，指的是重新学习并热心引进若干不同于传统批评模式的批评方法，如从系统论、信息论、控制论等引进的批评方法等。一批富有锐气的批评家从事和支持了这一理论批评创新的举动。

新时期文艺科学方法论的变革，大体上经历着几个层次构成的内容：首先是引进和借鉴现代西方各流派批评方法，以改变当时中国文学批评的贫乏、僵硬与单调。一时间，关于心理批评、原型批评、形式主义批评、语义学派批评、结构主义批评、接受美学批评、比较文学批评等的介绍和实践盛极一时。另一个突出的现象是，取法自然科学概念和方法，为拓展文艺批评开辟了新途径。通过其他学科的渗透来改革文艺批评的素质，这为开放的文学批评体系的建立做出了贡献。再一个努力就是运用系统科学方法论，促进文艺思维方式的革命。

文学批评在经历了短期的对于文化专制主义的清理和批判调整之后，立即开始了新中国成立后近半个世纪以来绝无仅有的批评大繁荣。不同年龄层次和不同观念、不同方法层次的批评家共同创造了这个繁荣，它为无序化开放的中国文学提供了新的内涵。

无序化是对新时期文学的横向描述。而对中国文学总体把握中动态结构的归纳，则是一种纵向考察的结果。曾经长时间凝固和停滞的中国文学，仅仅是因为挣脱了禁锢而获得自由，受到魔力似的迅速旋转起来。文学的实践以异常的速度更迭着。一两年前还是超乎人们接受能力的艺术实践，顷刻间变成了被挑战和超越的对象。

朦胧诗运动中的先驱者一个一个变成了传统。曾经呼唤人们理解的舒婷，已经从难以理解的"古怪"变成了谁都能够理解和接受的"古典"。北岛面对着的是一批又一批怒气冲冲的后来者，大家在感叹自己前进的路被挡住了。舒婷还是温婉的，她对那些立志要超过她的年轻人说："对于年轻的挑战者，我要说，你已经告诉我们，你将要做什么；那么让我们看看，你做了什么。"（舒婷《潮水已经漫到脚下》）

诗歌界的艺术更迭最迅速，人们还来不及适应朦胧诗造成的诗歌观念和诗歌审美习惯的大冲击，它已变成了即将过去和已经过去的艺术时代。新生代正在雄心勃勃地向着北岛、舒婷挑战，使得他们不得不以年长一代的身份和更新的一代人对话。在小说界，同样存在着激动人心的场面和情景。从王蒙引用意识流的手法开始，到在"清除精神污染"运动中因《在同一地平线上》等作品而受到批判的张辛欣的创作意向，正当人们为他们作品中的"现代派侵入"而大惊小怪的时候，创作界几乎是以小跑步的姿态接受了刘索拉、徐星和残雪的三人旋风的冲击。

人们终于从残雪的作品中看到了真正的现代主义的鬼影。对比以前对着那些作品的怪叫，未免为自己的过敏反应感到赧然。批评界也被这种艺术的快速更迭提高了胃口。他们不满意同代人的自我重复，希望看到作家们"穿着红舞鞋"不停地魔舞。作家面对那些贪得无厌的刊物和编辑，处心积虑地多产多销。但是他们难免因高产而自我重复。艺术的急剧变动带来了普遍的危机感，这种危机感更大地刺激了艺术的嬗变，而这就呼唤着良性循环的艺术生态的形成。

上述纵横两个方向的综合考察，使我们有可能窥见新时期中国文学艺术变革的立体交叉的全景。中国文学在急匆匆的演变中失去了过去我们熟悉的格局。我们的文学不再是单一的文学。尽管现实主义依然拥有强大的实力，但人们已不再承认现实主义为唯一的文学潮流。即使从创作方法的摒弃单一选择的结果来考察，从现实主义、浪漫主义、现代主义、象征主义到魔幻现实主义、黑色幽默、超现实主义等的一时呈现来看，就已是一种多元文学的规模。

中国文学由于它的历史悠久和传统深厚，在诗歌、散文、戏剧、小说等各个门类都保留有生动丰富的"活化石"。古典的传统影响依然存在。借鉴古典诗歌写作的现代旧体诗、民歌体新诗以及大量的戏曲艺术作品、章回小说等，都是这一传统的延续和发展。五四新文学革命的成果在这里体现了中国文学的新传统。其间又划分为解放区的文学传统和大后方的文学传统。这两方面的文学分支都各自拥有实力雄厚的作家群，以及相当深远的影响。

上述三个方面构成了中国中年以上作家的不同层次。再加上 20 世纪

80 年代形成的受到西方现代主义和后现代主义影响的、以变革创新为主要特征的创作实体，中国文学艺术已经成为世界上最丰富、最全备的艺术博物馆。由于中国特殊的历史背景和文学经历，它以短短十年的无拘束延展，集中展示出极自由的择取性。它创造了奇迹，即把全世界文学历史做一种神奇的处理。驱遣一切的艺术方法和艺术风格，不论是写实的、抒情的、象征的、讽喻的、幻觉的、心理的……统统来到东方这个最古老也最年轻的国家集中，从而构筑起了纷繁多彩的多元文学殿堂。

高知识层的人们可以从中获得精深和现代的精神享受；最缺乏文化的那部分劳动者，有为数众多的通俗文学提供需要的满足；青年知识分子和青年工人，也能够在公共出版物和自己采取的方式中获取他们的需求。中国新时期文学如同中国那时的经济一样，原先的僵硬的统一石块已经解体，它体现出清晰的层次感。一个统一的读者市场已宣告解体。现在不是市场规定读者，而是读者要求市场。中国新的读者构成呼唤的是多层次的、多元的文学体系，这个体系已经在疑虑重重的公众视界中涌现。

无序化、动态结构和多元体系，三者组构而形成了新时期文学艺术失控的混乱。如同布瓦洛说的，这是美丽的混乱。所有的人都应当学会适应这种由多样选择和自由竞争构成的新秩序，并学会互相宽容。这是一种毋庸置疑的合理，不论你是否愿意承认。不然，你的痛苦将是永恒的。

一个统一的太阳已经破碎。这些碎片在天空中美丽而自信地旋转。这些闪闪发光的星体认定自身是一个又一个崭新的太阳。中国文学的天空，如今显得空前富有，不是一个太阳，而是千万个太阳在照耀、闪光、旋舞！

十一　不作宣告的革命

（一）比较：历史的追溯

在中国新文学的历史上，"五四"那一场文学革命不仅是轰轰烈烈的，而且以它的明确而大胆的主张留给后人以深刻的印象。一批勇敢的叛逆者，为着改造旧文化和旧文学而奋起呼吁奔走。那时的文化革命及文学革命的火种自西方引来。高扬现代文明精神以反抗中国的封建文化和封建文学，成为当时明确的目标。

1915 年，陈独秀发表于《青年杂志》第一卷第一号的《法兰西人与近世文明》，表现了对于东方文明审慎的批判态度，而对以法兰西为代表的西方文明则加以热情的肯定。他认为代表东方文明的印度和中国文化"其质量举未能脱古代文明之窠臼，名为近世，其实犹古之遗者"。而他所谓的近世文明即我们现今讲的现代文明"乃欧罗巴人之所独有，即西洋文明也，亦谓之欧罗巴文明"。陈独秀认为由人权说、生物进化论以及社会主义组成的近世文明"最足以变古之道，而使人心社会划然一新"。同期

《青年杂志》还刊登了汪叔潜的《新旧问题》，文章认为今日之弊在于"新旧之旗帜未能鲜明"。他的所谓新，就是外来的西洋文化；所谓旧，就是中国固有之文化。新文化尊重自由，反对专制，主张宪政，与旧文化无折中调和之可能。"新旧之不能相容，更甚于水火冰炭之不能相入"。

新文学革命把它的奋斗目标集中在两个重大的问题上。第一是文学工具革新的"活的文学"的争取。胡适等人力主以白话代替文言，认定将来的白话文学必为中国文学的正宗：与其用三千年前之死字，不如用 20 世纪之活字。文学运载工具的革命在中国文学史上的意义是空前的。先行者基于一种文学的历史进化观开展的用白话文代替古文正统的变革，胡适对此有一段相当痛快的描述：

> 使那"宇宙古今之至美"从那七层宝座上倒撞下来，变成了"选学妖孽，桐城谬种"！从"正宗"变成了"谬种"，从"宇宙古今之至美"变成了"妖魔""妖孽"，这是我们的"哥白尼革命"。①

第二个目标便是进行文学内容的革命——"人的文学"的争取。周作人发表于《新青年》第五卷第六号的《人的文学》被认为是当时文学内容革命的一篇"最平实伟大的宣言"。周作人提出："我们现在应该提倡的新文学，简单的说一句，是'人的文学'。应该排斥的，便是反对的非人的文学。"这不仅与旧文学加以截然的划分，而且也与新文学运动的一般涉及社会人生的主题相比有了质的提高。周作人旗帜鲜明地提出排斥的十类非人的文学中就有《西游记》《水浒传》《七侠五义》诸书。他为此做出的结论是非常动人的："还须绍介译述外国的著作，扩大读者的精神，眼里

---

① 胡适：《中国新文学大系·建设理论集·导言》。

看见了世界的人类，养成人的道德，实现人的生活。"

胡适针对五四初期的文学革命的最具实质性的内容，对这场革命的价值做出了概括。他的概括突出了对那一场划别古今，并把中国新文学运动导向世界格局的革命的性质加以肯定的判断：

> 《新青年》的一班朋友在当年提倡这种淡薄平实的"个人主义的人间本位"，也颇能引起一班青年男女向上的热情，造成一个可以称为"个人解放"的时代。然而当我们提倡那种思想的时候，人类正从一个"非人的"血战里逃出来，世界正在起一种激烈的变化。在这个激烈的变化里，许多制度与思想又都得经过一种"重新估价"。①

从以上叙述中可以看到"五四"那一代人那种开辟文学新时代的革命精神。他们要求于文学的，是一种以最新的思想和观念对以往的文学做一番决断的清算。用革命的方式批判旧的，创造新的。他们把中国传统文化和旧文学放置在一个已经获得世界性视野的参照中，决定一种旧价值的弃置和新价值的确认。这是一个以鲜明的态度、果决的精神弃旧图新的文学时代。它的创造精神，从创造社的诗宣言中可以得到概括：

> 我幻想着首出的人神，
> 我幻想着开辟天地的盘古。
> 他是创造的精神，
> 他是产生的痛苦，
> ……………

---

① 胡适：《中国新文学大系·建设理论集·导言》。

我要高赞这最初的婴儿，

我要高赞这开辟鸿荒的大我。（郭沫若《创造者》）

当时的诸多因素决定了这批创造者的前无古人的气概和精神。他们把自己想象成创造新世界的人或神。他们感到了自身担负着沉重的创造使命以及诞生新事物的痛苦。一个基本事实就是当时的文学不仅工具的陈旧不能适应时代的发展，而且文学内容的陈旧和没落也亟待一个新的变革。这样的事实决定了形势、位置以及方式。完全的时代悖谬造成了人们对于旧文化和旧文学的不妥协的对抗态度。这是一种没有退路的决战。它需要的是一种断然的宣告和果敢的行动。这就造成了当年那种革命性的发动和发展。在中国文学的发展史上，像这样的文学革命，即完全以新的取代旧的，不仅从形式上而且更从内容上毫不妥协地抗争的变革，罕有可堪比拟的。

（二）和平的方式——修复和肯定

"文化大革命"结束后，中国文学的十年和平发展，在整个新文学运动中具有一种特殊的性质。从总体上说，它是新文学运动内部形成的一个阶段。中国新文学的质，在这个特殊阶段里，保持了它的延续性。当初提出的任务依然有待承继和完成。尽管前此阶段有了相当程度的疏离并造成断裂，但这恰好证明当前阶段的任务不是另建体系，而是一种对于已有和曾有的文学的重新肯定。修复这种历史性变异的断裂，成为和五四新文学革命保持延续性和承继性的合理纽带。这就决定了当时中国文学的根本使命是匡正偏离之后的发展，而不是任何新方向的取代。

但考虑中国文学问题，又必须不脱离对社会和文学实有状态的考察。

历史的事实决定了一种必要的严峻的态度。正如在以前各章谈到的，由于中国当代社会的诸多实际的因素，文学在进入 20 世纪 40 年代至 "文化大革命" 结束，产生了一次长时期的 "滑坡" 现象。渐渐加剧的 "泥石流" 造成的崩塌，使文学有了大的变异。其中一个显著的特点是文学运动以及文学结构的变异。文学运动由一种原先的自由调节的状态进入了一种行政指令的状态。这种状态最具特色的表征，是以非此即彼的选择原则的线性发展，代替了网络的并存与互渗的交错状态；文学结构则由明显的多元结构退化为单一的结构。

"五四" 后不到十年，多种风格流派并峙的局面逐渐消隐。伴随文学意识的革命化而来的，是现实主义地位的特殊化。由于与意识形态的提倡相联系，各种名目的 "现实主义" 成为中国现代文学的受到特别看待甚至是唯一提倡的一种创作思想和创作方法。进入 20 世纪 50 年代以后，文学风格和艺术方式的贫困化与此不无关系。

单一提倡和文学严重政治化的结果，造出了一个空前的文学规范。这种规范不说明文学的繁荣和充满活力，恰好说明它的僵硬和对于丰富人生和复杂情感的不适应。僵硬的公式造出的最大文学奇观，便是文学语言形象的假、大、空。无限丰富的中外古今文学传统受到了宣判、驱逐和否定。文学的无限可能性蜕变为全中国数亿人只能享受几个 "样板戏"。事实提供了最充足的理由，说明文学现状的不合理。更为严重的是文学内容的严重异化。长期粗暴批判文学的人学属性，无端地排斥人性和人道对于文学内涵的充实。尤其是对于人在文学中的鲜活而自在的生存状态的教条规定，包括对题材、处理情感以及情调的刻板而琐屑的指定。甚至在对于 "样板" 作品的移植和模仿中，举手、投足都不允许 "走样"。把作品中的人物无限制地英雄化的结果，只能是作为人的变态的超人和神的普及。

中国文学已经无出路可走，也无退路可寻。由于至少长达十年的大批判和大规模焚书，在这场浩劫中，几乎一切人类优秀的文化遗产都被打上了"金印"。它们成了原罪的象征。历史上的遗留既已被人为地"消灭"，现有的一切不仅极为贫乏而且又迅速地模式化。这些事实已为人们所共识，原因也无须细说。一件事情的极端，往往是另一件事情的开始。中国文学仿佛是受了重伤的巨兽，它失去了昔日的威风，躺在血泊之中抽搐，它期待着灭亡之中的奇迹般再生。

一切仿佛是冥冥之中的安排，终于出现了一个扭转局势的契机。1976年宣告了一个封闭和禁锢时代的结束，同时也宣告了一个开放和流通时代的开始。中国文学慢慢地打开了全部的窗子。它在惊异于世界的陌生的同时，也对自己陌生了起来。书禁的陆续开放，翻译作品的日益增多，国际文化交往的频繁，宣告了原有的状态的不可继续。中国人这时方才感到文化噩梦的不可思议，先是怀疑，继而否定了这种非正常状态。中国文学开始发生动荡。动荡是从对于已有状态的怀疑和否定开始的。但一种强有力的参照系的出现，却是这一文学变革的最直接的催化剂。要是没有获得最直接的对于世界文学现状的认识，要是没有外界提供的这种强刺激，中国的文学变革可能还要推迟很长的时间。

以上的分析说明，走向极端和绝路的文学的觉醒，有力地证明了文学的革命性变革是一种无可选择的必然。而社会开放带来的外界的参照，更刺激了这种变革的坚定性。

（三）建设的内涵

由于这一场革命是震惊于五四文学传统的严重断裂，故以恢复断裂和恢复新文学传统为自己使命的革命性质是建设的。它当然也包含了破坏，但破坏的是那些改变了文学革命性质的消极成分。如上所述，纠正文学的变异和摆脱文学的沉沦，决定了新的一次文学革命是一种必然。但如下几点基本目标却决定了这场革命的和平性质：第一，新的文学革命旨在改变文学在以往的被歪曲和扭变，它的目的是中国文学优良传统的修复、发扬和发展。第二，中国觉察了文学老化现象，它亟待注入现代精神以实行文学的现代更新，中国文学新的一场革命旨在用这种建设性的现代意识的充实和更新，为争取中国文学加入世界走出切实的第一步。第三，中国新文学原是对于封建主义的旧文学革命的产物。这个文学的性质后来逐渐产生了变化，革命文学终于成为一种受到人为扭曲的形态，如今是由此再回到文学革命。这一次新的文学革命对于原有的文学，当然不意味着某种轮回，而是匡正谬误之后的革命性进展。

以上数端建设性的内涵给予这场新的文学革命以和平的性质。因为有了文学的异化，于是才有对异化施以匡复的努力。匡复决定了这次革命的非破坏性。和平方式的采取乃是由于事实性质的决定。

这次新的文学革命同样地受到了时代的驱策。要是没有气势宏大的思想解放运动，要是没有对于社会异化的全面拨乱反正，文学的革命性变化也就不会以如此突进的姿态发生和进展。社会变革的建设性决定了文学变革的建设性。从性质到方式，文学运动无不受到社会运动的制约。

新时期的文学运动并没有一个预定的目标、策略、步骤和方法。它是社会发展的"跟随现象"。如同全社会的变革和进步带有极大的实践性一样，文学的变革也带有极大的实践性。它的最鲜明的特点是不作宣告地默默地运动，以自然形成的一个又一个的文学变革的实绩，证实这一运动的存在。1976年那一次给中国社会带来生机的政治变动，也给中国文学带来了复兴。

这个新的中国文艺复兴，已显示出它的极大的革命性。而这种革命是以不事声张的方式进行的。它的建设性实绩体现在两点上。首先，以批判方式对文学创作和文学理论批评的变质进行纠正。这是一种对于谬误的拨乱反正的实践，这一实践对于扭转原有的文学恶性发展起了根本作用，从而为中国文学从废墟中的新生打下了基础。

其次，对中国革命文学传统，特别是从《在延安文艺座谈会上的讲话》开始的那个为工农兵服务的大众化文学传统进行了有效的修复。这个修复的全过程我们称之为文学的惯性运动阶段。这一阶段的基本任务在于对已有的文学实践进行一番历史性的还原和择取。经过这一次选择，对自20世纪40年代以来的文学指导方针和文学创作、批评的实绩做了一次鉴定，主要是对极左路线做了否定。这一文学运动特殊阶段的最大功效，是对现实主义精神作为传统的恢复、发展和深化。文学重新确认了对时代和人民的忠实，对社会生活的忠实。以真诚的态度说真话，是惯性运动时期的鲜明旗帜。

而最为重要的事实却发生在惯性运动结束之后（大约是1978年底）。文学由于思想解放运动（主要体现为现代迷信受到怀疑和否定）的启示和诱发，而默默地进行着划时代的进步和发展。这一发展可分为两个方面加以描述：一方面是禁锢解除之后，文学的自由本性得到了恢复。听凭创作激情和公民使命感的驱使，文学行进在布满地雷的禁地上，一步一步地审慎前进。随着各种创作禁区被跨越，文学也就自然地划分为各种各样的创作阶段。最明显的是由伤痕文学、反思文学，再到改革文学的线性演进。其间虽夹杂有试图做某种突进但受阻而未能奏效的实践，如《假如我是真的》所代表的对于社会阴暗面的控诉、《苦恋》所代表的对于现代迷信的批判以及《将军，不能这样做》所代表的对于特权主义的揭露等，但即使如此，文学发展的事实也足以说明它无可辩驳的前进。

另一方面则是对于规范化束缚的反抗，它的反传统、反权威、反依附的努力为自身争取到了空前的自由度。这个争取导致线性发展的终结。文学反思阶段以后，事实上开始了一个无序状态的发展过程。这个阶段的文学受制于文学竞争的规律，而摆脱了行政指令的运动状态。它的基本形态是网络结构的出现和多元体系的确立。

从此，中国文学开始形成了文学自身运动的格局。这是这一场不作宣告的文学革命的最主要的成果。它不仅导致了文学生态的根本变化，即自由竞争代替了行政指令，多元建构代替了单一格局，自然调节代替了人为取代；而且还导致了文学对所有地域空间的无所不在的占领。它支持了文学无禁区的趋向。更重要的则是对于文学观念的重新建立和重新审视，这突出表现在传统的文学价值观和功能体系的否定后果上。

（四）选择是这里的上帝

我们把这一场悄悄进行的文学革命，称为文学的"绿色革命"。绿色革命是一种比喻性的借用。这一词语原先是用来说明农业上的变革运动的。20 世纪 60 年代针对水稻、玉米等农作物倒伏、不耐肥、产量低等问题，利用矮化基因材料育成该类作物的矮秆、耐肥、高产品种。这一科研成果使相当多的缺粮国家实现了粮食自给。这一革命性措施被称为农业上的绿色革命。

借用这一词语的用意，在于暗示这一场关于中国文学艺术的革命的和平性质。绿色相对于红色而言，是非暴力、非强制性的象征。它是绿色的，但又是革命的。它改变了以往的革命含义。以往的文学革命运动，除了"五四"那一次以外，其基本形态都带有使文学离开自身的倾向，使文学更加明确地成为阶级、政治的从属，从而成为特定阶层的利益和意识形态的替身。仿佛唯有充分体现它所寄生的主体的价值，寄生体才有价值。绿色革命唤回了文学的自我灵魂，它使文学回到自身，成为自行选择的自然的体现。它可以为别物服务，也可以只表现自身，但艺术规律的制约在这里已成为无可替代也无所匹敌的力量。文学在自身土壤上吸取养分，自由地塑造自己。这是一种绿色的生态环境和绿色的生命状态。

这一革命之所以是绿色的，还在于它不以人为的方式对文学世界进行淘汰和扶植。中国文学在相当一段时间里实行的是一种非此即彼的生存法则。一种新的文学现象的出现，意味着其他一种或几种文学现象的人为消失。这种生态环境造成了恶性循环，即它的"单性繁殖"不可能出现新的转机。

20世纪80年代的文学变革，旨在建立一种新的秩序。这种秩序承认各自的价值，建立一种和平共存的多元并立的环境。以这次革命作为起点，中国文学不再以行政的方式取消什么和建立什么，文学的自在消长状态将促成文学的长期繁荣。中国文学艺术首先在诗歌领域创造了这样的存在。现今的中国诗歌已呈现出世界上最丰富的"诗歌博物馆"的状况：从最古老的诗歌形式到最新潮的诗歌形式，从最正统的诗歌观念到最激进的诗歌观念，都在中国"诗歌博物馆"中同时展出。其他文学艺术品种也陆续仿效诗歌。这里存在竞争，也有淘汰，但竞争和淘汰都是和平的，基本上采取了自然调节的方式进行。

在这个生存环境中，文学将排除暴力强制性。一个竞技场上的失败者，将自行退出竞赛。他要是不甘永远充当被遗弃的角色，就会以更加急剧的艺术变革重新加入角逐。读者市场是竞技场，而欣赏者和舆论的选择是这里的上帝。

（五）全面展开的实验性

中国文学界流行探索的观念是新时期的事。诗歌最早实行了探索。

"朦胧诗"的出现曾被支持者称为"崛起",又被反对者称为"癌症"。同是一物,毁誉交加。但它的名称"朦胧诗",却由明显的否定嘲讽意味转而成为肯定的意思。这一广泛深刻的探索获得成功,是诗歌以绿色的方式(尽管伴随它生成的曾有过危险的政治干预的意图)进行革命性发展实验的成功。1980年创立的诗歌理论刊物,干脆名为《诗探索》。随后有上海文艺出版社的《探索诗集》,又有春风文艺出版社的《中国当代实验诗选》,都证明了这种实验的大胆而隐秘的存在。

悄悄地探索和实验,在实验的基础上推出一些或众多的诗风和流派,而后引起一番震惊和骚动。这种骚动是由于不能适应和不可容忍。经过一番情绪激动的论辩甚至攻击,直到双方都疲惫不堪,无力再战,于是不再论战。过了一段时间后,那些情绪激烈的,看看他周围竟然有那么些支持者,于是心境变得平和起来,进而以直接的或间接的方式肯定并接受了他原先反对的。这就是异端的侵入与加入。中国新时期文学有极大的胃容量,它起初不断地抗拒这种"异物",继而无可奈何地接受了它。这是一个其大无比的"异端收容所"和"异端改造所"。不断推出的文学和艺术的"异端",又不断地被吸取和消化。这就悄悄地充实并改造了中国的现有文学格局。这是以和平的方式进行的文学艺术革命。

在20世纪80年代的中国文学艺术界,这种探索和实验正在无所遮拦地全面地展开。不再单单是诗歌一类——诗在中国当时的文艺变革的功绩已被历史记取。中国新文学的革命中,凡是涉及重要的转折关头,几乎总是由诗做出勇敢的贡献——"五四"的白话诗血战,"天安门诗歌"点燃的火种以及引发的政治爆炸,朦胧诗运动宣告了文学绿色革命的开始——而后是各式各样的文学艺术的加入。

在文学中,除诗以外最引人注意的是小说。小说自王蒙悄悄发难,到张辛欣初步传达现代人的意识,随后有刘索拉、徐星等的大胆实践。他们每一位迈开的陌生的一步，无一例外地都伴随着习惯势力的谴责。到了刘索拉的《你别无选择》和徐星的《无主题变奏》，谴责追踪而至。一篇指责《无主题变奏》的文章，抨击了它的荒谬感和多余人的形象。这篇文章最后告诫作家："历史在召唤各式各样英雄主义的献身精神和崇高情感。愿我们的作家正视自己的道义责任吧。"由这些措辞可见一种"不动声色"的，同时又是"语重心长"的谴责之情。

但中国文学显然已做好充分准备，在这样一次又一次的不能适应中进行一次又一次的适应。残雪的出现并没有引起更大的情绪骚动，便说明了中国传统的适应能力已大为加强，说明了这种悄悄地加入并悄悄地包容达到了一个相当宏大的程度。探索和实验已把它的能量扩展到了更为宽泛的领域。

美术界的变革几乎不是以"悄悄"的方式进行的。延续数年的新潮美术的冲击，已吸引了众多人的注意。明智的人士提醒人们注意它的积极意义："他们希望用艺术的手段参与社会的变革，推动社会的进步；想创造出一种 20 世纪 80 年代的有世界意义的绘画来，用他们自己的话来说，想超越现代派，使中国的绘画走向世界，为世界所注目，所承认；想冲破旧框框，打破旧模式建立有活力的美术表现体系。"① 在音乐界，青年作曲家以及不断涌现出的流行音乐，正在以不同于传统的方式吸引越来越多的倾心爱好者。程琳曾被排斥，但排斥似乎造成了更大的引力。《让世界充满爱》这样的音乐方式能够得到喜爱和流传，证明音乐的悄悄变革也在并不缓慢地进行之中。电影受到的干预最多，这已是公认的事实。但电影的创新能够冲击那重重有形无形的网并取得进步，足见潜力的坚深。不可低估《黄土地》一类影片所造成的电影新潮的冲击。

---

① 邵大箴：《当前美术界争论之我见》，载《文艺争鸣》，1987（6）。

可以用"全面的实验的展开"这样的概念来概括新时期中国文学艺术变革的总形势。几乎一切领域都在鼓动着这种不平静的气氛，也都在一步一步地试探着进行有异于以前的新的艺术方式的实验。一种不事声张的悄悄的变革正在大幅度展开。这种"和平的侵入"相当完整地体现了这一新文学革命的温和性质。实验的实践以渐进的和逐步深入的方式在积极地进行着。这是一个不会因为客观情势的影响而停止的进展，因为它建立在一个不可逆转的全民觉醒的可靠基础之上。中国文学艺术利用了这个历史大转折的有利时刻，又得到了政治、经济总趋势的支持，因而有可能把这一文学艺术的新生态有效地进行下去。这个进程将是漫长的，是一个无限延长的过程。这个过程恰恰可以植物的绿色生长作为象征。

（六）巨大规模的反规范运动

我们以上的论证，集中在对与"五四"文学革命那一场内容上的公开决裂和方式上的公开宣战不同的新时期文学运动的和平性质的分析上。原有传统的承继和修复，新的艺术思想实践的探索性，战略上的建设和策略上的实验性质，使当前这一场中国的新文艺复兴充满了温和的色彩。加上传统的习惯势力的强大，以及不够稳定的人文环境，因此艺术新潮始终处于受抑制的地位。在强大压力中的生存和发展，艰难的处境决定了这一场巨大深远变革的"静悄悄"性质。走一步，看一步，慢慢地却是坚定地走，是对于新时期局势的通俗的描绘。

上述特性的描述，相信不会影响对于这一场广泛持久的文学运动的革命性质的判断。我们曾经论证过中国文学艺术数十年营造的巨大的统一化工程。这一营造收到两方面的奇效：一方面是在幅员如此广大、历史如此悠久、文化如此深厚而居民的状况又如此复杂的国家，终于造出了一个与统一的消费标准相适应的统一的精神消费市场。而这一变革性的文化现象出现后，居然能够在较长的时间中生存并发展，本身同时也构成了奇迹。另一方面的奇效则是，历史公正地对文学的极端化做出了宣判。不再是出于行政的意愿，而是文学自身宣告了发展的极限。这种宣告无疑为文学合理生态的出现奠了基。当前这一场变革，正是以此为基础开始的新的行进。

作为合理的革命运动，它面对着一个必须进行变革的对立性实体。对于新时期中国文学来说，这个实体便是大一统造成的文学艺术规范。这个规范曾经体现了与特定时代的和谐而取得了划时代的成就，但它同时造出了一个让人震惊的欣赏和批评的大一统。创作实践、理论批评以及其大无比的欣赏习惯，组成了一个庞大而全面的文学规范。这一规范形成于中国新文学运动以后三四十年间，从文学观念、文学价值观到文学表现形态，在此期间形成了稳定而僵硬的系统。

这次文学的巨大变革，便是以规范化的大一统的文学现实作为自己的对抗目标。总的目标是结束封闭，走向开放；结束单一，走向多元；反对文学的自我幽闭和自我孤立，以参与意识促成中国文学走向世界。这一文学变革的基本任务则是对于固有文学的现代更新。它格外地关注以西方现代文学的优长之处来弥补中国文学的空缺。在这个文学的现代更新的过程中，文学的现代化是一个基本的追求。

为了向这个长期形成的僵硬文学规范进行冲击，新近的文学潮流采取了以"新、奇、怪"对抗"假、大、空"的基本战略。文学的"假、大、空"实际上是对上述文学规范的最低劣、恶俗的品质的一种概括。"假"即文学脱离社会生活和社会理想的虚伪性，不敢触及生活的真实血泪的虚假现实主义，以及歪曲崇高理想和丑化优美情怀的同样流于虚假的浪漫主义。"大"形象、"大"题材、"大"场面、"大"思想、"大"人物对于文学的全面的灾难性覆盖，使文学向着虚夸、自我扩张和神化的歧途滑行，这是"大"弊端的呈现。与社会生活实有状况和人民真实情感相脱离造成了文学的"空",即空泛化。上述数端,是文学反规范抗争的基本对象。

当前进行的反规范革命的意义,仅次于以白话文代替文言文、以新文学代替旧文学的那次从内容到形式的文学革命。两次革命都面对强大的对立物。放在五四新文学革命面前的,是数千年形成的文学规范。对于这一僵硬的文学存在,当时及其后均有充分的论述。放在新时期文学变革面前的文学规范,其形成的时间较之前者要短得多。但后者"质"的硬度并不亚于前者。这是由于它的高度系统化,受到了高度统一的社会政治的规定,并通过强大的行政力量予以鼓励和制约。这一约束文学的力量因为它日益倾斜的"左"倾教条化,而表现为不断强化的破坏力。

新时期文学变革的新内容和新形式,连同说明和体现它们的新观念和新方法所遇到的困厄和阻挠,大体是由于对上述那些破坏力的反抗——当然也包括了对在特定氛围下形成的欣赏惰性的"自觉的反抗"。新时期文学中由朦胧诗运动体现出来的有意忽略传统和权威的倾向,其实质是对于现有的文学——诗歌规范的不满和反抗。北岛宣告的"我不相信",可以广义地理解为对非正常秩序的怀疑。它鲜明地体现了一种对于秩序的批判精神。离开批判性这个文学蜕变期的内核,我们将无法理解新时期文学所产生的烦恼和骚动。

贯穿着批判精神的反规范的文学运动,其任务的艰巨,前途的遥远,遭遇的曲折,都说明这是一场极广泛、极深刻的文学大转折。作为一项新的艺术革命,反规范使它与"五四"文学革命取得了内涵的一致。它具有的以上述及的作为新文学传统的继承与展延的性质,以及它处在中国现今极其繁复的环境中对策略的考虑,又决定了它与五四新文学革命方式的不一致。作为一场意义深远的新文学革命,它只能选择绿色,而且只能采取不作宣告的悄悄进行的方式。

附：

文坛就是竞技场

——答《文学报》记者问

记者（以下简称"记"）：刚才你在中国作协理事会议上的发言，充满了激情，大家说你这位评论家更具有诗人气质。

谢冕（以下简称"谢"）：是吗？近来我一直在思考着一个问题，即如何面对纷扬而至的文学现状。现在看来，我们对这场突如其来的文学变革显然缺乏必要的心理准备，我们原先期待的只是对于当代文学传统的修复，没有想到文学一旦穿上魔鞋，便身不由己地不断旋转，处于头晕目眩之中。

以诗歌为例，作为文学变革先声的朦胧诗论战，关于它的懂与不懂的争论还没有成为过去，"新生代"诗人已告出现。数百种自办的刊物和许多自以为是、自主旗帜的诗歌流派，已经摆好了阵势，这是当前诗坛千真万确的事实，比如《诗歌报》和《深圳青年报》合办的"1986年中国现代诗群体大展览"。不仅是诗歌，还有小说、戏剧、电影、美术、文学理论批评等等都面临着严峻的挑战。

记：许多评论家在描述文学状貌时，普遍认为现在是"无序"代替了"有序"，多元代替了单一。但也有些同志为此感到不安，你怎么看呢？

谢：这些同志似乎更愿意看到文学原来的样子，或者寻求以某种理想的原则重新进行规范的可能性。但时过境迁，我们需要理智地面对现实。如果不承认一个由单一层次构成的作家集团已经分离，如果不承认由一个统一的艺术主张构成的文学格局已经破碎，我们就会痛苦，甚至永远痛苦下去。

记：文学发展的规律和社会、自然界一样，总是新旧交替，无际无涯，新的东西出现，不免也会引起一些惊呼甚至遭到非议。

谢：新对于旧，通常是奇异的刺激，一时的简单模仿或者炫耀新奇的"时装表演"，并不值得忧虑。要是没有时装表演，就不会产生时装新潮，也不会产生多姿多彩的服饰。当然我们期待成熟，但成熟有它的过程。文学艺术的形势从来没有这么好过，各式各样的、自行其是的主张和实践都显得理直气壮，每一个文学家都挺直了腰杆，接下来的问题就是作家的责任感、作家的良知和自由的竞争。

今后的文学生态靠竞争来维持，竞争能够淘汰次品，竞争能够进行自我调节和自我更新。中国作家缺少的正是忧患意识和危机感，要是经常想到将被取代的威胁，作家就不会心安理得地保持原来的自己。

文坛是拥挤的，但我们不希望出现你死我活或者我死你活的拼搏，我们都要活得很好，但这儿不是君子国，这里是竞技场。中国的文坛正如天宇，大的星辰，小的星辰，恒星或是流星，有的发出强光，有的发出微光，彼此照耀，快乐地运行，但不期望碰撞，更不希望在碰撞中粉碎。在这样的天体运动中，一种宽容的、博大的精神将显得异常崇高，我们期待这种克服了卑琐的崇高。

记：前些天你说你已经完成了对朦胧诗的功绩的肯定。那么，下面你所要做的工作是什么呢？

谢：目前，我考虑的是要对正在出现的"新生代"的诗歌现状进行研究，虽然我的教学任务和社会活动繁重，比如要继续编选《中国新诗萃》，着手编撰《二十世纪诗歌思潮史》，明年还要招博士研究生。我希望我的工作能够推进诗歌的变革，我做的工作不能说很多，但我追寻着中国诗歌发展的轨迹，并力图做出预测。

（原载《文学报》，1986 年 12 月 25 日）

"后新时期"与文化转型

一　社会发展与中国新文学

　　研究中国当代文学艺术问题，不可能离开中国这一特定的社会环境，特别是政治和意识形态环境。中国的社会形态制约着，甚至是规定着中国的文学和艺术。就文学而言，它尽管有说明和决定自身的特质，但是中国社会的实际依然强有力地影响和笼罩着文学。可以不含糊地认为，任何离开中国社会的实际和历史而期望纯粹地解释中国当代文学的意图，都将是天真而无效的行动。

　　通常讲的新时期文学，是中国当代文学的一个公认的历史分期。20世纪40年代的最后一年，中国政治发生了重大的变化，中国文学开始在大陆、台湾地区以及香港地区、澳门地区，在不同的社会制度下分别而又有联系地发展。从50年代到90年代，这种格局基本不变。中国这40余年的文学属于新文学的范畴，这不仅是因为它们均溯源于五四新文学革命，均是以白话文取代文言文的运载工具革命的产物；而且，更为重要的是，这是一种以告别古典时代、实现文学的现代化为目标的充满现代精神的文学形态。这一文学性质历经多种社会变革而绵延不断，现代精神始终是中国现代文学一以贯之的目标。40 年代至 50 年代之后发生的政治变动并没有改变文学的这种性质。

之所以把这段文学划归为当代文学，最主要地是由于社会的因素。以 20 世纪 50 年代为界的文学变得更为复杂也更加丰富了。同一文化母体之内的异向发展，事实上已为此后的文学多元化埋下了伏笔和提供了契机。隔绝在造成陌生和惊异乃至误解的同时，也造成了由于差异而导向的兼容、共生和互补。这种多边互动的局面对于僵顽守旧而力图保持大一统的文化强制力量，无疑具有强大的消解力。当代文学这一历史范畴的设置和提出，对于 50 年代以后中国文学的繁复驳杂性质的描写、界定和预期具有积极的意义。当然，"当代"的无限延伸并不可取，作为现代文学 30 年的后续，当代文学到 20 世纪末已逾半个世纪，如何对文学进行更为确切的界定，有待学术界的关注。

二 新时期文学的概念溯源

新时期文学的提出，如同当代文学的提出一样，系由社会变动所决定。20 世纪 60 年代中期开始的"文化大革命"，使中国社会从经济、政治、文化直至文学、艺术全面濒临崩溃。"文化大革命"的结束，使中国社会获得了转机。最初把"文化大革命"后开始的社会阶段称为新时期，见诸政治文件。1978 年 12 月 22 日通过的《中国共产党第十一届中央委员会第三次全体会议公报》中如下一段话涉及新时期的概念：

> 全会一致同意华国锋同志代表中央政治局所提出的决策，现在就应当适应国内外形势的发展，及时地、果断地结束全国范围的大规模的揭批林彪、"四人帮"的群众运动，把全党工作的着重点和全国人民的注意力转移到社会主义现代化建设上来。这对于实现国民经济三年、八年规划和二十三年设想，实现农业、工业、国防和科学技术的现代化，巩固我国的无产阶级专政，具有重大的意义。我们党所提出的新时期的总任务，反映了历史的要求和人民的愿望，代表了人民的

根本利益。我们能否实现新时期的总任务，能否加快社会主义现代化建设，并在生产迅速发展的基础上显著地改善人民生活，加强国防，这是全国人民最为关心的大事……

显然，"新时期"这一术语的出现时间比这要早。自从1976年10月"文化大革命"结束以来，人们就开始使用这一概念，以区别于"文革"前的"旧"时期。1978年5月下旬召开的中国文联第三届全国委员会第三次扩大会议，是"文化大革命"后中国文艺界非常重要的会议，这次会议比中共十一届三中全会要早半年多，与会者已经在广泛而纯熟地用"社会主义革命和社会主义建设的新时期"这样的范畴来界定一个新的时代了。

新时期文学由此派生而来。这虽然还是那种"政治决定"的惯性思维，却也反映出中国文学的事实，即这一时期的文学与社会的意识形态有着极为密切的联系的事实。要是据此推断说，在中国有什么样的社会形态就有什么样的文学，大体也是不妥的。但新时期文学的提出，除了社会是基本的和主要的诱因之外，文学自身也存在着导致弃"旧"图"新"的愿望和要求。这就是物极必反的道理。"文化大革命"十年并不是凭空而来的，一切（包括文学）都是一种堆积和迁移。冷静地看待中国的事件，从产生、发展到终了，都是一个过程。从没有"文化大革命"到有"文化大革命"，本身也是一个过程。文学到了走投无路、被赶尽杀绝之际，就有了绝处逢生。

"文化大革命"结束后，人们普遍地呼唤着新时期文学。在1978年召开的中国文联第三届全国委员会第三次扩大会议上，人们一边回首昨天、流泪控诉，一边向着明天创造新的未来。巴金在那次会议的闭幕词中传达了否极泰来的信念："我们经历了一个长时期的'阵痛'，这是产生新的文化高潮的'阵痛',一个崭新的文化高潮就要来到了。"这是对于新时期文学的预言。他在这次会议的专题发言《迎接社会主义文艺的春天》中,对这个"高潮"和"春天"做了文学的说明:"当前一个重要的课题,就是要大力表现新时期中的新的题材、新的人物。"① 周扬则根据他一贯的逻辑,为这个文学新时期充填进关于"新的斗争"的内涵:"我们在'文化大革命'中所积累的经验和知识大大地武装了我们的头脑,使我们能够更好地来观察、研究和描写这个新时期的各种错综复杂的斗争。表现社会主义新时期的生活和斗争,这是我们革命文艺工作者的光荣而艰巨的任务。"②

从这些叙述中可以看出,尽管新时期文学这一范畴系自政治层面"套用"而来,但文学却在这种近于下意识的"套用"中苏醒过来。1978年那时节,人们的语言习惯甚至思维习性还不曾和异常年代完全剥离,但迎接新的文化建设以及文学更新的思想萌芽却悄悄地探出了刚刚解冻的大地。

巴金讲的"阵痛",是指"文化大革命"的苦难为文学的复兴提供了契机,他显然非常重视这一场空前的破坏可能开启一个新时期的意义。"文化大革命"一结束,他立即着手写作以对"文化大革命"的反思以及自身的反省为内容的《随想录》,同时又提出了建立"文革"博物馆的倡议。前者因是个人行动得到了完成,后者则未能实现。但由此却可以看出这位文学前辈把建立文学新时期放置于批判"旧时期"前提下的意图。

文学的新时期的确是以"旧"的离去为标志的。但这一时期文学之所以新,却不是因为对于新的政治形态的依附。它不是简单地在旧有的文学形态中"装"进去"新"的"经验"或"新"的"斗争"内容的表面转

---

① 巴金:《迎接社会主义文艺的春天》,载《文艺报》,1978(1)。
② 周扬:《在斗争中学习》,载《文艺报》,1978(1)。

换。这一文学新时期后来所展开的局面及所显示的内涵，超出了处于时代转型期的人们的想象。

前面引文中谈到，这个社会发展的新时期是以建设和实现在农业、工业、国防、科学技术方面的"现代化"为目标的。我们不难发现，要是把表面的意识形态特征加以分离，现代化的实质性主题将从那表层现象中凸显出来。就是说，所谓的新时期就是旨在追求并实现全社会诸多方面，包括文化和思维、生活方式从封闭禁锢状态走向现代更新。这一切，当然与文学艺术有关，而且必然以敏感的文学艺术为先行。

20 世纪 70 年代末，文艺方面很快就把文艺繁荣改革的论题与当日提倡的"四个现代化"联系了起来。徐迟先后写了《文艺和现代化》《新诗与四个现代化》等文章，力图在文艺上与实现社会新时期规定的目标相衔接。虽然他的观点依然是以往"服务"观念的现实性替代，即从过去的为政治服务，转移替代为"为四个现代化服务"，他在《文艺和现代化》中说："我们的文艺要为'四个现代化'服务！'四个现代化'迫切要求我们很好地为它服务"，"反映我国'四个现代化'的文艺，已经跟'四个现代化'本身一样提到了日程上来，是新课题"[①]。但是就在这篇文章中，他已提到"探索社会主义文艺现代化的道路，创作出社会主义现代化的文艺"这样的命题。要是我们把那些意识形态附加语加以剔除，同样，关于现代化的命题自然地就和"文学新时期"联系在一起了。

---

① 参见徐迟：《文艺和现代化》，成都，四川人民出版社，1981。

三 新时期文学的特质及其终结

　　新时期文学经历了一个不曾摆脱社会意识层面的运行阶段。这一阶段的特点就是文学和政治不加区分的混沌，上节所举例子就是明证。从新时期文学到文学新时期是一种质的转换，因而是两个不同的概念。新时期文学显示着"新时期的文学"的含义。在这一范畴中，文学不曾从社会的意识形态规定下分离而出，它从属于、受约定于社会的新时期。唯有文学在新时代的精神召唤中觉醒，在主体性鼓舞下进行自主的和独立的文学自身变革和建设，这才进入了"文学的新时期"。现今沿用的"新时期文学"是一种不确定的含混的表述，它同时含有的两个概念实际上指向了同一的对象，即不论文学差异如何，实际指的都是"文学的新时期"。

　　文学新时期首先是一场文学争取独立的运动，这种独立的要求生长于对长期的政治、社会依附的不满。文学新时期旨在改变以往的非文学对文学发展的规定、指令式的一切行政和权力的干扰，而使文学回到以艺术规律和审美要求为动力的秩序上来。从这点看，新时期文学改变了长达数十年文学发展的轨道，即它开始了不是由人为制造的文学行进的历史。在这个时期，即使如揭批"四人帮"甚至早于新时期的"天安门诗歌"那样运动式的、带有强烈政治因素的文学运动，由于它受到一种民众意志的推使而非行政性的号召，尽管涉及艺术层面的因素甚少，但仍属于这一历史性转折的范围。

文学新时期最具实质性的转变是使文学回到审美和艺术的立场的努力。而这第一步的表现，是在涉及诗、小说、戏剧、文艺理论批评以及在音乐、绘画、雕塑、舞蹈等诸多品类全面展开的对于现代主义思潮的引入、借鉴和具体操作方面。西方现代主义思潮于 20 世纪七八十年代之交在中国受到迟到的却又是超常的关注，不能以该思潮的实际发展状况来评价，它在很大程度上是一种中国式的有意的"误读"。人们在运用这一概念时，不大考虑这一艺术思潮的实际内涵及其沿革，换而言之，只是对其中的"现代"深感兴趣。因为"现代"与"古代"或"近代"相对立，它又与现实的"现代化"相衔接，因此造成了迷离的、不确定的"同一性"。中国的文学艺术家，由于急切排除传统阴影以及因袭的困扰，而向西方业已衰微的思潮投入了跨时空的热情。中国觉醒的知识界和文艺家，深感"古代"和"传统"对人的窒息，唯有"现代"能给这种状态以氧气，他们寻找"现代"，在没有"现代"时，他们可以"创造"出一个"现代"。这就是在新时期得到充实的"现代主义"的真谛。

对于新时期文学（或文学新时期，前已述及，二者取同义的角度通用，下同）来说，一件大事就是1980年《光明日报》发表谢冕的《在新的崛起面前》后，诗界围绕"新的崛起"展开的朦胧诗论战；另一件就是1981年高行健于花城出版社出版的《现代小说技巧初探》一书引发的关于"现代派"的讨论。这两次事件与历次文艺批判或文艺争鸣不同，它们的论题超越了传统政治或思想主题功利等的范围，而主要涉及艺术自身问题。在这个方面，它们开启了新时期文学的本质特征。

冯骥才以《中国文学需要"现代派"!》为题写信给李陀，传达了他读到高行健著作后的兴奋感：

> 我急急渴渴地要告诉你，我像喝了一大杯味醇的通化葡萄酒那样，刚刚读过高行健的小册子《现代小说技巧初探》。如果你还没见到，就请赶紧去找行健要一本看。我听说这是一本畅销书。在目前"现代小说"这块园地还很少有人涉足的情况下，好像在空旷寂寞的天空，忽然放上去一只漂漂亮亮的风筝，多么叫人高兴！①

冯骥才认为现代派的改革"实际是文学上的一场革命"，而且论证了为什么"中国文学需要现代派"的道理。他的论证依然是由社会而进入艺术：在"走向社会主义现代化社会的伟大历史转折中，政治清明带来了人们思想上的空前活跃"；"题材内容的广泛深刻的开掘，必然使作家感觉到原有的形式带有某种束缚"；"生活面貌、节奏和方式的变化，审美感的改变，经济对外开放政策引起人们对外部世界的兴趣和好奇"；等等。这些片段的论述已经涉及了这一文学时期的若干新质。

以朦胧诗论争和高行健的小册子为标志，新时期文学在诗歌、小说和戏剧这些重要门类中，由于对现代主义表现技巧的兴趣而越过了传统的政治运作阶段，进入对于文学的艺术、审美的回归自身的新阶段。这是新时期文学最富革命性的一个进展。艺术自主意识的建立，使这一文学时期区别于 20 世纪 50 年代以来中国的任何一场文学运动，而具有了划时代的崭新意义。

中国新时期文学钟情于现代主义，除了新时期社会的、政治的、文学

---

① 冯骥才：《中国文学需要"现代派"！——冯骥才给李陀的信》，载《上海文学》，1982（8）。

的原因之外，还在于它对五四新文学开始的文学现代化的追求是一次断裂后的接续。"五四"以后进行的改造旧文学而为新文学的努力，其实质就在于在文学中逐渐排除古典因素而逐渐注入现代因素的文学的现代更新。这方面的工作在数十年间受到了来自多方面的干扰而不得不中断了下来。其中干扰最严重的，一是传统的古典主义积习浓重，二是严重的生存危机下意识形态影响加剧。这种情况随着 20 世纪 70 年代后期社会动乱结束而结束，社会的相对安定、政治的相对宽松，促使新时期文学有可能摆脱传统的羁绊而在艺术层面获得觉醒。

这种艺术本质属性在文学中的苏醒，为新时期文学做出了质的规定：新时期文学的一切变革和探索都涉及了文学自身，而与非文学相剥离。新时期之所以"新"即在于此。当然，这一时期还有若干重要的特征赋予中国当代文学以前所未有的新气象，概而言之有如下几点：首先是开放性。此前的文学处于严重的自我禁锢状态中，文学受到褊狭的自以为是的和功利主义的价值观念的制约，以过敏性的排他反应对待一切自认为"不纯"的文学，步步设防、处处设防，以致最后孤立了自己。再就是探索性。一旦意识形态的羁绊得到解除，文学自身规律启动的结果，便是奔涌而出的创作激情。原有的戒律取消了，文学自然地要寻求多种的可能性。整个的形势鼓励着文学冲出传统规范的探索和实验。开放性和探索性是条件，它们造出的结果是多元性。塑造单一的甚至唯一的文学，是一种文学的自杀行为，而人们数十年来却对此一往情深。封闭的文学设计出名目各异而实质不变的"最好的"方法、风格或标准，把本性属于各式各样的文学改造为统一的、在"样板"规范下的文学。说是百花齐放，实是一招一式都要受到模式的统治。新时期完全改变了这种单一性，而以多元性来代替。多元局面的实质在于承认文学的民主化进程，在于承认文学的非主流性。统一规范的瓦解当然造成了文学的失控，但是文学就是在这样的失控中获得了新的生机。

　　与"文化大革命"的结束和社会的开放相联系的文学新时期，在独立形态的运行中到达 20 世纪 80 年代的终点。一切新的都将变成旧的，何况文学的发展已经具备了它的完整形态。文学的发展也如世间万事万物，总是在不断的推进中新陈代谢。新时期文学不能永远地新下去，终究要有更新的形态出现。但文学又有不同于其他事物的特点，这就是尽管它服从于新旧替代的总规律，但一切"旧"的并不会因此而消失，消失的只是不具价值的东西。然而"旧"的并非不具价值，一切有价值的东西不论新旧都将在文学王国中获得永生。

四 后新时期文学：商业社会的文学形态

后新时期这一概念与社会发展阶段以及意识形态无直接关系，它仅仅属于文学，或者宽泛一些说，涉及艺术或文化。后新时期文学是新时期文学的继续和发展，但又不同于它的前身。就外在条件而言，它有从属于历史时代与社会的某些决定性因素；就文学自身的条件而言，经历了十余年的充分的、近于完整阶段的发展，为它进入新的历史时期提供了充分的、令人信服的条件。

中国社会已由 20 世纪 70 年代末的政治型转向了经济型，社会转轨的阶段基本完成，不再是"以阶级斗争为纲"，而明确地实行以经济建设为中心。80 年代的结束，选择了一个让人全面震撼的时刻，它把当今时代的历史记忆导向了深刻。一方面，它无情地让人面对这个传统社会的深重悲剧性；另一方面，它诱逼更多的人逃避这种遭遇和命运。一百年的历史以其惊人的相似促使一些人惊醒，也促使更多的人沉沦和忘却。

中国以庄严悲壮的心情面对过去的 20 世纪。从 20 世纪回望 19 世纪，中国人拥有一个沉重的记忆。世纪末在其他国家和民族那里也许只是时序的更迭，但在中国却易于激起特殊的悲凉情怀。一百多年前那些触目惊心的大事件，如甲午海战、戊戌政变、辛亥革命等，都会引发某种怅惘和失落感。进入 20 世纪 90 年代后，距离 20 世纪的结束越来越近时，一百年的追求和失败，以及对这个世纪苦难的反思，构成了中国人特有的世纪末情结。这种世纪末情结是社会和文化的，却更是直接对后新时期产生重大影响的。不论是激情还是隐逸，不论是调侃还是闲适，文学上的种种表现，都可以从这种世纪末的处境中得到解释。

再就是商业社会的形成，带来了工业社会和后工业社会的因素。这些因素大大改变了中国传统的农业社会的性质。中国作为曾经的封闭落后的发展中国家，如今也开始拥有世界最先进的科技产业。电脑的普及、信息的革命、消费文化的膨胀，给这个古老社会以强烈的冲击。

一方面是西方超前意识的移入，一方面是中国固有积习的充分展现。人口的爆炸，生态的危机，资源的匮乏与毁灭，城市和乡村的污染，还有国营企业的病入膏肓，这一切，又构成了复杂而矛盾的"国情综合"。至于文化上，更表现了本土文化与外来文化融汇的种种冲突。西方文化咄咄逼人的长驱直入，引起了相当多的青年的兴趣；而传统文化在主流意识支配下，以弘扬为号召，使一切以往受到革命压抑的观念形态得到了空前的弘扬。谈国粹不仅不可耻，而且洋洋自得，国学热迷浸于那些最具革命性的学说的讲坛，至于尊孔尊儒，更是一路绿灯。这一切的兴旺发达，堪与对可口可乐、麦当劳、卡拉 OK 的狂热相媲美。

五　世纪末情绪与"90 年代文学"

　　中国进入 20 世纪 90 年代以后的社会是说不清楚的。这是一个不明朗和不定型的社会，鱼龙混杂，华洋交错，非古非今，不中不西。但有一点却是确定的——它已告别了中世纪式的封闭和禁锢。但是新时期那种意识形态的理想和激情已经黯然，不断透漏进来的阳光，叙说着外边世界的风景和节拍。告别了暗夜的社会于是充满了想象，而这些想象又往往由于现实的积重而化为泡影，混乱无序也许就是进入商业社会后的常态。原先的有序状态本来不属于这一个历史时期，计划经济的解体就是一种暗示。

　　至于文学自身，自从 20 世纪 80 年代后半期就已经显露出诸多有异于前的新的气象：后朦胧诗的出现、先锋小说的实践、第五代导演、新生代艺术、新潮绘画等前卫文艺实践已相当广泛。80 年代最后一年的事件，成为一个启爆因素促成了文学新时代的转型。其实，这种转型在 80 年代中期就已经在孕育之中，是以累积式的渐变来实现这种前后交替的。

　　20 世纪 80 年代结束以后，文学研究界开始注意新的文学转型的现象。当时的思考是在"进入 90 年代文学"这一命题下进行的。1991 年第

5 期《当代作家评论》发表《"文学走向九十年代"笔谈》，参加笔谈的都是北京大学的教授及青年学者，其中有谢冕的《停止游戏与再度漂流》、孟繁华的《平民文学的节日》、张颐武的《写作之梦：汉语文学的未来》、李书磊的《"走向世界"之病》、张志忠的《批评的陷落》。这是 80 年代社会震撼后批评界第一次面对着新的文学世界的发言，可以把这次笔谈看作关于后新时期文学思考的先声和准备。

谢冕提出："无论是从正面或是负面的价值角度来看，作为一个文学阶段的'新时期文学'已告终结"，"十年前开始的文学急流已经涌退，随之而来的是冷静的回望与总结"。谢冕对当时文学的某些迹象表示了不安："当生活变得不那么轻松的时候，当文学的环境也并不那么良好的时候，我们的作家和批评家仍然理直气壮把对象当作手中的玩物，是否有点近于残忍！于是，我们不能不从内心发出吁求：停止游戏！"谢冕在 1990 年中国当代文学研究会北京年会上，在高度评价新时期文学的同时，就在发言中正式指出这一时期"已画了句号"。至于新时期文学以后的文学形态及其命名，当时的讨论还并不明晰。值得注意的是张颐武在他的文章中已经运用"后新时期"的概念，他说："进入九十年代，作为第三世界文化中具有最悠久的文学传统和最丰富的文本存留的汉语文学正在发生着深刻的转型。'新时期'文化向'后新时期'文化的转移过程已经清晰地呈示了出来。驳杂的、零散的、扑朔迷离而瞬息万变的八十年代已经逝去。我们面对的是一个新的话语空间。"张颐武这段话已经包含了对于新的文学时期的预言和思考。

这次笔谈对进入 20 世纪 90 年代的文学的某些特征做了预测性的描述，这些描述是对于后新时期文学的可能品质的预言。孟繁华认为，"九十年代的文学将是平民文学的节日。平实的、充满世俗生活情调的文学将会充斥文学消费市场"。他认为这种消费性文学的特征，是在功能上张扬娱乐性，在价值取向上强调传统性，在艺术表现上注重故事性，总体表现为一次性消费。许多论证和判断都溯源于社会发展的商业阶段，市场经济的明确化推进了社会心理和行动的迅速转型，作为敏感的观念形态，文学的反应是超前的。

20 世纪 80 年代最后一年的骚动过去之后，人们开始在当时萧条的文学现实面前思考未来，开始考虑如何描写和概括"已画了句号"的新时期之后的文学阶段。

进入 20 世纪 90 年代，社会心理和文艺实践在近三年的困惑中得到调整。从主观到客观，从社会到文艺具备了对新的文学时期进行观察、研究和体认的可能性。1992 年 9 月 12 日，北京大学中国语言文学研究所和《作家报》联合发起、召开"后新时期：走出 80 年代的中国文学"研讨会，京、津、鲁及海外数十名学者、作家和编辑、记者参加了会议。宋遂良在发言中认为："这次会议的最大收获就是找到了'后新时期文学'这样一个贯通历史、调谐情理的名字，我想历史是会承认这个名称的。"他在会议结束时还建议将这次会议作为后新时期文学的命名大会。

会议确认所谓后新时期文学至少包含了如下两个方面的意思：一是作为开放中国的开放文学，新时期文学和后新时期文学同属于文学的新时期，区分仅在"前"与"后"上；一是作为在 20 世纪 80 年代走过了完整阶段的中国文学，这概念包含了文学自身延展、变革的实质，即对它由前一形态进入后一形态的转型的一个归纳。作为一个新的文学阶段，它开始于 20 世纪 90 年代，其目的不在于对 90 年代文学进行具体的描述，作为跨世纪的文学现象，它将投射出世纪末中国特有的情怀。世纪之交的机缘将赋予后新时期文学以特殊的内涵。

以这次讨论后新时期文学的会议为开端，新时期文学终结与后新时期文学开始这一事实，逐渐引起了文学界的注意。人们虽然对后新时期这一名词有不同的见解，但在中国文学的这一新阶段已非新时期所能限定这一点上，几乎不存在异议。其中最从容地传递出新时期文学业已终结的信息的，是冯骥才发表在 1993 年第 3 期《文学自由谈》上的文章——《一个时代结束了》。这是当时论述新时期文学的结束最集中的一篇短文：

不知不觉，"新时期文学"这个概念在我们心中愈来愈淡薄。那个曾经惊涛骇浪的文学大潮，那景象、劲势、气概、精髓，都已经无影无踪，魂儿没了，连那种"感觉"也找不到了。何必硬说"后新时期"，应当明白地说：这一时代已然结束，化为一种凝固的、定形的、该盖棺而论的历史形态了。

我说这时代结束，缘故有四：

一，"新时期文学"是在"文革"结束后，拨乱反正和第三次思想解放运动中应运而生的。它与"文革"为代表的被扭曲的畸形文学相对抗，有其特定的内涵与使命。首先是冲破各种思想禁区，其中最关键的是挣脱"文艺为政治服务"的束缚。十年来，从以往的"政治评判文学"到现在的"文学评价社会"，走过一条坎坎坷坷、不平静的道路。任何时代的使命都是阶段性的，从这一意义上说，"新时期文学"已经完成它非凡的一段历程。

二，"新时期文学"的另一使命，是使文学回归自身。由于长久以来对文学的非文学需要，文学发生异化，因此作家与评论家对这一使命看得无比神圣。十年来，对形式感的探讨，对文本的提出与重视，对文学各种可能性争先恐后、不怕惨败的尝试，致使文学不但回归本身，并以其本身大放光彩。这一使命也已完成。

三，"新时期文学"以它强大的思想冲击力和艺术魅力（包括众多作家个性与才华的魅力），吸引了成千上万读者。从伤痕文学、反思文学，与作家一同思考，到寻根文学、实验文学，与作家一同审美与审丑。"新时期文学"拥有属于它的雄厚的读者群。每一文学运动都离不开信徒般的读者推波助澜；每一时代的读者都有着特定的阅读兴趣与审美内涵。如今，"新时期文学"的读者群已然涣散，星河渐隐月落西，失去读者拥戴的"新时期文学"无疾而终。

四，一年来，市场经济劲猛冲击中国社会。社会问题性质、社会心理、价值观念等等变化剧烈，改变着读者，也改变着文学。文学的使命、功能、方式，都需要重新思考和确立，作家面临的压力也不同了。如果说，"新时期文学"是奋力争夺自己，现在则是如何保存自己。一切都变了，时代也变了。

时代终结，作家依在。他们全要换乘另一班车。但是，下一个时代未必还是文学的时代。历史上属于文学的时代区区可数，大多岁月文学甘于寂寞。作家将面临的，很可能是要在一个经济时代里从事文学。一个大汉扛着舢板寻找河流，这是我对未来文学总的感觉。

话还得回到题目上来："新时期文学"已经画上句号。

冯骥才的文章只是认为作为一个阶段的新时期文学已经终结，将要和已经开始的可能不会是一个属于文学的时代。他的论点认为，不一定总是有属于文学的时代，有的时代可能属于经济，如同有的时代属于政治一样。但我们的观念与之有异，即视文学的时代与时代的文学为一物，那么不论时代有多大变迁，总有属于这时代的文学存在，因为文学不会断流，而文学的时代永远会有。

六 后新时期文学的特征与品质

我们把作为新时期延续但又有巨变的文学时代称为后新时期文学,也可以说,这是中国进入商业社会时代的文学。这一文学形态将受到商业社会的极大影响和制约,经济的杠杆将给予写作、批评、推广、消费以至审美趣味、作品风尚等以全面而深刻的影响。这一时期的文学既不同于20世纪50年代至那种在政治笼罩下以政治的功利目的为推动力,并且按照政治需要的模式创作的文学,也不同于70年代后期开始的对于历史动乱的反思以及呼唤人性的尊严和现代意识启蒙的新时期文学,但很明显,这一文学形态,依然有着政治性制约的余绪。

后新时期文学最重要的特征之一,是它与社会功利以及启蒙使命等的脱节,不仅疏离意识形态而且疏离群体代言性质。后新时期文学极端个人化的结果,是文学既与反映无关,也与表现无关,文学只是个体生命的某种状态。极度张扬个体生命的结果,使文学既与现实人生也与理想空间相互隔绝,这一文学形态经常表现对于严肃话题的揶揄态度,它嘲弄他人也嘲弄自己。商业价值法则推进了文学的消费性,消遣、调侃、以梦幻的语言谈论遥远的甚至并不存在的事物，乃是它的常态。为了适应消费的需求，文学在后新时期加速世俗化的倾向造成了雅文学与俗文学的分流并存状态。

文学迅速地非主流化是又一特征。后新时期确定和巩固了新时期争取文学多元发展的成果。中国当代文学在这个阶段变得空前的繁复多样。因为约束文学的力量已经转化，文学能够按照社会广泛的需求进行生产，多种需要创造出了多种文学，这就最后地瓦解了指定和倡导的文学主流现象。商业社会的性质和中国社会的历史积淀，构成了中国现有文学的多形态共生杂陈的特性。中国文学在现阶段消解中心规范的同时，生长出明确的无序状态，各行其是的主张和实践，取代了长达数十年的指令性运作。这种状态显示了文学获得一定自由度的宽松气象，同时也包含着无约束的随意性带来的混乱。当不具使命感的游戏精神支配着整个文学时，人们对处于世纪末的文学因缺失时代忧患的厚重感而怀有隐忧，则是可以理解的。

后新时期文学在拥有更多自由空间的同时，也拥有了兼容性和谅解精神。经济转轨期的中国社会，本身就是兼容的，从国有到私营，从引进外资的种种合资方式、乡镇企业到个体经营的种种方式，都体现出这一阶段中国社会的灵活性。至于 20 世纪 90 年代中国的文化形态，更是空前的驳杂繁复。

世纪末的回望与前瞻

一 回望百年文学

时光走了百年，而那一切似乎未曾过去。苦难使中国人对逝去的 20 世纪寄托了特殊而近于眷恋的情怀。这一百年的经历使中国精神富足，尽管它的物质是那么贫困；漫漫无边的封建暗夜是此时结束的，随之开始了旨在社会现代化的争取；当然，也还有应当而未曾的结束，以及为应当而未曾的实现付出的代价。但如下的事实却是确定的，即以 19 世纪的结束和 20 世纪的开始为标志，中国社会进入了有别于以往数千年的令人感奋的新阶段。

百年文学记载了这个阶段的曲折艰辛。这种记载是审美的而非过程的。中国人争取合理生活秩序的历程，百年梦想的确立、追求、幻灭及其有限的实现，都在这一阶段文学中得到了鲜明生动的展示。文学成为纪念。我们将从中捡拾到和辨识出前人在奋斗抗争的风雪途中留下的血迹和泪痕。

这是饱含忧患而又不断寻求的文学。传统的和古典的道德文章的理想，使文学不仅忧国忧民，而且立志于匡时济世，这些先天的因素赋予文学以入世精神。文学于是充当了启蒙者标示并预期着时代的目标，它近于幻梦般地设计着对将来的憧憬，并为实现此种憧憬而以创造的激情驰骋于荆棘途中。但中国历史的积重，以及多灾多难的现实，使这些美好的愿望往往受阻或落空。这就是百年中国文学中感伤基调的成因。

这阶段的文学负重胜过历史上的任何其他时期。特殊时代给予文学的激愤多于闲适，悲苦甚于欢愉，嬉游和消遣从来没有成为或从来不被承认为文学的主潮。中国文学家的写作活动总与道义的期许、使命的承诺攸关。即使有人在文学中表现了颓唐、避隐或游戏的态度（这往往是极罕见的或例外的），也多半是由于争取和投入的受挫。近代以来的中国作家和文人极少放弃追寻而自甘沉沦。

自 19 世纪 90 年代中后期算起，当日的仁人志士或公车上书，或血洒街衢，悲歌慷慨之声不绝于耳，大抵总为社会进步、政治民主、国运隆昌这一梦想的实现。1911 年以后，在新文化运动兴起的同时，爆发了惊世骇俗的文学革命。新文化的倡导，白话新文学的实践，不论是旨在启迪民智，还是旨在传导民情，这种运载手段的改革，其目的总在于使文学更为切近民众，更为切近现代社会。

为此，整整一个世纪，文学诅咒灭亡，歌扬新生；批判沉靡的子夜，寄望磅礴的日出。作家和诗人自觉地充当了旧世界的批判者、新世界的助产士，他们涌现在激流中，吟哦在雷电里，不论是始于呐喊，还是终于彷徨，总留给了世人那份焦灼，那份悲情。

即使有始自 20 世纪三四十年代的文学偏离，以至随后愈演愈烈的非文学的逼迫与吞噬，我们也不难从那种急功近利的设计和倡导中，寻觅到向着某种社会目标推进的急切动机。在此种情态下，中国文学总为后人留下了既充满激情又充满焦躁的沉重感。

这一百年文学不乏大师和巨匠，他们的业绩凝聚在传达中国人的世纪情怀、形象地展现追求百年梦想的精神历程上。从甲午海战、戊戌政变、辛亥革命到五四运动，绵延至今，20 世纪的中国上空风烟凄迷而少见晴好，对于严峻时势下的世间万象，大至家国兴废，小及儿女悲欢，文学均为后世留下了真实的世纪图景。

但若从中国悠长的历史俯观此刻，这文学较之以往显然有所缺失。秦汉浑重，魏晋风流，唐宋潇洒，明清舒展，所有优长似均为古人而设，而历史独独把这份悲苦和忧患留给了近代中国。这期间对中国社会而言，是跨出黑暗王国的门槛，而一线光明却游移于浓重的层云之间。

这是光明与黑暗际会的重要年代。中国作家以敏感的心灵触及了这一时代的真实内容：飘移不定的风，使人难以判定方向；面对一海死水，人们不能不诅咒那肮脏和丑恶的浓重；中国有一个或几个认出了历史书上"吃人"二字的，那只是有异于众生的"狂人"；中国的凤凰需自焚以获新生……这一切，都是自近代以至现代的作家所把握到的中国式的悲凉。

一百年间发生了许多大事，对中国文学而言，最勇敢也最坚定的跨出，是从文言到白话的革命。这要归功于"五四"那一代先驱者的伟大的实验精神。把白话广泛应用于社会生活，促进了社会向着现代文明的接近，这是艰难的一步；但以白话替代文言而成为美文，这不仅存在着习惯的适应，而且有待于实绩的证明，其艰难则数倍于前。白话新诗尝试的成功，巩固了整个新文学的战绩。新文学于是成为承继中国数千年文学传统的有效方式，同时也成为传达进入现代文明的中国人理性和情感的有力手段。

20 世纪 80 年代以后的中国文学，在文化禁锢和文化专制的废墟上重新站立，以其自由奔放、异象纷呈的姿态，创造了中国文学的新纪元。它所开创的基业及其体现的精神，无疑导引了中国文学进入 21 世纪。它彪炳于未来文学的，将是自由和审美两大法则的确立。但须切记：文学听从于个性和心灵绝不意味着对公众的冷漠；文学重新返回自身的家园，也绝不意味着对社会、历史的忘却。

20 世纪中国民众及文学所拥有的苦难，将是该世纪对于中国作家的隆重馈赠。它无疑是 21 世纪文学繁盛富足的精神保证。文学理应面向现实，但文学也不应失去记忆。那种既不面向现实而又失去记忆的文学，是文学的失重。而失重的文学终将被遗忘。作家的游戏人生和游戏文字，对于中国历史现实的困顿，可能是一种近于残忍的嗜好。当代作家若是从他们前辈那里获得激愤悲慨的遗传，则不应受到嘲谑。

始于 19 世纪末，绵延至 20 世纪的文学期待，依然是我们的精神财富。几代作家立志于用文学疗救民族心灵痼疾、拯救准则丧失的奋斗理应得到成绩。中国文学寄望于中国作家的，是他们把握并形象地展示在这黄土地上、在这特定时空下中国人的苦痛和欢愉、希望和追求以及梦想的失落和获得。唯其如此，我们庶几可谓无愧于这灾难的世纪。

二　秩序的重构

　　在中国的任何一个地方，不论在台湾、香港或是澳门，更不用说在大陆，人们都把现代文学的发端溯源于五四新文学革命。这种超越时空和意识形态的认同，体现了那场文学革命的恒久魅力。我们之所以格外重视这样的认同感，是基于中国 20 世纪以来的艰难时势造成的事实，即先是国势衰弱导致的国土割裂，后是由于政治地图的划分而延续了割裂的那种事实。时空的阻隔造成了民族的悲剧，也造成了文化、学术和文学艺术的遗憾。

　　长久的隔膜使误解成为常态，而理解和共识则成了奢侈。曾有一份台湾刊物郑重其事地重新发表《阿 Q 正传》，并以实地采访的方式访问了各界人士是否知道鲁迅其人。受采访的大多是从事文化工作的人，但不少人回答说"不知道"，也有说"听说过有这个人"的。至于生活在大陆的人对台湾和香港文化事业的少知或无知，则是相当普遍的现象。

　　长久的隔离造成了沟通的断绝，因为互不理解，当然也谈不上研究对方。虽然中国是完整的，但各个学术门类的研究却都是破碎的和割裂的。

进入 20 世纪 50 年代之后长达三四十年之久的大陆和台湾、香港的文学研究基本上只停留在各自描述自身,于是几乎所有的学术研究都不能展现全景。以现代文学的批评研究而言,大都未能把其他各方纳入研究视野。于是出现了这样的现象:几乎所有的中国现代文学史著作都只是"半部"而不是"全部"。

近些年来,人员和资料的有限沟通促进了彼此的了解。也许文学最能拨动两岸人民渴望温馨与重聚的心情,它成为民族统一的先行。当文学以情感的方式在台湾海峡架起桥梁,我们眼前便浮现出一种新的构想:我们完全有可能在政治和解之前,在文化和文学方面提供"大中国"的概念和学术视野。当然最令我们关注的是涉及我们思考和研究的这一领域,一种全景观的超越意识形态的中国现代文学历史及理论批评的整合,已经具备了条件和基础。

当我们在长久的隔离之后了解对方,顿时发现那造成民族遗憾的一切却造成了中国文化史上动人的一幕:历来都是大一统的中国文化因时空的间隔而在各自的地域中养成了不同的性格。这种一个文化传统中的互异性提供了互补的可能。如下的现象令我们极受鼓舞:当我们发现由于历史和政治、经济的局限而造成自身的缺憾时,我们过去所不知的对方恰好消弭了这个缺憾。我们的构想因受到上述现象的启悟而诞生:在大中国的视野内对文化和文学研究加以整合的结果,将弥补各自的不足,呈现出来的将是我们希望看到的完整和丰富。

以新诗为例,大陆的新诗因受到特定环境的制约,而在一个相当长的时间内,造成了一种单一的规范。五四初期形成的多种诗艺并存的局面,特别是受到现代主义影响的那部分诗歌现象基本断流。这使新诗在这片广大地域内形成某种匮缺。但若是换一种视角,我们的遗憾便会在整体的中国文化观念中得到补偿。当我们对 20 世纪五六十年代的诗歌现象做全景的考察时，便会发现当大陆现代诗"断流"的时候，台湾现代诗却是地表上的激涌。台湾 50 年代兴起的以纪弦为核心的现代诗运动，恰好成了中国诗运并不匮乏的说明。

我们从这种"大中国"的文化整合中得到的好处，远不止于上述那种弥补性的充实。更为重要的是，这种间隔的存在以及我们对于间隔的省思，使我们获得极大的精神营养。90 年代大陆某些论者基于维护自身的观念，以台湾现代派的"回归传统"（假定这个论断是成立的）为例，认为在彼地彼时尚且"行不通"的东西，另一处的人反而趋之若鹜，是未曾接受教训之故。事情若从另一个角度审察，便可得出另一种判断。这正是由于台湾诗界在一个时期内面向西方和现代主义诗歌，从中得到了异质的经验，从而极大地丰富了自己，并有效地建立了开放的中国诗歌观念。可以说，要是没有那个阶段的"向外看"，也就不会有今天台湾诗歌的成熟。这恰好为大陆诗歌的缺陷提供了正面的而非负面的经验。

要是从这样的点滴经验出发进行清理与积累，事实将提供给中国文学历史研究及理论批评以诸多的精神财富。通过对于中国文化和中国文学的全面的、整体的脉络疏理，从中总结出此时此地、彼时彼地的荣衰、消长、优劣、得失的鉴别，我们便能清理时间、观念形态以及心理情趣所造成的偏见，从而达成共识。

民族的分割造成的灾难历史已有证实，但从一定侧面上看，拉开距离之后，一些历史事实由于时过境迁，也易于排除当时的情感因素，采取更为客观、冷静的态度，因而可能是更为全面的判断。例如对"新月派"以及梁实秋的文学主张的看法、对胡适以及陈西滢等的批判的看法等，随着岁月的流逝以及人文环境的变化，当年沉重的话题自然会变得更为淡漠超脱。这种改变无疑会给文学的批评建设带来好处。

中国文化的深厚浑重在大陆得到了最集中的体现，大陆丰富的文化积存、雄厚的人力、开阔的视野，以及随着社会演变而剧烈震荡的历史事实提供的启示，无疑将给另一些地区的研究以助益。革命改变了甚至使之消失了的诸多现象，在另外的环境中，人们将发现可贵的存留。更为重要的是不同环境生长着不同观念，这种歧异拥有的积极意义远较消极意义要多。二者的整合将使整整几代人受益匪浅，它至少会给那种自认为权威的、定于一尊的思维定式以质疑。一种宽宏的、开放的、兼容的文化思维将从这种整合中逐步确定。

近百年来的西学东渐给中国带来了生机，也带来了困惑。它无疑启发了中国知识界的心智，并给中国文化和文学注入了新的、现代的精神。它导引中国文化走出古典主义的桎梏而开始现代化的进程。但几乎从严复和林琴南那一代人开始，我们就没有处理好东西学冲撞所带来的矛盾。香港自被英国侵占之后成为重要的国际城市，世界性的商务、文化交流使它在长时期内保持了中西文化共处的事实。在那个地区，与世界诸种文化的交往和关联已成为一种常态，而不再具有像内地那样"大惊小怪"的轰动。香港、澳门以及台湾地区文化建设中的对于外来文化的吸收与处理的经验，将为中国新文化建设展开新局面。

在文学和艺术的很多领域，例如流行音乐、电视、电影，在近年来的交流，使交流的各方都得到好处。台湾校园歌曲在大陆的流传，对大陆音乐走向民众的通俗化产生了好的影响。而近几十年大陆的文学作品以及大批辞书辞典在台湾、香港的出版，对增加该地区的文化建设的厚重感也大有好处。大陆作家如阿城等在台、港一带知名度很高，他们已为文学的"大中国建设"做出了贡献。作家、艺术家之间的来往有时可以超越意识形态，他们是艺术使者，他们的功绩在于，文化艺术技艺在相互交流中彼此丰富。

先于政治的超越意识形态的文化整合，会给中国整体的文化建设以积极的影响。我们将在这种整合中建立中国文化和文艺的新秩序。那种按政治阶段或是以行政观念加以分割的学术史、艺术史将成为过时之作。人们将在历史给予的机缘中，调整自己的观念和心态，以更为超脱的、宽容的，同时也更开放的姿态，改造长期形成的褊狭，并重构我们的学术秩序。

三　从文学中国到中国文学

　　我们的期待是久远的。历史终于为我们提供机会，于是严密的壁垒有了松动。海峡的这一边和海峡的那一边，透过那松动的缝隙开始对望。这种对望既是幸福的，又是痛苦的；既是神秘的，又是充满疑惧的。阻隔毕竟过于长久。我们只要稍微回顾一下被分开的中国人当日怎样以幼稚的形式进行沟通，便知道新时期以来两岸文学交往有了多么长足的进步。

　　记得当年大陆某权威出版社先后出过若干台湾文学选本。选家的谨慎几乎可与人们进入雷区的小心翼翼相比拟。那时入选篇目大抵不出思乡和阴暗生活的揭露两类。一本台湾诗选，从中竟然找不到余光中、洛夫、纪弦、郑愁予、罗门、杨牧的名字！造成这一状态的，除了长期隔离导致的生疏和偏见，还有严重的心理负担造成的惊恐。至于海峡的那一边，人们对对岸的隔膜完全不比他们的大陆同胞逊色。台湾地区曾把 20 世纪 30 年代文学完全摒弃，人们甚至不知道鲁迅。1988 年 12 月出版的《联合文学》第 50 期，用了将近一半篇幅郑重推出《阿 Q 正传》及其评论，这举动便很能说明问题。据该期的《街头访问阿 Q》专栏报道，记者在繁华的台北街头调查了 30 人，只有 5 人表示曾看过《阿 Q 正传》。

因上述现象责怪任何人均无意义。它是历史的阻隔造成的文学畸形。新时期以后十多年来两岸作家、学者以有限的方式进行交流的结果是，民间形态冲决时空和意识的樊篱终于有了收效：理解正在纠正误差，友爱正在涤荡偏见，心灵的彼此倾听消弭着文学的歧见。文学先于其他部门取得了从零开始的共识和整合。

随两岸来往最先出现的宗族血亲的寻根潮流而来的，是未曾明指但却实实在在的文学、文化的寻根潮流。港台作家和诗人只要是洞悉中国文学历史渊源和发展情势的，无不乐于承认本地区文学与源远流长的中国文学母体的血缘关系。那里的文学同人都确认本地区的新文学运动是五四新文学革命的一支流脉，它的火种同样是"五四"先驱者所点燃的。

也许因为文学总是与心灵的沟通和谅解有关，文学最先展现了一个完整的中国梦。虽然还是梦，但这梦是完整的。文学的交往在这一时期形成的那种超脱的、以信任和友善为基础的格局，给文学以外的那些领域提供了一种恒久而积极的范式。完整的中国在其他方面的实现，也许需要时间和耐心，但文学显然不愿无限拖延它的期待。

20 世纪 90 年代带给我们的如下信息是确定无误的：文学中国的整合已在悄悄形成。这种弥合历史裂痕的工作，带给当今中国的显然不限于文学自身的意义。文学以外的那些领域，无疑将从中汲取非常积极的并且是建设性的启示。当被分裂开来的两个部分，各自曾呈现出彼此的单调与贫乏时，二者因整合或至少互补而构成了无可置疑的丰富。这个简单的一加一的故事，再一次成为文学中国的现实描写。

随着 20 世纪 40 年代的结束，中国文学以台湾海峡这一水域为界线，展开了色调迥异的历史画幅。一边是叱咤风云的胜利者的欢愉，一边则是失去家园的乱世儿女的悲凉；一边展现了奠基创业的宏大气势，一边则浸漫着对于往昔的追怀以及无根的飘零感。大陆的雄浑粗犷，与海洋性的灵动浩渺以及南方温暖岛屿的明丽缠绵，这两种反差极大的风格的各自展现本来就很动人；对它们进行对比、综合的整体观照，将带给文学以益处则是毫无疑问的。

长久的隔离造成了观念和价值上的巨大差异。这种差异有时令人焦躁，却因其本身的丰富和复杂，带来了思维的丰裕。20 世纪 80 年代展现的对待传统文化态度的差异便是一例，两岸学者的基本态度几乎是反向的，大陆趋于批判而台湾趋于保护。这种反差促使我们积极了解对方，从文化入手而延伸到社会的多层面，最终造成的是对于事实认知的深刻化。

文学将从这种巨大反差的识别和综合中受益。对大陆的文学运动而言，它以往的积弊是对创新的畏惧造成的创造力的萎缩，趋同求稳的习性使浅薄的仿效成为风尚。为此，异向的参照和多方的补益不啻是一剂清醒的药石。既然我们曾经为改造、更新文学而向遥远的异方求教，我们就没有理由拒绝自己国土上的不同视点和不同价值观念的文学整合。

十年的辛苦经营使我们从交流中先于其他领域获得了一个完整的文学中国的概念。我们越过长期的阻隔不仅了解并理解了对方，而且得到了一个整体性的文学历史的观照。我们从文学中国的初步整合中发现了彼此的矛盾、差异以及联系，从而促进了彼此的吸收、扬弃和自我充实。这诚然是一种胜利。但随着胜利而来的却是关于文学自身更为长远也更为艰巨的使命，这就是庄严的下一步：中国文学的整合。

文学中国已经以它的完整形态展现于我们的视野中。它将悄悄地也是不可逆转地从容消解文化上、心理上、精神上的彼此排斥而促成新的融汇。对于当代的中国作家和学者来说，我们缺少的是一个可以包容全部中国文学丰富性的描写角度和叙述体系。我们需要把海峡两岸（包括香港、澳门在内）的多彩文学加以比较、综合的广阔视野。当文学中国在我们眼前出现的时候，随之要求我们把这种成果转换为完整的中国文学的展示。

　　具体一些说，我们现今的期待是一种既不是割裂的，也不是一加一的文学史、文学批评和文学选本体系的实现。这种完整的中国文学的体式不是浅层次的相加和表面化的堆积，而是消化之后把两岸文学加以溶解、调适和重新组织的文学视野、文学体系。我们期待着分裂和对立的结束。我们希望中国文学从今往后是一个不再分割的和高度融合的整体，而排斥被肢解的、破碎的和拼凑的展示。这种整体的中国文学研究，是我们未完成的中国文学梦。

四　参与世界的中国文学

（一）

　　中国文学和世界文学关系密切的时代，往往是中国社会处于大转折的时代。这时的中国社会充满了活力，而此种活力恰恰体现在中国能够对自身的处境有清醒的估计上。它从麻木中警觉。它感到了传统文化规范造成的窒息，以及处于这种窒息之中与世隔绝的痛苦。

　　觉醒的中国魂要求改变这种状况。先进之士于是视文学为疗救社会病痛——这种病痛首先是国民心灵的沦落——的药石。这时他们便觉察到中国传统的文学观念和方式与现代世界的不相适应，于是"别求新声于异邦"，萌生了向世界文学借助力量的愿望。我们把这种行动称为普罗米修斯的"盗火"。中国借助世界现代火种，烛照中国自远古迄于今的封建长夜之暗影，并点燃国民向着人类现代文明行进的热情。正是在这个意义上，我们高度评价了在大转折关头的中国与世界文学的交流。

　　中国充当世界弃儿的时间太久了。也许是自弃，也许是被弃，都给中国带来了久远的、巨大的痛苦。20 世纪以来，中国有过两次返回世界的机会。第一次是在 19 世纪末至 20 世纪初，以五四新文化运动为代表。这一次最伟大的收获，便是中国以西方现代文学为榜样创造了划时代的中国新文学。当时最有影响的一批文学家，无一不受到外国文学的滋养。这个时代所造就的业绩，由于中国社会长达半个世纪的特殊环境和中国固有文化的潜在威慑而逐渐减弱了它的辉煌。

这诚如梁启超在 20 世纪第一年所揭示的中国的弊病：中国"数千年来，常立于一定不易之域，寸地不进，跬步不移……祖宗遗传、深顽厚锢之根据地，遂渐渐摧落失陷"（梁启超《过渡时代论》）。五四新文学革命所创立的中国与世界文学的联姻，在以后发展中遂告逐渐解体。在一个长时期内，中国曾因标榜自己的唯一革命性而对一切外域文化予以排斥，从而造成了自绝于世的文化禁锢主义。这实际上是一种自足文化心态的恶性延伸。中国于是再度与世隔绝。

（二）

中国文学极端自我禁锢的一个结果，是出人意料地造成了它重返世界的契机。至少长达十年之久的文化专制与文化封闭，造成了实际的文化荒漠，同时也培养了对于荒漠的反抗愿望。人们憎恨并批判这种禁锢。由于总的开放方针和思想解放运动的促使，中国文学终于再度向世界探出头去。

文学的重建工作，在文学受到摧毁的基础上进行。长久的饥饿使人们饥不择食。一批旧版的世界古典名著的重印，给人们以初步的满足。事情开了头便难以收住，人们于是开始新的寻找。凡是可以找到的，都是对克服精神饥渴有益的。这时期人们阅读之广泛和不加选择，可以称之为一种新的热病。这种不加选择是对过去的无可选择的逆反。

这情况其实早在"文化大革命"中和"文化大革命"后期即已开始。一方面是破坏书籍的高潮，一方面又是地下读书（主要是西方书）运动的高潮。许多被红卫兵查抄的书刊得到广泛传阅早已不是秘密。当时海外出版的《华侨日报》披露了这方面的一些情况："一批在 60 年代中期为中国作家出版社和商务印书馆印行的、以批判为目的内部发行供高级干部和高级知识分子阅读的西方和苏联的现代哲学、文学著作，在这批青年手中传阅着，形成了一个半狂热的秘密读书运动。这里需要指出的是这样几本书：爱伦堡（苏）的《人·岁月·生活》、塞林格（美）的《麦田里的守望者》、克鲁亚克（美）的《在路上》、萨特（法）的《辩证理性批判》、罗素（英）的《西方哲学史》、怀特（美）的《分析的时代》、德热拉斯（南斯拉夫）的《新阶段》和《译文》上法国诗人波德莱尔的诗作。"①

外国文学以雷鸣闪电般袭击、征服着中国广泛的文学饥饿。在一批没有机会受到文化滋润的青年作家中，读书的驳杂及其导致的影响的驳杂是一个特殊又普遍的现象。顾城自述："从欧·亨利到杰克·伦敦，到雨果，到罗曼·罗兰，到泰戈尔……当我再看《离骚》和《草叶集》时，我震惊了。"② 后来，"许多荒凉的现代诗星，突然发出了炫目的光芒——波德莱尔、洛尔迦、阿尔贝蒂、聂鲁达、叶赛宁、埃利蒂斯"③。舒婷自述："我正在读雨果的《九三年》……我完全沉浸在文学作品所展开的另一个世界里，巴尔扎克的，托尔斯泰的，马克·吐温的。"后来（她也有这样的"后来"），一位老诗人"几乎是强迫我读了聂鲁达、波德莱尔的诗，同时，

① 贝岭：《作为运动的中国新诗潮》，载纽约《华侨日报》，1986-12-25。
② 顾城：《"朦胧诗"问答》，载《文学报》，1983-03-24。
③ 顾城：《剪接的自传》，见《顾城文选》（卷一），19页，哈尔滨，北方文艺出版社，2005。

又介绍了当代有代表性的译诗。从我保留下来的信件中，到处都可以找到他写的或抄的大段大段的诗评和议论"①。

从这些叙述中可以得到启示，新时期这一中外文化交流阶段与五四时期有一些显著的不同，五四时期的文学先驱，对于外国文学的借鉴，大体（只能是"大体"）具有定向选择的性质并因此影响了他们的创作道路与艺术风格，如鲁迅之于果戈理、郭沫若之于惠特曼、冰心之于泰戈尔、丰子恺之于夏目漱石、徐志摩之于英国浪漫派、戴望舒之于法国象征主义。而此一时期的作家则大体不具备上述性质。这种不具备主观心境与客观条件的不加选择性，体现了一个大空白之后一种匆忙"充填"的特征。由于原有的正常秩序的破坏，无秩序便具备了合理性。中国几代作家经历了政治文化的大动荡之后，可能采取的唯有此种方式。

（三）

如同五四时代的文学运动受制约于那个时代一样，现阶段的文学运动亦受制约于这个时代。从表层意义上看，中国文学对于世界文学的"引进"，其视角有了一个大的转移，即"五四"前后的选择，多半着眼于政治历史，而当今的选择则偏重于文化审美。经过长久动荡之后的和平稳定的社会环境和社会心理，使之较那时更具有超功利的选择自由。

人性从被毁灭到再度张扬，人的价值从被湮没到重新确认，较大限度地支持了作家、艺术家的创作主体意识。人们以此为前提进行中外文化间交流并进行选择，个人因素重于社会因素乃是必然。我们正是从这种文学交往的无拘束中，看到了自由时代的属性。

---

① 舒婷：《生活、书籍与诗》，见《沉沦的圣殿》，298 页，乌鲁木齐，新疆青少年出版社，1999。

一个封闭的社会不可能有如此开放的文化心态，这是不言而喻的。在这种自由的背后，是一种对于变态的文学时代的反抗。那种依据社会进步和民生改善的要求而曾受到社会集团意识支配的文学选择已退居次席，更为突出的是张扬个性乃至服从于独特审美需求而进行的汲取与借鉴。但这些特性并不说明文学借鉴与文化交流不具有实际的社会性考虑，更不说明文学的进步与时代社会进步未保持联系，恰恰相反，我们从当时的"淡漠"中看到了受热情驱使的沉默的反抗。

中国文学依然反映了这个古老民族的深重悲哀，只是它以更为成熟的姿态来对待这种别求新声的异域"盗火"。它在更深的层面下寄托了民族的忧患。它于表面的"无选择"中体现了更为焦灼的，当然有时也更为洒脱的选择。这种选择听凭创作主体的内心驱使。这种内心驱使依然有着遥远的时代的召唤。

现阶段精力旺盛的作家，几乎没有一位会明确地说出自己师承于某一外国作家，或奉某一作家的人生道路和创作风格为自己的楷模。我们看不到这种明确的表白或回答。我们只看到那些作家的凌乱而驳杂的阅读书目，以及带有极大随意性的、偶然的描述。有一篇报道说邓刚"不是抱残守缺的人"，"有他手头上正在读的那本约瑟夫·海勒的《第二十二条军规》为证，他正在研究'黑色幽默'派的代表作"。又有一篇谈莫言的创作的文章，指出他的《透明的红萝卜》只是孩童感觉的实录以及通过回忆的外化，指出这一艺术效果受到一些外国文学的影响，如《喧哗与骚动》《百年孤独》等。这里引用的都是一些推测性的判断，是一种模糊的描写。

但中国作家已经不约而同地醒悟：要想表达现代生活以及现代人的精神状态，就必须积极变革自己的艺术。这种变革显然以寻求与过去迥异的艺术形式为目标。最早开始这种探索的是引起各方震动的"朦胧诗"运动。一批激进的青年诗人终于选择了具有异端性质的西方模式，向着依然最自信同时又体现为最僵硬的传统模式挑战。

这种寻求充满了艰辛。因为它很难被完全陌生的欣赏者和批评家接受，它的不合常规的艺术思维和艺术方式甚至对作家本身都造成困难。但立志要改变以往僵硬模式的中国作家，显然已把付出代价的决心付诸实施。

（四）

我们很难对中国新时期借鉴和参照世界文学的状况做出准确的描述。它的难以描述是与中国当代文学自身的错综复杂及其瞬息万变相联系的。现阶段中国文学已实现了由单一格局向多元格局的转换，且后者业已显示出稳定状态。中国与世界文学的交流与接受也体现了同样的趋势，即由某一种或某几种现实功效的考虑而向多向寻求的转换。

对当时全面展开世界性文学交流的情景做出精确的描写，特别是判断西方文学的何种思潮或主义对中国文学有决定性的或主流的影响，显然十分困难。当时文学创作所接受的西方文学的影响是全方位的和无主流的。莫言自言他的《白狗秋千架》得力于日本新感觉派大师川端康成。有人从高行健的《车站》中看到贝克特《等待戈多》的影响。有人撰专文谈论韩少功的近作与魔幻现实主义的关系。当然，我们也可以从谭甫成的《高原》或是莫言的《透明的红萝卜》中孩子的形象联想到他们与艾特玛托夫的《白轮船》中的小孩的联系，他们同样是忍受了痛苦和悲哀而追求理解与自由的精灵。这些中国作品与外国作品的联系与接受影响的关系是明显的。失去主流的文学时代当然也失去了借鉴与引进的主流现象。要对这一时期中国文学与世界文学交流的总流向做出判断几乎不可能，一切都是自行其是的，一切又都是"无秩序"的。

但在这方面我们并非无事可做。受制约于特定时代的文学流向是存在的。这就是文学急于在批判之中与过去的僵硬模式告别，而在一次内涵与形式的总的更新中，从传统的封闭式思维中走出，以通往和参与现代世界文学为自己的目标。

中国文学的现代更新，实际上自"五四"即已开始。即中国决定要改变数千年遗留的古代文学的模式而与现代世界的新文学相认同。但经过半个多世纪的挣扎，它并没有胜利地跨出迷宫。受到传统文化和传统思维方式制约，中国文学实践难以实现它的最初的构想。"五四"提出的科学和民主的、彻底地与封建主义决裂的任务远未完成。而且类似西欧中世纪的禁锢居然能在中国重现，实是当年的志士仁人所不能想象的。

在通往思维方式现代更新、促进中外文化交流融汇的路途中，中国所经受的折磨，恐怕是世上诸民族所绝无仅有的。19 世纪末的中体西用论，20 世纪初的夷夏之辨，五四时代的保存国粹与打倒孔家店之争，20 年代的东西文化比较，30 年代的东方文化本位论，40 年代的大众化和民族化的提倡，五六十年代的"洋为中用"与对于盲目崇拜西方的批判，七八十年代关于"全盘西化"的批判，这些没完没了的争论和批判折磨了几代人，也延续到 21 世纪。这证实了中国自成体系的稳定的民族意识与开放时代的世界意识的冲突，是中国文化艺术走向世界的进程中的基本冲突。

中国什么时候才能走出这个魔圈？这种矛盾不仅存在于中国社会的整体，也存在于中国文化界的个体。有人分析过中国先觉的知识界的两难处境：理智上接受西方文化，而在情感上排斥它；情感上眷恋传统文化，而在理智上又批判它。事实上，中国知识分子对于传统文化的依恋几乎是一种病态的遗传。"五四"某些猛士的颓唐，新文学运动几位先驱的沦落，一些新诗的开拓者转了一圈以后又回到旧诗寻找归宿，都是明证。

（五）

长达一个世纪的纠缠推移至今，中国文学参与世界的觉醒伴随着一种前所未有的荒凉之感。浪漫主义的影响依然存在，但理想化的情感与实际生活相距甚远而产生了隔膜感；现实主义依然支配着文学的命脉，但部分人却感到了如实再现或反映的方式缺乏新的魅力。经过了文化大浩劫之后的新时代觉醒，面对的不仅是人性为神性和兽性所湮没，还是一片物质和精神废墟，几代人都有着浓重的失落感，眼前仿佛是艾略特的荒原的重现。现实生活的举步维艰以及它的进进退退，加上动荡世纪之后的人际关系异化，使文学的发展体现出与世界现代文学特别是与现代主义的艺术潮流更多的认同感。

这种不同时空的"共振"是一种发人深思的现象。要是说，20世纪二三十年代中国文学对于现代主义发生兴趣，是在总体的艺术自由的气氛中，出于纯粹的艺术兴味的引进的要求，与当时的时势民情相脱节，因而在大的社会民族变动中受到冷落，那么新时期的这种超越时代地域的呼应（西方的现代主义发展经年，如今已不具新鲜感），却引发了中国又一次对于西方现代主义的热情。

这种特殊兴趣或特殊的亲近感，我们几乎到处可以感受到。诗歌发展的超前性已为人所共知。在文学艺术的广泛领域，人们几乎难以掩饰对于"现代派"的热情。数年前若干文章如徐迟的《现代化与现代派》、冯骥才的《中国文学需要"现代派"！》都说明了这种"热度"。何立伟在介绍《苍老的浮云》作者的《关于残雪女士》中说道："残雪女士取舍作品好坏高低，只有一个标准，即是否现代派。残雪最喜欢的作家是卡夫卡、怀特以及川端康成，后来便是马尔克斯。这几位其实很不一样。但是，他们都是'现代派',这就好。"① 这不仅证实了前文提及的"驳杂"和"不加选择",而且证明了一种遥远的认同感。

亲切和认同的趋向是特殊的社会历史所造成的。浓重的失落之后面对废墟的苍茫,梦醒之后不知走向何方,加上现实生活的诸多挫折以及迈步的艰难,人们易于从那些变形和扭曲的艺术中找到新的审美刺激。再加上对于旧的形式和叙述模式的憎厌,作家们当然乐于寻找并引用新的表达方式。这些表达方式当然不会是古董和国粹,也不是古典的浪漫主义,更多的则是现代的"舶来品"。

那些随意性的时序颠倒和空间转换,那些扑朔迷离的心理错觉和梦境幻觉的捕捉与运用,那些通过拼接的和整体概括的象征性以及人物行动、对话、内心独白的自由交叉、随意穿插的叙述方式,极大地丰富了中国进入社会发展新时期之后文学艺术的表现形式和手段,当然也有力地反对了业已发展到相当程度的文学艺术教条。它体现出开放文学时代冲决封锁之后的横向移植的强烈意识。中国新文学再一次从事实上确认了与世界文学的亲缘纽带。

体现了这一潮流实质的,与其说是形式的模仿与移植,不如说是由于社会内部结构大调整所产生的情感、情绪、思考以及心理上的共鸣。大动乱之后的悲怆与落寞,迫使过去写了缠绵缱绻的《红豆》之恋的温柔女性,倾向了卡夫卡式的变形与扭曲。宗璞承认只有通过《我是谁》这种方式,才能写出人受到严重摧毁而失去了自我之后的极度痛苦:"四面八方,爬来了不少虫子……它们大都伤痕累累,血迹斑斑,却一本正经地爬着。"同样,也是由于历史的和现实的驱使力,一开始便以对美好情感的追寻与合理生活的礼赞而体现出女性作家特质的张洁,几乎越写越显得激愤,甚

---

① 何立伟:《关于残雪女士》,载《作家》,1987 (2)。

而显得"粗野"了。从《方舟》到《他有什么病?》,记载了这位作家创作的内涵演进之中浸润了更多现代意识的历程。特别是后者,女作家着意于写病态和丑恶,其中无处不渗透着她的恶讽的意图:许多人都害了病,又说不准害的什么病。然而,她的笔锋却遥遥地指着这个古老民族的传统文化的积淀,一个稳固、封闭、千古难易的精神世界,正是由于它,这个民族失去了健康。

文学发展的现实指出,理想主义情趣的失落以及对于现实生活从批判到嘲讽意向的推移,证实了现代西方哲学、心理学以及文学理论潜移默化的过程。许多作家的实践说明,与其用那种甜蜜的语言诉说与实际很少关联的美妙娟好,不如用这种失去常态的扭曲和变形方式、"凌乱"和断续乃至颠倒的方式,更能体现出这几代人困顿、惶惑,以及因人际的隔膜和世情的乖谬而萌生的荒诞感。

(六)

现代主义在西方已经成了历史。我们则把这种历史当作了现实。原因在于,久远的封闭之后中国需要知道这些。如同我们已经知道了巴尔扎克、托尔斯泰一样,我们也需要知道艾略特、卡夫卡。原因很清楚:中国属于世界,世界也应当属于中国。抛弃了自我封闭以及单一选择之后的中国,想要以自己的创造加入世界的中国,若不了解甚而排斥现代主义的艺术,则只能是一种不健全。何况,现代主义自身还有那么丰富的、令我们感到新鲜的吸引力。

若干年前那场关于现代派的"空战",由几位老作家和几位有实力的中年作家挑起,它的最大功效在于给麻木的中国文坛以刺激。它充其量只是一种对于僵硬的创作模式和欣赏惰性的挑战。一些神经过敏的人感到了现代主义的威胁，他们担心现实主义将被取代，甚至担心子孙后代会忘了中国的传统，这是被夸大了的危机感。而问题的实质是，中国既然谋求重返世界，中国要成为现代世界的一个成员，中国文学就应当接受这种现代的洗礼。

这将造成一个非常积极的结果，即在中国文学多元格局的争取中，合理地嵌入对于现代世界来说至关重要的现代主义的成分。而且这一成分如前所述，又具有与中国社会的实际的那种特殊感应的魅力。

中国文学事实上已从这种"引进"中得到好处。它不仅有效地完成了中国文学多元的建设，而且拥有了一种对中国来说具有陌生的引力的艺术表现系统。它能够弥补已有的艺术手段的匮乏，改变对于某些特定领域的"无能为力"状态，特别是在表现变态的和畸斜的事理方面。许多作家已经以随心所欲的、各取所需的方式，把这些艺术成果运用到自己不断推出的新作中。当前中国文学层出不穷的和令人目不暇接的动人景观，多半受惠于这一次广泛而深刻的吸收与引进。

（七）

在西方用了一个多世纪才告完成的文艺流变的全过程，在中国以不到十分之一的时间同时展开。如同中国当前社会的一切形态一样，文学上最古老和最现代、最正统和最激进、最民族化和最西方化的现象同时并存。这现象甚至也在同一作家的同一时期创作中并存。这样的极端复杂性足以使文学史家和文学评论家感到综合的困难。

这种广泛交流的深刻性也是空前的，它的影响几乎无所不在。即使在表面看来和传统文化保持了最深切联系的领域，也渗透着这种交流的积极性。例如当前的文化寻根的热潮，尽管表现了广泛深刻的对于古代文化风习的兴趣，但并不是简单的对于传统文化的复归。作家的注意力为古旧的乃至蛮荒的题材所吸引，似乎是一种与西方文化相悖的潮流，但若把这一切思潮与最具现代意味的命题联系在一起，便会发现它与"现代人无家可归"的思考和寻求存在着一致性。这是一种对现实失望之后的深潜的欲望的表达，是对无家可归者寻找灵魂的曲折意愿的承认。现实生活的空漠之感期待着业已失去的或根本不存在的现象的填补。

世界现代文学广泛深刻地影响着中国当代文学。在那些最平静甚至最无动于衷的固守旧的观念和方式的角落，人们也不难发现这种悄悄的"侵入"和无声无息的骚动。这种世界性新潮的袭击以非常广泛的方式进行着。它与迪斯科音乐、软饮料、牛仔裤相协调而构成了一种新的文化形态的流行。在当前中国，只要是还在创作的作家即使不是直接，也必定悄悄以间接的方式接受它的渗透；从陌生变成熟悉，焦灼地抗拒却又不自觉地接近，充满警觉地疏离却又身不由己地吸附。一方面是忧心忡忡地告诫危险性，一方面却依然以不动声色的方式影响着文学的面貌。这一代中国人真正有福，他们有幸目睹这一时代巨变中的文学奇观。

一个民族的文化之所以具有生命力，就是因为它在与世界的广泛交流中勇于吸收和择取。固守已有的一切——不论这一切是多么深厚和丰富——而不求发展将无出路。这作为一个潮流或规律恐难违逆，尤其是作为一种觉悟的心灵的愿望尤难违逆。如下这位作家的渴望，传达的是中国多数作家的渴望：

> 克服一切距离和障碍，使我的文学与世界的文学交流，使我的个
> 人与世界的众人交流，是我过去以及将来所做努力的主题。这是一个

狂想般的希望，我要了解这世界有史以来的所有的人，然后使这世界有史以来的所有的人来了解我……①

这就是现今的中国文学和中国作家的参与意识。获得了这一意识的民族，事实上不会同意重新禁锢和重新封闭。

---

① 王安忆：《渴望交谈》，载《文艺报》，1987-08-05。

五　世纪之交的文学转型

随着 20 世纪 80 年代的结束，一个被称为"新时期"的文学阶段亦随之结束，这已是事实。从 70 年代末期开始的文学变革，经过十数年的充满激情和创造性的发展过程，已是一枚丰满的果实，迎到了它的成熟期。从文学的创作、研究和理论批评，以及文学翻译、中外文学交流等方面看，它已达到的充分的程度，为自有新文学历史以来所仅见。更为重要的是，中国这一时期的文学经历了对受到极大破坏的旧有文学传统的修复，冲破文化禁锢之后借鉴西方经验、引进西方观念方法的积极性的发扬，以及长期受到压抑的创作欲的激扬和喷发的一系列合规律的演进之后，自 80 年代中后期开始，通过后新诗潮、先锋文学、新写实小说等诸多现象，显示出文学的时代更迭的条件和可能性。

前此一个时期文学创作和批评的喧杂和纷乱局面，一方面说明文学觉醒所已达到的自由度，另一方面也说明文学已经具备了广泛实践前提下进行选择和自我调节的可能性。如同地层内部岩浆的燃烧和沸腾，当一切条件都已具备的时候，等待的只是一个爆喷的突破口和触发这种爆喷的时机。中国新时期文学的结束和另一个时期的开端，被确定在向 80 年代告别的时刻，这只是偶合。即使中国社会不曾发生什么，文学的转型也会在这个时期的某一时出现。

我们企图对 20 世纪 90 年代开始的文学形态做一种新的概括，被叫作"后新时期"的这个概念至少包含了两个意思：一是作为开放中国的开放文学，它同属于文学的新时期；一是作为在 80 年代走过了完整阶段的中国文学，这一概念确认了文学自身延展、变革的实质，即对它由前一个形态进入后一个形态的转型的一种归纳。对文学思潮或运动进行一种概念的归纳，由此提出一种新的范畴，目的在于给文学的发展以一个新的符码，便于人们辨识，并且期待它对文学的研究起实质性的推动作用。这个概念并不空泛，它是一个文学阶段终结、另一个文学阶段开始的具体信息的传达。

一个新的文学阶段开始于 20 世纪 90 年代，它无疑为 90 年代文学描画出一个具体明晰的轮廓，但它的使命不单是对 90 年代文学进行某种描述。作为跨世纪的文学现象，这一特定的时代为这一时期的文学提供了特定的品质。它投射出了处于世纪末的中国特有的忧患感和悲凉色彩，并且还具有面对新世纪的充分幻想和憧憬，以及对未来不可尽知的苍茫氛围。总之，世纪之交的机缘赋予我们的文学以特殊的内涵。

新旧世纪的交替往往会造出某种历史性的奇观。历史在这个时刻往往也格外钟情于文学。19 世纪与 20 世纪之交，中国文学举步跨出了古典时代，新世纪赐予文学的是一个划时代的变革。中国新文学是那个世纪摇篮中的新生命。一百年过后，我们有理由期待，历史的公正给我们以与我们的前辈均等的机会——一种新的选择和可能性。也许进入 20 世纪 90 年代之后的文学的沉寂和热情的退潮不是一件坏事，它给原先为创新而疲于奔命的文学以冷静的思考，这种思考将有益于心理、情绪，以至创作思维和方式的调整。

告别 80 年代之后，觉醒的文学将拒绝非文学的行政性骚扰——尽管这种意图还无时不在，但拥有主体意识的文学会进一步为维护自身的权益而拒绝这种意图。需要特别强调的是，不论我们以什么样的名称来概括这阶段的文学，90 年代以后的文学都将摆脱充当某种附庸的地位。文学自身的规律将给文学的发展规定可能性，而不是如同以往那样由非文学的力量牵着走。我们始终希望，我们对文学阶段的划分和概括仅仅属于文学自身。

六 百年反思与文学期待

回望 20 世纪，在一片凄迷的暮色中，在中国人的记忆里，带血的斜阳依稀映照着百年的呼号与呻吟。世纪的记忆原是血与泪的记忆。

苦难造就了丰富。但 20 世纪对中国来说的确是沉重的，这不仅由于苦难，也由于梦魇并没有在百年终了时隐退；人口的爆炸、资源的匮乏、生态的失衡，如今仍是中国心灵的一团乱絮。

中国期待着一种认真的回望。也许今日的经济发展可以为失去自信心的中国提供刺激，但文化的偏离，以及无批判的"弘扬"所造成的旧习的卷土重来，已构成对现代化进程的潜在威胁。回望也许无用而毕竟有益。至少可作为存在的思考的证实：我们曾经面对过历史的积重。

文学艺术向着商品的滑行现象令人吃惊。故作昂扬的应时之作与自甘沦落的插科打诨比比皆是，整个的艺坛充斥着廉价的"绕口令"般的陋习，似乎人们的聪明才智都用在耍嘴皮上了。

人们一面义愤填膺地谴责"五四"对于文化的过激行为，一面却拱手恭迎当年被陈独秀、鲁迅等斥为"吃人"的那一套道德垃圾。有时，人们甚至因习惯成自然而说溜了嘴，连当年普通老百姓都为之不齿的"国粹"，也成了广告语般的口头禅。某种舆论倡导使"整理国故"一类的陈词滥调到处走红。

文化的沦落最明显的标志是它们失去批判的锐气。现实的严酷遭遇使当前的中国知识分子变得更为"成熟"了，他们懂得如何在复杂的境遇中保存自身而不致受到伤害。于是，配合着商业文化的兴起，一些洁身自好的文化人选择了机智的避隐。他们一时忘却人间烟尘而躲进了"传统"这一安全可靠的隐蔽所。

然而，在艰难的时势中，我们的头顶垂挂着苍老的太阳。它时时提醒我们种种百年中国的记忆。难道作为这片土地上的生民，我们竟可以如此心安理得地忘却脚下这片深厚的土层，忘却土层中的埋藏和郁积？

现实种种呼唤着"脱俗"的、崇高的，有时却有点悲壮的投入。文学艺术诚然有其自身的律则，但它们对于切实人生的不可疏离却是始终地尊奉。人生和社会诸多的梦想或苦难，总是期待着文学艺术对它们做出有限的甚至是无谓的承诺。

世间万象之中，文学也许是一种既聪明又"蠢笨"的事业。当仕途或经营造出了人生的繁华和喧腾时，文学却在寂寞的一角心甘情愿地品味着苦涩，有时甚至要承受惩罚和灾难。这营生始终与悲苦为伍，它的思考和不满在某些人看来甚至是令人嫌恶的习性，而文学却毅然身负十字架流血于中途。

人们为追求欢愉尽可游戏而调笑，但他们不应以文学为工具。当生存成了严肃的甚至危险的话题时，恣意游戏文学并以此为乐、以此为荣便难免尴尬。人间游戏场随处都有，习于此道者大可不必羁留这满布悲愁和苦难的文学殿堂。

七 开放的社会与开放的文学

尽管我们认定文学的创造总与个性化的思维以及个体性的运作有关，但文学也不能逃避社会精神和社会情绪的投射与反照的使命。文学作为个人的心音，它的亏盈和共鸣往往选择在更大的社会性空间中进行。与时代的脉动毫无关联的文学很难被确认真有价值。所谓文学的特性，是指文学与直接、抽象、概念化的说教无缘，文学总是通过个人的经验、感受、思考和体悟，传达出它的社会性的意愿、追求和憧憬。

有一种难以消除的误解认为，文学领域所发生的一切都只与个人有关。这从文学的生成和发展的历史来看是不确实的。最早的舞蹈因模仿狩猎对象以及表现狩猎的过程而兴起。最早的诗歌是情有所发而为浩叹以期影响群情的产物。到了近世，文学可以通过印刷得到发表，这却反过来证明了文学与社会不可脱离的特性。在形诸文字的与情感有关的文学作品中，只有为数极少的一部分严格地只与作者自身以及某个个人有关（如只为自己写的日记，以及只为特定的第二者看的情诗，等等）。就大部分的文学创作而言，自娱与感人两种品质总杂呈于创作及发表的过程中。也许创作的动机起于自娱，而发表的动机则归于感人。因此断然与社会隔绝的作品总是例外。

文学与社会的适应是双向的。从个人的动机看文学，作家希望社会不仅能够容纳并理解个人的特殊存在，而且能通过对作品的感知而接受作家对社会的召唤。从社会的意愿看文学，社会则希望作家通过他们的精神生产传达社会竭心的追求以及希望取得的成果，从而展示社会的真实面貌。一个与世界沟通的开放的社会，当然希望通过作家的工作显示它可能达到的民主化程度、自由境界，以及它的开放性所带来的繁富。

因而，一个开放的社会理应要求一种开放的文学。社会总是渴望文学的张扬。这可以看作是社会的自私，也可以看作是社会的介意。当然，苛刻的社会为文学自由的付出可能极为悭吝。但文学的使命却不是等待施予。文学可做的事，只能是锲而不舍地坚持和争取。要求社会为文学做出慷慨的允诺和大跨度的让步毕竟近于奢侈，唯一的机会只在文学自身。

文学要解放人的心灵首先必须解放自身。开阔的视野、自在的心态、放松的情绪和从容的表达，将造就一个与开放的社会相适应的充满生机的文学形象。当然，仅此还不够，社会也必须在对文学的控制方面做出新的调整。首先，社会不能如同往常那样把文学看作是可以随意捏弄的面团，更不可把作家群体当作政敌。把文学家看作是随时都在酝酿和组织阴谋的政敌的那种心态是失常的。无可回旋的对于文学事业的僵硬态度以及无休止地向文学发动攻击的现象，只能发生在充满危机的社会环境，而与一个健康社会无涉。

要是我们始终面对的是噤若寒蝉的作家和小心翼翼的文学，要是我们的精神产品的生产者随时都感到悬剑之危，他们所能创造的是什么？失去自由的作家创造的只能是失去自由的精神。那么，这一切的最直接的受损害者不会是别人，而只能是社会本身。一个声称酷爱正义和和平的民族，而它所拥有的却是随时都可能充当被告的"灵魂工程师"，这本身就构成了悖论。

八 无法拒绝的隐忧

20世纪80年代的结束为中国文学带来了一个大震撼，痛苦之后是失语，失语之后是缄默。新时期的文学狂欢节的谢幕，宣告激情时代的终结。伴随着90年代而来的是建立在冷静反思基础上的静悄悄的调整。以往的历次调整都是一种强加，而这次却是自觉的也是一次良性的调整，没有号召，也不依赖那种无根的"批判"，甚至也不理睬宣传的喧嚣。

当然，商业狂潮的袭击干扰了这种平静。但商业性的影响显然被宣传夸大了。严肃的作家和学者仍然坚持在寂寞和清贫的一角，他们"临渊"而不"羡鱼"。从根本上看，文学的轰动是反常的。文学之引起轰动，多半是由于文学做了别的什么，而文学的常态则是受到社会中心的冷淡。股市和金融，政治和战争，甚至一个明星的隐私，都可以造成轰动，而文学基本上不能也不为。文学对于整个社会来说，只是一种调节，从久远看是一种滋润，而总与急功近利无缘。因而文学的天命是自甘寂寞。

在接近百年终了的庄严时刻，回想一百年前那一代中国志士仁人如何用苦难来谱写那个世纪末的悲壮乐章，我们就没有理由用玩笑和肤浅的态度对待人生和文学。我们希望少一些噱头和脂粉气，多一点严肃精神。眼下闲适太多，调皮和花鸟虫鱼太多，刺激太多，少的是沉雄博大、感世忧时之作。19 世纪末的忧患感消失了，代之以及时行乐的浅薄轻浮。人们！难道金钱和权力把中国所有的良知和正义感都挤压掉了？

在中国，有才能的作家和诗人不是太多，而且他们要么漂泊和流浪他乡，要么隐居避世。一些应当是雄姿英发的盛年才俊，却在心理上和艺术上充满了"老态"，他们的颓唐甚至让我们这样年龄的人都感到吃惊。

经过十年的奋斗，我们争来了一些心理和情感空间自由度，但是我们的不少文学家却在无谓地荒废和抛撒这些比金子还要贵重的自由。我们从他们那里听到了真正的末世的哀音，听到了在珠光宝气的言辞包装之下的庸俗和浅薄。相声是纯粹的语言艺术，它把以北京话为基础的汉语的机智和潜能发挥到了极致。我对相声艺术和相声大师充满了敬意。但眼下相声的粗鄙化和庸俗化已让人感到了这一艺术的可怕的沦落。更可怕的是，它的粗鄙和庸俗风气在更广泛的范围中蔓延，许多的节目主持人，许多的艺术家和作家都染上了这种"相声气"。某一个夜晚你打开电视机，随处可见小市民情趣的废话和无聊的泛滥，还有所谓的戏剧小品，从南到北的几个"幽默大师"的逗乐。喜剧不是喜剧，丑角不是丑角，把中国人的麻木和痴呆再现得活灵活现，在他们的演出中，鲁迅痛苦的鞭笞变成了兴高采烈的肯定！

还有在"弘扬民族文化"的招牌下的明确无误的复古空气。从娱乐式的祭孔表演，到再建《金瓶梅》中的狮子楼，再到西门庆的家宴菜谱。所谓的"旅游资源"的开发，随地可见的御酒、仿膳、宫廷秘方，使我们周围充满了腐朽颓废的空气。这一切窒息着我们，无情扼杀着残留的哪怕一点点生机！

有人批判"五四"的激进思想，以为中国现今的弊端与那个激进思潮有关。我们可以承认那一代人对于中国文化的激烈态度有片面性。但也许其中就蕴涵了他们的睿智和投入精神。我想发问：面对这一浪高似一浪的颓废和妥协，面对不断制造出来的古董或假古董的"肆虐"，较之那些浅薄平庸的"全面性"，那充满崇高精神的愤世嫉俗的激烈，不是显得更为可贵吗？

九 理想的召唤

新时期的文学狂欢已经落潮。多少显得有点放纵的文学正在急速地失去读者的信任，相当多的文学作品不再关心公众，它们理所当然地也失去了公众的关心。中国为数众多的文学家识时务地从急流中拔足出来。他们以随心所欲的编织和制造适应消费的需要。他们忘却记忆并拒绝责任。他们在现实中的逃逸既潇洒又机智，既避隐现实的积重，也避隐自身的困顿。文学的一缕游魂，正飘飘忽忽地穿行在艺术与时势之间，装点着 20世纪末的苍茫时空。

商潮的涌起使人们乐于把文学定格于满足快感的欲望功能，人们因厌弃以往的仆役于意识形态的位置而耻谈使命和责任。对于世俗的迎合使文学（包括其他艺术）迅速地小市民化，庸俗和浅薄成为时尚。这种时尚使一些人怡然自得而不曾感到羞赧。这倒也不必惊诧，因为当下是一个众声喧哗的时代，文学曾经为争取自由而蒙难，文学理应享受有限的自由而不必听命于他人的召唤去做不是文学想做的事。这社会的人们都在各干各的，又何必苛求文学？况且，文学的天性从来就是充分个体的、自由展开的精神劳作。

但是，当前的问题并不是文学受到羁约，恰恰相反，正因为文学的过于放任而使文学有了某种匮失。当前的文学不缺乏游戏，不缺乏轻松和趣味，也不缺乏炫奇和刺激，独独缺乏对文学来说根本的东西。这种缺乏导致人们追问文学到底有何用？的确，我们的文学曾被广泛用于政治。文学家们为此所惊吓而宁肯宣告文学"无用"。人们在倒脏水时连同婴儿一起倒掉了。

文学创作有一切的理由享用自以为是的自由，但文学显然不应抽去作为文学最本质的属性。文学的建设最终作用于人的精神。作为物质世界不可缺少的补充，文学营造出超越现实的理想的世界。文学不可捉摸的功效在人的灵魂。它可以忽视一切，但不可忽视的是"它始终坚持使人提高和上升"。文学不应认同于浑浑噩噩的人生而降低乃至泯灭自己。文学应当有用。小而言之，是用于世道人心；大而言之，是用于匡正时谬、重铸民魂。

近百年来中国人为改变自身命运而有悲壮的抗争，中国文学曾经无愧于此。20世纪行将结束之际，人们猛然发现了上述的匮乏，触目所及是不尽的华靡和鄙俗。人们惊叹文学的失重，发现了文学与时势的巨大反差。的确，文学有多种多样的功能，文学可以是快餐和软饮料。但文学除了即食即饮之外，更有属于永恒的价值。就此而言，后者更能体现文学的本质。

一个普希金提高了俄罗斯民族的质量，一个李白使中华民族拥有了千年的骄傲，一个梵高使全世界感受到了向日葵愤怒而近于绝望的金色的瀑布，一个贝多芬使全人类听到了命运的叩门声！中国的文学，文学的中国！在百年即将终了的时候，难道不应该为20世纪和21世纪的人们带来一些理想的光辉？人们，你们可以嘲笑一切，但是切不可嘲笑崇高和神圣、庄严和使命，以及与此相关的祈求，切不可嘲笑这一点点可怜巴巴的乌托邦的抚慰。

附录一 文学的纪念（1949—1999）

特殊的文学阶段

中国新文学发展至今（1999 年），已有 80 年的历史。对这段历史加以划分，前 30 年是一个大阶段，后 50 年又是一个大阶段。一般指称前一阶段为现代文学，后一阶段为当代文学。这两个大阶段，又可按不同的切割，做更为具体的划分。但这前后两个阶段的划分，已约定俗成，并无太多争议。作为中国新文学的组成部分，始于 1949 年而无限延长的当代文学的命名，近年来已受到越来越多的质疑。这一问题的解决，只是时间和精力的问题，当然也有学界同人重新约定和认同的问题。本文的论述仍然沿用目前通用的"当代文学"的概念，而且仍然遵从以 1949 年为这一阶段文学的起点的惯例。

1949 年是一个重要的年份。以这一年为标志，中国的政局有了巨大的变化。由于中国当代文学与中国当代政治有着非常亲密的关系——在很多时候是政治"运动"文学，文学"配合"政治——所以，这种政局的变化对于文学的影响，几乎就是决定性的。何况，以往呈整体状态的文学，也是以这一年份为标志，开始了以台湾海峡为分界的同一文化母体的同体异向的发展。两岸的文学从此开始了历时数十年的既彼此分割，又相互补充、相互辉映的历史性时期。这也是自有新文学历史以来所仅见的。

这一文学阶段对于中国新文学来说，是一个产生了巨大变革的特殊文学阶段。一方面是诞生于五四新文化运动的新文学传统得到了延续。另一方面则是这一文学的若干品质产生了大的变异，原来的文学流向有了重大的改变，由此生发出了有异于前的文学新质。它无疑是对新文学历史的一次改写，同时又以它的特质给中国现代文学史以新的经验。这些文学经验中最重要的一点，是文学的内容有了新的拓展，即新的生活和新的人物大量地涌进文学。当然，与此同时，更多的旧的生活和旧的人物也退出了文学。在这一进一退之间，文学也给我们提供了许多有意义的话题。

社会功利主义

中国当代文学直接承继了近代以来文学强国新民的传统。中国几代的社会精英，面对严重的内忧外患，四方求索而救国无门。当军事上连连败退而实业救国或洋务运动等又未能奏效的时候，文学则成了他们实现强国新民理想的重要选择。这些新进的知识者认为，强国在于新民，新民必先铸魂，而诗歌、小说、戏剧和各种文章则是唤醒民众的可行方式。由此可见当时文学在他们心目中的位置。

从文学改良到文学革命，中国作家想以文学内容和形式的全面革新的努力，使之有效地接近民众并为民众所接受。这正是使文学有益于改造民众这一思路的延展。由此，我们看到了从新文学革命开始的"为人生"，到后来的"为救亡""为国防""为政治"，以及每一个时期都有的"为……"的号召、主张和实践，其中的用意正在于使文学能够和社会的发展、民心的建设结合起来。

这些因素，自然地形成了近代以来中国文学的功利主义的理念。文学尽管有多种功能，但"文为世用"的观念却是中国人自古而有的。这与中国的国情有关，也与中国的文化传统有关。而把这种"有用"的文学观念加以改造并大面积地移用于政治的动机，使政治最后支配了文学，则以中国当代文学为极致。早在抗日战争结束之后的解放战争时期，即有"为工农兵服务"的文学思想出现。所谓"工农兵"，工人及士兵都来自农民，其中心则是农民。中国以农立国，当时战争的主力是农民，广大的根据地也在农村，把文学发展的基点放置于农村，则是社会情势之必然。

从农村进入城市，从根据地转向全中国，胜利者把赢得胜利的经验带到了建设新的生活之中，其中也包括"为工农兵服务"的文学经验，并把这种文学经验上升为中国文学的方向。1949 年 7 月 5 日，新中国成立的前夜，在第一次文代会上，周扬做《新的人民的文艺》的报告，其中说："毛主席的《在延安文艺座谈会上的讲话》规定了新中国文艺的方向，解放区文艺工作者自觉地坚决地实践了这个方向，并以自己的全部经验证明了这个方向的完全正确，深信除此之外再没有第二个方向了，如果有，那就是错误的方向。"[①] 周扬用不容讨论的坚定的语气来说这番话，这番话绝非随意而说。事实证明中国文艺正是按照他所表达的路线和方向来发展的。这就是我们所认为的文学社会功利主义在当代的强化。

农民文化的支持

这是一种非常强大的力量。不仅是由于新建立的政权的行政力量坚强

---

① 周扬：《新的人民的文艺》，见《中华全国文学艺术工作者代表大会纪念文集》，北京，新华书店，1950。

有力和决心坚定，而且由于在这一经验的背后，是中国广大国土上的占人口绝大多数的农民的习惯和趣味，特别是在此基础上建立起来的农村文明和农民文化。以往是在局部地区实行的文艺方针，如今要使之推行于全部国土和全部人口。这一巨大工程是与建立一个大一统的计划社会的理想相联系的。

乡土中国文明与现代都市文明的冲突，一直贯穿并折磨着中国文学的全部进程。中国是一个幅员广大的农业国，农民-地主创造了田园式的乡村文化，它成为主导式的文化形态。都市知识分子在中国先天力量单薄，它没有根。这些知识分子，或者本身就出身于乡村，即使来自中小城市的，他们的根底还是乡村。他们是从那些地方走进大城市并经由诸如上海、北京这样的城市走向西方的。他们为中国引入了西方现代文明的火种，用以烛照封建中国的暗夜。这些受到西方熏陶的知识分子，可以在特定的时代（例如"五四"）起到非常大的作用，但在一般时期，他们则始终被乡土中国文化包围。他们基本上处于孤立无援的状态。

这尤其表现在战争时期的延安。正是两种文化之间的严重冲突，导致了 20 世纪 40 年代初那个重要讲话的发表。当民众（包括当时的军队及其干部）只能享受低级的农民文化时，在那里引进并演出《大雷雨》或曹禺的作品就是悖谬的。许多文艺的悲剧由此产生。50 年代围绕萧也牧《我们夫妇之间》的争论和批判，其实就是乡村和都市的文化冲突的外现。这种文化冲突的思想，在韦君宜的《露沙的路》中也有涉及。"亭子间"里的大小知识分子，把他们的趣味和习惯带到了延安的窑洞，这不仅在当时，即使在今天也是非常荒唐的。

围绕着文学各个品种之间展开的讨论，看似复杂，究其内因，说透了都要追溯到这个根本上来。都市文明和乡村文明之间的冲突，在中国往往体现为现代性与传统性的冲突。从这个角度来考察，长期争执不休的新诗格律问题的讨论，以及 80 年代关于"朦胧诗"问题的讨论，不论是主张格律体、反对自由体，还是主张明朗、反对晦涩，都既是现代性与传统性的冲突的体现，也是都市文明与乡村文明的冲突的体现。

由于战争实践的胜利的鼓舞，农民及其所代表的文化得到了极大的强化。它摇撼了本来就很脆弱的都市知识分子意识。它改变了"五四"所形成的以都市文明为主导的运动方向。毫无疑问，以胜利者姿态出现的乡村文明，正以其巨大的覆盖力改变着中国文化的格局。从 20 世纪中叶开始，对全体知识分子实行的思想改造运动，说到底就是乡村文明对于都市文明的占领。

政治上的统一自是不必说了，经济上也正在大力推进社会主义的全面改造，即把原先多种形态的经济，改造为单一的社会主义经济，工厂、农村、商业和手工业都如此。至于意识形态方面的"统一"，其中最复杂和最麻烦的，则是文学艺术。因为文学的生产是个别的，是和每位作家的个人经历、个性、修养以及审美趣味相联系的。一位作家就是一个独立的世界。更重要的是，作家总是以独特的思想、飞跃的想象、与众不同的艺术表现来获得创作成功的。这样，整个文艺创作就面临着非常严重的局面，即"个人"与"集体"的矛盾，文学一体化的工程困难重重。

把形形色色的、多种多样的作家改造成单一构成的作家，这看起来像是一个神话，但还是在坚定的号令下展开了。至于改造的标准，已非常明确，那就是《在延安文艺座谈会上的讲话》所指的工农兵方向。这是一次旷日持久的，用农村和农民的标准在广大的精神领域对非工农兵的思想感情和创作方法进行改造的大工程。

这个工程推进的方式，一是通过知识分子自觉或非自觉的思想改造，二是通过接连不断和花样繁多的政治和文学的批判运动。关于作家的思想改造，其总体倾向是按照新的方向和标准，对过去的创作进行自我批判和自我否定。许多作家都以"集体主义"的眼光检查和批判自己与工农兵迥异的"个人主义"。这种对于个人主义的否定，对于创作者而言无疑是"挖心"的举动。作家是以个体的方式进行充分个人化的创作活动的，取消文学创作中的"个人主义"，就等于取消个人的思想自由和个性化的创作思维，而个人的消失意味着文学的不幸。

这是一个特殊的文学阶段。文学以空前的魄力和持久的坚持，推进它的一体化理想。它为自己设置了很高的目标，以当日政治上的"一边倒"为模式，文学也寻求一种理想式的倾斜，目标在于建立一种前无古人的文学模式。每一次政治批判或文学批判（尽管各个时期的提法和内容均有变化），都旨在把全部作家的实践（从内容到形式无不如此），一步步地推向它所规定的方向。

中国作家进行这种否定的结果，是这些作家在新的形势面前的普遍"失语"。那些不失语的作家，除了来自农村或长期生活在农村的以外，也少有成功的例子。即使是用新的语言进行创作的，也大都表现不自然和不娴熟，也大体如那篇讲话所形容的，"不但显得语言无味，而且里面常常夹着一些生造出来的和人民的语言相对立的不三不四的词句"[1]，"倘若描写，也是衣服是劳动人民，面孔却是小资产阶级知识分子"[2]。

正是在这种大形势下，众多的中国作家为实践这个方向而纷纷抛弃自己所拥有的生活体验，同时也"隐藏"和取消自己的艺术个性，去描写和表现（更多的时候叫"反映"）他们所陌生的生活和人物。这种避开和抛弃自己的长处以就自己的短处、压抑个性去适应共性、消隐个人的眼光和观察的角度而代之以群体共有的表现方法，使许多富有才华的、当年正处于创作成熟期的作家丧失了自己的才华和智慧。我们在《太阳照在桑干河

---

[1][2] 《毛泽东选集》，第 3 卷，851、857 页，北京，人民出版社，1991。

上》中看不到"这一个"丁玲，而在《莎菲女士的日记》中看到了，尽管后者比前者写得早得多。是莎菲使丁玲在她的作品中和文学史上存活着，而不是后来那些为她赢得了荣誉的新作。

同样的情景在曹禺的创作中也有表现。曹禺早年写过许多堪称传世之作的戏剧，使他在盛年便登上了中国现代文学的艺术高峰。随后的创作如《明朗的天》《胆剑篇》，特别是《王昭君》，都是听从他人的指引而失去了自己个性的失败之作。大师的辉煌都是在他的前半生完成的，这使人们为之扼腕。曹禺自己也是到晚年方才"悟"到，然而岁月已晚。也许老舍的《茶馆》是个成功的例外。然而了解老舍的人都明白，是他原先拥有的生活而不是后来外加的"体验"，使个人的才华在"古老"的"茶馆"中发出了光辉。现代文学的其他几位大师，在50年代都正是盛年时期，可谓风华正茂、意气风发。但是，不论是郭沫若、茅盾，还是巴金、沈从文，他们有的从此缄默（如沈从文），有的改做别事（如茅盾），令人遗憾的是，继续写作的那些作家，并没有写出堪与他们先前的作品如《女神》《家》《憩园》等相比肩的作品。

新的文学形态的胜利

尽管文学的统一化带来了许多弊端，但事实也不全是暗淡的。也有一批在新形势下得心应手的作家，他们取得了成功。赵树理无疑是这个文学时代的骄傲。他以一批关于中国农村和农民的故事，取得了自有现代文学以来表现中国农民的最高成就。赵树理创造了一系列生动、切实的农民形象，成为以文学的形式表现中国农村的圣手。他是个集大成者。赵树理在实践新文学的新方向方面，取得了他人无法企及的成功。这也许是由于他本身就是农民，他深深了解中国的黄土地上辛苦耕作的人们。所以，问题不是不可以写工农兵，文学也不是不可以以农民为中心，而是不可以所有的人都放下他们熟悉的人物和故事，去写他们不熟悉的人物和故事。在赵树理那里是成功，而在别人那里可能就是失败。

这个理论的倡导显然在一些作家那里取得了重大的成就。中国新文学中有所谓"乡土派"的写作，这些作家在表现中国农村方面做出了贡献。鲁迅通过他儿时的乡村生活经验的再现，表达了甜蜜而苦涩的乡情，以及中国大地的积重。更多的现代作家都在"为人生"的旗帜下，传达了广大的中国乡村的哀愁。但这些作家由于明显的知识分子立场的局限，在表现中国农村所达到的深度和广度上，都远不及40年代响应了"工农兵方向"的号召、以赵树理为代表的这一批作家。

在这一批作家那里，表现新的时代和新的人物的命题就不是空泛的，而是一个一个切实的行动。值得提及的作家还有孙犁、柳青以及"山药蛋派"的作家们。他们创造了一批战胜苦难、争取新生的中国农民的典型形象。《红旗谱》中的朱老忠的反抗性格，遥远地承续着《水浒传》英雄们"替天行道"的功业。《小二黑结婚》里的人物让我们依稀看到鲁迅《故乡》中的人物的影子。这些作家和他们作品中的人物的心是相通的，这里看不到"代言者"，也看不到传统知识分子那种旁观的"悯农"的痕迹。他们是一同站立在大地上共享悲欢的兄弟。他们是真诚地感受到了中国黄土地的苦难和欢乐的作家。孙犁的《山地回忆》《荷花淀》飘散着北方大地诗意的芳香，尽管他表达的是一个苦难深重的年代。

中国当代文学由于致力于推进工农兵方向，因而在表现占中国人口绝大多数的农民生活方面，做出并取得了超越前人的贡献和成就。回顾"五四"以来的文学，由于发动和支持那场文学革命的是城市知识分子，他们中的中坚分子大多留学海外、受到了良好的西方教育。他们中虽然有不少人来自农村，但由于那时的兴奋点不在农村，而旨在"以洋为师"借引进西方的观念和经验以改造中国的旧文学，因而对那些人来说，尽管他们也许了解农村并同情农民的命运，但也可说是所知有限，表现既不广泛也难有深度。显然，有更为迫切的目的吸引着他们关注的目光。

20世纪40年代初直至50年代，上述那种忽略农村的情况就有了大的改变。有力的号召，再加上认真的实践，造出了自有新文学历史以来文学表现农村和农民的高潮期。在这个高潮中涌现出了堪称农村圣手的赵树理。他的名字和那些成就卓著的大师的名字并列在一起也毫不逊色。赵树理创造了文学的乡土中国的经典性的业绩。农民式的机智和幽默，对中国农村穿透性的洞察力，以及惟妙惟肖的艺术表现，赵树理的作品散发着来自中国大地的香喷喷的"土气"。这一切，都使他在新文学史上具有了他人无法替代的、独特的意义。除了赵树理以外，还有一批为数不少的中国作家在这一方向的引导下，向现代文学的积存提供了一批有异于前的、同样具有经典意义的作品。小说如《红旗谱》《荷花淀》《创业史》，诗歌如《漳河水》，以及民间歌手如王老九的歌谣等，都为中国文学增添了新气象。

所以说，问题不在于写农村是否正确，而在于要求所有的人都去写农村是否正确。要是在战时，为了发动农民支持抗战，号召所有的人都投入并实现抗战的目的，这是一种可以理解的功利主义的动机。那么，在取得政权之后，面对社会的全部复杂性，而要强行推进这一战略，就显得窄隘而短视了。也许更为严重的还在于，为推进这一战略而采取了一系列非常的做法——观念的褊狭加上方式的粗暴，这样，悲剧就不可避免地发生了。

20世纪50年代第一场为贯彻上述方针而开展的批判，是针对一篇表现了自农村进入城市，并表现了其中人物的内心矛盾和抗争的复杂性的小说，这就是萧也牧的《我们夫妇之间》。这篇小说的情节许多人都已熟悉，此处不再赘述。值得注意的是，这一批判是针对作品处理作为农民出身的"工人干部"的妻子与作为知识分子的丈夫之间在进城之后对于城市的看法的差异引起的。妻子坚持了正确的立场，她看不惯城市，认为要以农村的习惯"改造"城市，而丈夫则对此有不同的见解。小说当然是在如何对待农民的问题上"触雷"了。而批判的来势之猛，则是出人意料的。

1951 年 6 月 10 日，《人民日报》发表了陈涌的《萧也牧创作的一些倾向》。可能是嫌火力不够猛烈，同年 6 月 25 日，《文艺报》的主编冯雪峰化名"读者李定中来信"在该报发表题为《反对玩弄人民的态度，反对新的低级趣味》的文章。该文谴责作者对"女工人干部张同志"（即小说中的妻子）的态度是"满足他玩弄和高等华人式的欣赏的趣味"，并警告说，"我们仍旧要在悬崖的边沿，竖一块牌子，上面画一个骷髅，请玩世者留心，特别是对劳动人民没有爱和热心的人要留心"。文章并为作者定性："假如作者萧也牧同志真的也是一个小资产阶级分子，那么，他还是一个最坏的小资产阶级分子。"萧也牧因文罹祸，最后死于非命，其结局十分悲惨。然而，更可悲的是，这远不是萧也牧一人的命运。

"计划文学"的经验

中国文学在新时代面临着严重的局面。原先成分复杂的作家和艺术家都面临着必须告别过去、迎接新生的极为艰巨的改造和被改造的形势。中国文学正在坚定地按照统一化的计划，进行着史无前例的调整。这种调整的内容是全面的，即不仅在大的方向上必须一致，而且在到达这一目标的方式上也是规定好的，例如作家必须深入"火热的斗争"中去熟悉原先陌生的生活中的人和事，观察、体验、研究、分析，以及建立生活根据地，等等。对于文学的创作，从内容到形式都有大体一致的要求。例如要写

"英雄人物"以及不可写"中间人物"的要求，作品的情调必须明朗不可低沉的要求，艺术形式的大众化、民族化的要求，等等。

当日不间断开展的政治的和文学的批判运动，虽然在各个阶段有各不相同的指称，但大体都是针对作家创作有悖于统一化战略的错误的、"不正确"的甚至"反动"的倾向，旨在纠正这些倾向而开展的斗争。这种批判运动开展的结果是，造成了大批作家的"流失"或进一步"失语"，以及某一时期、某一阶段文学的单一甚至枯竭。中国曾经有过若干个文学极端一律化的时期，例如"大跃进"和"文化大革命"时期，尤以后者最为突出。"样板化"就是最极限的例子，而"样板化"的结果则是文学的空前萧条。

我们的文学是从"文革"的极限和绝境中走出来的，正是开放的社会给了文学以新的生命。由此，我们获得了巨大的认知，即我们已经认识到，对于一个社会而言，它已从计划的经济和单一的经济的实行中得到了深刻的教训，我们于是决心改变这一状况。而计划的文学和单一的文学实行的结果，虽不如经济那般地直接影响于国计民生——因为它并不直接关涉到人民的"穿衣吃饭"，文学是"可有可无"的；然而，这种文学破坏性的结果对于社会的影响，则是更为深远的。它造成几代人的精神贫困，当文学变得枯竭时，人们的情感也会因枯竭而变异。

由此可知，自由的文学能激发社会的生机，而经过改造的"计划"的文学，不仅扼杀才华，不仅制造个人和家庭的悲剧，而且将造成几代人的精神失态。要是说，"五四"当初，一代先驱为挽救国难而曾经四处探求重铸民魂的药方，那么，时至今日，却是自己动手制造枯竭的文学。这无异于在自毁民族的精神长城。要是由此退回几十年，站立在"文革"造成的、让人触目惊心的精神废墟之前，要是未曾忘却当日的伤痕文学所揭露的一切，我们对上述的判断就不会感到是危言耸听了。

政治和文学的纠缠

中国新文学诞生不久，当时的文学探求者如饥似渴地吮吸着众多的外来理论，作为自己的创作指针。《新青年》杂志一开始就致力于新理论的绍介，这种绍介大大地开阔了中国作家的视野。中国作家由于文学的强国新民的理想的支持，从新文学的实验期开始就把文学表现的镜头对准了底层民众生活的艰辛：严重的贫富对立、人力车夫在寒风中的挣扎，都在当时的诗和小说中得到表现。

中国作家一开始就很注重写实派的文学主张。文学研究会的成立，以及他们"为人生"的创作主张和实践，可以说是受到了这一文学思想的很大的影响。文学与中国人的实际生存状态以及他们的苦痛和希望紧密地联系了起来。至于鲁迅早期的小说，简直就是中国人平常生活的人生百图。鲁迅一开始就把批评现实的视点，对准了中国人的灵魂。开端即是顶点，他创造了后人难以企及的高度。

写实主义的文学在当时人的心目中，无疑是一件珍宝，因为它能把现实生活的实际图画生动而形象地再现出来。早期的新文学作家，从这种文学和社会的直接而神秘的关系中，觉察到它的价值——他们本来就追求以文学改造民心进而改造社会，本来就追求文学"有用"。写实主义在此时的出现，恰恰与多数中国作家的追求相吻合。

后来，苏俄的民主主义文学思想以及辩证唯物论的文学思想传了进来。这些理论非常注重文学的社会性，注重文学对于社会的作用，以及作家的社会使命感。这些理论是建立在文学产生于劳动的基础之上的，劳动创造人类，也创造文学。这种理论极易于与当日中国新兴的激进社会理想相结合。当日中国知识分子中的先进分子，由于饱经忧患，时刻都在寻找疗救中国的药方，很少有不受到上述这种新进思想的感染和影响的。

20世纪30年代是中国左翼文学蓬勃发展的时期。由于左翼文学与共产主义思想的传播保持着非常密切的联系，以这种文学理念为基础的、注重文学社会性的思潮于是陡然兴起。新进的社会思潮与革命的文学理念，几乎是一拍即合，汇成了一股强大的潮流。从这一角度来看，从新文学革命初期的"为人生"，到后来广泛流行的"为政治"，几乎就是一步的跨越。

当代文学直接承继了解放区文学的传统，那些与这一传统不协调的文学思潮，经过有力的改造之后，很快地也汇入了上述的潮流。50年代以后由于对文学领导的强化，文学的社会性得到了更为充分的肯定。文学与社会，特别是与社会政治的关系得到了更完整也更系统的阐释。文学是从属于政治的，文学应当积极而主动地反映社会的实际，政治化的文学要求作家自觉地履行他对社会的责任。这样，由于社会对于文学的要求进一步提高，文学已不仅是被动的社会生活的反映，还应该是主动的阶级斗争的"晴雨表"和"风向标"。50年代以来的许多文艺的领导，都反复地使用这些耳熟能详的词。

文学和社会的关系从来也没有表现得像当日那样紧密。在50年代到70年代这漫长的30年过程中，文学被紧紧地捆绑在社会政治这部大机器上。这一时期的中国社会是极为多变的，这个舞台演出了无数动人的活剧。这些活剧的悲欢情节，在文学中被广泛地表现，并被大量地保存了下来。因为社会要求于文学的是充当阶级斗争的工具，因此在变幻莫测的"阶级斗争"中，一方面是文学在疲于奔命的"紧跟"中逐渐地丧失了自身；另一方面则是文学的这种几乎是直接的"配合"，又使它大面积地保留了社会盛衰、政治进退的生动画面和氛围。因为政治要求于文学的是它的即时性，文学亦步亦趋地跟随政治的状态，使当日丰富的社会资讯，意外地被大量地"积存"在文学中。

从50年代开始，中国社会的这个大舞台的演出是愈演愈烈。无以计数的政治的、准政治的运动过后，又有了一个叫作"大跃进"的大演出。而这还不是高潮，到了"文化大革命"，可以说是到了极致。中国社会的极度癫狂，全世界为之瞠目！这样，在我们通常描写为"萧条"和"贫乏"的文艺现象之下，我们却容易地发现了贫乏中的"丰富"、萧条中的"繁盛"。丰富和繁盛加不加引号都没有关系，总之，我们从通常的描写中，看到了另一面的景象。

如今看来，我们在这一时段中为中国文学积存了可贵的社会的、文学的实践经验，这里的经验是一个中性词，既说明实践中的获得，也记载实践中的丧失。当代文学的确为文学历史提供了大量有用的"文本"。这些文本既是社会行进的生动记录，又为文学的变异提供了见证。例如，被保留下来的那八个"样板戏"，它们作为动乱时代的文学遗产，如今已被视为"红色经典"而为人们所记忆：偌大的中国在长达十年的时间里，竟然由区区八个作品供应并"满足"着几亿人的精神需要！这本身就是奇异的社会历史景象。

回首往事，人们难免会产生疑惑，那漫长的岁月究竟是怎么挨过来的？事实是，在这景象的背后已有了长期的积累，再加上当时趋于严整的体系化的理论的支持，人们早已习见不怪。至于那八个作品，从创作到演出、从文本到舞台，包括从人物形象的构成到故事情节的设置，都活脱脱地、完备地展示了当时的社会-政治-文艺的精神图画。这就是丰富，这个丰富有力地说明着濒临绝境的贫乏。

中国在50年代之后的文学史，基本上是被这样一些大大小小的政治-文学运动推进着。这构成了当代文学的主流现象。这种文学运行模式的形成，是长期积累的结果，并不是一时间突然降临的。中国本来就有社会化的文学理想。由于文学自身以及文学以外的原因的促成，到了这个阶段，这种模式既已定型，又到达极限。这种文学经验留给后人以绵长的思考。它的确严重地伤害了文学自身的品质和规律。它把文学应当拥有的本质特性都放逐了，例如文学个人生产的特点，文学创造的独特性和自我表现的特点，甚至文学的审美性和诗化表现的特点，文学对全人类的超种族、超阶级、超时空的关怀的特点等，都被驱赶于文学之外，而独独留下了文学与社会的关联这一点。即使是这一点，也局限于当前的、及时的政治功利这狭隘的范围之中。这对于文学来说，确实是致命的危害。

但是，我们要是平心静气地加以考察，也不难从这些巨大的变异中，既感受到社会政治对于文学的急切要求，也了解到文学对于政治主动（更多的时候则是被动）的承诺。但是，我们也从社会和文学的这种非常紧密的配合中，以及从文学为政治做出的牺牲中，通过今昔对比，觉察到我们如今的匮缺。现时的文学的确是挣脱了外加羁束的自主的文学，但文学在外界约束解除之后，在世俗的追逐中，却普遍地失去了自律性。文学变得对于社会而言更像是可有可无的事物了。文学在一些文学家那里，越来越像是一种自说自话，不管窗外门边有怎样的事件发生，大多数的文学几乎不闻不问。要是说，文学曾经因为太近切地"为社会"而失去了自己，那么，如今则是文学在失去与社会关联的"为自己"中大面积地失去了受众。

当文学在读者中变得"存在等于不存在"的时候，这对于文学的打击，同样是致命的。当前的文学因大幅度地迎合世俗而变得普泛化了。被消解了意义和失去了价值感的文学，除了对自己怀有兴趣以外，对自己以外的一切都很冷漠。当文学不再关怀社会和人类的命运和处境时，事情显然正在起变化。在这个时候，要是反问一句：既然文学不再关怀人们的生活和命运，人们还有什么理由要关怀文学？这也许是一句并非多余的提问。

文学营造"欢乐王国"

从 20 世纪 50 年代开始，中国社会上弥漫着一种欢乐的、朝气蓬勃的气氛。这是一个充满憧憬和希望的时代。这样的时代必然也给文学打上了鲜明的烙印。许多作品都记载着这个时代欢快的、乐观的心境和情绪。这是一个弃旧迎新的时代，人们满怀喜悦地投身于劳动和工作。他们毫不犹豫地告别了过去，每一天都创造着新的开始。他们就是创世的一代人。这个时代的文学普遍地表达了冬天过去、春天来临的早春情调。这种心境凝聚在作品中成为基调，甚至本身就是作品的内容。一个时代的文学集合起来，构成了代表那个时代的整体风格。

50 年代以来，由于倡导文学一体化，作家都自觉地致力于消弭个人风格在作品中的体现，包括作品表述上的个人化追求、作家叙述风格的独特性、作家偏爱的作品基调甚至遣词用句方面的独异性等，均被视为不符合时代潮流的、带有个人主义倾向的艺术实践。在这种总趋势下，多数作家是自愿地，有的作家则是非自愿地放弃了自己毕生追求的创作的个人风格，而向着被指定的"集体主义"的、代表社会整体的、标准化的风格靠近。

社会的巨变使作家真切地感受到了一个新的时代的到来。我们已把黑暗留在了身后，而前面则是磅礴而出的日出的万丈霞光。与此同时，一体化的社会-政治-文学的要求也通过种种行政性的措施（包括层出不穷的政治运动）步步进逼，这一切主客观的条件有效地构筑着文学在新时代的一致性风格特征。显然，随着个人和流派艺术特征的弱化以至消失，实际上正在形成一个时代一种风格的局面。这个时代是充满希望的，因而文学也应该是乐观欢快的。悲观、忧愁都是灰色的，也都是不合时宜的。许多政治和文学的批评都指责低沉的调子，指责作品缺乏"亮色"，其源盖出于"风格一律"的主张。

文学的生命从来都羁系于个别性，文学赖以存在和得以流传的依据是作家的个人独创性。这种独创性既体现在内容的涵容量与表现生活的深刻性上，也表现在艺术表现力的强烈和作家的艺术个性上。成功的作家往往致力于使自己的作品具有异于他人的独立风格。因而，代表一个时代文学繁荣的理想境界往往是：一个作家就是一个世界，一个作家独立地拥有一片自己的天空。尽管这很难做到，但却是古今中外所有作家追求的最高境界。

而中国当代文学在长期间内的情况却并非如此。我们是在追求文学与时代的密切联系上、在文学表现社会生活的即时性上，要求文学有一种公共的、统一的风格，这就是被我称为"早春情调"的欢乐风格。我们在本应是多色调的、多情绪的、色彩斑斓的世界里，创造了一个不可靠同时也是不真实的虚幻的"欢乐王国"。说是虚幻，因为它只是社会生活的表面的，甚至是人为制作出来的现象。事实上，在当时这一乐观主义的外表掩盖下，生活的全部复杂性都存在着，"欢乐"并没有把生活变得单纯起来。生活中有欢乐，但不是没有痛苦，作为人们日常的生活，自古而今、天荒地老的喜怒哀乐、烦恼、苦痛以及忧患全都在，一样也没有少。一切并没有因为一个时代的开始而宣告消失。是人们的"意志"把生活"纯化"了。于是，保留在我们的文学中的，只剩下一种色调、一种情绪，最后是一种"风格"。

从社会现实来看，尽管 50 年代初期战争的硝烟正在逐渐散去，朝鲜战争结束后，国内开始了全面的建设，的确有一种和平景象。但随着生活的展开，生活中的矛盾、冲突、在光明背后的全部阴影，正在悄悄地生长着。当时批评界流行着一句对于生活的另面、另种的表现的指责："难道生活是这样的吗?"其实,生活就是那样的。而且,甚至比那样表现的还要严峻和可憎。50 年代中期,许多有良知的作者,已经望见或预感到了生活中正在酝酿着不幸和悲剧。当日有人提出"不要在人民的痛苦面前闭上眼睛",以及提出文学的职能在于"干预生活"等,就是一种觉醒和使命感的催促。但一切都无济于事,因为社会政治要求于文学的,是要它作为工具无条件地礼赞和肯定前者所展开的业绩,而且为此规定了描写的调子和底色。

其实,这样一种文学现实不仅不符合当日的社会实际,也不符合公众生活各异的、千差万别的平常状态。即使就文学与生活的最通常的关系来看,要文学在传达时代精神特征时采取统一的"欢乐"基调和氛围,也是违背文学创作的一般特性的。中国文学史上曾经流传过一个著名的论点,这论点是说文学描写欢乐最难,而文学在表现苦难方面往往得心应手。唐元和三年(公元 808 年),韩愈在洛阳为诗集《荆潭唱和诗序》作序,提出了这样的论点:"夫和平之音淡薄,而愁思之声要妙;欢愉之辞难工,而穷苦之言易好也。"我们从 50 年代开始的文学努力,整个地与这个论点相违。我们下定决心要把这个时代的文学做成一个铺天盖地的欢乐颂,而且要在文学中驱逐哪怕是一丝云翳的哀愁,这难道是正常的吗?

两个世纪末:三次文学"改道"

以上所述,大体是中国文学进入 20 世纪 50 年代后的若干重要现象,这些正负面的经验已经成为我们的宝贵财富。这是半个世纪文学留给我们的纪念。随着 70 年代末政治动乱的结束,文学也开始缓慢地调整。从那个时候开始,不论是什么样的文学潮流的涌动,它的每一次运行,都是一次把文学带出那非正常的阴云笼罩的运行。"文化大革命"的结束是一次伟大的宣告。它宣告:一个凝固的、板结的、一体化的文学秩序由逐渐的松动而终于解体。被严格控制的文学于是开始了自由的运行。这是中国现代文学的又一次重大转折。

中国文学的革新运动可以溯源到19世纪末，那时的一批先驱者把中国命运的改变羁系于文学的改变。社会的危急情势迫使他们把文学和政治捆绑在一起。在他们的理念中，文学改良或文体革命与富国强民之间的关系不仅是紧密的，而且是必然的。这样，我们便看到了从19、20世纪之交到20、21世纪之交的近百年间中国文学激烈而多变的涌动。纵观这一百年的文学进程，重大的潮流的"改道"，总的算来约有三次。1919年那次新文化运动中的文学革命是第一次，是用新文学代替旧文学的改天换地的巨变。20世纪40年代初确定，并在1949年以后予以全面推进的工农兵方向的文学是第二次。文学的第二次"改道"，其特征是以文学的一体化秩序代替五四新文学业已形成的多样化的格局。"文化大革命"结束以后，以"新时期文学"的出现为标志，包括实行商品经济以来的"后新时期文学"的发展期为第三次。

关于"后新时期"这一文学潮流，有必要用多一些的笔墨加以描述。这一阶段的文学，改变并基本消解了自左翼文学兴起以来不断影响，并不断强化着的意识形态对于文学的坚固的统制。尽管原先制约文学发展的因袭力量继续存在，文学呈现出前所未有的多向度选择的良好局面，但无可置疑的是，文学也正大幅度地被置放在商品经济运行的原则之下。世俗的欣赏趣味的扩张、广告和传媒的炒作、市场的诱惑……使得写作者和出版家都乐于使自己从这种新的秩序中得到好处。以往听命于意识形态驱遣的、失去自由的作家，如今在经济和商品的支配下，同样地失去了自由。也许，那些特别坚定的人是例外。

这一次潮流改道，同样带给中国文学以巨大的震撼。尽管它改变了中国文学单一的流向，使文学的发展渐趋于正常，但对于五四新文学而言，它的主要意义并不在于对"五四"传统的"修复";对于 20 世纪四五十年代开始的一体化文学而言,它的意义也不仅仅在于对这一文学异化的"解构"。这同样是一个全新的文学时代。文学从过去的作为庞大的和整体的"机器"中"脱出",而变成了(其实是恢复到)一个又一个的"零件"——在现今,每一个作家、每一部作品,都是这样的"零件"。

统一的机器于是解体。文学写作不再是"集体"或受命于"集体"的行为,文学写作也不再代表群体和他人,极而言之,文学与社会的关系达到了空前的淡化。文学写作和文学表现的个人化的现象,于是就成为当代最重要的文学风景。私人写作、私密性、极端的个人体验以及只有写作者自身才能了解的最隐秘的心理和情绪等,成了文学极为重要的题材,甚至成了文学的基本内容。

这同样是一个特殊的文学年代。文学的基本价值受到质疑,意义被消解,审美功能被忽视,主潮不再存在,而且,人们也不再崇拜甚至否认有所谓权威。他们听从的只是自己的召唤。"畅销书""排行榜""首发式""研讨会""签名售书"……都在有力地激发着人们的欲望和热情,都在把文学推向一个前所未有的新异的境界。这是中国文学在 20 世纪最后一个时段的重要景观。要是用一种不准确的比喻,说这是一个"皇纲解纽"的年代,对比以往曾经有过的文学禁锢的史实,却也未必含有贬义。尽管我们仍然感到不满足,但较之以往,文学的确获得了前所未有的自由度。拥有此等自由的人,理应珍惜这来之不易的权利。现在的情势却是相反的,人们似乎缺乏自制,他们中的不少人都患了健忘症,他们很容易地忘记了过去,而以轻率的态度对待他们业已获得的一切。

中国当代文学半个多世纪的行程,给人们留下了欲说还休的纪念。它仿佛是行进在榛莽与泥泞途中,一路艰难地走来,把泪水、血水以及更多的汗水洒在那绵长而悠远的路上。有许多的狂热与悲慨,也有许多的悔恨与醒悟，苦难曾如头顶挥之不去的阴云，而突破层云之后的灿烂阳光，更让人感到了生活毕竟还是美好的。

如今，我们反顾来路，透过那迷漫的尘烟，在发现有许多失落的同时，竟然发现也有许多的获得。是的，我们曾经贫瘠过，然而，我们更是富有的。把中国几代作家的亲身经历以及他们的内心经验集合起来，便是一座雄伟而悲烈的精神博物馆。世界上有很多的人不及我们"幸运"。在历史的滴血处我们获得，我们的内心有很多这样的冰川刻痕，很多人本身就是深埋地底的活化石。我们有很多记忆，而记忆是一种无价的财富。人当然不应生活在记忆中，而应当往前走。但是作家不同，作家天生地要肩负历史的重载和承受时代的重压。

作家也有微笑的时候，人们从作家的微笑中看到了生活的希望。但即使作家在微笑，我们也能在他们的笑容中看到深刻和沉重。这是作家与普通人的差异之处。普通人可以没有历史感，而作家不能没有。只要不是有意地忘却，每个中国作家都自然地感受到了中国历史之重。把这种"重"用各自的方式表现出来，则是中国作家不可推卸的历史责任。

谢　冕

1998 年 11 月 7 日初稿于北京

1998 年 11 月 8 日—11 月 20 日修改于重庆—福州

1999 年 1 月 1 日再改于北京大学畅春园

（原载《文学评论》，1999 年第 4 期）

附录二　新文学一百年

　　所谓的"新文学一百年"，是并不确切的。从严格的意义上讲，新文学从 1919 年正式诞生到现在（2003 年）还不到一百年。但从新文学的准备到初步实验，从宽泛的意义上讲，即从中国文学的近代改革上讲，则是有了一百年或是超过一百年的历史了。

　　中国的新文学运动，要是从新诗的最早实验算起，即从 1916 年[①]到现在，将近一百年。要是由此往前追溯，从晚清倡导"诗界革命""文界革命"和"小说界革命"[②] 算起，则已过了一百年。这一百年是中国社会发

---

　　① 胡适在《逼上梁山》一文中回忆了 1916 年他和一些朋友在美国酝酿文学改革时的冲撞和争论，以及其间关于白话诗的实验。这一年 8 月 23 日，他因这种实验的寂寞写成《朋友》一诗（后改名《蝴蝶》）："两个黄蝴蝶，双双飞上天；不知为什么，一个忽飞还。剩下那一个，孤单怪可怜；也无心上天，天上太孤单。"朱自清在《中国新文学大系·诗集·导言》的开头就讲："胡适之氏是第一个'尝试'新诗的人，起手是民国五年七月。新诗第一次出现在《新青年》四卷一号上，作者三人，胡氏之外，有沈尹默刘半农二氏；诗九首，胡氏作四首，第一首便是他的《鸽子》。这时是七年正月。"

　　② 这里的前两个口号系梁启超分别于 1899 年 12 月 25 日、28 日在《夏威夷游记》中提出，见《饮冰室合集·专集》第五册。"小说界革命"的口号，始见于 1902 年 11 月出版的《新小说》创刊号的《论小说与群治之关系》一文（署名"饮冰"）。在这篇文章中，梁启超极力推崇小说对于改造社会人心的作用："欲新一国之民，不可不先新一国之小说。故欲新道德，必新小说；欲新宗教，必新小说；欲新政治，必新小说；欲新风俗，必新小说；欲新学艺，必新小说；乃至欲新人心、欲新人格，必新小说。"

生重大转变的重要时期，也是中国文学发生重大转变的重要时期。从文学的层面上讲，其标志就是延续了几千年的中国古典文学传统中断了它的历史。古典的中国文学史结束了，现代的中国文学史由此发端。如同漫长的中国文学史的开端是《诗经》和屈原的《离骚》一样，新生的现代文学史也有自己的开端，那就是胡适的《尝试集》、鲁迅的《狂人日记》、郭沫若的《女神》这样一批代表性的作品。

惊心动魄的 20 世纪，在中国和世界都发生了许多重大的事件。在世界有两次世界大战，给人们留下了悲哀的记忆；在中国也有几乎没有间断的动乱和流亡，有各式各样的"运动"和"革命"。但其间的大部分事件，似乎都近于破坏，而与建设甚少关涉。若论及建设，特别是精神层面的建设，近百年中对国人的心理素质、思维方式和生活习性影响最深刻、最全面、最长远的事件，恐怕没有比新文学的设计和建立更为重要的了。

中国人决心以新文学来取代旧文学的举动，如果作一个比喻的话，可以比喻为一批先知先觉的人士为了追求文学切近中国的社会和民众，而痛下决心打破那只祖宗传留的精美的坛子。这坛子就是世代文人精心经营了几千年的中国古典文学。这个"打破"所付出的代价是沉重的，至今仍是中国文化史上的痛，但却是极其必须的和非如此不可的。因为有了这次决绝的"告别"，才有近百年来的"再生"。在五四新文化运动中诞生的用白话写作的新文学，已经在中国人的社会生活中存在了将近一个世纪。"言文一致"改变了过去的书面表达和口头表达的割裂状态，这种改变极大地促进和改善了中国人的生存状态和思维方式。

近代以来饱经忧患的中华民族，一直心怀强国新民的理想，若是没有这一番文体上的彻底革新，它可能至今还是一个遥远的梦。胡适等人所从事的新文学革命的一个最基本的理念，即非常重视"文的形式"的改变。胡适在论及新诗革命时说："形式上的束缚，使精神不能自由发展，使良好的内容不能充分表现。若想有一种新内容和新精神，不能不先打破那些束缚精神的枷锁镣铐。因此，中国近年的新诗运动可以说是一种'诗体大解放'。因为有了这一层诗体的解放，所以丰富的材料，精密的观察，高深的理想，复杂的情感，方才能跑到诗里去。"① 他在这里讲的是新诗，其实，其他文体更是如此。因为有了文体的解放，新时代的精神、思想以及科学知识，方才能借助与口头基本一致的文字的载体通往人们的内心，从而使他们不仅获得了新思想和新知识的滋养，而且获得了表达新情感和新思维的适当方式。

告别锦绣古典的精美对于中国人来说，是一个伤痛的过程，也是一个永远的遗憾。但是，从那时开始，中国人在语言文字表达上的障碍基本消除了。中国人去掉了文言的束缚而获得了语言文字表达的自由，这样的功效不仅属于文学，更属于文化。一个民族在文化的阵痛之后获得了新生，这样的结果使人们感到，哪怕是再大的代价，所有的付出与之后的获得相比都是值得的。从这个意义上讲，新文学的出现较之20世纪的其他任何一个事件，都更为重要。不论是战争的惨烈、政治的动乱，乃至灾异和瘟疫，都有风雨过后的宁静和清澈。唯有这新文学的建立和变革，是中国人贯穿整个世纪，甚至绵延至今尚无止息的实践，是对中华民族影响最深刻、最全面、最久远、最重大的一个事件。它发生在文学领域，而其影响却在更为广泛的领域，在文化也在精神，是改变社会更改变人的心灵的大事件。近年来经常有这样的议论，认为新文学革命造成了中国文化的断裂。对于此等论断，我们似应持谨慎的态度。事实上不论是文言还是白话，它们毕竟都服务于中国的文化，不能说语言的变更不会产生影响，但文化的脉流毕竟是互通并接续着的。断裂说似可质疑。

---

① 胡适：《谈新诗》，见《中国新文学大系·建设理论集》，295页。

　　需要指出的是，除了以文学改造社会人生的动机，与此并行的，在"五四"当时也还有西方人本思想的移置和植入。当人们非常重视文学的"救亡"的责任的时候，同时也行进着文学的"启蒙"的思潮，即从根本上树立个人的价值和尊严、解放个性、承认个人的思想自由和人格独立这样的启蒙。这一思潮意在把中国人从封建时代的蒙昧，引进到现代文明的状态。这个方面的意义，也许在表面上不如改造社会来得迫切和直接。但事实是，如若不能"新民"，就谈不到"强国"，二者是互为表里的。较之"救亡"，"启蒙"甚至是更为根本的。

　　在启蒙这一层面上，周作人的《人的文学》所具有的意义，可与胡适、陈独秀的文学革命的檄文相媲美，它们有着同样不可忽视的价值。在这篇篇幅不长的文章中，周作人指出，"我们现在应该提倡的新文学，简单的说一句，是'人的文学'。应该排斥的，便是反对的非人的文学"。他标举人道主义精神，认为"用这人道主义为本，对于人生诸问题，加以记录研究的文字，便谓之人的文学"。他强调这是"个人主义的人间本位主义"。自爱而又爱人，利己而又利他，强调的是基于人性的个人的地位和尊严。但是国势的衰危掩盖了人性的启迪。救亡的话题终于把启蒙的话题淹没在汪洋之中。这个时候，社会兴亡、民族再生的题目便压下了个性解放的题目。

　　更重要的是，中国新文学革命对于旧文学的质疑，源起于那时的先行者对于文学在强国新民这一目标上的殷切期待。当时忧患频仍，书生报国无门，救国乏术。他们求诸实业、求诸国防、求诸吏治、求诸科学，四处碰壁，于是想到了文学救国。若是文学能够救国，则即使有再大的牺牲，也在所不惜，何况乎文言？又何况乎古典？对于中国知识者而言，这里有一个认识的过程。他们中的很多人，原先都认为中国的积弱在于国民的体质，即所谓的"东亚病夫"。所以他们先想到的是科学。后来才知道那些充当"示众"的材料和麻木的"看客"的，却都有着健壮的身体，而病弱和伤残的却是灵魂。鲁迅在《呐喊》自序中谈到了在日本的课堂上一个幻灯片所给予他的心灵震动："从那一回以后，我便觉得医学并非一件紧要事，凡是愚弱的国民，即使体格如何健全，如何茁壮，也只能做毫无意义的示众的材料和看客，病死多少是不必以为不幸的。所以我们的第一要著，是在改变他们的精神，而善于改变精神的是，我那时以为当然要推文艺，于是想提倡文艺运动了。"①

鲁迅在谈到他是如何想起做小说来的时候，说过他那时的文学观："我仍抱着十多年前的'启蒙主义'，以为必须是'为人生'，而且要改良这人生。我深恶先前的称小说为'闲书'，而且将'为艺术的艺术'看作不过是'消闲'的新式的别号。所以我的取材，多采自病态社会的不幸的人们中，意思是在揭出病苦，引起疗救的注意。"② 许多人都怀有这样的文学信念，从康有为、梁启超开始到五四新文学革命的参与者，他们都坚定地相信文学的社会改革作用。

因为对文学的期望过高，因此百年文学的生存状态一开始就是超负荷的。诚然，文学对改造人们的精神是有作用的，但文学的这种作用却远非直接的，特别不会是即效的。文学在社会生活中，是通过审美的方式使人们产生愉悦，并间接而缓慢地作用于人们的情感的。通常人们都把文学和艺术并称，文艺在作用于人们的心灵方面，确有共通之处，即它们首先让人感动，而后影响人的行为。这种影响主要是在净化和提升人的情感的层面上。因此，更准确地说，文学只是一种润滑剂，而主要不是药到病除的良方。

但是，文学改良和文学革命的前驱者们，一开始就把文学当成了救亡

---

① 《鲁迅全集》，第1卷，416～417页。
② 《我怎么做起小说来》，见《鲁迅全集》，第4卷，512页。

图存的首要甚至是唯一的手段。这就使文学从一开始就有了不堪承受之重。既然文学在今天能够救国救民，那么，日后也就一定能够"亡党亡国"。后来发生的一切悲剧，从 20 世纪 40 年代直至 70 年代的漫长时间中一切发生在政治-文学领域中的人为的灾难，其实在新文学诞生之初就已埋下了根由。

前面说过，中国新文学的起步，着眼于运载工具的改革（建立白话文学）和内容的改革（倡导人的文学）。一旦白话文学实验成功，按道理应当进入人的文学的建设方面，可是，中国社会和中国知识者对于文学的急切要求，使新文学一开始就偏重于"为人生"和"写实主义"方面的发展。新文学从它诞生之日起，就和中国社会的处境有了非常紧密的结合。借用鲁迅一篇小说的篇名来比喻，在当时绝大多数的人们的心目中，文学就是一服疗救社会病苦的"药"。它毫无例外地涉及了华小栓病理上的危症，更涉及了华老栓迷信人血馒头的精神上的危症，当然也涉及了夏瑜坟头上的寂寞的花圈，以及杀场上取人血馒头的"潮一般往前赶"的围观者。这篇新文学的经典之作，丝丝都透着冰冷，"周围便都是死一般静"。

《药》写于 1919 年，正是新文学正式开始的那年。文学一开始就是沉重的。这是沉重的文学。难忘的 1919 年在鲁迅的著作里，到处都充满了这样激昂的、焦虑的声音。但是一旦醒来，痛感中国历史的积重，于是便呐喊几声，好冲破那铁屋子的窒息。这一代人注定了要"陪着做一世牺牲，完结了四千年的旧账"，"我们还要叫出没有爱的悲哀，叫出无所爱的悲哀。……我们要叫到旧账勾销的时候"。[①]

鲁迅是最能代表这文学的实质的。鲁迅的作品可以看作是中国新文学本质的浓缩和概括。在鲁迅的作品中，我们几乎看不到一丝笑容，反而满

---

① 《随感录四十》，见《鲁迅全集》，第 1 卷，322、323 页。

是眉头紧锁的沉思，是无奈的悲苦，是黑暗的铁屋子里的孤独的彷徨和呐喊。我们不妨再看一下作为中国新文学的开山之作的《狂人日记》，在这篇非常经典的小说中，我们依然找不到甜蜜和温馨，仍然是铁一般的阴沉，这里充满了不可理喻的"怪异"和"紊乱"的逻辑。这其实依然是作家所追求的启蒙思想在起作用。鲁迅其实是在说，所有的人都以为他和他身处其中的世界是正常的，唯有这个"不正常"的"狂人"，读出了历史的异常："我翻开历史一查，这历史没有年代，歪歪斜斜的每叶上都写着'仁义道德'几个字。我横竖睡不着，仔细看了半夜，才从字缝里看出字来，满本都写着两个字是'吃人'!"①

中国新文学是应着人们表现社会堕落和人生疾苦的召唤而诞生的，是应着如鲁迅所说的为着"揭出病苦，引起疗救的注意"的初衷而设计的。所以它不能不沉重。读当时的那些代表性的作品，我们几乎毫无例外地都会感到那让人喘不过气来的铅一般的重压。在曹禺的《日出》中，那个美丽的眷恋太阳的年轻女子，不得不在日出之前死去。她的最后的台词："太阳出来了，黑暗留在后边。但是太阳不是我们的，我们要睡了。"那份悲凉至今还震撼着我们的心灵。这文字不仅沉重，而且沉痛。

再读读那时的诗歌，郭沫若笔下的"凤凰的再生"，是以它们的自焚为代价而获得的。诗歌同样地不甜蜜，艾青的那些代表作，都是含着泪水的沉痛的呼唤。那时的文学也表现爱情，但几乎所有的受到重视和肯定的"爱情"，都是与"革命"有关的，"革命＋爱情"是当年的时尚。特别让人不解的是郁达夫的那篇名著《沉沦》，小说中那个在日本留学的患上忧郁症的中国青年，他最后喊出的话却是："祖国呀祖国！我的死是你害我的！""你快富起来，强起来罢！"在这种勉强得有点可笑的"爱国主义"的"联

---

① 《鲁迅全集》，第1卷，260页。

系"中，我们不难发现当日作家那份对于文学的神圣的期待和给予。

然而文学毕竟是文学。尽管中国的儒家讲究文学的教化作用，但文学除了认识和教育之外，还与娱乐有关，它本质上通过审美性而令人产生的愉悦的性质也并不排斥消闲的功能。文学的作用是宽泛的，它绝不狭窄。特别是作为文学作品的艺术价值总是始终与人们的审美理想和审美追求有关。五四时期，开始时意见尚平和。尽管有种种强烈的文学契合社会改造的要求，但那时毕竟有着思想解放的总体的自由氛围，在文学的建设中也还能宽容对待和满足文学的多种职能。那时出现了一种相当动人的短暂的各种各样文学并存的局面，例如倡导"为人生"的文学研究会和倡导"为艺术"的创造社的各得其所，又例如主张写实主义的诗与"新月派""现代派""象征派"的自由竞争，等等。

到了 20 年代末，情况大变。那时左翼文艺思潮盛行，以阶级性的眼光来判断文学的价值成为一时风尚。随着创造社大部分成员的转向激进，"五四"的"文学革命"迅速地转向"革命文学"。此时开始激烈地反对文学的个人性和趣味性。对所谓的"个人主义"和"趣味中心"抨击得最厉害的是后期创造社的那些人。他们大多数是留日学生，信奉"普罗文学"的思想。最典型的是成仿吾发表于 1927 年的《完成我们的文学革命》这篇文章，此文激烈批判当时的文艺界"就好像许久被人把口封住了一旦得了自由的一样，都是集中在自我的表现的"，"我没有想到他们会这么早就堕落到趣味的一条绝路上去的"。他认为这种"遭遇着趣味这种臭气"的倾向不是文艺的正轨："这种以趣味为中心的生活基调，它所暗示着的是一种在小天地中自己骗自己的自足，它所矜持着的是闲暇，闲暇，第三个闲暇。"①

----

① 成仿吾：《完成我们的文学革命》，见《中国新文学大系 1927—1937·文学理论集二》，4～5页，上海，上海文艺出版社，1987。

其实，即使是如鲁迅这样的毕生以社会承担为己任的先行者，他的一贯的激烈之中，也存在着通达的一面，并没有后期创造社同人这般的"彻底"。鲁迅在他的那篇著名的文章《小品文的危机》中，有一些大家耳熟能详的名言，那就是："生存的小品文，必须是匕首，是投枪，能和读者一同杀出一条生存的血路的东西。"紧接着这句话，他还说，"但自然，它也能给人愉快和休息"，尽管他对这种"愉快和休息"做了限定，即："这并不是'小摆设'，更不是抚慰和麻痹，它给人的愉快和休息是休养，是劳作和战斗之前的准备。"① 鲁迅的"通达"代表了那个时代的基本精神，即一方面把文学的功能定位于改造社会的大前提下，所以，他首先要求于文学的，是作为武器（即"匕首"和"投枪"）的性能，是为求生存而能够杀出一条血路的东西。然而，文学同样感知到了那个时代追求个性解放的、对于个人存在及其欲望的尊重的总体氛围，有它的自由性和民主性的一面。因而，它能够注意到文学毕竟存在着那种有限度的和有节制的"愉快和休息"的性能。

所以，我们看到了这样的事实：在一定的历史空间里，文学的风格和样式是多样并存的，尽管它们之间有着某种对立和抗争，但却不会是排他的，更不会是唯一的。这种相对宽松的心理承受，在那个时代是一个普泛性的事实。例如文学研究会和创造社这两个影响力相当巨大的文学社团，它们的宗旨各有不同，但却并行不悖，各自沿着各自的路线发展。文学研究会宣告，"将文艺当作高兴时的游戏，或失意时的消遣的时候，现在已经过去了"。据茅盾介绍，这个文学社团的宗旨认为"文学应该反映社会的现实，表现并讨论一些有关人生的一般问题"。与此判然有别的是创造社，他们是倾向唯美的一群，强调"文学除了对于外界的使命之外，总有

---

① 《鲁迅全集》，第 4 卷，576～577 页。

一种使命对于自己", "有不少人把这种对于自己的使命特别看得要紧, 所谓艺术的艺术派便是这般"①。但即使如此, 创造社的作家同样"显示出他们对于时代和社会的热烈的关心", "他们依然是在社会的桎梏之下呻吟着的'时代儿'"②。这些材料有助于我们现在进行的讨论。首先, 它说明了"五四"当时对于艺术主张各不相同的艺术派别的宽容和大度, 同时也恰好证明了即使是艺术自身规律之倾向的社团如创造社, 它依然不能完全脱离苦难深重的中国社会的现实。就是说, 它们的文学依然是沉重的。

革命意识的介入, 使原先那种近于极端的文学主张获得强有力的支持。这种意识的核心是阶级论, 即社会人群的阶级性, 阶级矛盾和阶级斗争的理论。这种新兴的理论被有效地嫁接在中国本来就矛盾重重的社会肌体之上。它造就了一种幻觉, 即认为中国近代以来所苦苦追求的强国新民的理想终于显示出明晰的线路。来自域外的理论使国人的悬念有了答案。似乎因它的到来, 往日所有的纠结和悬置全都迎刃而解。新文学为寻求社会进步而拥有的批判性, 如今非常明确地与激进的政治理念完好地契合了。一向不甚明晰的文学变革的设想, 迅即从政治意识的定位中取得了明确的方向感。

大约是在20世纪20年代后期, 一些政治色彩很浓的文学理论被大量引入并发表, 这些文章更加猛烈地批判文学的趣味性: "凡所谓趣味都是这样的, 它是路旁的一个迷魂阵"③。持论者认为"资本主义已经发展到了最后的阶段(帝国主义), 全人类社会的改革已经来到目前", 对于当时的文学态势, 也有激烈的批评: "在整个资本主义与封建势力二重压迫下的我们, 也已经曳着跛脚开始了我们的国民革命, 而我们的文学运动——

① 郑伯奇:《中国新文学大系·小说三集·导言》, 见《中国新文学大系·小说三集》(影印本), 上海, 上海文艺出版社, 2003。
② 同上。
③ 成仿吾:《完成我们的文学革命》, 见《中国新文学大系1927—1937·文学理论集二》, 8页。

全解放运动的一个分野——却还睁着双眼，在青天白日里找寻已往的迷离的残梦。"①

可以说，从近代的文学改良直至"五四"的文学革命，都是在中国社会危机的背景下展开的。试图通过文学的变革以达到消除危机的目的，这种追求的目标的确立及实行，在很长的时期中都是不确定的、模糊的和充满矛盾的。但是在 20 年代末，这种追求由于与强劲的革命思想的遭遇，无啻于给中国的新文学革命注入了兴奋剂。仿佛是得到了证实，即新文学所追求的强国新民的梦想，可以凭借着那时流行的那些话语得以实现。一批由留学生引进的新潮理论似乎造成了"事实"，那就是认为一个崭新的社会革命正在中国大地上进行。因而，当受到"五四"思潮影响的国人，面对着救亡和启蒙两项使命感到踌躇时，因为有了上述那种引进，从而使先前的矛盾得以缓解。"救亡"甩下了它的兄弟"启蒙"而单独前行了。这样，当"救亡-革命"的公式出现在人们面前时，人们早已对此习以为常而不会大惊小怪了。

对于中国文艺界来说，当它"顺利"地处理了上述那一对矛盾之后，下一个目标就是文学的社会性和个人性这一对新的矛盾。这是一对更复杂、更深刻，也更棘手的矛盾。五四初期关于"人的文学"的议论烟消云散之后，在它消失的沿途抛撒下一路"个人主义"的碎屑。对个人主

---

① 成仿吾：《从文学革命到革命文学》，载《创造月刊》，第一卷第九期。该期编辑王独清在"余谈"《今后的本刊》中说："仿吾的《从文学革命到革命文学》是一篇最重要的论文，简直可以说是今后同人要从事于新努力的一篇宣言。"本期同时还发表郑伯奇的戏剧《牺牲》、蒋光慈的小说《菊芬》。王独清对此评价说，它们"都充满了革命的情绪"。在这篇"余谈"里他还说："新时代斗争要开展在我们的面前，处在这样的一个转变期间的我们，应该持一种真实的态度：我们是应该向后退呢，还是应该去欢迎这新时代的来临？……我们要承受新时代将开展以前的朝气，我们要参加催促新时代早临的战线，我们要尽我们的能力做些自觉的工程作欢迎新时代的礼物。"这一期刊物所登的作品、理论以及编者的编后谈，构成了一种"事实"，即五四新文学已经转型。而这种转型却是由于中国社会"业已"发生了"新时代"的转变。这是当时创造社同人的愿望和判断。它也代表了中国在二三十年代"革命文学"运动的一个事实，也是当时的"文学主潮"。

义的申讨始于 20 年代末，盛于五六十年代，而终于 90 年代。这是一个痛苦而漫长的路程。它的背景非常复杂，其基本动机则是社会功利。现在不妨再把话题拉回到 20 世纪二三十年代之交的那场革命文学运动。那时的目标非常明确，即革命是倡导集体性而反对个人性的。而在文学上，则是要以集体的价值和趣味来排斥和替代狭隘的个人主义。革命文学，它天生地总与大众利益以及社会群体的思想性有关。

在这一方面，蒋光慈的论述最多，也最详。蒋光慈的《关于革命文学》一文就是把文学放置在特定的社会政治的环境中考察并提出要求："现代革命的倾向，就是要打破以个人主义为中心的社会制度，而创造一个比较光明的，平等的，以集体为中心的社会制度。"与此相对应，他认为："革命文学应当是反个人主义的文学，它的主人翁应当是群众，而不是个人……若这个个人的行动是为着群众的利益的，那么当然是有意义的，否则，他便是革命的障碍。革命文学的任务，是要在此斗争的生活中，表现出群众的力量，暗示人们以集体主义的倾向。"[1]

事情这样开了头，就有源源不断的后续者的发挥。这些后续者越来越表现得自信、坦率且坚定。到了毛泽东，他更以断然的语气说："我们是无产阶级的革命的功利主义者，我们是以占全人口百分之九十以上的最广大群众的目前利益和将来利益的统一为出发点的，所以我们是以最广和最远为目标的革命的功利主义者，而不是只看到局部和目前的狭隘的功利主义者。""我们的文艺应当'为千千万万劳动人民服务'……在今天，坚持个人主义的小资产阶级立场的作家是不可能真正地为革命的工农兵群众服务的。"[2] 此后，革命文学的性质与作用似乎就专注于对于个人主义的批

---

① 蒋光慈：《关于革命文学》，原载《太阳月刊》，1928（2）。转引自《中国新文学大系 1927—1937・文学理论集二》，46 页。

② 《毛泽东选集》，第 3 卷，864、856 页。

判。在一批革命文学家的心目中，个人主义是罪恶的，等同于资产阶级，而集体主义则是圣洁的，等同于无产阶级。

在这一点上，郭沫若的主张最为彻底。他以麦克昂的笔名发表的《桌子的跳舞》，激烈批判中国作家"他们都是些很舒散的个人无政府主义者。他们只是想绝对的自由"，他们表现的是"极狭隘、极狭隘的个人生活的描写，极渺小、极渺小的抒情文字的游戏"①。还有一篇《留声机器的回音》指出，对于"唯心的偏重主观的个人主义者"来说，他们应该克服自己已有的个人主义，来参加集体的社会运动。"就是要叫他们当一个留声机器"，这就是"第一，要你发出那种声音（获得无产阶级意识）；第二，要你无我（克服自己的有产者或者小有产者意识）；第三，要你能活动（把理论和实践统一起来）"。② 这些道理说白了，也就是取消个人主义，不要表现自我，要被动地、无保留地充当集体意识的传声筒。

较之周作人当年"人的文学"的提倡，这是一个明显的倒退。革命把原先那一点点微不足道的启蒙意识都消解了。这时，明确地对文学家提出要求，即为革命而文学，而不是为文学而革命，落脚点是革命。至于创作的动机和目的，应该是由"艺术的武器"改变到"武器的艺术"，出发点是武器。③ 文学和艺术到了这时，自然地变成了革命和武器了。由于上述那些理论的推进，新文学在经历了初期的有些庞杂也有些散漫的发展之后，就被迅速地吸引进了革命的隧道。强调社会性和集体性的结果，使文学的"个人主义"受到沉重的打击。那些指向农工运动和底层生活的革命

---

① 麦克昂（郭沫若）：《桌子的跳舞》，载《创造月刊》，第一卷第十一期。本期编辑后记写道："革命文学的激潮已经传到四方，知识阶级的青年大众已经完全接受，以后必须进入一个新的阶段"，"在革命文学的全运动上，文艺理论的建设与作品行动只是形式上的区别。指导理论的发扬，由指导理论的灯光去照彻有产者家犬的衣裳，点破一切新旧文艺的本性——这些都是最重要的工作。我们今后将更努力于这方面；正确的理论绝不是空虚的，它是轰破敌军的强有力的炮火"。
② 麦克昂（郭沫若）：《留声机器的回音》，载《文化批判》，1928（3）。
③ 见李初梨：《怎样地建设革命文学》，载《文化批判》，1928（2）。

作品，使恋爱也染上革命的色彩。这些无一例外的严肃而沉重的作品，一时间站在了时代主流的位置。他们从批判文学的趣味中心转而批判文学的个人主义。激烈地反对文学的个人主义的结果，伤及了文学的心脏——文学的所有悟性和灵感的核心。这就给此后漫长岁月中的文学悲剧投下了浓重的阴影！

以 20 世纪 40 年代初期那个讲话为标志，直至 40 年代末的《斥反动文艺》①的发表，事情可谓愈演愈烈。邵荃麟那时说："在今天，作为一个进步知识分子来说，只有在同广大群众结合中，进行其自身意识改造，在这个基础上建立起健康的感性生活，否则便可能走回到个人主义文艺的旧路上去。我们以为今天文艺思想上的混乱状态，主要即是由于个人主义意识和思想代替了群众的意识和集体主义的思想。"②

一百年来，我们的新文学就这样以不堪重负的姿态，行进在发展创造的长途上。文艺不仅是疗救社会病苦的药物，后来更成为政治的代言，甚而本身也成为政治。文艺排斥、拒绝轻松和闲暇的结果，使那些不能占据主流位置的写作者受到质疑和打击。他们是主流以外的人，他们的工作长期得不到公平客观的承认。他们被称作小资产阶级或资产阶级作家。他们置身于支流、边缘甚或是逆流的受轻视和受排斥的地位。在上述那篇《斥反动文艺》的文章中，作者说："我今天要号召天真的无色的作者和这些人绝缘，不和他们合作，并劝朋友不合作。人们要袖手旁观，就请站远一点，或站在隐蔽的地方。"这种局面从 20 年代后期开始，一直延续到 70 年代，大约占了一个世纪的一半。在长达半个世纪的漫长时间里，文学一直如此沉重，这说明中国新文学的生存环境并不正常。

新文学在行进中，却又是在不断地实验中。从它酝酿和诞生的时候

---

① 郭沫若作，载《大众文艺丛刊》，第 1 辑，香港，1948 年 3 月出版。
② 见《大众文艺丛刊》，第 1 辑。发表时署名为"本刊同人——荃麟执笔"。

起，它就一直在尝试着适应中国这个充满危机也充满变数的社会政治现实。它是文学，却又不单纯是文学。尽管在漫长的时间内，有不少的理论批评和创作实践都在提倡一种"纯"的文学，但文学在中国就从来没有"纯"过。在中国这个现实里，文学似乎总是天生地与它的生存环境和社会兴亡，甚至与政治沉浮保持着千丝万缕的联系。从最初的"为人生"到"为大众"，再从"为工农兵""为社会""为绝大多数"到"为政治"……开始是自然而然地推进，后来就有点着了魔似的"穿着红舞鞋"不停地跳着，再也停不下来了。

你说是自觉自愿也好，你说是不知不觉也好，总之，文学是"从善如流"般地走进了一个不可逆转的窘境。这就是中国的国情，也就是中国文学的命运。近日从钱仲联的《近代诗钞》中抄得林学衡[①]诗一首：

> 曳车用人力，奔走烈日下。祇此百十钱，乘人如乘马。上坡下坡行，汗出动成把。佝偻腰背折，仰审弊其踝。得钱活全家，辛苦较多寡。坐客时骂叱，谁是哀怜者？同为仆御流，汽车出巨厦。高座旁无人，千里直一泻。黄金变兹世，劳逸愈分野。终恐起工农，尽使白为赭。（《乘人力车过市》）

人们都记得《新青年》第四卷第一号有胡适和沈尹默的同题诗《人力车夫》，今录胡适的一首用以对比：

> "车子！车子！"
> 车来如飞。
> 客看车夫，忽然心中酸悲。

---

① 林学衡（1897—1941），福建闽侯人。1910 年入京师大学堂，辛亥革命后参加南社。但他的诗学主张深受"同光体"闽派的影响，并不赞成柳亚子等人的观点。著有《丽白楼自选诗》等。

　　客问车夫："你今年几岁？拉车拉了多少时？"

　　车夫答客："今年十六，拉过三年车了，你老别多疑。"

　　客告车夫："你年纪太小，我不坐你车。我坐你车，我心惨凄。"

　　车夫告客："我半日没有生意，我又寒又饥。你老的好心肠，饱不了我的饿肚皮。我年纪小拉车，警察还不管，你老又是谁？"

　　客人点头上车，说："拉到内务部西！"

　　发表这诗时，是民国七年，即 1918 年，离五四运动的爆发还有一年。正是新文学诞生的前夕。从上举两首诗可以看出近、现代文学以及新、旧体诗歌之间的内在联系。它们的内质是相通的，但语言和形式产生了重大的改变。对弱者和底层民众的同情和悲悯是中国文学的优秀传统，这在新文学的实践中得到了发扬。从道理上讲，这是无可非议的高贵的传统。在这两首诗中，可贵的同情心产生于个人，但它又作用于社会。在这里，社会与个人并没有产生不可调和的对立。对立是发生在革命文学激烈批判"个人主义"的时候。到了 40 年代末，随着对"绝大多数"的极端强调，文学的个人性可说是到了末路了。

　　这一切都是在非常庄严的、富有正义感的场合下予以强调的。要是我们略过那场关于文学大众化的激烈论争，让时间跨过大约十年的界限，我们可以很容易地在 40 年代初的那篇重要的文章中，得到经典性的关于"绝大多数"与"极少数"（也就是无产阶级与资产阶级）相对立的文学阐析。它们是延续性的，不曾间断的。

　　"我是个学生出身的人，在学校养成了一种学习习惯，在一大群肩不能挑手不能提的学生面前做一点劳动的事，比如自己挑行李吧，也觉得不像样子。那时，我觉得世界上干净的人只有知识分子，工人农民总是比较脏的。……革命了，同工人农民和革命军的战士在一起了，我逐渐熟悉他们，他们也逐渐熟悉了我。这时，只是在这时，我才根本地改变了资产阶级学校所教给我的那种资产阶级的和小资产阶级的感情。这时，拿未曾改造的知识分子和工人农民比较，就觉得知识分子不干净了，最干净的还是工人农民，尽管他们手是黑的，脚上有牛屎，还是比资产阶级和小资产阶级知识分子都干净。"① 毛泽东说，"这就叫做感情起了变化，由一个阶级变到另一个阶级。我们知识分子出身的文艺工作者，要使自己的作品为群众所欢迎，就得把自己的思想感情来一个变化，来一番改造。没有这个变化，没有这个改造，什么事情都是做不好的，都是格格不入的。"②

从悲悯情怀到现在这样的道义迷思，这一切似乎都是顺理成章的。新文学中的"工农兵文学"，直接演绎自"革命文学"。它们都是中国社会必然的产儿。上述这种对于大众和集体的强调以及对于个人主义的抨击，到了中国革命成功之后，由于行政力量的加强，也由于权威性的阐释，得到了普遍的推广。主体文学思想的权威阐释者周扬说："当中国人民已经在中国共产党领导之下，奋斗了二十多年，他们在政治上已有了高度的觉悟性、组织性，正在从事于决定中国命运的伟大行动的时候，如果我们不尽一切努力去接近他们，描写他们，而仍停留在知识分子所习惯的比较狭小的圈子，那么，我们就将不但严重地脱离群众，而且也将严重地违背历史的真实，违背现实主义的原则。"③

持续不断的对于个人主义的批判和申讨，以及与此相关的对于被称为"绝大多数"的集体主义的推崇，给新文学带来了新的伤害，使新文学在原先的社会承诺的沉重负荷之上压上了巨石。这种伤害之所以较之先前更为严重，是因为前者毕竟只是在文学的职能上不经意间加以限制，使本来丰富的文学职能变得单一和狭窄了。它给文学带来的伤害只限于功能上的

---

①② 《毛泽东选集》，第 3 卷，851～852 页。

③ 周扬：《新的人民的文艺》。这是 1949 年 7 月 5 日周扬在中华全国文学艺术工作者代表大会上所做的关于解放区文艺运动的报告，原载《中华全国文学艺术工作者代表大会纪念文集》，北京，新华书店，1950。

收缩，而没有伤及根本。而对于文学个人主义的质疑，是对文学创作的基本原理和基本规律的彻底性否定。事实是，文学创作如若离开了作家非常个人化的对人世万事万物的体验和感悟，如若离开了基于个人的而且仅仅属于个人的艺术表现才能和非常个人化的语言表达能力，一句话，即离开了作家个人天才的独创精神，文学还能有什么呢？

作家是自由创作的君王。他只听命于自己的内心，而无视来自任何方面的指令。任何想依赖外在的力量指挥作家的创作的做法，都只会给文学带来负面的影响。当然，作家应当始终关注社会的盛衰和民众的忧乐，应当对此有强烈的自律性。与此相关的是，强调文学的社会性和倡导表现大众，应当是与文学创作的个人独创的基本规律并不矛盾的，更不会是相斥的和对立的。不能因为引导文学向着社会大众而粗暴否定文学生产的个体特征。同样，也不能因为重视了个人独特的感受和表现力，而认为这种倾向违背了文学的社会承担。

中国作家在这种日趋严酷的写作环境中，往往处于一种两难的境地。一方面，按照文学创作的规律，作家的自我意识始终是创作的驱动力和灵感的源泉，但几乎所有的作家都在这一条路上如临深渊，如履薄冰，他们不得不在这里表现得小心翼翼，竭力不让自己流露出哪怕是些微的资产阶级或小资产阶级的思想情感。他们有很浓厚的自我意识的"原罪感"。另一方面，他们又处在不断地被要求和被号召的总氛围中。他们要以全部的精力投入他们所生疏的、所不熟悉的人物故事的写作。而在这一方面，也有接连不断的指令，例如20世纪50年代初，就有关于表现新的人物，特别是表现新的"积极人物"的指令。① 后来有批判写"中间人物"的指

---

① 周扬在《新的人民的文艺》中要求作家"更有力地表现积极人物，表现群众中的英雄模范；克服过去写积极人物（或称正面人物）总不如写消极人物（或称反面人物）写得好的那种缺点"。同时他还提出，作家必须站在"时代思想水平上"，"将多方面地、深刻地反映生活与明确地、坚持地宣传政策，两者统一起来"。

令。到了"文化大革命",就更具体也更详尽了,那就是"三突出""三陪衬"等。① 一句话,他们不得不抛弃自己所熟悉的一切去适应自己所陌生的一切,并按照那些越来越具体也越来越严格的指令来创作。

上述这样的文学状态,是长时间的、持续的、渐进的过程。作家被引领和进入这样的状态,也是始终一贯的、不间断的过程。几乎所有的作家(也许少数或极少数例外)都无法适应这样一种被指令的状态。他们被要求不断进行自我改造,自我改造的前提是自我批判,而自我批判的核心则是所谓的个人主义。在20世纪五六十年代,整个文学界弥漫着惶惑的气氛。张天翼用不确定的第三人称的语气表达他的忐忑:"他自以为是站在劳动大众立场,并为他们而写,究竟他做到了没有?做到了多少?他的没有做到或做得远不够,或自命做到而实际没有做到,除开怪那时的政治环境而外,就没有一点主观方面的原因吗?"② 巴金也对自己以前的创作加以否定:"很早我就说过我没有写过一篇像样的作品。现在抽空把过去二十三年中写的东西翻看一遍,我也只有感到愧怍。时代是大步地前进了,而我个人却还在缓慢地走着。在这样的时代面前,我的过去的作品显得多么软弱,失色!"③

回望新文学走过的路径,它的一切辉煌和曲折使人深省。新文学虽然饱经沧桑,但依然成绩斐然。它出现过一代又一代杰出的作家,也出现过一批又一批优秀的作品,积累了丰富的经验,但至今还不是一个成熟的文学形态。这是一种令人有点沮丧的判断,但事实确乎如此。这是

---

① "三突出"指"在所有人物中突出正面人物;在正面人物中突出英雄人物;在英雄人物中突出主要英雄人物"。"三陪衬"则是俗称,指"用反面人物陪衬主要英雄人物,用其他正面人物烘托主要英雄人物,运用环境的渲染突出主要英雄人物"。见上海京剧团《智取威虎山》剧组:《努力塑造无产阶级英雄人物的光辉形象》,载《红旗》,1969(11)。

② 《张天翼选集·自序》,上海,开明书店,1951。

③ 《巴金选集·自序》,上海,开明书店,1952。

由于，迄今为止它还不能在影响新文学发展的若干重大的问题上，如传统与现代、社会与个人、政治与艺术、思想与审美等这些根本性的问题上，给自己定位。文学非常容易受它的环境所左右而产生摇摆和动荡，它始终处在一种不稳定的状态中。因为这种种的原因，在"五四"之后的一些文学阶段里，原先的那些卓有成就的作家，可以认为是大师的作家，都在这种摇摆和动荡中黯然失色。20 世纪 50 年代以后，茅盾、郭沫若、巴金、曹禺①都没有写出超过《子夜》《女神》《家》和《日出》那样的作品。老舍也只有《茶馆》差强人意，除此之外，也无法重现昔日的辉煌。

造成这样的事实的根本原因，如前所述，是人们一开始就对文学的期望过高。由于期望过高，急切中使文学由倾向进步转而倾向激进，终于因靠拢政治而最后陷入政治。这种陷入对文学的打击是致命的。文学可以对社会人生起作用，但把天下兴亡盛衰的全部希望寄托于文学，造成文学不堪重负的局面，不能不说是一种错失。从道理上讲，文学可以是药，但也可能是茶或酒，甚至可能是软饮料。文学可以改变社会人生，但这远不是即效的，而是一个缓慢浸润的过程。

新文学从它诞生之日起，就把注意的中心投放于思想和内容的革新上。对白话诗而言，为了"白话"而忘了"诗"，对新文学而言，为了"新"而忘了"文学"的现象，那时就存在。在新文学的建设中，由于急切地要使文学进入社会人心的改革，它的注意力一开始就集中在对于文学的思想内容方面。从它诞生的时候开始，直至"文化大革命"结束，从来就存在着为思想而轻忽艺术，为革命而轻忽文学的弊端。

---

① 一篇谈论曹禺创作的文章谈到，黄永玉曾说曹禺"失去了伟大的通灵宝玉，再也不容易找回来了"，这篇文章的作者说，"这个比喻说的是曹禺特有的思想才能和艺术才能，他对现实生活和戏剧艺术都有一种与众不同的悟性，能够看穿人的灵魂，了解人的性格与命运"。见甘竞存：《戏剧大师的"悟"——纪念曹禺先生逝世一周年》，载《雨花》，1998（4）。

20 世纪 40 年代初那篇重要的讲话的发表，更为文学鲜明地提出了"政治标准第一，艺术标准第二"的指导方针。其实对于文学艺术来说，艺术性是决定性的，也从来就是第一性的。这是它的应有之理。在它所涉及的一切方面，无论是政治，还是别的意识形态，都只能通过文学艺术的方式来实现它的意图和价值。一旦离开了这个前提，那就不是艺术。这样一个基本的观念，却长期受到人为的曲解。我们面对的事实从来都是：政治对艺术的强暴，思想对审美的侵略。为革命而放逐抒情，为思想而放弃艺术，被认为是天经地义的。

中国新文学在它漫长的发展途中，一直为自己的合理生存而抗争。它面临着艰难的非此即彼的选择。一切矛盾在它的面前变得完全对立化，它一直走着一条极端的险径和窄径。这就使新文学被置于永远"不成熟"的位置上。在 20 世纪的最后一个时段，中国文学的处境发生了一个根本性的变化，从来受到严格的政治制约的文学终于有了空前的松动。中国的社会由封闭走向开放，经济由计划走向市场，舆论由控制走向民主，文学终于也由禁锢走向自由。这是百年来从未有过的划时代的巨变。

要是从 19 世纪末叶算起，直至当前，中国新文学从它的酝酿到建立，经历了跨越三个世纪、两个世纪末的沧桑巨变。中国新文学伴随着中国社会的狂风急雨，走过了充满泥泞和荆棘之路。在 19 世纪和 20 世纪之交的那个世纪末，文学做着强国新民之梦，经历着弃旧图新的痛苦。随后是无边无际的政治对于文学的挤压，有一段时间（例如"文革"），文学在这样的挤压下，只剩下一具空壳。一面是文学，一面是政治，就这样翻烙饼似的玩弄着钱币的两面。文学有着不堪承受之重！这可以说是社会强加的，但更可以认为是文学自取的。

在刚刚过去的 20 世纪和 21 世纪之交的这个世纪末，中国新文学在时代的新生中也获得了文学的新生。这是一个全新的时代。文学也面临着全新的问题。政治关于文学的限制逐渐淡化，束缚作家创作的条规已经消除，新时代给予作家的创作自由度是空前的。新时期文学的蜜月期过去以后，文学享受着市场化经济给予的恩惠，中国作家享有了几代人梦想的（"基本上"或者是"有一定限度的"）想写什么就写什么、想怎么写就怎么写的充分的自由。这完全是一个崭新的局面。

20 世纪 70 年代后期出现的转机，是由于中国社会环境的改善。继"五四"第一次思想解放之后的又一次思想解放，带动了文艺思想的解放，这就是前边说到的"文学新时期"或者叫"新时期文学"。这里所谓的"新"，当然与五四时期的新文学的"新"，有不尽相同的含义。可以理解为，这里所谓的"新"，是对于文艺的地位和价值的重新体认，是重新调整文艺和政治、文艺和大众以及文艺和社会诸关系的历史新时期。这种调整是要把文艺从从属政治、直接为政治服务的阴影里解放出来。这个过程是艰难的、缓慢的，但却是非常伟大的。

在这个过程中，我们可以感受到时代转换的艰难险阻，也可以感受到文学的积重。《班主任》《伤痕》都有政治代言的余绪。那时人们依然迷恋于"写什么"，而并不重视"怎么写"。值得充分重视的是小说《爱，是不能忘记的》和散文《拣麦穗》，这些作品体现了巨大的跨越，即从政治到艺术、从社会到个人的跨越。也可以说是回归。不论是跨越，还是回归，都是划时代的伟大作品。作家终于可以轻松地写作仅仅属于自己，并仅仅是使自己感兴趣的内容了。

20 世纪 80 年代短暂的文学狂欢节落幕以后，严重的缺失随之而来。在普遍地重视趣味、愉悦和享乐的同时，人们也普遍地感到了中国文学在新时代的失重。无思想、平面化、无深度、零度情感正在成为时尚。文学是非常轻松了，轻松得让人不安，甚至让人"怀旧"。相当的一部分文学正在成为自私的事业，它与社会甚至与读者都没有关联。及目所见，充耳所闻，四围弥漫着的尽是让人漂浮的东西。我们正在经历着一种新的灾难，那就是挣脱了政治束缚之后，文学正重新经受着欲望时代的裹胁。我们正在承受着同样不堪承受的"文学之轻"。

谢 冕

2003 年 6 月 21 日，完稿于北京大学中文系

（作者附志：本文原系 2002 年 5 月 13 日为东南大学百年校庆所作的学术讲词。当时只有一个提纲。我久疏懒，历时一年有余，不能将讲稿整理成文。此次蒙陈平原先生催促有加，始克完成。匆忙甚，粗疏之处乞谅！本文原载《现代中国》第四辑。）

第一版后记

　　这一本《论二十世纪中国文学》是我关于 20 世纪文学发展综合思考的一次集汇。最近数年，我在北京大学的"批评家周末"上，开展关于中国百年文学的专题研讨，讨论的涉及面很广，也日渐深入，我也陆续写了一些文章，加上原先的，也积有若干，集中在一起，也颇有一本书的规模了。

　　本书第三辑《中国文学的新时期》，全部收入了我于 1988 年出版的《文学的绿色革命》的内容——这是我对"文革"终结之后中国文学巨大变革所做的最集中的一次考察。该书印行多年，未曾再版，读者多有问索，苦于未能回报，此次全文移入本书，对于了解我的文学理路，可能有所裨益。好在这套丛书的最初构想是一套作者的"自选集"，我的这个举动也还不算越矩。

　　本书所收文字，除上述外，大部分均是初次结集——我剔除了其他内容的文章，而把论题围绕在对 20 世纪的中国文学历史脉络的思考和整理上。这样做，是为了避免"论文结集"的一般化，使本书主题更为集中也更为突出；对于我，则俨然又是一本"新"著了，自有一份欢喜。

至于严格意义的"自选"，则需待以时日，我目前尚不想做。回想十多年前湖南文艺出版社出的那一套《谢冕文学评论选》，那也是一本新的结集，其内容也与书名全然不同。此番又是如此——我对"选集"总是心怀忐忑，从不敢贸然为之。

借此机会，我还要真诚感谢河北教育出版社的慷慨支持，以及本书责编的辛苦劳作——他们替我做了很多本应我亲自做的事。

谢　冕

1997 年 1 月 12 日于北京大学畅春园

与世纪共命运

——《论二十世纪中国文学》新版后记

　　我把生命的大部分时间都留给了已经过去的 20 世纪。这个世纪给了我生命，也让我体验到生命的艰辛、痛苦以及再生的喜悦。20 世纪与我的生命同在。20 世纪无休止的"热战"加上冷战，吞噬了这个世界无数人的生命。当然，它也带给这个世界以新的科学和人文的光芒。对于中国人来说，它更是一个翻天覆地的、让人惊心动魄的世纪：中国终结了数千年的封建历史，开始了现代中国的漫长的行进。

　　时序变迁，天下兴亡，帝国主义的形成及肆虐，无产阶级的革命及式微，以及建立在霸权基础上的两极对峙，这些题目可能是太宏大了，不仅难于把握，而且更难于叙述。战争和动乱结束之后，20 世纪留给普通人的绵长的记忆和冥想，可能就是事关文化的承袭及其变迁、沿革这些话题了。这样的话题一般不会过时，甚至久而弥切。

　　这本《论二十世纪中国文学》凝聚了我对于中国近代以来的文学和文化演进的思考，写作的时间跨度贯穿了整个的新时期。这部书基本围绕两个主题来展开：对新文化运动和新文学革命的整体描述和反思；对新时期以来的文学变革的跟踪描写及总结。写这部书时，我正在北大中文系主持"批评家周末"，许多文字和言论，均形成于此时。

"批评家周末"这个文学沙龙，从80年代的最后一年开始，一直坚持到20世纪的最后时光，随着我的退休而落幕。记得当年，我内心充满了悲凉，为当时的挫折，也为一时间"文化大革命"思维及其积习的卷土重来。于是便想在燕园一隅，找个僻静的角落，避开外面的喧嚣，纠集一众学生和朋友，从中国文学和文化的行进中寻找解决现实问题的答案。这对于当时的我，也是一种无奈之余的寄托。

时间过得很快，本书的写作和出版已是多年前的事了。幸而人们并未全然忘却它，中国人民大学出版社决定重新出版这本旧著。我怀着一种如对故人的心情，也怀着对于人们"未曾忘却"的感激的心情，写了以上这些话。

谢　冕

2009 年 3 月 8 日，于北京大学中文系

图书在版编目（CIP）数据

论二十世纪中国文学 / 谢冕著 . -- 北京：中国人
民大学出版社，2025.4. -- （中国自主知识体系研究文
库）. -- ISBN 978-7-300-33819-4

Ⅰ．I206.6

中国国家版本馆 CIP 数据核字第 2025GU8700 号

中国自主知识体系研究文库

论二十世纪中国文学

谢 冕 著

Lun Ershi Shiji Zhongguo Wenxue

出版发行	中国人民大学出版社			
社　　址	北京中关村大街 31 号		**邮政编码**	100080
电　　话	010 - 62511242（总编室）		010 - 62511770（质管部）	
	010 - 82501766（邮购部）		010 - 62514148（门市部）	
	010 - 62511173（发行公司）		010 - 62515275（盗版举报）	
网　　址	http://www.crup.com.cn			
经　　销	新华书店			
印　　刷	涿州市星河印刷有限公司			
开　　本	720 mm×1000 mm　1/16		**版　　次**	2025 年 4 月第 1 版
印　　张	22.5 插页 3		**印　　次**	2025 年 7 月第 2 次印刷
字　　数	279 000		**定　　价**	139.00 元